Dr. phil. Walter Flemmer, 1936 in München geboren, studierte Germanistik, Geschichte, Philosophie, Geographie und Theaterwissenschaft. Seit 1962 ist er beim Bayerischen Rundfunk tätig, und seit 1971 ist er dort Stellvertreter des Fernsehdirektors für die Programmgruppe Kultur und Familie und Kulturchef Fernsehen. Dr. Flemmer ist Autor vieler Kinder- und Kultursendungen, Initiator des ersten Kleinkinderprogramms in der Bundesrepublik Deutschland, der »Sprechstunde« sowie anderer Fernsehreihen und Autor der Fernsehpuppenspiele der »Kleinen Bühne«.
Walter Flemmer hat zahlreiche Bücher veröffentlicht und mehrere Anthologien herausgebracht. Auf Vortragsreisen in Lateinamerika, Afrika, Indien und Asien fand er viele Anregungen für seine Märchen. Er ist verheiratet und hat vier Kinder.

Vollständige Taschenbuchausgabe 1987

Titel der Originalausgabe »Der Reiche, der nicht sterben wollte«
Umschlaggestaltung Adolf Bachmann
Umschlagillustration Christine Wilhelm
Druck und Bindung Elsnerdruck, Berlin
Printed in Germany 5 4 3 2 1
ISBN 3-426-01516-1

Walter Flemmer:
Ein Hut voller Wünsche

und andere Geschichten
nach Märchenmotiven aus aller Welt

Knaur

Für meine erwachsenen Kinder
Angelika, Christiane, Andreas und Bettina

Inhalt

Der Meermix und die Seelentöpfchen

Nach einem englischen Märchenmotiv

In England lebte der Fischer Jack zusammen mit seiner Frau in einer Hütte am Meer und versuchte, seine Familie so gut wie möglich durchzubringen. Die Zeiten waren nicht rosig, und von der Fischerei konnte man kaum leben. Aber da Jack ein findiger Kopf war, hatte er sich etwas einfallen lassen, was auch in Notzeiten sein Leben ein wenig angenehmer machte.

Die Küste vor England war steil und felsig, und wenn die Stürme vom Meer her auf die Küste zujagten, wenn sich in den Frühjahrs- oder Herbstnächten die Wellen auftürmten und überschlugen, dann geriet so manches Schiff in Seenot, kenterte und wurde auf die Felsen geschleudert. Das Meer aber verschlang nicht alle der umgeworfenen Schiffe, sondern zerschmetterte die meisten nur und trug alles, was im Wasser schwimmen konnte, an Land. Es warf die Bretter und Kisten auf den Strand, aber es verschluckte meist die Körper der Ertrunkenen.

Jack kannte sich aus mit dem Meer. Schon als kleinen Jungen hatte ihn sein Vater auf die Felsen hinausgeführt und dem Kleinen, der sich an seine Beine klammerte, um vom Sturm nicht umgeworfen zu werden, von der Wut und der Kraft des Wassers erzählt. Jack hatte gelernt, auf die Stimme des Meeres zu hören, er wußte genau das träge Aufklatschen und Überrollen der Wellen an einem stumpfen Nachmittag von lockendem, aufbrausendem, windgetriebenem Wasser zu unterscheiden. Er hörte sich ein in das Sausen und Grollen des Sturmes, fühlte die Stöße des Windes gegen die Brust und wußte, daß man mit der kleinen Menschenstimme nicht ankam gegen das dröhnende Aufbegehren aus der Tiefe. Er spürte die salzigen Spritzer auf den Lippen und ließ die Stunden unbeachtet vorbeigehen, wenn er mit dem Vater auf den Klippen stand oder saß. Der Vater machte ihn vertraut mit dem Meer, und schon bald wußte er, daß das Meer nicht einfach das große Wasser draußen vor der Küste war, sondern ein lebendiges Wesen, das zürnen und wüten konnte, das sanft und spiegelnd unter der Sonne lag oder sich träge ausstreckte und ihn einlud, den Gedanken Segel zu setzen und auszufahren bis hin zu dem unendlichen Horizont, hinter dem es immer weitergehen mußte, so weit, daß man an kein Ende kam mit dem Denken und daß man das Meer immer tiefer in sich hineintrank, je länger man die Augen auf ihm verweilen ließ.

Der Vater hatte ihn zusehen lassen, wie der Sturm Schiffe aufhob und wie Spielzeug zerbrach, der Vater war mit ihm hinausgefahren, wenn es galt, Schiffbrüchigen Hilfe zu leisten, wenn das Meer es zuließ, daß sie das Fischerboot ins Wasser brachten. Jack hatte beobachtet, daß das Meer die Habseligkeiten der Ertrunkenen und die Fracht der Schiffe ans Ufer spülte, und sich gesagt, daß fremdes Gut nicht unrechtes Gut sei, wenn es die, denen es gehörte, nicht mehr gab, wenn das Meer sie verschluckt hatte.

Darum ging er nach einer stürmischen Nacht immer an den Strand und holte rasch zusammen, was das Meer für ihn an Gütern auszuspucken schien. Denn für ihn mußte ja gedacht sein, was da an den Strand getrieben war, war er doch derjenige, der am nächsten wohnte und vielleicht auch des Segens aus dem Meer am meisten bedurfte.

So saß er auch an einem späten Septembertag vor seiner Hütte und flickte die Netze. Mit kundigen Augen blickte er auf das Meer, das die Wellen wie übermütig aufwarf. Weit draußen war ein Schiff zu sehen, das auf den Wasserkämmen erbärmlich hin- und hertanzte und jede Richtung verloren zu haben schien.

Jack blickte gebannt auf das Schauspiel, das sich vor seinen Augen vollzog, ohne daß er eingreifen konnte. Das Boot mußte den Kampf gegen das Meer verlieren, das wußte er. Wie sollte es einem solch wütenden Treiben Widerstand entgegensetzen, wie sollte es inmitten einer solch brodelnden Wirrnis sich zurechtfinden?

Die Hände zitterten ihm und konnten die Nadel nicht mehr richtig durch das Netz führen; seine Gedanken waren draußen bei dem Schiff, dessen Untergang besiegelt war. Wie oft schon hatte er zugesehen, wie das Wasser und der Wind sich auf das zerbrechliche Menschenwerk gestürzt und es zertrümmert hatten, ohne daß irgend jemand hätte eingreifen können!

Jack wußte: Noch ein paar Augenblicke, noch ein paar brechende Wellen, und das Schiff mußte aufgegeben werden. Da knickte der Mast um, eine riesige Welle schob sich wie eine Faust unter das Schiff und stieß es um. Die Wände splitterten, die schäumenden Wellen brachen in den Rumpf des Schiffes ein und rissen die Planken auseinander. In einem strudelnden Aufruhr trieben Schiffsteile, Kisten, Kästen, Fässer und Menschen wild durcheinander.
Niemand konnte sich in dieses wüste Ineinandertreiben hinauswagen, alles war dem Meer unterworfen.
Jack saß da und wartete ab. Eine Weile und noch eine Weile. Dann sprang er auf und lief zum Strand hinunter. Er hatte gesehen, daß die Wellen das auszuspucken begannen, was von dem Schiff übriggeblieben war.
Jack zog und zerrte verpechte Fässer aus dem Wasser, er schleppte eine zugenagelte Kiste an Land und schob ein paar starke Balken, die einmal den Rumpf des Schiffes gebildet hatten, vor sich her und hievte sie auf einen Felsen. Das gibt gutes Brennholz für den Winter, dachte er.
Und er lud sich das schwerste Faß auf den Rücken und trug es in seine Hütte, in der Biddy, seine Frau, am Ofen hantierte.
»Was schleppst du denn schon wieder an?« fragte sie ihn.
»Was das Meer ausspuckt«, sagte er. »Du weißt doch, daß wir in diesen lumpigen Zeiten von dem leben, was das Meer wieder hergibt. Jeder sieht zu, wo er bleibt.«
Schnaufend ließ er das Faß auf den Boden plumpsen und stemmte beide Hände in die Hüften.
Seine Frau aber sah ihn nachdenklich an und sagte zu ihm: »Manchmal wünsche ich mir, das Meer möge nicht nur die Menschen verschlingen, wenn draußen wieder ein Schiff untergeht, sondern auch alle die Dinge, die der Wind später an den Strand trägt.«
»Du weißt«, antwortete Jack, »ich versuche allen zu helfen, die in Seenot geraten. Bin ich nicht oft genug mit meinem kleinen Boot hinausgefahren, wenn wir von hier aus sahen, daß ein Schiff in der wilden See gekentert war? Und habe ich nicht viele aus dem Wasser gezogen?«
»Ja, ja, Jack«, sagte Biddy nachdenklich. »Das Meer ist hier so wild, daß ich manchmal wünsche, wir würden anderswo leben. Sollten wir nicht weiter ins Land hineinziehen?«

»Was redest du da?« fiel ihr Jack dazwischen. »Hier haben wir unser Auskommen. Was soll ich denn drinnen im Land anfangen? Schafe züchten, Kühe auf die Weide treiben? Nein, das habe ich nicht gelernt. Und ich brauche den Geruch der See in der Nase. Nein, Biddy! Und auch du bist doch hier draußen aufgewachsen. Auch du würdest trübsinnig werden, müßten wir nichts als Wiesen oder Wald sehen, jeden Tag, und es gäbe keinen Sturm mehr, der dir in die Haare fährt, kein Wasser mehr, aus dem ich die Fische und die anderen Dinge hole. Ich sage dir, ein Fisch kann nicht auf dem Trockenen schwimmen.«
Biddy rührte mit dem Kochlöffel in einem Topf und wandte sich dann um.
»Schon gut, Jack!« sagte sie und legte ihm die Hand auf die Schulter. »Ich wollte dich nicht tadeln. Aber ganz glücklich werde ich nie, wenn ich die Sachen sehe, die den Ertrunkenen gehört haben.«
»Ich doch auch nicht«, fügte Jack rasch hinzu. »Aber einem Toten kannst du keinen Tabak mehr zwischen die Zähne schieben. Und was soll ein Ertrunkener mit einem Ballen Seidenstoff anfangen? Laß die Toten tot sein, wir Lebenden müssen zusehen, nicht umzukommen! Da, ein Päckchen, ich werde gleich nachsehen, was drinnen ist. Und am Strand liegen noch eine Kiste Tabak, ein Ballen Seidenstoff und ein Fäßchen Branntwein. Frau, das war eine gute Ernte, auch wenn's anderen das Leben gekostet hat. Doch soll ich Trauer tragen, wenn ich nichts dafür kann, daß das Meer wieder einmal unfreundlich war? Ich habe nichts zu richten am Schicksal. Und das Meer, wird es mich fragen, wie hoch es aufbrausen darf, wird der Wind sich um mich kümmern?«
»War es ein großes Schiff?«
»Ein Zweimaster. Der Weststurm hat es gegen das Riff geworfen.«
»Und niemand hat überlebt?«
»Keiner von der Mannschaft hat überlebt«, antwortete Jack. »Keiner hatte eine Chance, herauszukommen. Ich habe lange Ausschau gehalten, doch das Schiff ging wie ein Stein unter und wird dann im Wasser auseinandergebrochen sein. Die Holzkisten trieben wie immer an den Strand. Von den Seeleuten keine Spur.«
»Setz dich her!« seufzte Biddy. »Immer die gleiche traurige Geschichte. »Trockne dir die Strümpfe am Feuer, du bist ja ganz durchnäßt.«
Aber Jack wollte sich nicht zum Feuer setzen, sondern wieder hinaus, um die Kisten und das Fäßchen zu bergen.

»Ein guter Schluck wärmt besser als das Feuer«, sagte er fröhlich. »Ich will ein wenig vom kleinen Faß abzapfen. Mal sehen, aus welchem Jahr der Schnaps stammt. Ich bekomme rote Backen nur vom Darandenken. Frau, du weißt gar nicht, wie viele Lebensgeister in einem solchen Fäßchen stecken! Ein paar davon werde ich mir jetzt herausholen.«
Er stapfte zur Tür und drückte die Klinke nieder. Da warf ihm der Sturm, der immer noch vom Meer herüberjagte, die Tür entgegen. Jack zog das Regenzeug über den Schultern zusammen und die Mütze tief ins Gesicht und trat ins Freie hinaus.
Biddy setzte sich auf einen Schemel und legte die Hände in den Schoß. »Immer Schnaps, seit ich ihn kenne«, sagte sie zu sich. »Aber sonst ist er ein guter Mann, ich kann mich nicht beklagen. Er bringt immer alles her, was wir brauchen. Immer steht was Gutes auf dem Tisch, und an Kleidung fehlt es auch nicht. Wenn gerade kein Schiff untergeht und seine Ladung an Land geschwemmt wird, dann geht Jack fischen. Er ist ein guter Fischer.«
Jack stemmte sich draußen gegen den Sturm und ging hinunter zum Strand. Dort lud er sich das Fäßchen auf die Schulter und zwängte den Stoffballen unter den Arm. Vollbepackt kam er zur Hütte zurück, trug den Stoffballen in die Stube und stellte das Fäßchen auf die Bank neben dem Haus. Er machte sich ans Anzapfen und ließ eine dickbauchige Flasche vollaufen. Die hielt er gegen den Himmel, wie um sich zu vergewissern, daß sie auch voll sei. Dann nahm er bedächtig einen Schluck nach dem anderen und wollte gar nicht aufhören, so gut schmeckte ihm der Branntwein. Als er endlich die Flasche absetzte, blieb er breitbeinig vor dem Fäßchen stehen und begann zu reden, wie er es schon so oft getan hatte. Der Schnaps hatte ihm alle Gedanken so recht erwärmt, daß die Worte nun ganz leicht aus seinem Mund hervortröpfelten.
»Ein famoser, ein ganz famoser Tropfen!« sagte Jack. »Das richtige für den Magen bei diesem Wetter. Der Sturm hat sich ein wenig gelegt. Prost, Jack, auf dein Wohl! Mußt dir eben selbst zutrinken. Potz Teufel! Wär gleich eine andere Sache, wenn mir jemand Gesellschaft leistete bei einem kräftigen Schluck. Manchmal ist es doch recht einsam in dieser wilden Gegend. Aber schon mein Vater und mein Großvater lebten hier als Fischer, und schlecht ging es auch ihnen nicht. Freilich, da war noch das Meervolk. Da waren die Wassergeister, die Nebelgesich-

ter, die Kleinen und Langen, die Dicken und Dünnen, die nachts bei Mondlicht auf den Wellen reiten und sich manchmal auch am Tage hervorwagen. Meine Mutter erzählte, daß der Großvater einen Meergeist zum Freund hatte. Der Wassergeist sei an Land gekommen und hätte dem Großvater Gesellschaft geleistet, und die beiden hätten mancher Flasche den Hals gebrochen. Schön wär's, auch mal einem solchen Meerwesen zu begegnen. Ob's wahr ist, was die Mutter erzählte? Ist lange her, und sind viele Wellen darübergeflossen.«
Biddy schaute in diesem Augenblick kurz aus dem Fenster und sagte: »Er führt wieder einmal Selbstgespräche. Kein Wunder, wenn man sich den Schnaps so zum Freund macht!«
Aber Jack bemerkte sie nicht, und Biddy schloß das Fenster. Sie war nun doch neugierig geworden und sah sich den Stoffballen an, den Jack ihr gebracht hatte. Sie schnürte ihn auf und rollte eine Bahn über die Stuhllehne.
»Ach, das ist ein schöner Stoff!« sagte sie und strich mit der Hand darüber. »Das gibt ein Kleid. Alle im Dorf werden sich umdrehen, wenn ich am Sonntag damit zur Kirche gehe. Schau, werden sie tuscheln, was die Frau von Jack wieder für ein Kleid trägt, reine Seide, ja, der Frau von Jack geht es gut. Ich will den Stoff wieder zusammenrollen und schnell zur Schneiderin laufen. Sie soll mir gleich Maß nehmen.«
Und Biddy packte den Stoffballen, verließ durch die Hintertür die Hütte und eilte ins Dorf, während sich Jack immer noch einmal und noch einmal ein Schlückchen aus der Flasche gönnte und dann, schon etwas unsicher auf den Beinen, hinunterstolperte zum Strand. In der einen Hand hielt er die Flasche, den anderen Arm streckte er wie ein Seiltänzer aus, und er hatte das Gefühl, er müsse auf einem schmalen, gefährlichen Steg hinunterbalancieren zum Wasser. Wie eine richtige Vogelscheuche sah er aus. Der Wind beutelte in seinen Kleidern, zerrte ihn hin und her, und heftig schwankend kam er schließlich unten an und setzte sich auf einen Stein nahe am Wasser.
»Unter-, runter-, untergegangen ist das schöne, schöne Schiff«, lallte er. »Das Schiffchen ist hinunter. Hinunter sind auch die Matrosen. Prost, lebt wohl, ihr armen Seelen! Macht's euch bequem drunten auf dem Grund. Grüßt mir auch den Alten, meinen Vater, und wenn ihr wollt, auch den Großvater. Prost, Wasserversammlung! He, da drunten, Was-

serseelen, hört ihr mich, den Jack? Wieder laßt ihr mich allein sitzen. Was sollte ich tun? Konnte euch doch nicht retten, der Wind war viel zu stark. So will ich wenigstens auf euer Wohl trinken. He, da unten, Wasserseelen und Wassergeister, Wellenreiter, wo steckt ihr nur? Wenigstens einer könnte mal raufkommen und mir Gesellschaft leisten. Ich trinke und rufe, und keiner will mich hören. Verdammte Brut, dann laßt es sein, ich trinke allein, bis ich das tiefe Wasser in den Ohren sausen höre. Das, das ist doch kein Leben, immer nur, nur aufs Meer hinausstarren und warten, daß einer kommt. Möchte nur wissen, wie's der Großvater gemacht hat, daß einer aus dem Wasser stieg und mit ihm Freundschaft schloß, möcht's, möcht's wissen.«

Der Kopf fiel Jack auf die Brust, und am liebsten wäre er eingeschlafen, aber da dachte er an Biddy und rappelte sich auf. Jeder Schritt fiel ihm schwer, und er tappte zurück in die Hütte, stieß beim Gehen an jeden Stein, der im Weg lag, und stützte sich schwer an den Türpfosten, als er schnaufend angekommen war und sich gegen die Tür lehnte.

»Frau, wo bist du?« lallte er. »Biddy? Hörst wohl auch nicht. Hast dir die Ohren zugestopft wie der Meergeist. Biddy, mach auf!«

Er klopfte an die Tür, aber niemand antwortete ihm.

»Die ist wohl auch ausgegangen«, murmelte er.

Und er stieß mit einem Fuß gegen die Tür, so daß sie aufsprang, und trat ins Zimmer.

»Biddy, Biddy, wo steckst du?« rief er noch einmal. Da er aber so müde war, daß sich in seinem Kopf kein rechter Gedanke mehr bilden konnte, ließ er sich, ohne länger zu suchen, aufs Bett fallen und begann im nächsten Augenblick zu schnarchen.

Zwei Tage später hatte sich das Meer beruhigt und lag spiegelblank im Morgengrauen da. Der Horizont war weit, und man konnte glauben, das Wasser führe geradewegs in die Unendlichkeit. Jack kam zum Strand und hatte das Netz über die Schulter geworfen. Es war schon zu spät, um noch mit dem Boot hinauszufahren. Eigentlich hätte er ein paar Stunden früher aufstehen müssen, um vor dem Morgengrauen schon draußen zu sein, aber wieder einmal hatte er am Abend eine zu große Portion aus dem Schnapsfäßchen abgezapft, und so war er wieder nicht rechtzeitig aus den Federn gekommen und hatte die Augen noch nicht aufbekommen. Aber versuchen wollte er es doch an diesem

Morgen, auch wenn er damit seiner Frau nur beweisen wollte, daß er wie alle Fischer, wenn das Meer es nur zuließ, jeden Morgen draußen sein Glück versuchte. Und vielleicht war das Glück gerade an diesem Morgen zu fangen, lachte es doch, wie das Sprichwort sagte, auch einmal dem, der zu spät aufgestanden oder zu spät gekommen war. Und in der Bibel stand doch auch: Die Letzten werden die Ersten sein, was nichts anderes bedeutete, als daß man sich nicht allzusehr beeilen sollte. Denn wie anders konnten sonst die Letzten die Ersten werden?
»Ist das eine schwere Denkarbeit!« murmelte Jack vor sich hin, als er das letzte Stück zum Meer hinunterging und vor den Felsen stehenblieb, an die das Wasser leise klatschte.
Er wollte seinen Augen nicht trauen. Er warf das Netz zu Boden, rieb sich die Augen, schüttelte den Kopf. Aber nichts veränderte sich. Da saß doch auf dem Felsen am Wasser ein Meernix. Und Schnaps hin, Schnaps her, der war so wirklich wie der Felsen selbst.
Jack trat ein paar Schritte näher und sagte:
»Da, da sitzt ja einer! Ein Meernix, kein Zweifel. Habe ich doch endlich einen Meergeist getroffen! Schau an Jack, das Glück sitzt schon im Netz. Ei, ei, guten Morgen, Herr Wasserbaron! Oder wie soll ich Euch nennen?«
»Willst wohl die Netze auswerfen, Jack?« fragte der Meernix mit einer alten, leicht rauhen und belegten Stimme.
»Oh, oho, du kennst mich, du weißt meinen Namen? Was verschafft mir die Ehre, Herr Meernix?« fragte Jack und sah dem seltsamen Wesen ins Gesicht, das da vor ihm saß und seinen Fischschwanz über den Felsen herabbaumeln ließ und aus dessen weißem Bart das Wasser tropfte.
»Mein lieber Jack, ich kannte schon deinen Großvater«, sagte der Meernix und machte mit der linken Hand eine Bewegung, die Jack einladen sollte, sich neben ihn zu setzen.
»Setz dich doch!« fuhr er fort, als Jack zu zögern schien. »Setz dich und hör mir zu! Ich habe Zeit, und du sollst auch Zeit haben, denn du bist viel zu spät gekommen, um das Netz noch auszuwerfen.«
»Was du nicht alles weißt«, fiel Jack ein. »Paß nur auf, daß du mir nicht zu viele Belehrungen gibst, denn sonst könnte mir der Spaß an unserem Gespräch vergehen. Freilich, über den Großvater möchte ich gerne

mehr hören. Auch wenn es schon lange her sein muß, daß du ihn gesprochen hast. Aber mir scheint, daß deine Zeit mit unserer Zeit nicht gemessen werden kann. Mir soll's aber recht sein, und dann setze ich mich also auf den anderen Stein.«

»Dein Großvater«, begann der Meernix mit großem Behagen zu erzählen, »das war ein prächtiger Kerl. Mit dem konnte man anstoßen und auch einen über den Durst trinken. Der hatte noch alte Seemannsknochen. Kein Wind, keine salzige See konnten dem was anhaben, der machte sich von innen heraus warm und lachte den Wind und die Wellen aus. Mit deinem Vater freilich war nicht viel anzufangen. Der verstand nichts vom lustigen Branntweinchen.«

»Du magst recht haben«, antwortete Jack. »Ich bin wohl eher nach dem Großvater geraten.«

»Man soll nie die Hoffnung aufgeben«, sagte der Meernix erfreut und patschte die feuchten Hände zusammen. »Wenn's nicht mit dem Vater klappt, muß man eben auf den Sohn warten. Gut, daß bei uns hundert Jahre keine Rolle spielen. Wir werden uns schon verstehen, wollen wir's miteinander versuchen?«

Jack sah den Meernix interessiert an und war froh, daß sich in seiner Einsamkeit eine Tür mitten ins Abenteuer zu öffnen schien, daß Aussicht bestand, einmal etwas anderes zu erleben als das, was ihn Tag für Tag beschäftigte. Auch wenn er nicht wußte, was auf ihn zukam.

»Mir soll's recht sein«, sagte er erwartungsvoll. »Vorausgesetzt, du trinkst nicht nur Wasser. Ich wollte schon immer einen aus dem Meer zum Freund haben. Weißt du, in dieser einsamen Bucht ist nicht viel los. Ich seh' zwar jeden Tag Biddy, meine Frau, doch ein Seemann, ein Fischer, braucht von Zeit zu Zeit eine Wasserbekanntschaft, eine Männerfreundschaft, zum Anstoßen und so. Du verstehst mich, und wenn ich ehrlich bin: Du kommst gerade recht, wie gerufen. Hab' dich ja auch gerufen!«

»Dann wollen wir uns morgen früh hier treffen«, sagte der Meernix, »und besprechen, wo wir am besten auf deines Großvaters Wohl und das unserer Bekanntschaft trinken.«

Jack hätte am liebsten gleich die Freundschaft begossen, aber er sah dem Meernix an, daß heute nichts mehr zu machen war, und so freute er sich auf morgen.

»Soll ich eine Flasche mitbringen?« fragte er. »Ich habe etwas Besonderes im Haus.

Da grinste der Meernix über das ganze Gesicht, so daß Jack die algengrünen und altersgrauen Zähne sah, und sagte: »Ich glaube nicht, daß du etwas Besseres im Keller hast als ich.«

»Verzeih, aber wo findest du den guten Schnaps?« fragte Jack.

»Genau da, wo du ihn auch findest«, antwortete der Meernix und lachte dabei.

Jack schlug sich auf die Schenkel und grinste zurück.

»Die untergegangenen Segelschiffe ... die unter-, untergegangenen ..., so bin ich also nicht allein auf den Gedanken gekommen.«

»Die Segelschiffe«, sagte der Meernix, »nichts als die Segelschiffe. Also bis morgen!«

Und er stülpte einen breiten Hut auf den Kopf, um den ein grünes Band geschlungen war, und ehe Jack sich recht besonnen hatte, war das alte Kerlchen aufgesprungen, mit einem Satz ins Wasser getaucht und verschwand wie ein Stein rasch in die Tiefe.

Jack stand auf, raffte das Netz zusammen und ging zur Hütte zurück. Er schüttelte zufrieden den Kopf und redete vor sich hin.

»Der Meernix, der Nix, der Meernix, aha, die Segelschiffe, sowas! Das ist mir ja ein ganz ausgefuchstes Bürschchen. Aber mal sehen, Alter, wer morgen am längsten aushält!«

Und er zog ein Fläschchen aus der Tasche seiner Jacke und nahm einen tiefen Zug.

»Noch ein Schlückchen, so ist's gut«, sagte er zu sich. »Und jetzt wäre ich in der richtigen Stimmung, um mir den Branntweinkeller unter dem Wasser mal anzusehen. Geduld, Geduld, Jack, morgen sehen wir weiter!«

An diesem Tag wollten Jack die Gedanken an den Meernix nicht aus dem Kopf, und als er wieder in der Hütte bei seiner Frau war, fiel es ihm schwer, ihr nicht gleich alles zu berichten. Aber er hielt zurück, was ihm auf der Zunge lag, denn er wollte sich nicht auslachen lassen. Und wahrscheinlich hätte ihm Biddy nicht geglaubt, wenn er von seiner Begegnung mit dem Meernix erzählt hätte. So lief er unruhig hin und her, konnte sich auf keine Arbeit konzentrieren und machte ein Gesicht, als würde er mit den Augen in sich hineinschauen oder so weit hinaus, daß er das vor ihm Stehende nicht bemerkte. Er wich allen Fragen seiner Frau aus, auch wenn sie beinahe beleidigt war, weil er auch sie einfach übersah.

Und so gab sie ihm am Abend beim Einschlafen nicht einmal einen Kuß, sondern drehte sich gleich zur Wand hin und zog die Decke eng an sich.

Jack versuchte zu schlafen, doch die Erwartung hielt ihn wach. Er sah den Meernix vor sich, der am Strand stand und ihm zuwinkte. Jack hörte, daß Biddy neben ihm schlief, als das erste schwache Licht des Morgengrauens durch das Fenster kam, und schlüpfte leise aus dem Bett, schlich auf Zehenspitzen zum Stuhl, über den er seine Kleider gelegt hatte, und zog sich rasch an. Schnell verließ er die Hütte und lief zum Strand hinab. Es war sehr kalt an diesem Morgen, und Jack schlug die Arme um den Leib, um sich warm zu machen, und machte beim Laufen hastige Sprünge, um die Kälte abzuwehren. Schon von weitem sah er den Meernix auf dem Felsen sitzen. Als er näherkam, bemerkte er, daß der Meernix nicht nur den breiten Hut auf dem Kopf trug, sondern einen zweiten Hut neben sich liegen hatte.

»Guten Morgen, Meernix!« stieß Jack atemlos hervor.

»Du bist aber pünktlich«, begrüßte ihn die Meernix mit seiner feuchten, ein wenig belegten Stimme. »Ich habe mir gedacht, daß mein Schnaps am besten dort schmeckt, wo ich ihn aufbewahre: unten, drunten in meinem Wasserhaus. Ich habe schon vorgekocht und die beste Flasche aus meinem Keller geholt. Wir werden uns einen feurigen Morgen machen. Was meinst du dazu?«

»Ich soll dich besuchen?« fragte Jack mit großen Augen. »Um's geradeheraus zu sagen: Ich habe keine Lust, nur wegen einer Flasche Schnaps ertrinken zu müssen. Brrr, vorher Meerwasser und dann der Branntwein! Der Mischung traue ich nicht.«

»Hier, dieser Hut ist für dich«, sagte der Meernix und reichte ihm den zweiten Hut.

»Was soll ich damit?« fragte Jack.

»Ihn auf den Kopf stülpen«, fuhr der Meernix fort. »Dann kommst du unversehrt und ohne zu ertrinken zu mir. Dein Großvater trug den Hut immer, wenn er bei mir zu Gast war.«

»Dem Großvater will ich natürlich nicht nachstehen. Aber naß, ich meine, innen naß werden, will ich nicht. Das verstehst du doch.«

»Setz den Hut auf, spring mit mir ins Meer und halt dich an meinem Fischschwanz fest«, sagte der Meernix. »Husch und glitsch, jetzt geht's hinab, schluck und schmatz, bald sind wir unten auf dem Grund!«
Und er stand auf vom Stein, rückte den Fischschwanz zurecht, stützte die Arme vom Felsen ab und war bereit unterzutauchen. Jack hatte nach dem Hut gegriffen, ihn aufgesetzt, war neben den Meernix getreten und blickte ein wenig ängstlich um sich. »Also, dann!« sagte er. »Ganz wohl ist mir ja nicht. Lieber Freund und Wasserpatscher, gib mir wenigstens die Hand, damit ich nicht einem Walfisch ins Maul rutsche. Ja, was ist denn das, mich zieht's nach unten? Wer zieht denn da? Jack, am besten machst du jetzt die Augen zu.«
Er schloß die Augen, gab dem Meernix die Hand und sprang mit ihm zusammen ins Meer. Er fühlte, wie ihn das Wasser aufnahm, wie er hinuntergezogen wurde. Er hielt sich am Meernix fest, und nach einigen Augenblicken wagte er es, die Augen zu öffnen, weil das Wasser um ihn gar nicht unangenehm war und er weder die Kälte noch die Feuchtigkeit spürte, sondern wie in einem wohligen Schweben und Sinken einfach alles um sich geschehen ließ. Er sah den Meernix neben sich. Ein lächelndes Gesicht unter dem breiten Hut. Die Haare des Meernix ringelten sich im Wasser, und Jack konnte durch das Wasser sehen. Er sah nah und ferne Fische vorbeischwimmen, sah Felsen und dann nur noch die dunklere Tiefe und Weite des Meeres.
Er hätte nicht sagen können, wie lange das Sinken gedauert hatte, war aber doch froh, als er den Meeresgrund auf sich zukommen sah und dann mit beiden Beinen weich im Sand aufkam.
Der Meernix zog ihn kräftig am Arm und führte ihn um einen mächtigen dunklen Felsen herum, einen Berg in der Tiefe des Meeres, er führte ihn zu einem hellen Platz auf dem Meeresgrund, zu seinem Muschelhaus, das plötzlich vor Jacks Blicken aufzuwachsen schien. Und da war ihm, als täte sich mit einmal ein Spalt im Wasser auf. Sie traten aus dem Meer heraus und befanden sich auf dem Platz, auf dem der Sand trokken zu sein schien. Und er konnte sehen, daß das Haus aus lauter Muscheln gebaut war, daß es glänzte vom Perlmuttglanz der Muscheln.
»Habe ich dir zuviel versprochen?« fragte der Meernix. »Mein Hut hält, was ich verspreche. Ich sehe: Du bist weder erstickt noch ertrunken.«

»Aber ein bißchen mulmig im Magen ist mir's doch geworden«, meinte Jack.

»Das werden wir gleich haben«, sagte der Meernix fröhlich.« Denk an das Fläschchen, das wir zusammen leeren wollen. Doch wie gefällt es dir hier?«

»Gar nicht schlecht, auch wenn alles ein wenig ungewohnt ist. Zwick mich mal, damit ich weiß, ob ich träume oder wach bin.«

Das ließ sich der Meernix nicht zweimal sagen und zwickte Jack fest in den Hintern.

»Au!« rief Jack. »So fest nun auch wieder nicht! Also, alles ist, wie gesagt, ungewohnt, um nicht zu sagen ungewöhnlich, lieber Nix. Ich darf doch so sagen? Ein Haus aus lauter Muscheln. Wo gibt es das sonst?«

»Klein, aber gemütlich«, sagte der Meernix. »Herzlich willkommen! Tritt ein, Jack, auch dein Großvater mußte sich erst an die neue Umgebung gewöhnen, als er mich zum erstenmal besuchte.«

»Laß den Großvater!« unterbrach ihn Jack. »Jetzt bin ich da.«

»Dann noch einmal: herzlich willkommen!« sagte der Meernix und führte Jack in das Muschelhaus.

Jack mußte sich bücken, denn die Tür war nicht für ihn gemacht. Die Meergeister, dachte er, sind wohl alle so klein wie dieser alte Meernix. Hoffentlich kann ich drinnen aufrecht stehen. Überrascht hielt er inne, als sie in das Haus getreten waren. Alles war in glänzender Ordnung. Die Möbel waren aus Muscheln gemacht, wo man nur hinsah, waren fein säuberlich Muscheln und die Häuser von Schnecken zu sehen. Es gab einen Muscheltisch und eine Muschelbank in diesem Haus und auch einen Muschelschrank.

»Hier läßt sich's leben«, sagte Jack.

»Komm!« meinte der Meernix. »Ich will dir gleich meinen Wein- und Schnapsvorrat zeigen, damit du siehst, daß ich für viele Besuche vorgesorgt habe.«

Er ging zur Wand und bat Jack mitzukommen. Er öffnete ein Türchen und ließ Jack einen Blick in seinen Vorratskeller werfen.

»Meinst du nicht, daß uns der Vorrat reichen wird?« fragte er.

»Ich muß schon sagen, alle Achtung, du hast dir nicht die schlechteste Ware geschnappt und die Kisten zu dir hinuntergezogen, ehe sie zu mir an den Strand treiben konnten.«

Dann gingen der Meernix und Jack zum Muscheltisch, setzten sich auf die Bank und wollten sich's gut gehen lassen.
Jack schaute in die Schüsseln, die auf dem Tisch standen, und schnupperte, als er die Köstlichkeiten sah, die der Meernix vorbereitet hatte.
»Fische, Austern, Hummer ... alles frisch, wie ich sehe und rieche«, sagte er. »Gebraten, gesotten und gewürzt. Du verstehst dich aufs gute Auskommen. Und eigentlich habt ihr es unter dem Wasser nicht anders als wir oben. Wenn das Biddy, meine Frau, sehen könnte! Die wird sich jetzt die Augen aus dem Kopf schauen und glauben, das schlimme Meer hätte mich verschluckt. Dabei sitze ich trockenen Fußes bei dir unter dem Wasser. Noch will es mir nicht in den Kopf, wie das alles zugeht, aber vielleicht sollte ich das Nachdenken aufgeben und mal einen der Hummerschwänze versuchen.«
Der Meernix schenkte zwei Gläser voll. Honiggelb glänzte der Schnaps in den Gläsern. Er hob sein Glas und schaute Jack an, der in den köstlichen Hummerschwanz gebissen hatte, und sagte: »Dann prost, mein Freund.«
Schnell griff auch Jack nach dem Glas, schluckte die Bissen hinunter und stieß heftig mit dem Meernix an. Prost, das ließ er sich nicht zweimal sagen. Und kaum hatte er das Gläschen unter die Nase gehoben, als ihm schon der Duft des Branntweins umschmeichelte, als er roch, daß der Meernix eine besonders feine Marke für ihn ausgewählt hatte. Das mußte Schnaps aus der Kajüte des Kapitäns sein, alt und wunderbar gereift, ein Tröpfchen, bei dem man feuchte Augen bekommen konnte, so kostbar, so einzigartig war es. Jack sog den Duft ein, er probierte den Schnaps und verdrehte vor Vergnügen die Augen.
Belustigt und zufrieden sah ihn der Meernix an, und kaum hatte Jack die Hälfte seines Glases geleert, schenkte der Meernix schon nach. Und als das erste Fläschchen geleert war, wurde ein zweites aus dem Keller geholt, und als das zweite geleert war, bekam das zweite gleich ein Brüderchen. Und mit jedem Glas und mit jeder Flasche fühlte sich Jack wohler in dem untermeerischen Muschelhaus. Und der Meernix war überglücklich, nach so vielen Jahren wieder einen Freund gefunden zu haben, der mit ihm dem feurigen Wässerchen aus der Flasche zusprach. Nur mit der Erinnerung an den Großvater von Jack zu leben, war auch für ihn zu wenig, und die Zeit des Wartens war sogar ihm, dem geduldigen Wassernix, zu lang geworden.

Jack und Meernix wurden Freunde, richtige Unterwasserfreunde, und Jack stand auf und ging um den Tisch herum zum Meernix hin und schüttelte ihm so heftig die Hand, daß dieser beinahe ins Wanken geraten wäre, konnte er doch auf einer Bank mit seinem Fischschwanz nicht so gut wie ein Mensch mit zwei Beinen sitzen. Und Jack begann mit einer ganz tiefen dunklen Schnapsstimme zu singen, und der Meernix fiel mit seiner feuchten Stimme ein. Und sie sangen:

»Wassergeist und Fischermann,
schaut, wie jeder trinken kann!
Fischermann und Wassergeist,
unser Glück heut Branntwein heißt.«

»Jack, mein Freund«, sagte dann der Meernix, »ich will dir meine Sammlung zeigen. Wenn du mein Freund bist, dann muß ich dir auch zeigen, was ich seit vielen Wasserjahrhunderten gesammelt habe.«

»Was sammelst du denn?« fragte Jack. »Kostbare Steine oder Goldtaler?«

Da stand der Meernix auf, nahm Jacks Hand und führte ihn in die hinterste Ecke des Zimmers vor eine Wand. Dort standen, aufgereiht in Regalen, viele Muscheltöpfchen.

»Töpfchen aus Muscheln?« fragte Jack erstaunt. »Die sehen schön aus. Was enthalten denn die Töpfchen? Perlen?«

»Nein, Seelen«, sagte der Meernix, ohne die Stimme zu heben. Jack prallte bei diesen Worten zurück. Erstaunt blickte er den Meernix an und sagte:

»Wie? Du sammelst Seelen? Aber das . . . das ist doch nicht möglich. Fische und Meerestiere haben doch keine Seele. Austernseele, Hummerseele, nein, davon habe ich noch nie gehört.«

Der Meernix trat ganz nahe an Jack heran und flüsterte ihm ins Ohr:

»Ich sammle die Seelen der untergegangenen Fischer und Seeleute. Verstehst du? Seelchen, Seelen, mein Lieber, tausend liebe Seelen.«

Jack blickte erschrocken drein und fragte:

»Die Seelen Ertrunkener? Und wie bekommst du die?«

»Wenn ich den Sturm höre«, sagte der Meernix, »dann stelle ich die Muscheltöpfchen bereit. Immer wieder zerschellt ein Schiff am Felsen. Die Matrosen und Seeleute ertrinken. Ihre Seelen kommen auch herunter. Ich fange die Seelen ein, die eine Zeitlang im Wasser schweben und langsam heruntersinken, stecke sie in die Muscheltöpfchen und verschließe diese gleich. Ich muß flink sein, verstehst du, sonst entwischen mir die Seelen in die ewige Seligkeit oder in die Hölle. Nur während sie noch im Wasser schweben, kann ich sie fangen. Aber ich bin geübt in diesem Handwerk. Und heute entwischt mir so gut wie keine mehr. Früher, zu Zeiten deines Großvaters, konnte es schon einmal geschehen, daß die ewige Seligkeit schneller war als ich. Aber heute kommt mir nichts mehr zuvor, beinahe nichts, wenn ich ehrlich bin. Du siehst, ich habe fleißig gesammelt. Über die Jahrzehnte und die Jahrhunderte hin kommt eine ansehnliche Sammlung zusammen. Schöne, schöne Seelen. Und, das mußt du zugeben, schön geordnet. Weit und breit kannst du keine besser sortierte finden.«

»Was heißt weit und breit? Gibt es denn noch andere Seelensammler unter Wasser?« fragte Jack.

»Oh, natürlich, wir Meernixe sind eine Familie. Allerdings, keiner kann den anderen leiden. Und zwischen unseren Revieren liegen die weiten Weltmeere. Einer fischt im Atlantik, der andere im Indischen Ozean, der dritte im Pazifik. Nur der aus dem Mittelmeer kommt mir gelegentlich in die Quere, wenn er sein angestammtes Revier verläßt und bei mir auf Seelenjagd geht. Das mag ich gar nicht. Im Grunde aber gibt es keinen Streit. Kann ja auch nicht sein. Denn unbestritten besitze ich die schönste, die gepflegteste Seelensammlung.«

»Die armen, gefangenen Seelen!« seufzte Jack.

»Nun fang nicht an zu trauern«, sagte der Meernix.« Wer weiß, wohin sie sonst gekommen wären, wenn ich sie nicht gefangen hätte. Nicht jeder will in die ewige Seligkeit, und niemand will in die Hölle. Bei mir sind sie gut aufgehoben. Manche schon zweihundert, dreihundert Jahre lang.«

»Seelen darf man doch nicht fangen!« meinte Jack.

»Willst du mit mir streiten?« fragte der Meernix. »Nein, wir werden uns doch nicht der Seelen wegen in die Haare kommen. Jetzt hör zu, sei still.«

»Wieder eine Neuigkeit?« fragte Jack.

Der Meernix schob Jack nach vorne, hin zu den Regalen mit den Seelentöpfchen.

»Komm her!« sagte er. »Halt dein Ohr an die Töpfchen. Dann hörst du

die Seelen wispern und zischen, flüstern und klagen.« Jack wurde unheimlich zumute. Aber er war auch neugierig, und so streckte er den Kopf vor, legte das Ohr an eines der Töpfchen, dann an ein zweites und an ein drittes. Er hörte, daß sich in jedem Töpfchen etwas bemerkbar machte, hörte leises Wispern und hörte leises Seufzen. Es war, als striche der Wind durch die Herbstzweige, als klatsche die See traurig an die Felsen, als gurgle das Wasser in den Mulden und Löchern, als sei um ihn nichts als vielstimmige leise Traurigkeit. Ihm war, als drängten die Stimmen der Seelen aus den Töpfchen bittend auf ihn ein, als schluchzten sie kaum hörbar vor ihm und beklagten ihr Schicksal.
»Und du bewahrst sie hier seit Jahrhunderten auf?« fragte er schließlich betroffen und ungläubig.
»Alte und neue Seelen, alle fein säuberlich geordnet«, antwortete der Meernix stolz und begeistert. »Junge und alte Seelen. Ein paar Frauenseelen und viel Männerseelen, Seemannsseelen.«
»Ich mag keine Seelen mehr hören«, sagte Jack und wandte sich ab. »Für heute habe ich genug gesehen, getrunken und gehört. Ich will zurück. Meine Frau wird sich schon Sorgen machen. Wie lange waren wir weg?«
Der Meernix war enttäuscht. Warum konnte sich Jack nicht an seiner Seelensammlung so freuen, wie er sich freute? Seltsam sind diese Menschen, dachte er. Aber ich will mir den Spaß nicht verderben lassen. Wichtig ist, daß ich einen Freund gefunden habe, der gelegentlich mit mir ein Fläschchen leert, das ist genug. Und laut sagte er:
»Das Wasser wäscht die Zeit weg. Hier unten sind die Stunden verschluckt, die Tage und Jahre ertrunken wie die Menschen, die zu uns heruntersinken. Wenn du wieder oben bist, wirst du wissen, wieviel Zeit vergangen ist. Setz den Hut auf! Ich werde dir dann einen Stoß geben, damit du rasch an die Meeresoberfläche kommst.«
»Das nächste Mal mußt du mich besuchen. Aber wie kann ich dich benachrichtigen?« fragte Jack.
»Wirf an der Stelle, an der wir eingetaucht sind, einen Stein ins Wasser. Dann komme ich sofort hinauf.«
»Das ist gut so«, sagte Jack. »Und nun hab Dank für deine Gastfreundschaft!«
Und er streckte dem Meernix die Hand entgegen. Aber er hatte dabei

ein ungutes Gefühl im Magen. Seit er wußte, daß der Meernix Seelen sammelte, war ihm das Unterwasserleben nicht mehr so recht geheuer. Und ihm war, als hielt der Meernix Ausschau auch nach seiner Seele. Er spürte in der linken Magengrube ein leises Ziehen, wußte aber nicht, ob dort der Sitz der Seele war. Nur eines wußte er, daß er nun schnell nach oben wollte.

Er stülpte sich den Hut auf den Kopf und trat mit dem Meernix zusammen ins Freie.

»Wenn du oben ankommst«, sagte der Meernix, »wirf mir den Hut wieder herunter.«

Und er gab Jack einen Stoß. Jack stieg und schoß nach oben durch das Wasser, so schnell, daß er die Augen schließen mußte. Und ehe er noch einen neuen Gedanken hatte fassen können, spürte er den Wind, der über die Wellen fuhr, ums Gesicht, blickte auf und sah den heimatlichen Felsen vor sich. Er stieg aus dem Wasser, schnaufte tief durch, zog den Hut vom Kopf und warf ihn in weitem Bogen zurück ins Meer. Er sah, wie der Hut, von einer unwiderstehlichen Kraft gezogen, in die Tiefe gerissen wurde, und machte sich auf den Heimweg.

»Wie soll ich's anfangen?« fragte er sich. »Soll ich zum Pfarrer gehen und mit ihm überlegen, wie man die gefangenen Menschenseelen befreien könnte? Mmhm, ... keine gute Idee. Der Pfarrer sieht sicher nicht gern, daß ich mit Meergeistern umgehe. Und dann müßte ich ihm auch vom Branntwein erzählen. Lieber nicht.« Jack ging auf und ab, verschränkte die Arme im Rücken und zog seine Stirn in Falten.

»Wie wäre es denn ... Ja, so müßte es gehen«, sagte er schließlich. »Ich lade den Meernix ein und gebe ihm viel, so viel zu trinken, daß ihm die Augen zufallen. Während er schläft, nehme ich seinen Hut und tauche hinunter. Aber zuerst muß ich Biddy wegschicken.«

Grübelnd und mit seinem Plan beschäftigt, kam er zu Hause an, zog die Jacke aus und setzte sich in einen Stuhl.

Da wurde die Tür aufgerissen, und seine Frau kam herein, die Wangen gerötet, frisch frisiert und sichtlich guter Laune.

»Lieber Jack«, sagte sie, »du hast doch nichts dagegen? Ich muß gleich ins Dorf. Das neue Kleid ist fertig. Ich muß es anprobieren. Essen habe ich vorbereitet. Du wirst sehen, das Kleid wird dir gefallen.«

»So, du willst ins Dorf?« fragte Jack erfreut.

»Es macht dir doch nichts aus, wenn ich ein wenig später zurückkomme?« meinte Biddy. »Weißt du, auch Tante Mary habe ich lange nicht besucht. Ich dachte mir, heute besuchst du sie. Ich kann ihr dann auch das neue Kleid zeigen.«
»Ich komme schon zurecht«, sagte Jack. »Mach dir keine Sorgen. Bleib so lange, wie du willst. Und vergiß nicht, die liebe Verwandtschaft von mir zu grüßen.«
»Das Essen steht neben dem Herd«, sagte Biddy. »Wenn du Hunger hast, mach Feuer und wärm das Essen auf.«
»Dann viel Vergnügen!« meinte Jack. »Ich denke, ich werde . . . ich sollte . . . ja, was werde ich heute tun? Hinausfahren vielleicht, die Netze herausholen.«
»Das Wetter ist gut«, sagte Biddy zum Abschied. »Da wirst du sicher Glück haben. Aber nun muß ich mich beeilen.«
Sie umarmte Jack flüchtig und wirbelte fort, vergaß, die Tür zu schließen, so daß der frische Wind vom Meer ins Zimmer fuhr und Jack ermunterte, nicht lange zu warten.
Schnell zog er seine Jacke an, schlüpfte in die Stiefel und stapfte zum Meer hinunter. Dort angekommen, warf er einen Stein ins Wasser und mußte nicht lange warten. Der Meernix tauchte aus dem Wasser auf. Zuerst sah man den Hut, dann den Kopf, und mit ein paar kurzen Schwimmbewegungen erreichte der Meernix das Ufer und kletterte auf den Stein.
Jack begrüßte ihn und schleppte ihn nach Hause. Er mußte den Meernix fest stützen, denn mit einem Fischschwanz läßt sich's zwar gut im Meer vorankommen, auf dem Lande aber geht es kaum ohne Hilfe.
Zu Hause angekommen, setzten sich Jack und der Meernix an den Tisch, blickten sich erwartungsvoll in die Augen, und als Jack eine uralte Flasche holte und sie absetzte, glänzten die dunklen Fischaugen des Meernix. Jack öffnete die Flasche und schenkte ein.
»Was sagst du jetzt?« fragte er. »Kann sich das Tröpfchen aus meiner Flasche nicht sehen lassen? Soll ich nachschenken, dir schmeckt es doch?«
Und der Meernix trank und trank und ließ sich's gut sein in Jacks Haus. Sein wasserbleiches Gesicht rötete sich, und er bekam einen dunklen Glanz in die Augen. Er setzte den Hut ab, den er immer noch aufbehal-

ten hatte, und legte ihn neben sich auf die Bank. Jack sah, daß auf dem Kopf des Meernix, dort, wo die Haare dünn waren und die Haut hervorleuchtete, dicke Adern wie Algenarme blauschwarz aufgeschwollen waren und daß sich Schweißtropfen gebildet hatten.
Kalter Schweiß, was anderes als kalter Schweiß? dachte Jack. Denn heiß konnte es einem kalten Meergeist doch nicht werden. Aber dagegen sprach das gerötete Gesicht des Meernix. Macht nichts, sagte er sich, nur gut, daß er meinem besten Wässerchen so brav zuspricht.
»Hoho, ich hab, hu, ich hab schon zuviel getrunken«, stotterte der Meernix und hielt sich an der Tischkante fest. »Oh, Jack, der geht in den Fischschwanz, der zieht durch mich hindurch und schürt in mir ein Feuerchen, wie's einem Wassermann gar nicht zusteht. Kalt in der Brust, bleib immer kalt in der Brust, Junge, sagte meine alte Mutter vor hundert Jahren zu mir. Sie war, das sage ich dir, ein uraltes, eiskaltes Meerweib, wild und schön noch in ihren alten Jahren. Oh, oh, stark ist er, dein Schnaps, ich kann mich kaum noch geradehalten. Woher hast du nur dieses, dieses Tröpfchen, Tröpfchen, woher? Aus, aus, du mußt es aus meinem, meinem Keller haben. Schmeckt wie mein bester, dein bester Branntwein, wie brennt er ein, eins, zwei, warte, was, was kommt nach zwei? Ich hab's nicht mehr im Kopf, im Hals nicht mehr, vorbei, vorbeigeschluckt, ausgelöscht, einfach fortgeschwemmt. Alles ist fortgeschwemmt. Und ich spüre, spüre meinen Fisch. . . ischschwanz nicht mehr, zum erstenmal spüre ich ihn nicht mehr. Jack, ich, ich bin so wassermüde, so tief, bin meermüde.«
»Dann leg dich doch hier hin«, sagte Jack. »Bei mir zu Hause bist du gut aufgehoben. Mach dir keine Sorgen. Hier darfst du lange, lange schlafen.«
Der Meernix legte sich schnaufend zurück und schlief gleich ein, als Jack seinen Fischschwanz auf die Bank legte und ihn mit einer Decke zudeckte.
»Schlaf lange, schlaf tief, schlaf gut, mein Wasserfreund!« sagte er und packte den Hut. Leise schloß er die Tür hinter sich und lief zum Wasser hinunter. Am Meer angekommen, stülpte er sich den Hut über und sprang, ein wenig ängstlich, in die Tiefe, wußte er doch nicht, ob sich der Weg zum Meeresgrund für ihn auch ohne die Begleitung des Meernix' auftat. Aber wie schon einmal, wurde er rasch in die Tiefe gezogen und befand sich wieder vor dem Muschelhaus.

Entschlossen zog er den Hut vom Kopf und trat ein. Mit ein paar Schritten war er vor der Wand mit den Töpfchen. Eines nach dem anderen öffnete er, hob den Muscheldeckel ab und hörte das Wispern, Zischen und Zischeln der eingeschlossenen Seelen immer stärker anschwellen, je mehr Muscheltöpfchen er öffnete. Er konnte die Seelen der Ertrunkenen nicht sehen, aber um ihn wuchs ein Konzert der geheimnisvollen Stimmen und Flüsterlaute an. Es war, als redeten die Seelen miteinander, als hauchten sie die langen Jahre der Gefangenschaft aus. Die Luft schien in Bewegung zu geraten, hob und senkte sich wie in Wellen. Was mögen sie sich für Lebens- und Seelengeschichten erzählen? dachte Jack und hörte nicht auf, mit flinken Händen den Eingeschlossenen die Freiheit zu verschaffen. Es war ihm, als entließe er unsichtbare Schmetterlinge in die Freiheit, als würden die Seelen um seine Hände schweben, als könnte nur er ihnen den letzten Stoß in die freie Luft, den letzten Schwung geben, als leuchteten sie auf vor ihm oder nur in seinen Gedanken, in denen ihr Gezischel und Wispern, ihr feines Blasen und Räuspern zu einer Musik der Freude wurde. Jack hätte in die Hände klatschen mögen vor lauter Zufriedenheit, wenn er nicht so beschäftigt gewesen wäre, die Deckelchen aufzuheben. Die letzten legte er nicht einmal mehr sorgsam neben die Töpfchen, sondern ließ sie achtlos zu Boden fallen, denn nicht eine der Seelen sollte eingeschlossen bleiben, alle sollten sie an den Ort ihrer ewigen Bestimmung entschweben können.

Für einen Augenblick setzte sich Jack auf den Boden, nachdem er der letzten Seele die Freiheit gegeben hatte, und ruhte sich einen Atemzug lang aus. Er blickte um sich und betrachtete sein Werk. Er hatte die schöne Ordnung zerstört und die Sammlung so durcheinander gebracht, daß er sich beinahe schämte und schon in Gedanken den Meernix um Verzeihung bitten wollte. Aber dann wischte er sich diese Überlegung schnell aus dem Sinn und machte sich daran, alle Deckelchen wieder auf die Töpfchen zu setzen. Er suchte die auf dem Boden verstreuten Teile zusammen und stellte alle Töpfchen so genau in die alten Reihen, daß der Meernix nicht merken sollte, was seiner Sammlung angetan worden war.

»Wenigstens nicht im ersten Augenblick«, sagte Jack zu sich. Denn später, wenn der Meernix sein Ohr an die Töpfchen legen würde, wäre nicht mehr zu vertuschen, was in seinem Muschelhaus geschehen war. Nachdem er aufgeräumt hatte, setzte Jack den Hut wieder auf und stieg auch gleich durch die tiefen Wasser an die Oberfläche zurück. Als er oben angekommen war, nahm er den Hut in die Hand und trottete auf sein Häuschen zu. Aber schon von weitem hörte er seine Frau um Hilfe schreien.

»Hilfe, Hilfe! Jack, Jack, wo bist du?«

Jack eilte auf das Haus zu und sah, daß Biddy aus der Tür rannte und sich verzweifelt umsah.

»Biddy, was ist geschehen? Schrei doch nicht so!« sagte er und wollte sie zur Ruhe bringen.

»Jack, Jack!« stieß sie atemlos und entsetzt hervor. »In unserem Hause liegt ein Ungeheuer auf der Bank, ein Geist, vielleicht der Teufel, ein Teufel. Ich habe Angst. Ich hole sofort Leute und den Pfarrer aus dem Dorf. Jack, ruf sofort den Pfarrer! Der Teufel wird uns Böses antun. Oh, er sieht so schrecklich aus, so schrecklich!

Jack faßte seine Frau an den Schultern und blickte sie belustigt an.

»Biddy«, sagte er fröhlich, »das ist doch mein Freund, ein Meernix. Ich kenne ihn . . . mein Großvater kannte ihn.«

Da schüttelte Biddy ihren Mann ab und sah ihn strafend an.

»Sag, bist du betrunken?« fragte sie. »Ein Meernix? Wie kommt das? Der Schnaps ist dir wieder ins Hirn gestiegen. Daß du immer trinken mußt!«

»Ich will dir später alles erzählen«, beruhigte sie Jack. »Doch nun muß ich meinem Freund den Hut zurückbringen, sonst findet er nicht ins Wasser heim.«

Biddy schüttelte den Kopf und war nicht dazu zu bewegen, ins Haus zurückzukehren. Sie versteckte sich hinter dem kleinen Schuppen, der an das Haus angebaut war. Jack ließ sie stehen und trat mit dem Hut in der Hand in das Zimmer. Der Meernix war gerade dabei, sich aufzurappeln, und blickte sich noch ein wenig verstört um. Er schien nicht zu begreifen, warum er auf der Bank zugedeckt lag, und kratzte sich ganz langsam mit der rechten Hand in den dünnen Haaren.

»Jack, dein Schnaps war aber stark«, sagte er schließlich. Und seine Stimme klang nicht nur feucht und wäßrig, sondern auch rauh und belegt.

Jack trat neben ihn und half ihm beim Aufrichten.
»Wenn du das sagst«, meinte er, »so will dies was heißen.«
»Und ich, ich werde bald wieder zu dir kommen«, sagte der Meernix und hatte Mühe, die Wörter hervorzupressen. »Einen solchen ... solchen Genuß darf man nicht alleinlassen. Einmal ist keinmal. Was ist das? Wind? Ob ein Sturm aufkommt?«
»Ja, ein Sturm«, antwortete Jack schnell. »Ich sah ein Schiff auf dem offenen Meer.«
»Dann schnell zurück in mein Reich!« sagte der Meernix. »Die Muscheltöpfchen warten schon. Ich muß sie aufstellen und die Seelen einfangen.«
Und schon hatte er den Hut aufgesetzt, schüttelte Jack die Hand und hüpfte hinunter zum Meer, und *schwupp* sprang er in das Wasser.
Biddy war aus ihrem Versteck herausgekommen und hatte kopfschüttelnd dem hüpfenden Meernix nachgesehen.
»Was redet er von Seelen?« fragte sie Jack, der aus dem Haus gekommen war. »Er fängt Seelen ein?«
»Ja, er fängt die Seelen der Ertrunkenen ein«, sagte Jack nachdenklich. »Er fängt sie und sperrt sie in Muscheltöpfchen. Er hat schon so viele Seelen gefangen. Ich war unten bei ihm im Wasser, dort, wo er die Töpfchen aufbewahrt. Und ich habe sie herausgelassen. Alle habe ich herausgelassen, und sie sind frei, frei.«
»Mann, Jack, Mann!« rief Biddy. »Komm zu dir, du mußt betrunken sein.«
»Hast du den Meernix gesehen oder nicht?« fragte Jack.
»Ja, dort in unserem Zimmer lag er«, sagte Biddy und sperrte den Mund auf.
»Also«, meinte Jack, »muß ich recht haben. Aber ich werde dir später alles ganz genau erzählen.«
Am nächsten Tag stand Jack wieder am Meer und blickte hinaus aufs Wasser.
»Grüß dich Jack!« hörte er plötzlich die bekannte Stimme des Meernix neben sich. »Ich sah deine Netze von unten.«
Jack war es sehr unangenehm, daß der Meernix sich ungerufen wieder bemerkbar gemacht hatte.
»Ich habe nichts gefangen«, sagte er abweisend. »Und ... und wie erging es dir? Hast du deine Sammlung erweitert?«

Der Meernix zog seinen Fischschwanz über den Felsen herauf und antwortete:
»Ich hatte viele leere Muscheltöpfchen aufgestellt, aber neue Seelen habe ich nicht gefangen.«
»Was willst du so früh?« fragte Jack weiter.
»Jack, mein Freund, ich wollte dich wiedersehen«, sagte der Meernix. »Und ich wollte fragen: Willst du morgen bei mir essen? Ich werde einen besonderen Tropfen für dich bereitstellen.«
»Klar, ich komme«, sagte Jack bestimmt. »Daß ich kein Kostverächter bin, weißt du. Ich werde dir ein Steinchen hinunterwerfen.«
»Ich werde wieder auftauchen«, sagte der Meernix fröhlich, »und dich abholen. Wir passen zusammen. Jack, das habe ich gleich gespürt, wie damals bei deinem Großvater. Also dann, bis morgen, mein lieber Freund!«
»Ja, bis morgen!« rief ihm Jack nach und sah, wie der Meernix rasch in den Wellen verschwand und hinuntertauchte in sein Reich.
»Er hat nichts bemerkt«, sagte er zu sich. »Er hat nicht bemerkt, daß ich die Seelen befreit habe und seine Töpfchen leer sind. Und wenn unsere Freundschaft hält, will ich auch die Töpfchen öffnen, in die er neue Seelen stecken wird.«
Zufrieden ging er in seine Hütte zurück, wo Biddy gerade dabei war, Kartoffeln für das Mittagessen zu schälen. Und nun erzählte er seiner Frau die Geschichte vom Meernix und den Seelentöpfchen. Doch Biddy wollte ihm immer noch nicht glauben und dachte: Wenn ich die Hälfte von dem vergesse, was er mir erzählt, ist's immer noch genug Verwunderliches.
Am nächsten Morgen holte Jack seine Jacke vom Haken und schlüpfte in die Schuhe.
»Jack, wohin gehst du?« fragte Biddy besorgt. »Draußen pfeift der Wind. Bei dem Wetter hat noch keiner einen guten Fang gemacht.«
»Ich fahre nicht aufs Meer«, erklärte ihr Jack. »Ich bin wieder bei dem Meernix eingeladen.«
»Bleib lieber hier!« bat Biddy. »Wer weiß, was dir draußen zustoßen wird! Mir ist immer noch unheimlich zumute. Laß deinen Wasserfreund im Wasser. Du gehörst an Land.«
»Denk an die Seelen, die ich freigelassen habe«, sagte Jack.

»Aber bleib nicht zu lange weg!« bat Biddy und ließ ihn gehen.
Als Jack beim Meer angekommen war, warf er einen Stein ins Wasser. Aber wie lange er auch wartete, nichts geschah. Er warf einen zweiten Stein ins Wasser, doch der Meernix gab kein Zeichen. Da trat Biddy neben ihn. Sie war unruhig gewesen und ihrem Mann gefolgt. Jack starrte auf das Meer hinaus und war traurig. Er bemerkte seine Frau nicht oder wollte sie nicht bemerken.
»Er antwortet nicht, er kommt nicht«, sagte er kaum hörbar.
»Ob er tot ist?« fragte Biddy.
»Ob er sein Muschelhaus verlassen hat?« fragte Jack. »Wenn er mir einen Hut dagelassen hätte, könnte ich nachsehen.«
»Vielleicht ist er in eine andere Gegend gezogen«, meinte Biddy.
»Und er hat entdeckt, daß alle seine Töpfchen leer geworden sind«, sagte Jack langsam. »Vielleicht hat er nachgesehen, als er das Wispern nicht mehr hörte.«
»Und dann hat er sich so geärgert, daß er gestorben ist, der Meernix, der glaubte, ewig leben zu können«, sagte Biddy befreit. »Du hast ihn überlistet.«
»So könnte es gewesen sein«, murmelte Jack. »Meinst du, daß er traurig war? Kann er traurig sein?«
»Ich weiß es nicht«, sagte Biddy.
»Es könnte sein, daß er sehr traurig war«, fuhr Jack fort. »Auch wenn ich möchte, daß er nicht traurig wurde.«
»Hoffentlich treibt er nicht in einem anderen Teil des Meeres sein Unwesen«, sagte Biddy.
»Nein«, sagte Jack entschlossen. »Dann will ich lieber glauben, daß er gestorben ist.«

Das Tanzlied des Fuchses Okon

Nach einem japanischen Märchenmotiv

In einem Dorf in Japan lebte Itako. Die alten Frauen und Männer kannten sie, und die Kinder und die jungen Leute kannten sie. Sie gehörte zum Dorf wie niemand sonst. Niemand konnte sich vorstellen, daß sie fortgezogen, daß sie einmal nicht mehr durch die Straßen gelaufen wäre. Sie war dagewesen vor allen Leuten, vor den Großmüttern und Großvätern und würde noch da sein, wenn die Kinder der Kinder herangewachsen wären. Sie kannte die Frauen und Männer und wußte umzugehen mit ihren Freuden und Beschwernissen. Sie wurde eingeladen zu den Hochzeiten und zu den Begräbnissen. Sie wurde gebeten, auf die Neugeborenen den Segen des Himmels herabzurufen. Denn Itako konnte den Menschen vorhersagen, was sie erwartete. Weil sie so alt war, daß niemand sich erinnern konnte, sie jung gesehen zu haben, weil sie alles zu wissen schien, was in der Zeit geschehen war, vor der die anderen Bewohner des Dorfes geboren worden waren, konnte sie auch vorausschauen in die Zeit, die noch nicht geschehen war. Ihre Gedanken gingen über die Gegenwart hinaus. Sie sah, wie sie sagte, Linien, die weit aus dem Früheren über das Heute in das Kommende zeigten.

Itako schien zu wissen, was die Himmlischen dachten. Sie konnte aus den Wolken lesen und stundenlang am Strand stehen und die Wellen des Meeres beobachten, ehe sie ins Dorf zurückkehrte, um den Leuten zu erzählen, was das Wasser gesprochen hatte. Die Bewegungen der Luft und das Auf und Ab der Wellen wissen mehr vom Wachsen und Vergehen der Welt, als ihr euch einfallen laßt, sagte sie zu denen, die sie verwundert fragten, warum sie immer wieder die scheinbar gleich dahinziehenden Wolken, die scheinbar gleich aufschäumenden Wellen ansah.

Itako kannte hundert und mehr Zaubersprüche, sie sprach ihren Zauber über kranke Glieder ebenso wie über ein neuerbautes Haus oder ein frisch angelegtes Reisfeld. Und sie konnte gut leben von dem, was ihr die Bauern für die Zaubersprüche und Prophezeiungen gaben. Sie hätte im Lauf der Jahre reich werden können, wenn sie nicht immer von dem, was sie erhielt oder besaß, den Ärmeren weitergegeben hätte.
Der Himmel sorgt für mich, dachte sie. Ich will nichts zurückbehalten, nichts in die Kammer und Scheune sammeln. Es würde nur verderben. Der Himmel gibt mir, was ich brauche, jeden Tag neu. Warum also sollte ich Schätze für morgen und übermorgen aufhäufen? Seht euch den Bambus an! An einem Tag bricht ein Keim winzig aus der Erde, und schon nach wenigen Tagen ist ein starker Stamm gewachsen. Wie sollte er wachsen, wenn ihn nicht die Kraft des Himmels erwecken und stärken würde? So vertraue auch ich auf die Kraft des Himmels.
Ich wachse zwar nicht hochauf wie die Bambusschößlinge, aber wenn ich bedenke, wie lange ich schon in schönster Gesundheit auf dieser Erde umherlaufe, dann habe ich allen Grund, den Himmlischen Dank zu sagen und euch ihre Freundlichkeit weiterzugeben.
Die Dorfbewohner waren sehr zufrieden mit Itako, und wäre es üblich gewesen, eine Frau zum Dorfvorsteher zu machen, wäre Itako wohl sogar Dorfvorsteher geworden.
Weil aber nichts auf dieser Erde ewig so bleiben kann, wie es ist, weil alles dem Sterben und dem Altwerden ausgeliefert ist und sich langsamer oder schneller dem Tod nähert, konnte auch in dem Dorf, in dem Itako lebte, nicht alles so bleiben, wie es war. Jeder Sonnenuntergang führte auch Itako einen kleinen Schritt näher zu dem Ende, das alles Lebendige erwartet.
Eines Tages ging die alte Itako wieder durch den Bambuswald hinaus auf die Felder. Auch um zum Strand zu kommen, mußte sie durch die Felder gehen, auf denen die Frauen und Männer des Dorfes arbeiteten. Jeden Tag konnte man die Frauen in den Reisfeldern oder auf den Gemüsebeeten sehen, und auch zu den Zeiten, in denen es zu viel oder zu wenig Regen gab, mußte gegraben, gepflügt und gepflanzt werden. Entweder mußte man versuchen, das wenige Wasser über schmale Kanäle so zu verteilen, daß keine Pflanze verdorrte, oder man mußte die Pflänzchen vor Überschwemmungen schützen. Itako ging an diesem

Tag gebückt und müde ihres Weges und wußte nicht, warum sie sich heute nicht wohl fühlte. Sie kam am Feld des Bauern Jehi vorbei.
»Guten Morgen, Jehi«, sagte Itako. »Ist das nicht ein schöner Tag heute?« Aber ihre Stimme klang gar nicht fröhlich. Und die Frage: »Wie steht der Reis auf deinem Feld?« stellte sie beinahe ängstlich. Jehi sah kaum von seiner Arbeit auf, als er antwortete:
»Ah, du bist es, Itako, und du traust dich, mich zu fragen: Wie steht der Reis? Du hast Regen prophezeit, aber nicht ein Tropfen ist vom Himmel gefallen. Siehst du nicht, daß die Pflanzen bald vertrocknen werden, wenn nichts geschieht? Woher soll ich das Wasser nehmen? Itako, auch du bist alt geworden. Deine Zaubersprüche helfen nicht mehr. Sie sind schwach geworden wie du.«
»Hab nur Geduld«, meinte Itako. »Bis morgen wird es geregnet haben. Soll ich noch einen Zaubervers sprechen? Einen besonders wirksamen?«
»Laß nur«, antwortete der Bauer. »Behalt deine Sprüche für dich. Und gib acht, daß dich mein Nachbar nicht sieht. Auch ihn hast du hereingelegt. Durch deine Sprüche und Kräutersalben ist seine Kuh kränker als vorher geworden. Ihr Bauch war so angeschwollen, daß sie beinahe geplatzt wäre.«
»Wie ist das möglich?« fragte Itako verzweifelt. »Das kann nicht sein. Habe ich euch nicht immer geholfen? Ich habe doch die Kranken geheilt und guten Rat gewußt.«
»Gestern, vorgestern, vor langer Zeit, Itako. Doch deine Zauberei ist alt und schwach geworden«, sagte der Bauer Jehi. »Laß mich in Ruhe, ich muß arbeiten. Ich kann nicht an gestern oder vorgestern denken, für mich ist wichtig, was heute oder morgen geschieht.«
Und er wandte Itako den Rücken zu.
Itako zog traurig weiter. Sie sah den schönen Tag nicht mehr. Das hohe, helle Licht der Sonne war ihr gleichgültig. Und was hatten die Bauern von der Sonne, wenn sie seit Wochen heiß herabschien und alle auf Regen hofften, wenn sie geglaubt hatten, Itako könnte ihnen den Regen herbeibeten, den die Felder so nötig hatten?
»Das ist schlimm«, sagte Itako zu sich. »Was soll aus mir werden, wenn mich keiner mehr braucht? Wovon soll ich leben? Wer sorgt für mich, wenn mich niemand mehr für meine Zaubersprüche bezahlt? Ich habe

keinen Mann, kein Kind, bin alt und krumm. Warum hat mich das Unglück heimgesucht? Habe ich dem Himmel zu sehr vertraut? Geglaubt, meine Kraft würde ewig dauern? Ach, würden doch alle im Dorf wieder rufen: Alte Itako, komm, mein Kind hat Schmerzen! Oder: Der Baum im Hof trägt keine Frucht. Itako, sag uns, wird es morgen regnen oder schneien? Mir ist, als sei in meine Augen die Trübnis gekommen, ich sehe nicht mehr klar. Nicht mehr, was war, und nicht mehr, was kommen wird. Es ist, als hätte sich über alles plötzlich ein Nebel gelegt. Aber was nützt es? Jammern hat noch niemandem geholfen. Ich muß noch zur Hütte am Fluß und der jungen Frau helfen, sie soll heute ihr Kind zur Welt bringen.«

Itako machte sich mit den Gedanken an die schwangere Frau wieder Mut und versuchte, schneller voranzukommen.

Aber als sie an die Hütte beim Fluß kam, hörte sie das Schreien eines Neugeborenen. Sie war zu spät gekommen. Beschämt überlegte sie, ob sie umkehren oder in die Hütte gehen sollte, um das Kind anzusehen, als eine Frau die Tür öffnete und sie mit einem Schwall von Worten empfing.

»Itako!« rief die Frau. »Du bist eine schlechte Hebamme. Du hast gesagt, das Kind käme heute zur Welt, aber es ist schon vor zwei Tagen gekommen. Wir haben Angst gehabt, wir haben auf dich gewartet.«

»Was sagst du da?« fragte Itako ungläubig. »Ich war ganz sicher, daß es heute . . .«

»Dir kann man nicht mehr glauben«, unterbrach sie die Frau. »Wie stellst du dir das denn vor? Das Kind hätte sterben können.«

»Habe ich euch nicht geholfen, solange ihr denken könnt?« versuchte Itako noch einmal zu fragen.

»Geholfen, gehabt, getan!« rief die Frau. »Was geht es mich an, was gestern war? Was jetzt ist, heute, das interessiert mich. Du scheinst keine Kraft mehr zu haben, Itako. Wir und die Leute im Dorf werden uns eine neue Itako suchen müssen.«

»Eine neue Itako?« schluchzte die alte Itako.

»Ja, eine neue, starke!« rief die Frau noch einmal und schloß die Tür.

Itako schüttelte ungläubig den Kopf. Ihr wollte nicht in den Sinn, daß alle sich von ihr abwendeten, daß man plötzlich nichts mehr von ihr wissen wollte.

Bedrückt kehrte sie nach Hause zurück; sie grüßte alle, die ihr begegneten, aber nur wenige erwiderten ihren Gruß. Die Nachricht, daß die Kraft der Weissagung von ihr gewichen war, hatte sich rasch ausgebreitet.

Itako kam nach Hause und fühlte sich in den nächsten Tagen von allen verlassen. Niemand kam, um sie nach Rat zu fragen. Gerne hätte sie wieder versucht, den Leuten mit den ältesten ihrer Zaubersprüche zu helfen, wie sie immer geholfen hatte; aber von Stunde zu Stunde vergaß man sie mehr. Die alte Itako, ja, früher, es muß lange hergewesen sein, daß man gerne auf ihren Rat hörte. So würde man bald sprechen.

Itako spürte nun ihr Alter wie eine schreckliche Last. Die Jahrzehnte, die ihr scheinbar nichts hatten anhaben können, ließen sich mit doppeltem Gewicht auf ihr nieder und drückten ihr Vertrauen und ihren Mut zu Boden. Sie schloß sich ein. Sie fühlte die Schwere des Alters in den Beinen und in den Armen, so als hätte jemand ihr von heute auf morgen Gewichte angehängt. Und weil das Alter sich in ihr ausbreitete wie eine Krankheit, legte sie sich ins Bett und wünschte, auch ihre Gedanken sollten erlöschen, wenn dem Körper keine Kraft mehr gegeben war. Sie schluchzte und war matt wie nie zuvor.

Arme Itako! dachte sie. Da liege ich nun schwach im Bett, verlassen in meiner Hütte, und habe niemanden, der mich tröstet. Kein Nachbar hört mich, wenn ich etwas brauche und rufe. Niemand kocht mir heißen Tee. Ich Arme, was soll nur aus mir werden? Niemand bittet mich um einen Spruch. Niemand ruft mich zu einem Kranken. Niemand will mehr, daß ich die Stimmen der Verstorbenen deute, die doch um uns sind im Bambuswald und die ich genauer vernahm als alle anderen. Meine Zeit scheint um zu sein. Irgendwer schüttet sie zurück in das riesige Faß der ewigen Zeit, aus der wir alle kommen, und ich spüre am ganzen Leib, wie ich weggezogen werde. Lange werde ich nicht mehr hier liegen. Das Sterben ist um mich wie ein Schleichen und Wehen, wie ein Lispeln und Räuspern.

Während sie noch zu sich sprach und über ihr Schicksal nachdachte, hörte Itako ein Schleifen und leises Dahinstreichen im Zimmer, ein Scharren und Streifen. Itako dachte, Mäuse wären ins Haus gekommen und suchten etwas zu Fressen. Oder war das Streifen doch das Ankommen des Sterbens?

Die Mäuse werden bei mir nicht viel zum Knabbern finden, dachte sie. Die Vorräte sind ausgegangen, und ich weiß nicht, wie ich die Kammer wieder füllen soll.
Nun kam zum Schleifen und Scharren ein Rascheln und Schmatzen. Itako setzte sich im Bett auf und blickte umher.
»Was ist denn das?« fragte sie. »Wer schmatzt denn da?«
Da saß ein Fuchs in der Ecke vor der Schüssel mit Reisbrei, die Itako auf den Boden gestellt hatte. Von ihrer Matratze aus, die in der Mitte des Zimmers auf den Reisstrohmatten lag, konnte sie gut sehen, wie der Fuchs seine Schnauze tief in den Reisbrei gesteckt hatte und mit Appetit schmatzte.
»Armer Kerl«, sagte Itako, »dir scheint es auch nicht besser zu gehen als mir. Friß nur, soviel du willst. Ich habe leider nur den kalten Reis, aber laß es dir schmecken.«
Kaum hatte sie die letzten Worte gesprochen, als der Fuchs seinen Kopf hob, sich kurz umblickte und mit ein paar schnellen Sätzen verschwand.
»Oh, weg ist er!« rief Itako. »Schade, denn seine Gesellschaft wäre besser gewesen als gar nichts. Warum bist du nicht dageblieben? Wir hätten uns vielleicht aneinander gewöhnen können. Muß ich nicht in meinen letzten Jahren, da mich die Menschen verlassen haben, mit Tieren vorliebnehmen?«
Itako war traurig, weil nicht einmal der Fuchs bei ihr hatte bleiben wollen. Und in den nächsten Tagen wollte sie nicht einmal mehr Wasserreis kochen.
Warum soll ich noch kochen? dachte sie. Wenn mir bestimmt ist, allein und verachtet zu sterben, dann will ich mich nicht auflehnen. Darum räumte sie am Morgen auch nicht mehr das Bettzeug in den Wandschrank, sondern blieb auf der Matratze liegen und blickte mit leeren Augen vor sich hin.
Aber dann kam der Fuchs wieder. Plötzlich sah Itako, wie er seinen Kopf durch das offene Fenster streckte und ins Zimmer sah.
»Da bist du ja wieder«, sagte Itako überrascht und froh. »Komm herein und leiste mir Gesellschaft!«
Der Fuchs schien nur auf die Einladung gewartet zu haben, sprang von der Bank, die vor dem Fenster stand, herunter und drückte die Tür auf.

»Komm näher!« ermunterte ihn Itako freundlich. »Setz dich dahin, wo meine Füße sind. Du darfst dich ruhig auf die Decke setzen. Hab keine Angst! Ich freue mich, daß du da bist. In den letzten Tagen hatte ich viel Zeit zum Denken. Ich habe auch an dich gedacht und gewünscht, du solltest wiederkommen. Sag, bist du sehr hungrig? Ich, ich will versuchen . . .«

»Bleib nur liegen!« sagte der Fuchs mit ganz klarer Stimme. Er öffnete dabei weit sein Maul und zeigte die weißen Zähne. Die Nase schnupperte in die Luft, und das Fell glänzte im schönsten Fuchsbraun.

»Ich will versuchen aufzustehen«, sagte Itako noch einmal. »Dann könnte ich Tee kochen.«

»Bleib liegen!« sagte der Fuchs noch einmal. »Ich will dir etwas vorsingen.«

»Du kannst singen?« fragte Itako.

»Ich werde dir ein Joruri singen«, sagte der Fuchs.

»Was, ein Tanzlied? Du singst mir ein Tanzlied?« rief Itako überrascht.

Da setzte sich der Fuchs auf die Hinterbeine, hob den Kopf, öffnete den Mund und ließ ein Joruri hören, wie es Itako noch nie gehört hatte. Langgezogene hohe Töne schienen aus dem Bauch des Fuchses zu kommen und aus seinem geöffneten Mund in das Zimmer zu fließen. Das Tanzlied machte Itako warm ums Herz. Aber es war auch voll von einer so leisen dahinschwebenden Traurigkeit, daß Itako gleichzeitig zum Weinen war.

»Das klingt ja wunderbar«, sagte sie, und ihre Stimme zitterte. »Du bist ein seltsamer Fuchs. Du machst Musik, und wenn man zuhört, fühlt man sich wie neugeworden. Mir ist ganz froh im Herzen, auch wenn mir die Tränen im Hals stecken. Mir ist, als sei meine Krankheit verflogen. Ich bin wieder gesund. Dein Lied hat mich gesund gemacht.«

»Ich freue mich«, sagte der Fuchs, »daß ich dir helfen konnte. Ich wollte dankbar sein für den Reisbrei und weil du gut zu mir warst.«

»Helfen, helfen«, murmelte Itako nachdenklich.

»Ja«, sagte der Fuchs, »mein Tanzlied kann helfen, es kann Krankheiten heilen.«

Itako stand vom Bett auf und war ganz aufgeregt, als sie sagte: »Davon habe ich noch nichts gehört. Eine Musik, von der eine so große Kraft ausgeht, die heilen kann . . .«

»Weil es dir wieder gut geht«, meinte der Fuchs, »will ich jetzt gehen.«
Itako schüttelte den Kopf.
»Du willst gehen? Ich werde traurig sein. Ich werde dich vermissen.«
»Aber ich kann doch nicht hierbleiben«, sagte der Fuchs.
»Warum denn nicht? Wir würden gut miteinander auskommen.«
»Meinst du?«
»Du könntest mir das Tanzlied beibringen. Und mit dem Tanzlied würde ich die Leute heilen. Sie werden mich dafür bezahlen. Ich werde für dich sorgen. Du wirst nie mehr Hunger haben.«
»Gut«, sagte der Fuchs und ließ seinen prachtvollen Schwanz auf den Boden streifen, als er auf- und ablief. »Ich will dir meine Musik beibringen, Itako.«
»Ja, lieber Fuchs«, sagte Itako und rieb sich vor Freude die Hände.
»Wir fangen gleich damit an. Aber zuerst möchte ich wissen, wie ich dich nennen soll.«
»Wie du willst«, sagte der Fuchs.
»Okon, du sollst Okon heißen«, sagte Itako. »Das ist ein schöner Name. Und nun sing mir vor! Ich werde nachsingen. Setz dich neben mich, oder besser mir gegenüber, dann sehe ich genau, was du singst.«
Wieder sang der Fuchs, und wieder war seine Stimme hell und freundlich im Zimmer, war um Itako und auf allem, was im Zimmer war. Seine Stimme berührte Itako und die Dinge des Zimmers. Und Itako wollte mitsingen, nachsingen. Aber sie sang schrecklich falsch. Ihre Stimme kratzte und riß, ihre Stimme war rauh und ohne Glanz. Sie war nur Mühe und erreichte einfach nicht die Leichtigkeit von Okons Stimme. Über sich selbst erschrocken, hörte Itako auf und sah bittend den Fuchs an.
»Itako, du singst so falsch«, sagte Okon, »daß niemand zuhören kann. Wenn du so singst, wirst du keinen Kranken heilen können. Aber da kommt mir ein Gedanke. Wir werden miteinander singen.«
»Das geht doch nicht«, sagte Itako.
»Doch, doch«, antwortete Okon. »Ich werde singen, du sollst nur den Mund bewegen.«
»Du bist ein schlauer Fuchs«, meinte Itako. »Die Idee ist nicht schlecht. Aber, aber da müßten wir beide eins werden. Wie soll das gehen ...?

Aber warte, wenn, wenn ... Ja, natürlich, daß ich nicht gleich darauf gekommen bin! Ich binde dich auf den Rücken und decke meinen Kimono über dich. Dann sieht man dich nicht. Deine Stimme wird wie aus mir kommen. Und ich werde nur die Lippen bewegen. Das ist eine glänzende Idee.«
Da tanzte der Fuchs Okon im Zimmer und sang dazu:

»Der Okon und die Itako
die machen alle Leute froh.
Wer krank war, wird gesund,
bewegt Itako nur ihren Mund.«

Itako freute sich über alle Maßen. Ihr Mut bekam Flügel, es war ihr, als könnte sie alle Lasten der Welt und der Menschen auf sich nehmen und sie forttragen in das Licht.
»Und nun will ich durchs Dorf tanzen«, sagte sie, »damit alle sehen, wie gesund die alte Itako ist und welche Kraft in dem Tanzlied steckt. Oh, ich will alle Kranken gesund machen. Ich will vergessen, daß die Leute zu mir böse gewesen sind, weil so viel Freude über mich gekommen ist, daß ich sie gar nicht für mich behalten kann.«
Schon am nächsten Tag verließ Itako ihr Haus. Sie wollte den Leuten im Dorf zeigen, daß sie wieder gesund war, daß sie sich wie neugeboren fühlte, daß sie die alte Itako war, zu der man kommen und um Rat fragen konnte.
Itako lief hinaus auf die Felder. Sie wollte den Bäumen und den Reispflanzen sagen, daß sie wieder da war. In ihr redete die Freude über die wiedergegebene Kraft, redete aus ihr heraus, wollte sich allen mitteilen, nicht nur den Menschen, sondern auch den Steinen, auch den Sträuchern, den Vögeln und den Fischen. Es war eine Freude, die man nicht für sich behalten konnte. Itako tänzelte an den Feldern vorbei, sie hüpfte von einem Bein auf das andere, so daß ihr weiter Kimono sich bauschte und seine Ärmel flatterten.
Man hörte das *Krah-Krah* der Krähen, die schwarz aus den Bäumen aufflügelten, man hörte das Glucksen des Wassers in den Reisfeldern. Itako blickte zum Himmel auf.
In der Nacht war der langerwartete Regen gekommen und hatte alles

Grün erfrischt. Der Himmel hatte sich ausgeschüttet über die Erde. Wie aus tausend Schleusen war das Wasser niedergerauscht, aber nun, am Morgen, hatte der Wind vom Meer den Himmel wieder blaugefegt, und soweit man blicken konnte, glänzte das frühe Licht der Sonne.
Itako begegnete einem Bauern, der, den Hut auf dem Kopf, gut gelaunt zur Arbeit ging.
»Itako, was ist mit dir?« fragte der Bauer. »Warst du nicht sterbenskrank? Und nun tanzt du gesund durchs Dorf. Ich traue meinen Augen nicht.«
Itako summte vor sich hin und sagte:
»Wer krank war, wird gesund, bewegt Itako nur ihren Mund. Ja, mein Lieber, ein zauberkräftiges Tanzliedchen hat mich gesund gemacht.«
»Ein Tanzlied?« fragte der Bauer. »Das muß ein ganz besonderes Lied sein.«
»Wie du siehst, wie du siehst!« rief Itako fröhlich und tänzelte vor dem Bauern hin und her.
»Dann kannst du auch mir helfen«, sagte der Bauer. »Komm in meine Hütte. Meiner Frau geht es sehr schlecht. Seit Tagen kann sie nichts mehr essen. Keine Arznei hat ihr geholfen. Und sie kann auch in der Nacht kein Auge zutun.«
»Hast du sie vielleicht schlecht behandelt?« fragte Itako.
»Was soll ich getan haben? Nein, ich, du kennst mich doch. Itako, bitte hilf meiner Frau. Ich kann nicht mehr mitansehen, wie sie sich quält.«
»Gut«, sagte Itako, »ich will deiner Frau das Joruri singen, doch erst muß ich das richtige Kleid anziehen, sonst wirkt das Joruri nicht.«
»Beeil dich, beeil dich!« rief der Bauer erfreut. »Aber beeil dich wirklich, meiner Frau geht es, nochmals sei's gesagt, sehr schlecht. Sie wird sterben, wenn du ihr nicht hilfst.«
Itako verabschiedete sich von dem Bauern und machte sich auf den Heimweg.
Das fängt ja gut an, dachte sie. Kundschaft gleich am ersten Tag. Wenn ich der Frau helfen kann, wird sich die Nachricht rasch verbreiten, und dann wird es mir wieder gut gehen.
Als sie nach Hause kam und ins Zimmer trat, schien der Fuchs Okon schon auf sie zu warten. Er saß in einer Ecke und blickte vor sich hin.
»Okon, komm!« sagte Itako. »Steig auf meinen Rücken, wir müssen zum Bauern Thon.«

»Ist der Bauer krank?« fragte Okon.
»Nein, seine Frau, sie liegt im Sterben. Ich will ihr helfen. Ich muß ihr helfen.«
»Dann aber schnell«, sagte der Fuchs. »Ist es weit zu Thons Hütte?«
»Es ist nicht weit, nur ein paar Minuten.«
»Vergiß nicht«, sagte Okon, »daß du nicht schnell laufen kannst, wenn du mich mittragen mußt.«
»Ach«, meinte Itako, »ich habe die Kraft von zwei jungen Frauen in mir. Du hast mir die Kraft wiedergegeben. Komm, setz dich auf meinen Rücken und halt dich gut fest.«
»Itako, zieh dir erst den weiten Kimono an«, sagte Okon.
»Du hast recht«, antwortete Itako. »Dann schlüpfst du unter den Kimono und hältst dich an meinem Rücken fest.«
Itako ging zum Schrank und holte den Kimono. Der Fuchs zwängte sich unter den Kimono, und mit gebeugtem Rücken machte sich Itako auf den Weg zum Bauern Thon.
Die kranke Frau des Bauern lag mit geschlossenen Augen auf dem Bett. Neben dem Bett kniete der Bauer auf dem Boden. Als Itako eintrat, sprang er erfreut auf und bot Itako einen Platz auf der Matte an. Itako aber blieb stehen und begann leise zu singen. Dabei bewegte sie nur den Mund, denn das Tanzlied selbst sang Okon, versteckt auf ihrem Rükken. Aber das konnte im Halbdunkel des Zimmers niemand merken. Und selbst Itako hatte das Gefühl, daß Okons Stimme aus ihr kam, daß die Stimme des Fuchses ihre eigene geworden war. Sie wiegte sich leicht hin und her. Die Melodie des Joruri bewegte sie, die Töne stiegen auf und stiegen ab, sie waren da wie Wellen, die den Körper umgaben, wenn man sich vom Meer tragen, von den Wellen mitnehmen ließ ans Ufer. Die Wellen waren unten und oben, sie berührten jede Stelle des Körpers.
Man war in den Wellen, in den weichen und zugleich entschiedenen Bewegungen. Itako schloß die Augen und überließ sich dem Rhythmus der Töne, die von ihrem Rücken aus durch sie hindurchdrangen und aus ihrem Mund zu kommen schienen.
Der Bauer Thon blickte Itako bewundernd an. Auch ihn verwandelte das Tanzlied. Er bewegte im Sitzen den Oberkörper, und ihm war, als führe ihn das Joruri, als müsse er sich nicht mehr selbst bewegen, als sei

auch in ihn die fremde Kraft übergeflossen. Er gab seiner Frau die Hand. Er spürte, daß das Tanzlied auch in seiner Frau war, er spürte, wie die Krankheit von ihr abfiel, wie sie zurückgeholt wurde aus der Umarmung des Todes, wie das Leben in ihr wieder Platz gewann. Die Hitze des Fiebers, das ihren Körper geschüttelt hatte, wich, und der Bauer Thon sah, daß seine Frau leicht den Kopf bewegte, daß sie sich, der Melodie folgend, auf dem Kissen ganz sanft hin- und herschaukelte. Und dann öffnete sie die Augen und sah ihn an, aufgewacht und glücklich. Sie lächelte und drückte seine Hand.

»Frau, ich habe dich wieder«, sagte der Bauer Thon leise. »Du bist gesund. Du bist mir geschenkt. Ich weiß nicht, wie das gegangen ist. Aber alle Angst um dich ist von mir abgefallen. Den Himmlischen sei Dank.«

Und er blickte auf zu Itako, die sich noch immer im Tanz wiegte.

»Das Lied der Itako vollbringt Wunder«, sagte er. »Itako kennt wirklich ein Zauberlied. Ich will dich reich beschenken, Itako. Du hast nicht umsonst meine liebe Frau gesund gemacht. Danke, danke.«

Und der Bauer Thon ließ in Itakos Haus Fisch und Obst, eine Schachtel mit Süßigkeiten und einen Fächer bringen.

Itako freute sich und streichelte dankbar den Fuchs, der nicht nur ihr, sondern durch sie auch der Frau des Bauern geholfen hatte. Wie Itako es vorausgesehen hatte, verbreitete sich schnell die Kunde von der heilenden Kraft ihres Tanzliedes im Dorf. Wieder kamen die Leute, um sie zu den Kranken zu rufen, zu einem, der von der Leiter gefallen war und sich das Bein gebrochen hatte, zu einem, dessen Haut lauter rote Flekken zeigte, und zu einem anderen, den die Kopfschmerzen plagten. Allen sang Itako das Joruri, und allen gab sie Rat. Dem einen empfahl sie, ein besonderes Kraut zu essen, dem anderen, Säfte und Tinkturen aus Blättern und Pilzen anzuwenden.

Die Leute aus dem Dorf wunderten sich über die Kunst Itakos, aber sie freuten sich auch, daß nun wieder Hilfe da war, wenn man sie brauchte. Wenn die Frauen zusammenstanden, fragte freilich immer wieder eine, wie es denn käme, daß Itako eine so schöne Stimme habe, früher sei sie doch nie durch Lieder aufgefallen. Vielleicht habe die alte Zauberin auch noch gelernt, mit ihrer Stimme zu zaubern, mit rechten Dingen gehe es wohl nicht zu.

Aber diese Fragen und Vermutungen gingen unter in der allgemeinen Freude über das Gute, das Itako zustande brachte.
Itako war glücklich und zufrieden, und als sie eines Tages vor dem Tisch saß und die Suppe umrührte, sagte sie zu Okon:
»Dein Singen hat mir Glück, Wohlstand und Gesundheit gebracht. Wenn ich bedenke, wie schlecht es mir ging, bevor du, Okon, zu mir kamst, müßte ich jeden Tag ein Danklied singen. Aber du weißt ja, daß ich nicht singen kann. Hoffentlich kommt nie wieder eine solch schreckliche Zeit, in der meine Zaubersprüche keine Kraft mehr haben.«
Sie schöpfte aus der Schüssel Suppe in Okons Schale und sagte:
»Laß es dir schmecken. Du wirst sehr hungrig sein, denn du hast in letzter Zeit oft singen müssen.«
Okon schnüffelte und sagte:
»Die Suppe duftet mir in der Nase. Ich schmecke den Fisch. Du hast viel Fisch in die Suppe getan.«
»Du sollst immer das haben, was du willst. Suppe oder Fleisch. Okon, was wäre die alte Itako ohne dich?«
»Nicht mit jedem könnte ich mein Joruri singen«, sagte Okon.
Am nächsten Tag erschien ein Diener vom Schloß des Fürsten im Dorf. Er traf eine Frau, und die Frau fragte ihn:
»Du bist fremd hier. Siehst aus wie einer, der aus der Stadt kommt.«
»Man sieht es mir wohl an, daß ich nicht aus dem Dorf bin«, sagte der Diener. »Kein Kunststück, Frau, kein Kunststück.«
»Aus der Stadt. Ob das etwas Gutes zu bedeuten hat oder etwas Schlechtes?« fragte die Frau mehr sich selbst als den Fremden.
»Aus der Stadt kommt selten etwas Gutes. Entweder will der Fürst mehr Steuern, oder er holt sich gar Soldaten. Nichts Gutes, mein Herr, nichts Gutes, und darum will ich dir schnell aus den Augen gehen.«
»Bleib, bleib!« sagte der Diener und hielt sie am Ärmel fest. »Ich suche jemand.«
»Das hättest du gleich sagen können«, meinte die Frau.
»Ich suche die Hütte einer alten Frau, die Itako heißt. Weißt du, wo die Hütte ist?«
»Kann sein, kann auch nicht sein«, sagte die Frau. »Wenn du mir nicht sagst, was du von Itako willst, weiß ich nicht, wo sie wohnt.«

»Mach keine Späße mit mir!« sagte ungeduldig der Diener. »Der Fürst schickt mich.«
»Also doch der Fürst! Der will was, hab ich's nicht gleich gedacht, der Fürst will immer was.«
»Frau, laß gut sein, sag mir, wo Itako wohnt.«
»Was willst du von ihr?«
»Ich komme vom Schloß, weil die Prinzessin krank geworden ist.«
»Und deshalb kommst du in unser Dorf, zu unserer Itako. Was soll eine alte Frau?«
»Hast du nicht gehört, weißt du es nicht?« rief der Diener. »Bis zu uns aufs Schloß ist doch die Nachricht gekommen, daß Itako ein Lied singen kann, das die Kranken heilt.«
»Ach so, das Joruri«, sagte die Frau. »Das hat sie freilich in der letzten Zeit mehrmals gesungen. Im Dorf. Für die Kranken im Dorf. Und der Fürst hat erfahren, daß Itako das Tanzlied singt, das heilt. Der Fürst – das ging aber schnell. Und ich dachte, es sei ein weiter Weg bis zum Schloß.«
»Sie soll das heilende Tanzlied für die Prinzessin singen«, sagte der Diener.
»Gut, dann komm mit«, sagte die Frau und trippelte vor dem Diener her. Sie war stolz, den Diener des Fürsten führen zu dürfen, weil sie nun wußte, daß das Schicksal der Prinzessin auch in ihrer Hand lag. Denn, so dachte sie, wenn ich den Diener jetzt nicht zu Itako führe, dann könnte es zu spät sein. Also bin ich die wichtigste Person heute. Bei diesem Gedanken wurde ihr Gesicht ganz rot vor Eifer, und ihre Hände begannen feucht zu werden.
Sie kamen an dem kleinen Flüßchen vorbei und hinein in die enge Gasse, in der Itako wohnte. Vor den hölzernen Häusern standen in Kübeln Pflanzen und Blumen, und wenn man in eines der Häuser eintreten wollte, mußte man sich unter einem Vorhang bücken, der den oberen Teil des Eingangs verdeckte.
Die Frau ging voran und ließ den Diener nachkommen. Sie klopfte an der Schiebetür. Itako und der Fuchs hörten das Klopfen. Wer wollte jetzt schon wieder etwas von ihnen? Schnell versteckte sich der Fuchs hinter einem Wandschirm, als schon die Frau und der Diener das Zimmer betraten. Die beiden hatten die Schuhe draußen abgestellt und verneigten sich nun höflich grüßend vor Itako.

»Itako«, sagte die Frau, »da ist ein Bote des Fürsten.«
Itako erschrak und legte die Hand auf den Tisch, so stark mußte sie plötzlich zittern.
»Der Fürst schickt mich«, sagte der Diener. »Itako, du mußt auf das Schloß kommen. Die Prinzessin ist schwerkrank. Du mußt sie mit dem Joruri, deinem Tanzlied, heilen. Alle ärztliche Kunst hat versagt. Der Fürst hat erfahren, daß du ein Tanzlied kennst, das niemand sonst singen kann. Er bittet dich, das Joruri für die Prinzessin zu singen. Du bist die einzige Hoffnung für die Prinzessin.«
»Aufs Schloß – ich soll aufs Schloß kommen?« fragte Itako ungläubig. »Ich war noch nie auf dem Schloß. Ich ... ach, mir ist gar nicht gut, wollt Ihr es nicht doch noch einmal mit einem Arzt versuchen, mein Herr? Ich verstehe mich gar nicht auf die feinen Leute. Hier im Dorf fühle ich mich wohl.«
»Du mußt kommen«, unterbrach sie der Diener.
»Also gut, wenn der Fürst befiehlt oder bittet, muß man wohl kommen. Ich will mich nur noch umziehen. Bitte wartet vor der Tür.«
»Aber beeil dich bitte«, sagte der Diener und verließ zusammen mit der Frau das Zimmer.
Als er die Tür geschlossen hatte, flüsterte Itako:
»Okon, hast du gehört? Wir müssen aufs Schloß.«
»Dann mach schnell«, sagte Okon und blickte Itako an.
»Okon, das wird nicht gut ausgehen«, sagte Itako. »Ich habe Angst. Wenn dein Lied die Prinzessin nicht heilt, wird man mir sicher den Kopf abschlagen. Ach, könnte ich doch hierbleiben! Ich mag nicht zum Fürsten gehen.«
»Aber Itako«, sagte Okon und strich mit seinem weichen Fell an Itakos Füße. »Wovor fürchtest du dich? Ich werde im Schloß so schön singen wie noch nie. Ich weiß, die Prinzessin wird gesund werden.«
»Hoffentlich«, meinte Itako. »Dann hole ich nur noch den Kimono, und du schlüpfst wieder darunter. Halt dich ganz still, damit dich niemand entdeckt.«
»Ich werde mich schon festhalten«, sagte der Fuchs, »auch wenn der Weg zum Schloß lang ist und für mich nicht besonders bequem sein wird, auf deinem Rücken zu reisen.«
Als sie vor das Haus traten, wartete der Diener schon ungeduldig. Die

Frau, die ihn hergeführt hatte, war schon gegangen. Itako blickte auf ihr Haus zurück. Der Diener brachte sie zu einem Wagen und sagte: »Schnell, schnell, sehen wir zu, daß wir zum Schloß kommen! Der Fürst wird auf uns warten.«

An vielen Reisfeldern vorbei und über eine Bogenbrücke führte der Weg zum Schloß. Das Schloß war von einem Wassergraben umgeben und auf einem Hügel erbaut. Aus dem Wassergraben erhoben sich graugrün und abweisend die hohen Mauern aus zusammengefügten, behauenen Felsen. Das Wasser glänzte stumpf im Graben. Auf dem Wasser schwammen Schwäne. Vor dem Graben war eine weite rechteckige Wiese, auf der kunstvoll gezogene Kiefern ihre Äste ausstreckten. Itako kam alles fremd und zu groß vor. Warum braucht der Fürst eine so große Wiese? dachte sie. Warum sind um das Schloß so hohe Mauern? In unserem Dorf kann jeder zu jedem kommen, und jeder braucht nur sehr wenig Platz.

Sie fröstelte und wäre am liebsten umgekehrt. Aber schon waren sie bei der breiten Brücke angekommen, die zum Schloß führte. Zwei Wächter in ledergeschmückten Uniformen bewachten den Eingang. Sie konnten jeden abweisen, der nicht gemeldet war.

Eine Tür im Tor wurde geöffnet. Der Diener brachte Itako zum Fürsten. Ein Kiesweg führte zum Schloß hinauf. Vom Weg aus sah man die geschwungenen Dächer der Schloßhäuser. Auch hier fühlte sich Itako nicht wohl. Die hohen Mauern und Wände erschreckten sie. Sie fühlte, wie sich Okon an sie schmiegte. Hatte Okon auch Angst? Der Diener führte sie zu dem Haus, in dem die Zimmer der Prinzessin waren. Eine Dienerin empfing sie und blickte Itako von oben bis unten an.

»So kannst du nicht zur Prinzessin«, sagte die Dienerin.

»Wie meinst du das?« fragte Itako.

»Schau dich doch an«, fuhr die Dienerin fort. »Dein alter Kimono mag für die Straße oder für dein Dorf gut sein. Im Schloß kannst du diesen Sack nicht tragen. Du mußt dich umziehen. Ein frischer Kimono liegt für jeden Gast bereit. Ich habe einen für dich vorbereitet. Mach schnell, denn wir haben auf dich gewartet.«

»Dir gefällt also mein alter Kimono nicht?« fragte Itako.

»Nein, nein, ja«, sagte die Dienerin. »Bevor du an das Bett der Prinzessin trittst, mußt du dich umziehen. So verlangt es die Sitte im Schloß. So war es immer, und so wird es immer bleiben.«

»Das geht nicht«, sagte Itako entschieden.
»Warum nicht?« fragte die Dienerin.
»Ich kann nur in diesem alten Kimono singen«, sagte Itako.
»Was hat denn der Kimono mit deinem Gesang zu tun?« fragte die Dienerin.
»Wollt ihr hier noch lange darüber streiten, ob Itako sich umziehen soll oder nicht?« fragte der Diener dazwischen. »Soll die Prinzessin sterben, nur weil ihr euch nicht einigen könnt?«
»In meinem Kimono steckt die überirdische Kraft, die ich brauche, damit mein Tanzlied wirkt«, sagte Itako.
»Aber ich habe dir doch schon gesagt, daß das gegen die Sitten im Schloß verstößt. Du mußt diesen neuen, frischen Kimono anziehen. Schluß jetzt mit dem Gerede!«
»Dann kann ich nicht singen«, sagte Itako. »Ich werde also wieder gehen.«
»Nein, bleib, bleib!« bettelte die Dienerin. »Wenn es so ist, wie du sagst, dann behalte deinen alten Mantel. Aber nun schnell. Du wirst erwartet.«
Sie öffnete die Tür, und Itako konnte ins Zimmer der Prinzessin eintreten. Die papierbespannten Schiebetüren und Fenster waren geschlossen. Das Zimmer lag in einem milde gefilterten Licht. Man konnte die Bäume, das Wasser, alles Äußere nur ahnen in diesem Raum. Itako sah sich um. In einer Nische war ein Rollbild aufgehängt, auf dem nichts anderes als ein Blütenzweig zu sehen war.
Das Bett der Prinzessin war in dem großen Raum auf einer der Reisstrohmatten ausgebreitet. Neben dem Bett stand auf dem Boden ein kleines Tischchen. Auf dem Tischchen ein Glas mit Wasser und eine Lackschale, gefüllt mit Stücken aus gekochtem Sojaquark, Süßkartoffeln und Erbsenschoten. Aber nichts davon hatte die Prinzessin angerührt. Sie lag teilnahmslos auf dem Bett, die Augen geschlossen. Itako trat an das Bett heran. Sie blickte auf die Prinzessin, zog den Kimono enger um den Körper. Sie spürte das Gewicht des Fuchses im Rücken und meinte auch zu bemerken, daß er ihr mit dem Druck seiner Pfoten zu verstehen geben wollte, daß sie keine Furcht haben sollte. Und Itako fürchtete sich nicht mehr. Sie fühlte die Kraft der Hilfe von oben, ihr war, als könnte sie nicht nur auf die Kraft des Tanzliedes vertrauen,

sondern auch auf die Kräfte ihrer Vorfahren, die immer um sie waren. Von Kindheit an hatte sie gehört, daß die Verstorbenen nicht einfach verschwänden, sondern daß sie als Geister weiterlebten, daß sie unter den Bäumen im Wald zu finden, zu spüren waren, daß sie Hilfe schenken konnten, wenn sie wollten. Diese Kräfte waren um sie, das wußte sie nun wieder und fühlte sich stark.
Itako öffnete den Mund, und in dem stillen Zimmer war leise anhebend das Lied des Fuchses Okon, das zu ihrem Tanzlied geworden war. Es schwang und hob und senkte sich in ihr, es schenkte Vertrauen und erfüllte die Luft wie mit heilendem Atem. Alles Böse, Kranke mußte sich auflösen, klein werden in diesem Atem. Das Tanzlied hüllte die kranke Prinzessin ein. Itako bewegte sich während des Liedes wiegend hin und her und begann in winzigen Schritten zu tanzen. Jeder Ton des Fuchses gab ihr die Schritte an, jeder Ton des Liedes war auch ihr Ton, und ihre Bewegungen wurden die Bewegungen Okons. Sein weiches Tappen und Schleichen auf dem Boden wurde zu ihrem Tanz. Itakos Augen leuchteten. Sie vergaß, wo sie war, und wollte das Lied endlos ausdehnen. Immer nur dieses Wiegen und Bewegtwerden, immer diese Zuversicht und Heiterkeit. Nichts davon sollte ein Ende haben.
So sieht der unendliche Friede aus, den die Gestorbenen erreicht haben, dachte Itako, und ich darf den Frieden jetzt schon spüren. Sie öffnete die Augen und sah, daß die Prinzessin sich aufsetzte, daß die Krankheit von ihr abfiel. Die Prinzessin stand auf, sie breitete die Arme aus und hörte nichts als das Tanzlied, das sie leicht und heiter machte. Das Lächeln auf ihrem Gesicht wurde immer von neuem geweckt. Mit großen Augen blickte sie durch Itako, durch die Töne des Liedes hindurch, die wie zauberhafte Schleier vor ihr tanzten. Und dann begann auch die Prinzessin zu tanzen, unsicher zuerst, noch schwankend auf den Beinen, die von der langen Krankheit müde und unbeholfen geworden waren. Dann aber wuchs in ihr die Kraft des Liedes, und sie wagte sich in die Mitte des Zimmers. Mit jedem Schritt ließ sie ein Stück der Krankheit zurück. Und mit jedem Schritt trat sie wieder in ihr altes glückliches Wesen ein. Es war, als kehre sich alles um, als widerstehe nichts mehr der freundlichen Verlockung des Liedes. Die Prinzessin war glücklich, die Prinzessin tanzte, solange Itako und der Fuchs Okon sangen.
Itako verneigte sich vor der Prinzessin, die sie erst jetzt zu bemerken

schien, und wollte das Zimmer verlassen, als der Fürst hereinstürzte. Der Fürst blickte seine Tochter an und rief:

»Sie ist gesund, die Prinzessin ist gesund! Allen Himmlischen und dir, Itako aus dem Dorf, sei Dank.«

Itako trat einen Schritt zurück. Sie fürchtete, man könnte den Fuchs entdecken.

»Du hast meine Tochter gerettet«, sagte der Fürst. »Du singst das schönste Tanzlied in ganz Japan. Vors Schloß will ich ein Pferd führen lassen, beladen mit Schätzen. Du sollst belohnt werden, wie du noch nie belohnt worden bist. Du hast mich zum glücklichsten aller Väter gemacht. Nie werde ich das vergessen. Sei reich, ich nehme alle Sorgen von dir, ich danke dir.«

»Was soll ich mit den Schätzen?« fragte Itako. »Die Leute im Dorf geben mir wieder zu essen, seit sie wissen, daß ich ihnen helfen kann. Das genügt eigentlich. Und sieh mich an: Siehst du, wie weiß und dünn meine Haare schon geworden sind? Ich werde bald am Ende meiner Reise angelangt sein, soll ich da noch so schweres Gepäck wie Schätze mitschleppen? Ich muß dankbar sein, wenn mir noch ein paar Jahre geschenkt werden.«

»Nein«, sagte der Fürst, »du mußt annehmen, was ich dir schenke. Niemand hat je ein Geschenk des Fürsten zurückgewiesen.«

»Gut, wenn du es so meinst, werde ich selbstverständlich alles, was du mir gibst, in meine Hütte mitnehmen. Ich wollte dich nicht beleidigen.«

Itako verneigte sich vor dem Fürsten und raffte den Kimono zusammen.

»Ein Diener wird dich mit dem Pferd zu deiner Hütte bringen«, sagte der Fürst. »Ich habe den Befehl schon erteilt. In diesem Haus warten alle darauf, daß ich etwas anordne. Und was ich anordne, wird auch getan.«

Noch einmal verneigte sich Itako vor dem Fürsten und der Prinzessin. Sie wurde auf den Hof hinausgeführt. Dort stand ein Pferd, das hinter dem Sattel zwei pralle Säcke aufgebunden hatte. Ein Diener hielt es am Zügel und half Itako in den Sattel. Schon dämmerte es. Der Diener führte das Pferd über die Brücke und an der hohen Mauer und am Wassergraben vorbei. Der Diener verzog keine Miene. Sein Gesicht war

verkniffen, und die kurzgeschnittenen Haare standen ihm stachelig auf dem Kopf.
Wie gut, daß wir das Schloß hinter uns haben, dachte Itako. Der arme Okon auf meinem Rücken! Hoffentlich fällt er bei diesem Gerüttel nicht hinunter. Aber vor dem Diener des Fürsten fürchte ich mich. Der hat kein gutes Gesicht. In diesen Augen quält sich etwas, kann nicht heraus. Ich hätte die Belohnung doch nicht annehmen sollen. Dann könnte ich jetzt alleine in das Dorf zurückkehren. Wie der schon den Zügel in der Faust hält! Ich mag Fäuste nicht. Sie sehen aus, als wollten sie jeden Augenblick zuschlagen. Jede Faust ist böse.
Der Diener blickte dumpf vor sich hin. Er wollte rasch, möglichst weit weg von der Stadt kommen.
Wenn ich die alte Zauberin umbringe, so schoß es ihm plötzlich in den Kopf, dann gehören die Schätze mir. Alle Schätze, die das Pferd trägt. Mir, nur mir. Ich glaube, die Gelegenheit wird bald günstig sein. Hier draußen begegnet uns keine Menschenseele. Eine schöne Gelegenheit. Die Alte kommt mir gerade recht. Und was soll sie denn in ihrem Alter noch mit den Schätzen tun? Nein, meine lieben Schätzchen, in jüngere Hände müßt ihr kommen!
Schnell zog die Dämmerung die Nacht heran. Itako, das Pferd und der Diener gingen schweigend auf einer schmalen Straße dahin, die rechts und links von Büschen eingesäumt war. Niemand war weit und breit zu sehen.
»Steig vom Pferd!« rief der Diener plötzlich, zog ein langes Messer aus seinem Rock und drückte es Itako in die Seite. Itako erschrak, aber sie folgte dem hervorgestoßenen Befehl. Niemand wäre ihr zu Hilfe gekommen, wenn sie geschrien hätte. Aber sie mußte Angst um ihr Leben haben. Angst? Itako hatte nur einen Augenblick lang Angst, dann fiel ihr ein, was sie zum Fürsten gesagt hatte. Ich werde bald am Ende meiner Reise angekommen sein, hatte sie gesagt. Nun schien das Ende gekommen zu sein. Noch rascher, als sie geglaubt hatte. Der böse Diener sollte nicht glauben, sie noch schrecken zu können. Itako stieg vom Pferd und stand vor dem Diener.
»Und nun, was willst du?« fragte sie, ganz ruhig geworden.
Der Diener fuchtelte ihr mit dem Messer vor dem Gesicht umher.
»Mein Leben, willst du mein Leben?« fragte Itako. »Wie blind mußt du

sein, daß du glaubst, das Leben der alten Itako bedrohen zu können. Du bist dumm, dumm, hörst du? Und die Dummheit alles Bösen schaut dir aus dem Gesicht. Die Nacht kann gar nicht so dunkel werden, daß ich deine Dummheit nicht mehr sehen könnte.«
Itakos Worte machten den Diener wütend. Er fühlte sich verspottet. Dummheit! Itako hatte ihm das Wort Dummheit an den Kopf geworfen. Das mußte sie büßen. Er ließ das Messer fallen und ging mit bloßen Fäusten auf Itako los. Blindwütig schlug er auf sie ein, er schlug ihr ins Gesicht und auf den Leib. Seine Fäuste trommelten und hämmerten, bis Itako vor Schmerzen schrie. Aber da begann auch Okon zu schreien. Und der Schrei des Fuchses klang in der Nacht wie der schreckliche Schrei eines fremden wilden Tieres. Okon schrie unaufhörlich, so laut, daß der Diener von Itako abließ und schnell auf das Pferd sprang. Er drückte dem Pferd die Füße in die Weichen und galoppierte davon, in die Nacht hinein. Itako war zu Boden gefallen und wimmerte leise.
Das ist das Ende, dachte sie und schloß die Augen. Da aber hörte sie neben sich das Stöhnen Okons.
»Okon, mein lieber Fuchs«, sagte sie. »Hat er dich auch getroffen? Oh, du hast alle Schläge aufgefangen, die meinem Rücken galten. Oh, er hat dich geschlagen! Er hat dich mehr als mich getroffen. Armer, lieber Okon. Sag, bist du tot?«
Okon steckte die Schnauze unter Itakos Hand und antwortete mit schwerem Atem:
»Ich habe Schmerzen. Er hat alle meine Knochen zerschlagen. Ich ... ich glaube, ich kann nicht mehr laufen. Ich spüre jeden seiner Schläge. Er hat seine ganze Wut über mich gebracht.«
»Okon, lieber Okon, sei still, sprich nicht mehr. Ich will dich in den Arm nehmen, ich will dich streicheln, bis dir nichts mehr wehtut.«
Und sie nahm Okon wie ein Kind in den Schoß und legte einen Arm um ihn, ganz vorsichtig, damit sie ihm nicht wehtat. Mit der freien Hand strich sie über den Kopf des Fuchses und sagte dann:
»Okon, ich will singen ... Jetzt will ich dich heilen. Ich will das Tanzlied für dich singen. Das Joruri wird dir die Schmerzen nehmen. Sicher Okon, sicher.«
Doch Okon sah sie aus so traurigen Augen an, daß Itako die Tränen kamen.

»So ganz, ganz richtig«, sagte Okon, »kannst du das Tanzlied doch nicht.«
»Ich weiß, ich weiß«, antwortete Itako, »daß ich nicht so singe wie du. Das macht aber nichts. Wenn du nur wieder gesund wirst. Ich muß die richtige Melodie finden. Ich werde sie finden.«
Und Itako begann zu singen. Stockend erhob sie die Stimme. Sie vergaß die eigenen Schmerzen und dachte nur an Okon. Sie sah, daß Okon lächelte. Sie sang verzweifelt weiter, konnte die richtigen Töne nicht finden, verhaspelte sich. Aber sie ließ nicht nach; immer wieder begann sie mit ihrer alten Stimme nach der Melodie des Tanzliedes zu suchen.
»Okon, jetzt weinst du«, sagte sie. »Hast du so starke Schmerzen?«
»Ich weine nicht vor Schmerzen, sondern vor Freude«, sagte Okon. »Bitte sing noch einmal.«
Und Itako begann noch einmal. Und jetzt sang das Joruri von selbst in ihr. Sie brauchte nur in sich hineinzuhören, und die ganze Melodie war da. Sie konnte das Tanzlied für Okon singen.
»Ich weine vor Freude«, sagte Okon noch einmal.
»Vor Freude?« fragte Itako.
»Ja«, sagte Okon mit schwacher Stimme. »Zum erstenmal hat ein Mensch das Joruri, das heilende Tanzlied, gesungen, nachdem ich es so oft für die Menschen gesungen habe. Das macht mich glücklich.«
»Wenn du nur gesund wirst!« sagte Itako, und ihre Tränen purzelten auf Okons Gesicht.
»Itako, ich werde nicht mehr gesund«, sagte Okon. »Die Wut der Schläge war zu groß. Aber da du nun das Tanzlied schon so gut gesungen hast, wirst du lernen, es ganz ohne mich zu singen. Und du wirst nie mehr Not leiden.«
»Okon, Okon!« rief Itako, und die Tränen löschten ihre Stimme aus.
»Schau«, sagte Okon.
Itako schaute sich um. Zwei junge Füchse kamen aus dem Dunkel hervorgeschlichen und setzten sich in der Nähe auf den Boden. »Itako, lehr sie das Tanzlied, damit sie lernen – wie Okon –, die Menschen zu heilen.«
Und Okons Stimme brach ab. Der Kopf fiel ihm herab. Okon war gestorben. Itako streichelte den toten Okon. Und sie begann das Tanzlied zu singen; Tränen liefen ihr über beide Wangen. Die jungen Füchse

rückten näher und fielen zaghaft und schwach in das Lied ein. Sie versuchten mitzusingen. Die Nacht war mit einmal nicht mehr voller Schrecken, sondern sanft und beschützend. Der Mond war aufgegangen, und es war Itako, als höre er und der ganze Himmel dem Tanzlied zu, das sie mit den jungen Füchsen sang.

Der Reiche, der nicht sterben wollte

Nach einem thailändischen Märchenmotiv

In Thailand lebte vor vielen, vielen Jahren ein reicher Mann, der jeden Tag in seine Schatzkammer ging, um seine Schätze zu beschauen und sich an seinem Reichtum zu erfreuen. Aber auch er wurde alt und begann unter seinem Alter zu leiden. Krankheiten kamen und machten seine Finger steif und seinen Rücken krumm. Er konnte nicht mehr wie in jungen Jahren zu jeder Stunde seinen Reichtum vermehren, seinen Geschäften nachgehen, in ferne Länder reisen und Handel treiben.
Seine Diener, die ihm seinen Reichtum neideten und seit langem hatten zusehen müssen, wie ihrem Herren das Glück scheinbar in den Schoß fiel, während sie Mühe hatten, ihre Familien zu ernähren, beobachteten mit heimlichem Vergnügen, wie die Augen ihres Herren schwächer, wie sein Gang langsamer und sein Gedächtnis kürzer wurden. Seine Gesundheit ist angegriffen, sagten sie sich. Auch er kann nicht ewig seinen Reichtum genießen, und wahrscheinlich wird es ihm, wenn er bald sterben wird, schwerer fallen, von seinen Schätzen Abschied zu nehmen als einem armen Mann, der ohne Bedauern auf sein Leben zurückschauen kann, wenn es einmal ans Ende gekommen ist.
Eines Tages begab sich der Reiche wieder in das Zimmer, in dem er seine Schätze gesammelt hatte. Sorgfältig verschloß er die Tür und die Fenster, denn ganz allein wollte er das Glitzern der Goldstücke, das Schimmern der Perlenketten und das Blitzen der silbernen Gefäße genießen. Er zündete eine Lampe an, öffnete alle Kisten, Kästen und Schubladen und schüttete die Reichtümer auf die zwei langen Tische in der Mitte des Zimmers. Zuerst stand er nachdenklich und ruhig vor den aufgehäuften Schätzen, dann griff er mit beiden Händen hinein und streichelte sie wie liebgewordene Hausgenossen, so sehr war ihm sein Besitz ans Herz gewachsen.

Und er redete mit sich, und seine Augen glänzten, als er sagte: »Ah, so ist es gut! Alles ist mein, mein Gold, meine Schätze, mein Reichtum. Ich kann euch fassen, fühlen. Euer Glitzern erfreut meine Augen und läßt mein Herz schneller schlagen. Und eure Musik, welch eine Musik! Sie erfüllt meine Sinne mit Freude ...« Als er weiterredete, wurde seine Stimme plötzlich ernst und ängstlich.

»Eure Musik«, sagte er, »deckt seine Schritte zu. Sie sind noch weit weg, kommen aber immer näher ... abends fühle ich immer, daß er sehr nahe ist. Ich spüre dich, Tod. Leise wie ein Dieb schleichst du dich an, um mich von meiner Freude zu trennen.«

Und der Reiche ging um die Tische herum, seine Hände tasteten und glitten über das Gold, schlossen sich um die Becher und Schalen und wogen ängstlich die schweren Edelsteine.

»Meine Freude«, stieß er hervor, »ihr seid meine Freude ... Nein, ich will nicht sterben. Leben will ich, ewig leben. Alle diese Pracht, diese Schätze sollen mir das Leben verschönern. Ich will nicht alt, nicht krank sein. Leben und genießen will ich.«

Und er richtete mit Mühe den gebeugten Rücken auf, die Augen bekamen einen stechenden Glanz, als er in das Halbdunkel des Zimmers, die Arme weit ausgestreckt, beschwörend hineinrief: »Wo bist du? Erscheine doch, ich lasse dich nie an meine Schätze heran. Ich beschwöre dich, Geist des Todes, Todeskönig, erscheine vor mir und stehe mir Rede und Antwort.«

Während er noch die letzten Worte hervorstieß, wurde das Zimmer von Rauch und blauem Glanz erfüllt, und auf der anderen Seite des Tisches stand groß und grau und stumm der König des Todes und sah den Reichen an. Der Reiche erschrak, beugte sich vor, wollte sich schützend über seine Schätze werfen, um sie vor dem Tod in Sicherheit zu bringen. Da begann der Todeskönig langsam und wie aus einer großen Entfernung zu reden.

»Wie bist du vermessen! Wie konntest du mich rufen? Warum wartest du nicht wie die anderen Menschen, Alter? Ich komme, wann ich will. Und ich wäre auch zu dir gekommen, wann es an der Zeit gewesen wäre.«

Der Reiche richtete sich auf und sagte zum Todeskönig: »Ich flehe dich an, laß mich noch leben!«

»Wenn du mich nicht gerufen hättest«, antwortete der Todeskönig, »wäre ich erst in einem Jahr gekommen, um dich in mein Land zu begleiten.«
Entsetzt rief der Reiche: »... ein Jahr! Wer spricht von einem Jahr? Nein, ich will tausend Jahre leben. Ich will bei meinen Schätzen bleiben.«
»Alle, die geboren wurden und lebten, mußten Schmerzen erdulden und sterben«, erwiderte ernst und eindringlich der Todeskönig. »Diesem Gesetz kann sich kein Mensch entziehen.«
Aber der Reiche wollte dem Todeskönig nicht glauben. Er sagte: »Ich flehe dich an, laß mich noch leben! Ich hatte noch nicht genug Zeit, meinen Reichtum zu genießen. Ich bitte dich, laß mein Leben tausend Jahre dauern. Ich muß noch mehr Schätze sammeln, ich habe noch nicht die ganze Welt gesehen. Du mußt meine Zeit hinausschieben.«
»Du vergißt«, sagte der Todeskönig, »daß alle Schätze vergänglich sind. Wirst du nicht des Lebens überdrüssig werden, wenn ich dir die tausend Jahre schenke?«
»Nein, nein, o König des Todes!« beeilte sich der Reiche zu sagen, der plötzlich Hoffnung schöpfte und eine Möglichkeit sah, den Todeskönig zu überreden.
»Hast du dein Herz gefragt, ob es noch tausend Jahre schlagen will, ohne müde zu werden?« fragte ihn der Todeskönig.
»Ich bin sicher, daß es nicht müde werden würde«, sagte der Reiche voll Überzeugung.
Da trat eine Stille ein zwischen dem Reichen und dem Todeskönig. Der Reiche konnte nicht weiterreden, und der Todeskönig schaute den Reichen lange und beinahe traurig an, ehe er wieder zu sprechen begann und sagte: »So soll dein Wunsch erfüllt werden. Du sollst tausend Jahre lang leben. Solltest du aber vor Ablauf dieser Zeit des Lebens überdrüssig sein und sterben wollen, so kannst du das nicht. Du magst Gift trinken, dich von einem Turm stürzen, in den Kampf ziehen und den Tod suchen, nicht einen Tag vor dem Ende der tausend Jahre wirst du sterben dürfen. Ich werde dich am letzten Tag deines Jahrtausends holen.«
Der Reiche war erleichtert. Er hatte also gewonnen. Sein Wunsch sollte in Erfüllung gehen. Er fühlte, wie sich sein Körper mit neuer Kraft be-

wegte, und ohne noch länger zu überlegen, gab er dem Todeskönig diese Antwort: »Ich nehme deine Bedingung an. Ich will leben, leben, nur leben. Und noch um eines bitte ich dich: Gib mir Jugend. Tausend Jahre lang soll mein Körper nicht älter werden. Gib mir für die Zeit dieses langen Lebens die Kraft meiner Jugend.«

»Auch dieser Wunsch wird erfüllt werden«, sagte der Todeskönig.

Und in dem wiedererscheinenden blauen Leuchten verschwand seine Gestalt.

Der Reiche war wieder allein mit seinen Reichtümern und mit dem Versprechen des Todeskönigs und fühlte die Kraft der Jugend in alle Glieder zurückkehren.

»Nun habe ich alles, was man sich wünschen kann«, sagte er zu sich, »das Leben, Jugend und Reichtum. Mein Leben fängt jetzt erst richtig an. Mein tausendjähriges Leben. Ich bin wieder jung und kann tausend Jahre lang mein Leben genießen.«

Er begann ein neues, sorgloses Leben, denn er wußte, daß kein Unglück ihm schaden, kein Unfall ihn treffen konnte. Er ließ seinen Sohn von den besten Lehrern unterrichten, schickte ihn jeden Tag zur gleichen Zeit in den Tempel, um ihn in den heiligen Lehren unterweisen zu lassen. Der Sohn wuchs heran und wurde zum Stolz seines Vaters. Und der Reiche sorgte sich auch um seine Frau, schenkte ihr immer wieder schöne seidene Stoffe, damit sie sich neue Kleider nähen ließ und neben ihm eine gute Figur machte. Doch niemandem erzählte er von seiner Begegnung mit dem Todeskönig, auch wenn sich alle Leute in seiner Umgebung wunderten, daß er wieder so zu Kräften gekommen war und ein jugendliches Aussehen zeigte.

Wenn seine Frau, was häufig geschah, weil es in Thailand so der Brauch war, ihm dankte und ihm ein langes Leben wünschte, dachte er sich: Das ist ein schöner Wunsch, wenn du wüßtest, daß dieser Wunsch sicher in Erfüllung gehen wird.

Eines Tages wurde der Sohn des Reichen krank. Schon längere Zeit hatte er über eine unerklärliche Müdigkeit und Mattigkeit aller Glieder geklagt. Wenn er am Nachmittag nach dem Unterricht im Tempel nach Hause zurückgekehrt war, hatte er sich schweißbedeckt niederlegen und ausruhen müssen. Seine Mutter mußte die Fenster verhängen, denn das helle Licht der Mittagssonne schmerzte ihm in den Augen. Als sich die Eltern nicht mehr zu helfen wußten und auch der Tee nicht mehr half, den eine erfahrene alte Dienerin aus Wurzeln bereitet hatte, wurde der Arzt geholt. Der Arzt wurde in das Zimmer geführt, in dem der Sohn auf einem Bett lag und zur Decke des Zimmers schaute, ohne sich darum zu kümmern, was rings um ihn geschah. Der Reiche und seine Frau begrüßten den Arzt und baten ihn, den Sohn gründlich zu untersuchen.

»Ich werde dich reichlich belohnen«, sagte der Reiche zu dem Arzt, »wenn du meinem Sohn nur eine Arznei weißt, die ihn wieder gesund werden läßt.«

Der Arzt aber kümmerte sich nicht um die Worte des Reichen, sondern ging zum Bett des Kranken und legte ihm die Hand auf die Stirn und blickte ihm in die Augen.

»Euer Sohn leidet an einem Fieber, das den Tod bringt«, sagte der Arzt zu dem Reichen.

»Aber Ihr habt ihn doch noch gar nicht richtig untersucht«, wandte der Reiche ein. »Ich bezahle Euch dafür, daß Ihr ihn gründlich untersucht. Erst dann könnt Ihr doch wissen, wie es um meinen Sohn steht.«

Der Arzt sah den Reichen überlegen lächelnd an und sagte dann, indem er sich von dem Stuhl neben dem Krankenbett erhob: »Ihr versteht nichts von der ärztlichen Kunst. Ihr mögt zwar etwas von Geschäften verstehen, aber aus den Gesichtern der Menschen zu lesen, versteht Ihr nicht. Wer wie ich beinahe ein Leben lang in die Gesichter der Kranken gesehen hat, weiß, wann der Todeskönig hinter das Bett eines Kranken tritt.«

»Du kannst den Todeskönig sehen?« stammelte der Reiche ängstlich.

»Nein«, sagte der Arzt, »den Todeskönig kann ich nicht sehen. Aber wenn der Todeskönig in die Augen eines Kranken geblickt hat, sehe ich den Widerschein dieses Blickes auf dem Gesicht des Kranken und in seinen Augen.«

»Und du siehst den Widerschein im Gesicht meines Sohnes?« fragte der Reiche weiter.

Wieder lächelte der Arzt und sagte: »Schon als ich an das Bett deines Sohnes trat, sah ich, daß der Todeskönig bei ihm gestanden hatte. Und ich weiß, daß er zurückkehren wird, bald wird er zurückkehren, um deinen Sohn mitzunehmen in sein Land.«

»O nein!« rief der Reiche. »Ich will ihn nicht verlieren.« Und er sagte zu seinem Sohn: »Du sollst gesund werden. Ich werde alles tun, damit du gesund wirst.«

Und er warf sich vor dem Bett auf die Knie, ergriff die Hände seines Sohnes und bettelte um das Leben seines Kindes.

Der Arzt aber sagte: »Ihr mögt zwar wünschen und hoffen. Aber ich muß Euch sagen, Euer Sohn wird nicht mehr lange leben. Er ist vom Todeskönig gezeichnet worden. Ich bin mit meiner Kunst am Ende.«

»Aber es muß doch ein Mittel gegen seine Krankheit geben«, sagte die Frau des Reichen und wischte sich die Tränen ab, die ihr über das Gesicht liefen.

»Es gibt kein Mittel gegen den Tod«, sagte der Arzt. »Kein Arzt, kein Reicher, kein Armer und kein König kann die Stunde des Todes hinausschieben, wenn sie einmal gekommen ist.«

So starb der Sohn des Reichen, ohne seinen Vater wiedererkannt zu haben, zwei Tage nach dem Besuch des Arztes an dem tödlichen Fieber. Der Reiche fühlte sich alleingelassen und war traurig, als er am Abend mit seiner Frau vor seinem prächtigen Haus saß.

»Seine Zeit hätte noch nicht um sein dürfen«, sprach er vor sich hin. »Warum hat er uns so wehgetan?«

Seine Frau nickte und konnte immer noch nicht begreifen, daß ihr Sohn nicht mehr wiederkehren sollte.

»Warum ist er von mir gegangen?« fragte sie. »Ich bin alt und gebrechlich geworden und hätte mich gern dem Todeskönig angeboten. Er war jung und stark und hatte seine Lebensjahre noch vor sich. Warum kann der Todeskönig nicht richtig sehen? Hat er die falschen Augen im Kopf? Er sollte nur die dürren Äste abbrechen, nicht aber die frisch ausgetriebenen. Ich hasse den Todeskönig, der mir mein Kind genommen hat.«

Sie sah ihren Mann an und fragte sich heimlich: Warum nur ist an ihm keine Spur des Alters zu sehen?

Da blickte sie ihr Mann selbstsicher an und sagte: »Ja, ich bin gesund und werde noch lange leben. Ich will noch viele Jahre mit dir teilen.«

»Ach Mann«, sagte die Frau, »willst du mich verspotten? Ich spüre doch das Alter in allen Knochen. Ich werde dich bald verlassen. Niemand kann zum Alter sagen: Halt ein. Niemand kann zum Tod sagen: Warte, ich bin noch nicht bereit. Es ist nicht in unserer Macht, die Zeit hinauszuschieben. Und da mein Sohn nun von mir genommen ist, fällt mir der Abschied leichter.«

»Aber ich will dich nicht verlieren«, fiel ihr der Mann ins Wort. Doch ruhig und traurig antwortete ihm seine Frau: »Auch du kannst nicht über das Alter bestimmen. Du kannst meinem Atem nicht einen Hauch hinzufügen.«

Wenige Monate nach dem Sohn legte sich die Frau des Reichen zum Sterben nieder und stand nicht wieder vom Krankenbett auf. Es war, als sei nach dem Tod des Sohnes alle Kraft aus ihrem Leib gewichen und als hätte jetzt erst das Alter Macht über sie gewonnen und den letzten Widerstand niedergerungen. Der Reiche mußte sie zu Grabe tragen und wußte, daß der Todeskönig alle, die er liebhatte, wegrufen konnte, nur ihn nicht, ehe nicht die vereinbarte Zeit der tausend Jahre abgelaufen war. Er spürte, wie die Einsamkeit um ihn wuchs, wie nach dem Tod seines Sohnes und seiner Frau sein eigenes Leben wie ein endloser Weg vor ihm lag, von dem er kaum einige Schritte hinter sich gebracht hatte. Er wußte, daß die Leben der anderen an ihm vorübergehen würden, und er lernte, Abschied zu nehmen.

Er hatte eine Frau verloren und wieder geheiratet, er verlor die zweite Frau und heiratete wieder. Er sah seine Kinder sterben und sah, wie der Krieg Felder und Dörfer verwüstete, wie die Menschen einander haßten und umbrachten, einander die Hütten über dem Kopf anzündeten, einander das Leben und vielleicht sogar den Tod neideten. Er sah die Jahre heraufkommen und hingehen und wußte, daß nur ein kleiner Teil seines schier unendlichen Lebens vergangen war.

Der Todeskönig hatte ihm das tausendjährige Leben und die Kraft der Jugend zugestanden, aber nicht, daß er alle Tage dieses Lebens in Glück und Reichtum verbringen sollte. Darum mußte auch er erleben, daß ihn Kriege und Hungersnöte niederzwangen, und so kam es, daß der Krieg auch vor seinem Haus nicht Halt machte, daß Soldaten in seinen Scheunen und Zimmern Feuer legten, ihn an einen Baum banden und zusehen ließen, wie sein Besitz in Asche zerfiel, wie nichts übrig blieb von dem, was er in vielen Jahren zusammengerafft und aufgekauft hatte. Er mußte froh sein, daß er noch einen Rock am Leib behielt und unter dem Spott der Soldaten von ihrem Anführer in den Wald gejagt wurde.

Er wanderte am Fluß entlang, fort aus dem Land, in dem er gelebt hatte, suchte sich am Tag unter den Pflanzen des Urwaldes zu verbergen, wenn ein Schiff über das Wasser gerudert wurde und er fürchten mußte, entdeckt zu werden. Er pflückte wilde Beeren von den Sträuchern und trank aus dem Fluß das schmutzige, ungesunde Wasser, denn er wußte ja, daß keine Krankheit ihm etwas anhaben konnte. Er lernte alles zu entbehren, was ihm einmal Freude gemacht hatte, und konnte sich kaum noch an die Mädchen und Spielleute erinnern, die früher jeden Abend für ihn Musik gemacht hatten, wenn er neben dem kleinen Teich vor der Terrasse seines Hauses saß und den Glockenschlägen der Musikinstrumente zuhörte und die warme Luft genoß, die aus dem wuchernden Grün des Gartens aufstieg, der sich vom mittäglichen Regen vollgesogen hatte. Er vergaß die Schattenspiele mit den aus Leder geschnittenen Figuren, die man zu seinem Vergnügen für ihn aufgeführt hatte, er vergaß die Stunden am großen Fluß und die Feste, an denen brennende Kerzen in kleine Boote gesetzt wurden, die mit Blumen geschmückt worden waren.

Man konnte den Lichtern zusehen, wie sie vom Wind und der Strömung leicht bewegt den Fluß hinuntertrieben und vielleicht auf das Meer hinausgetragen wurden. Er vergaß die Fröhlichkeit dieser Tage, die Bootsfahrten an Tempeln vorbei, die golden und rot glänzten, er vergaß die Liebe der Frauen, die um ihn geworben hatten, und die Geschäftigkeit der Diener, die ihm schon am Morgen die frischesten Früchte angeboten und ihn verwöhnt hatten.

Er lernte es, auf den Schritt der Tiere im Urwald zu lauschen und das Gleiten der Schlangen auf dem Boden und in den Ästen der mit Schlingpflanzen behangenen Bäume zu beobachten. Er lernte es, mit dem wenigen auszukommen, das sich ihm am Weg bot, er lernte es, um ein Stück Brot zu betteln und darauf zu warten, bis ihm jemand eine Schale mit dampfendem Reis oder mit Nudeln anbot.

Nach Tagen der beschwerlichen Wanderung kam er mit zerrissenen Kleidern an den Hof eines Mannes, der über ein paar Dörfer herrschte und hoch angesehen war bei den Bauern und den Handwerkern der Umgebung. Der Reiche stellte sich dem Herrscher vor und bat, in dessen Dienste aufgenommen zu werden. Er wollte nicht mehr länger durch die Wildnis ziehen und wußte, daß er ein Auskommen, ein Dach über den Kopf und wenigstens eine Suppe in der Schüssel nötig hatte.

»Du suchst also Arbeit?« fragte ihn der Herrscher und musterte ihn abschätzend und genau.
Der Reiche schämte sich seiner schlechten Bekleidung und hätte am liebsten von seinem Schicksal berichtet, aber er wußte, der Herrscher würde ihm nicht glauben, daß er einmal ein reicher Herr gewesen war und annehmen, er sei ein aufschneiderischer Herumtreiber und ein Großmaul, dem man nicht trauen dürfe. Aus diesem Grund hielt er den Mund und antwortete auf die Frage des Herrschers nur bescheiden: »Ja, Herr, ich suche einen Dienst.«
»Hast du ein Handwerk gelernt?« fragte ihn der Herrscher weiter.
»Nein«, sagte der Reiche und glaubte schon, der feine Herr werde ihn weiterschicken. Aber der Herrscher hatte sich anders als erwartet besonnen und sagte: »So will ich dich als meinen Diener anstellen.«
»Sehr wohl, Herr«, antwortete der Reiche und war froh, damit seiner Ungewißheit entronnen zu sein, und verbeugte sich vor Dankbarkeit bis auf den Boden.
»Sattle mein Pferd!« rief ihm der Herrscher zu. »Ich will ausreiten.«
Wie diesen ersten Befehl, so führte der Reiche als Diener nun alle Befehle seines Herren aus. Er hatte die Speisen aufzutragen, dem Herrscher die Kleider auszubürsten, er mußte, wenn die Sonne besonders heiß schien und der Herrscher trotzdem spazierengehen wollte, einen Schirm über ihn halten. Und er mußte sogar, wenn es ihm befohlen wurde, dem Herrscher die Schuhe zubinden oder ein Taschentuch aufheben, wenn sein Herr ein Taschentuch auf die Erde hatte fallen lassen.
Eines Tages hatte er dem Herrscher einen Boten anzumelden, der müde, verdreckt von einem langen Ritt ungeduldig Einlaß begehrt hatte. Der Reiche war vor den Herrscher getreten und hatte den Boten angemeldet, denn er wußte nicht, ob er ihn in den Ruheraum einlassen durfte, in dem sich der Herrscher gerade aufhielt.
»Du sagst, ein Bote sei draußen, was will der Bote von mir?« fragte ihn der Herrscher.
»Er hat kein Wort gesagt«, versicherte der Reiche. »Er müsse mit Euch unter vier Augen reden und Euch ein Schreiben überbringen, das niemand außer Ihr selbst berühren und lesen dürfe.«
»Dann muß seine Botschaft wichtig sein. Bitte ihn also herein und laß

ihm ein Bad herrichten, denn wenn er müde ist, wird er sich erfrischen wollen.«
Der Reiche führte den Boten in das halbdunkle Zimmer und entfernte sich sogleich. Nach wenigen Minuten wurde er hereingerufen. Der Bote verließ das Zimmer und wurde von einem anderen Diener zum Bad gebracht.
Zu dem Reichen aber sagte der Herrscher mit fester Stimme: »Wir haben wieder Krieg. Gestern nacht ist der Feind ins Land eingefallen. Wir haben Verluste erlitten. Der Feind hat bereits einige Dörfer besetzt. Jetzt müssen meine Soldaten antreten. Auch du mußt ein Häuflein anführen und in den Krieg ziehen. Wir müssen die Feinde zurückwerfen.«
Der Reiche war überrascht, wagte aber nicht zu widersprechen und sammelte die Soldaten um sich und ritt mit ihnen in den Krieg. Bald trafen sie auf den Feind und mußten sich dem Kampf stellen. Die Lanzen krachten aufeinander, einer griff den anderen an, die Pfeile flogen, und immer mehr Tote fielen von den Pferden, wurden zu Boden geworfen und starben. Der Reiche aber kämpfte am tapfersten. Vor ihm wichen die feindlichen Soldaten zurück. Er schien keine Angst zu haben und ritt verwegen in das dichteste Getümmel. Er setzte jeden Augenblick sein Leben aufs Spiel und wußte, daß er dem Tod nicht begegnen würde, wie kühn er auch der Gefahr sich aussetzte, wie unbedeckt er seinen Körper hielt und wie erbittert er auf den Feind einstürmen oder von ihm bedroht werden sollte.
Auch sein Herr war mit ihm in den Kampf gezogen, wurde aber schon beim ersten Angriff überwältigt, mit einem Lanzenstoß durch die Brust zu Boden gestreckt und stand nicht mehr auf, so schwer hatte ihn die Waffe getroffen.
Da wichen zunächst die verbliebenen Soldaten zurück und gaben dem Feind die Möglichkeit, sich weiter vorzuwagen. Aber dann stellte der Reiche sich an ihre Spitze und besiegte den Anführer der Feinde. Er gab seinen Soldaten Mut und trieb die fremden Soldaten aus dem Land oder machte sie zu Gefangenen.
Der Reiche führte die Soldaten in die Stadt zurück und wurde als der Held des Kampfes gefeiert und zum Herrscher gewählt, als man die Toten der Schlacht begraben und die Verletzten verbunden hatte. Der

Reiche setzte sich in dem Saal, in dem er vordem als Diener die Wünsche seines Herren hatte erfüllen müssen, auf dessen Thron und war glücklich und zufrieden.
»Es hat sich also doch gelohnt, den Todeskönig überredet zu haben«, sagte er zu sich und strich sich voll Vergnügen über den Bauch, den er sich mit Gebratenem und Gesottenem vollgeschlagen hatte.
»Es geht weiter, immer weiter!« rief er belustigt aus und klatschte in die Hände.« »Der Thron, vor dem ich mich so lange Zeit verneigen mußte, ist nun mein Thron. Der Herrscher ist tot, und ich . . . was wollt ihr?« fragte er den Diener, der sich unter vielen Verneigungen dem Thron genähert hatte. »Stört mich nicht in meinen Überlegungen. Vielleicht bin ich gerade dabei, über die Geschicke meiner Untertanen nachzudenken. Da darfst du mich nicht stören.«
»Nein, Herr«, sagte der Diener schüchtern, »aber die Tänzerin will mit dem Tanz beginnen.«
»Warum sagst du das nicht gleich?« fragte der Reiche. Einem Vergnügen soll man nie aus dem Weg gehen. Die Welt soll um mich tanzen. Ich will genießen, was sie mir bietet. Die Musik soll spielen und die Tänzerin mag mit dem Tanz beginnen.
Der Diener gab ein Zeichen, und eine verschleierte Tänzerin trat vor den Reichen. An den Oberarmen und an den Unterarmen trug sie goldene Reifen mit grünen und roten Edelsteinen. Und auch um die Fußgelenke trug sie goldene Reifen, an denen Glöckchen befestigt waren, die bei jedem ihrer Schritte aneinanderstießen und klingelten. Die Tänzerin hatte die Hände ausgestreckt und die Finger beider Hände weit gespreizt. Sie schien ellenlange, spitz zulaufende Finger zu haben; doch wer genau hinblickte sah, daß sie auf jeden der Finger lange goldene und spitz zulaufende Fingernägel gesteckt hatte. Wenn sie tanzte, führte sie die Finger vor das Gesicht oder streckte einen Arm weit vor und bog die Finger mit den goldenen Nägeln so nach oben, daß man meinte, eine ganze Reihe von hochaufgerichteten Speeren verwehre ein Näherkommen.
Die Musiker hatten zu spielen begonnen, sie schlugen auf die metallenen Instrumente, der Reiche lehnte sich auf seinem Thron zurück und freute sich an der Musik und an den Bewegungen der Tänzerin, die vor ihm tanzte.

Nach dem Tanz rief er die Tänzerin zu sich und sagte: »Dein Tanz hat mich entzückt, du sollst immer für mich tanzen.« Dann zog er ihr den Schleier vom Gesicht und fügte hinzu: »Deine Schönheit verzaubert mich. Du wirst bei mir bleiben und sollst die Mutter meiner Söhne sein.«
»Gott möge entscheiden«, sagte die Tänzerin, »ob du Söhne oder Töchter haben wirst. Ich werde sie so erziehen, daß sie ihren Vater ehren.«
Nach einem Jahr gebar die Tänzerin ihm eine Tochter. Er lebte glücklich mit seiner Familie, die sich vermehrte und an seiner Macht und an seinem Reichtum teilnahm. Doch während auch seine neue Frau, die Tänzerin, älter wurde, während seine Tochter heranwuchs, sich verheiratete und wieder Kinder bekam, blieb der Reiche jung und gesund. Nicht ein Haar auf seinem Kopf wurde grau, nicht eine Falte entstand in seinem Gesicht. Die Leute wunderten sich, glaubten aber, ihr Herr erfreue sich der besonderen Gunst der Götter. Er schien einer der Auserwählten zu sein, denen das Glück in den Schoß fällt, während die anderen unter der Mühsal ihres täglichen Lebens zu keuchen haben.
Jahre und Jahre und wieder Jahre gingen ins Land, der Friede schien ewig währen zu wollen, aber eines Tages, als der Reiche sich gerade zu einem Verdauungsschläfchen niedergelegt hatte und ein Diener ihm Kühlung zufächelte, weil sich die heiße Mittagsluft schwer in allen Zimmern des Hauses ausgebreitet hatte, trafen Boten aus den verschiedenen Landesteilen mit schlechter Nachricht ein. Im Norden war der Krieg ausgebrochen, im Osten hatte die Hitze die Felder verbrannt, niemand konnte mehr ernten, eine Hungersnot war zu befürchten.
Der Reiche wollte die Not lindern und sich der Feinde erwehren. Er schickte Soldaten an die Grenzen. Aber die Soldaten wurden geschlagen und gefangengenommen. Die Feinde rückten auf die Stadt vor. Der Reiche ließ Geld aus seinen Schatzkammern nehmen und Korn und Früchte aus den benachbarten Ländern im Süden kaufen und an die Hungernden verteilen. Aber die Trockenheit hielt an, und bald waren die letzten Silberstücke ausgegeben, ohne daß die Hungersnot aufgehört hätte.
Der Reiche stand bald mit leeren Händen da und mußte schließlich die Stadt den feindlichen Soldaten übergeben. Er wurde aus seinem Palast vertrieben und mußte als Bettler auf die Wanderschaft gehen.

Und er haderte mit dem Todeskönig, der ihm zwar tausend Jahre geschenkt, aber nun wieder ins Elend gestürzt hatte.
»In welches Leben hast du mich geführt, Tod?« begann er zu klagen. »Alle Schätze habe ich verloren. Meine Frau, meine Tochter und die Enkelkinder sind nicht mehr. Bitter beginnt mein Leben zu schmecken, und ich konnte nicht genug davon haben. Immer wieder habe ich alles verloren. Und erst zweihundert Jahre sind vorbei. Wie soll ich die achthundert weiteren Jahre ertragen?«
Der Reiche zog seinen Umhang fest um die Schultern und schlurfte weiter auf einem schmalen Weg, der ihn in ein Dorf bringen sollte, wo er übernachten wollte. Da kam ihm ein anderer Bettler entgegen.
»Auch unterwegs?« fragte der Fremde.
»Wie du siehst«, antwortete der Reiche mürrisch.
»Da es dir nicht besser geht als mir«, sagte der Fremde, »könntest du freundlicher mit mir reden.«
»Ach«, sagte der Reiche, »ich bin daran gewöhnt, mal reich, mal arm, mal glücklich, mal müde des Lebens zu sein.«
»So ist das Leben, Bruder. Nur gut, daß es nicht ewig dauert«, meinte der Bettler. »Jedenfalls bin ich froh, dich getroffen zu haben. Wenn man sieht, daß es einem anderen auch nicht besser geht, schleppt man die eigene Last leichter.«
»Suchst du Arbeit?« fragte ihn der Reiche.
»Wie sollen wir Arbeit finden?« fragte der Bettler beinahe belustigt. »Du kennst dich wohl nicht gut aus in dieser Gegend. Da haben nicht viele etwas zu beißen. Die Städte sind zerstört, die Menschen haben keine Lust mehr, mit der Not zu leben. Viele würden das Leben am liebsten von sich werfen.«
»Aber ich hörte«, meinte der Reiche, »daß die Bauern Arbeiter für die Feldarbeit suchen. Vielleicht gibt's doch etwas für uns zu tun.«
»Gut«, sagte der Bettler, »wir wollen es versuchen.«
So gingen der Reiche und der Bettler über die Felder, in die Dörfer und fragten nach Arbeit. Aber erst nach zwei Tagen, als sie vor Hunger schon beinahe umgekommen waren, nahm sie ein Bauer auf. Sie sollten mit dem Bauern zusammen die verwüsteten Felder umpflügen. Die Arbeit war schwer, und jeden Tag schmerzte der Rücken mehr, wenn sie versuchten, mit dem Pflug die harte Erde aufzureißen.

»Wollen wir uns ausruhen?« fragte der Bettler den Reichen.
Der Reiche schaute auf die Erde und scharrte mit dem Fuß im Staub.
»Diese Erde ist hart«, sagte er. »Wer nicht selbst gearbeitet hat, weiß nicht, wie hart sie ist.«
»Ja, harte Arbeit, geringer Lohn, mein Freund«, seufzte der Bettler. »Aber ich habe das Betteln satt, ich werde weiterarbeiten.«
»Da, nimm vom Brot!« sagte der Reiche. »Es reicht für uns beide.«
Sie saßen am Feldrand und brachen Stücke vom Brot ab.
»Wenn ich genug gespart habe«, sagte der Bettler, »will ich mir eine Hütte bauen. Vielleicht schenkt mir der Bauer ein Stückchen Land. Und dann werde ich eine Frau haben. Ich werde eine Familie haben, das ist gut, dafür lohnt es sich zu arbeiten. Und was wirst du machen?«
»Ich hatte schon viele Söhne und lebte in vielen schönen Häusern. Sie haben mir mehr Trauer und Kummer bereitet als Glück und Freude«, sagte der Reiche.
»Du sprichst oft in Rätseln, mein Freund«, sagte der Bettler. »Oder hat die Hitze dein Hirn angegriffen? Du bist noch jung. Wie kannst du schon viele Söhne gehabt und verloren haben?«
»Ich lebte länger, als du denkst«, antwortete der Reiche und schwieg.
»Das verstehe ich nicht«, sagte der Bettler.
Der Bettler und der Reiche gingen nach einem langen Arbeitstag auf den Feldern zum Marktplatz, um dort den Musikern und Puppenspielern zuzusehen, die jeden Abend die Leute vergnügten. Auf dem Marktplatz konnte man miteinander plaudern oder sich nur auf den Boden setzen und zuhören oder zuschauen.
An diesem Abend aber warteten die Leute vergeblich auf Musik und Spiel, denn ein Ausrufer des Königs stand auf den Stufen zur Markthalle und verkündete laut dem Volk:
»Der König des Landes fordert euch auf, eure Arbeit niederzulegen, eure Häuser zu verlassen und in den Dienst des Königs zu treten. Alle Männer, ob alt oder jung, müssen sich melden und in den Krieg ziehen. Da unserem Land Gefahr droht, müssen alle mithelfen, den Feind abzuwehren.«
»Der König tut sich leicht«, sagte der Bettler. »Er gibt den Befehl, und wir marschieren. Ich habe keine Lust, in den Krieg zu ziehen. Ich wollte nur eine Hütte bauen.«

»Der Krieg hätte sie dir niedergebrannt«, lachte der Reiche. »Komm, mein Freund, man braucht Soldaten.«
Und der Ausrufer des Königs schrie weiter, und seine Helfer schrieben die Männer ein und gaben ihnen Waffen in die Hand und Soldatenkleider. Viele nahmen Abschied von ihren Frauen und den Kindern und wurden von anderen gedrängt, sich dem Zug anzuschließen, der sie aus dem Dorf hinaus in den Krieg führte.
»Ich wollte mir eine Frau nehmen«, sagte der Bettler zum Reichen.
»Der Krieg hätte sie dir weggenommen«, sagte der Reiche.
Im Krieg wurde wütend gekämpft. Der Bettler und der Reiche hielten sich tapfer und kämpften immer miteinander gegen den Feind. Niemand wußte, wer den Kampf gewinnen würde, einmal starben auf dieser Seite, dann wieder auf der anderen mehr Menschen. Bei einem der Kämpfe stieß ein Feind dem Bettler eine Lanze mit voller Kraft in den Leib und traf gleich darauf auch den Reichen. Der Reiche blieb unverletzt, der Bettler aber brach stöhnend zusammen. Der Reiche zog den Bettler aus dem Schlachtgetümmel heraus und legte ihn unter einem Baum auf die Erde und bettete seinen Kopf auf seine zusammengelegte Soldatenjacke.
»Jetzt hat es uns beide erwischt«, sagte der Bettler mit schwacher Stimme. »Ich würde dir gern helfen, aber mich hat die Lanze . . . Freund, ich spüre, wie mir der Schmerz . . .«
»Sei ruhig«, versuchte ihn der Reiche zu trösten. »Mir ist nichts geschehen, mein Freund. Ich bin unverletzbar. Mich hat die Lanze nur gestreift, dich hat sie getroffen.«
»Auf diesem Feld soll ich also sterben«, sagte der Bettler und hatte Mühe, die Worte zu sagen. »Meine Stunde läßt sich nicht hinausschieben. Du siehst, so war es bestimmt.«
»Du sollst nicht sterben«, meinte der Reiche. »Ich will dich nicht verlieren.«
»Was kann ich dazu tun?« seufzte der Bettler.
»Könnte ich doch mein Leben hergeben für das deine!« sagte der Reiche.
»Mein Freund, nimm es nicht so schwer. Ich habe viel Not gelitten. Ich hätte hundertmal verhungern können. Der Todeskönig hat mich nie zum Gehen aufgefordert.«

Da fiel ihm der Reiche ins Wort: »Rede nicht vom Todeskönig. Ich will den Namen nicht hören.«
»Er wird da sein«, sagte der Bettler. »Ich habe immer an ihn denken müssen, warum sollte ich jetzt Angst haben?«
»Er kann mir nichts anhaben, aber ich will, ich will nichts mehr mit ihm zu tun haben.«
»Mein Freund«, sagte der Bettler, »was redest du da? Denk an deine Stunde.«
»Meine Stunde, meine Jahre, meine Jahrhunderte!« schrie da der Reiche. »Wenn du wüßtest . . .«
»Denk an die Stunden, in denen wir das letzte Brot teilten«, sagte der Bettler. »Ich habe gerne mit dir geteilt. Aber den Tod kann man nicht teilen, den muß jeder allein gehen.«
»Eines Tages«, sagte darauf der Reiche nachdenklich, »werde ich dich wiederfinden.«
Dem Bettler fiel es immer schwerer zu reden, und der Reiche konnte kaum noch den letzten Satz verstehen. Der Bettler sagte: »Du hast recht. Mein Freund, du wirst mich nicht mehr verlieren.«
Als der Bettler starb, weinte der Reiche. Er war verlassen wie nie zuvor und beschloß, sich in den Jahren, die er noch zu leben hatte, mit keinem Menschen mehr einzulassen. Niemandem wollte er nahekommen, niemand gern haben, denn er wollte niemanden mehr verlieren. So wurde er einsamer von Jahr zu Jahr, versuchte jedem Gespräch aus dem Weg zu gehen und wurde bald als Sonderling angesehen.
Die Leute interessierten sich nicht mehr für ihn. Sie ließen ihn unbeachtet seine Wege gehen. Er verdiente sich sein Brot einmal beim Bauern, ein andermal beim Gärtner. Nirgendwo wollte er lange bleiben, aus Angst, jemand könnte ihm vertrauter werden.
Eines Tages ging der Reiche nachdenklich über Wege, die er aus vergangenen Jahren kannte. Er schaute kaum auf vom Weg und hatte keinen Blick übrig für die frischen grünen Reispflanzen, die überall im Wasser standen, er sah nicht die Bäuerinnen, dic sich in den Feldern bückten, und nicht die Büffel, die durch das niedrige Wasser am Pflug zogen.
Vor vielen Jahren, dachte er, bin ich den gleichen Weg gegangen . . . damals war mein Freund dabei. Wie all die anderen, so ist auch er gegan-

gen. Und ich lebe. Ich muß leben. So hatte ich es ja gewollt. Tausend Jahre wollte ich leben, tausend Jahre muß ich leben, so war die Bedingung. Dreihundert Jahre habe ich gelebt, siebenhundert liegen vor mir. Wie oft wird sich wohl mein Schicksal noch ändern? Krieg und Frieden, Armut und Reichtum, alles habe ich erlebt, was man auf dieser Welt erleben kann. Ich bin's müde, ich will ausruhen, sterben will ich und kann es nicht. Die Lanze des Feindes konnte mich nicht töten, der Hunger meinen Körper nicht schwächen, Fieber und Seuchen konnten mir nichts anhaben. Ich blieb verschont, während alle anderen dahingerafft wurden. Dieses Leben ist leer geworden für mich. Wozu weitermachen, wozu immer noch leben? Ich will mich hinlegen und warten, bis mein Ende kommt.

Der Reiche schlief ein und hatte den Wunsch, nie wieder aufwachen zu müssen. Während er schlief, überzogen die Wolken schwarz den Himmel. Der Wind riß an den Bäumen, brach Äste ab und jagte weiter vom Meer in das Land hinein. Dann schüttete der Regen aus den Wolken, als wollte er Tag und Nacht weiterschütten. Der Reiche wachte auf, blieb aber liegen und kümmerte sich nicht um das schreckliche Wetter, das alle anderen Menschen verscheucht hatte.

Da kam ein Mädchen vorbei, das sich auf dem Weg zu seiner Hütte verspätet hatte, und sah ihn am Boden liegen.

»Fremder, was fehlt Euch, seid Ihr verletzt?« fragte sie voll Mitleid in der Stimme und beugte sich zu ihm herab.

»Nein«, sagte der Reiche und drehte sich zur Seite. Er wollte nicht angesprochen werden.

»Warum wendet Ihr Euch ab?« fragte das Mädchen. »Ich will Euch helfen. Ihr müßt krank sein, sonst würdet Ihr bei diesem Wetter nicht am Boden liegen.«

»Ich bin nicht krank«, antwortete der Reiche mürrisch.

Aber das Mädchen ließ sich nicht abbringen von seiner Absicht, ihm zu helfen.

»Die Kälte wird Euch umbringen«, redete sie auf ihn ein. »Das Wasser zieht in Eure Kleider. Ich will Euch stützen. Kommt, steht auf! In meiner Hütte werdet Ihr Euch erholen und wohlfühlen. Kommt, Fremder, seid nicht mehr traurig. Im Leben ist viel mehr Freude, als Ihr glaubt.«

Da ließ sich der Reiche überreden und ließ sich helfen. Das Mädchen stützte ihn beim Gehen, denn vom langen Liegen im Regen und auf dem kalten Boden waren seine Beine steif und unbeweglich geworden. Das Mädchen führte ihn langsam durch ein Waldstück zum Rand eines Dorfes, wo eine Hütte stand. Dort lebte das Mädchen allein und lud ihn ein, mit ihm das Essen zu teilen und sich vor dem Wetter zu schützen. Sie kochte ihm ein Gericht aus braunen Nudeln und Hühnerfleisch und gab ihm frischen Orangensaft zu trinken.

»Das Essen war gut«, sagte der Reiche zufrieden. »Mir ist, als könntest du meine trüben Gedanken vertreiben.«

Fröhlich antwortete ihm das Mädchen: »Ich merke an Eurer Stimme, daß es Euch besser geht.«

»Lebst du allein?« fragte der Reiche.

»Meine Eltern starben an einem bösen Fieber«, sagte das Mädchen. »Seit zwei Jahren lebe ich allein. Ich führe das kleine Geschäft meines Vaters weiter. Jeden Morgen fahre ich mit einem kleinen Boot zum Markt und verkaufe das Gemüse, das ich ins Boot geladen habe. Und Ihr, seid Ihr auch allein?«

Der Reiche wollte nicht antworten, dann aber besann er sich und sagte: »Ja, wieder einmal bin ich allein.«

»Dann könnt Ihr so lange bei mir bleiben, wie Ihr wollt, wenn Euch meine Hütte nicht zu ärmlich erscheint.«

»Ich werde keine Freude in dein Haus bringen«, sagte der Reiche.

Das Mädchen lachte und sagte: »Aber ich könnte Euch die düsteren Gedanken vertreiben. Ihr würdet es gut haben bei mir, und auch ich wäre nicht mehr allein. Ich bin nicht gern allein.«

Sie sah den fremden Mann fragend an und dachte: Wenn ich nur fröhlich bin, kann er doch nicht traurig bleiben.

»Du kennst meine traurige Geschichte nicht«, sagte der Reiche. »Ich will nicht, daß meine Sorgen dein Leben schwer machen. Ich muß mit meiner Last leben und kann sie mit niemandem teilen.«

»Fremder, bleib doch bitte!« flehte jetzt das Mädchen. »Erzähl mir deine Geschichte. Alles was man erzählt, hat man sich von der Seele geredet. Wenn du mir sagst, was dich bedrückt, wirst du die Last nicht mehr spüren.«

Aber der Reiche ließ sich nicht überzeugen. Er hatte sich fest entschlossen, nirgendwo mehr zu bleiben.

»Nein, meine Zeit ist nicht deine Zeit«, sagte er. »Mir bleibt nur eines: Weiterzugehen und irgendwo auf das Ende zu warten, das du nicht verstehen kannst. Ich will nicht noch einmal anfangen. Wer so lange gelebt hat wie ich, der wird des Lebens müde. Das weiß ich nun. Darum wünsche ich dir einen guten Tag. Ich danke dir für deine Freundlichkeit. Gib sie weiter, ein Leben lang.«
Das Mädchen sah, daß es den Reichen nicht halten konnte, und war traurig. Und der Reiche verließ die Hütte des Mädchens und machte sich auf den Weg. Er wollte entweder weiterwandern oder sich irgendwo zur Ruhe setzen, wo niemand mit ihm sprach, niemand ihn einlud zu bleiben.
Er wanderte viele Nächte, denn nur in den Nächten, am Morgen oder am späten Abend ging er durch das Land, um möglichst wenigen Menschen zu begegnen.
Eines Tages aber wurde der Vormittag lang, und nachdem ihn ein Fischer in seinem Boot über einen Fluß gesetzt hatte, ging der Reiche in Gedanken versunken weiter. Seine Füße bewegten sich wie von selbst und führten ihn zu einer hohen Palme, die einsam auf einem Feld stand. Plötzlich hielt der Reiche an und sah, daß unter dem Baum im Schatten ein kahlgeschorener Mönch in einer orangefarbenen Kutte saß und still vor sich hinsah, so als sei er in ein Gebet ohne Anfang und Ende versunken.
»Ich habe auf dich gewartet«, hörte der Reiche auf einmal den Mönch sagen.
»Ich will nicht, daß jemand auf mich wartet«, sagte er verdrossen.
»Ich warte«, sagte der Mönch, »auf jene, die am Weg vorbeikommen und nicht mehr wissen, was sie mit ihrem Leben anfangen sollen.«
Der Reiche wunderte sich und sagte zu dem Mönch: »Du scheinst ein seltsamer Heiliger zu sein.«
Der Mönch ging auf die Worte des Reichen nicht ein, sondern fragte: »Warum hast du das Mädchen verlassen? Sie weint um dich.«
»Sie wird mich vergessen«, antwortete der Reiche kurz.
»Vielleicht hättest du sie trösten können. Vielleicht hätte sie dich trösten können«, sagte der Mönch.
»Ich hatte Angst«, sagte der Reiche.
»Angst, wovor?« fragte der Mönch.

»Ich hatte Angst«, sagte der Reiche noch einmal und zögerte. »Ich hatte Angst, sie zu lieben und sie eines Tages zu verlieren.«
»Aber ihr hättet noch viele Jahre eines glücklichen Lebens vor euch gehabt. Warum wirfst du das Glück weg?« fragte der Mönch.
Der Reiche und der Mönch standen auf und gingen langsam auf dem Weg weiter. Sie redeten beim Gehen, ohne sich anzusehen. Der Mönch trug Sandalen an den nackten Füßen und hatte weder einen Sack noch ein Bündel bei sich.
Seltsam, dachte der Reiche, ich weiß nicht, woher der Mönch kommt, und weiß nicht, wohin er geht. Wo ist er zu Hause? Er könnte in einem Kloster zu Hause sein, das irgendwo im Wald verborgen ist. Aber ich will ihn nicht fragen. Ich bin froh, daß er jetzt da ist und mir das Reden leicht macht.
»Warum antwortest du nicht?« fragte der Mönch.
»Wenn ich bei dem Mädchen geblieben wäre«, sagte der Reiche leise, »hätte ich immer an das Ende denken müssen. Das Mädchen wäre älter geworden wie alle Frauen, die vorher um mich waren. Ich aber wäre nicht älter geworden. Ich hätte den Schmerz des Verlustes nicht ertragen. Sie wäre eines Tages gestorben, ich hätte weiterleben müssen.«
»Ich weiß«, sagte der Mönch. »Aber du wolltest weiterleben.«
»Du weißt?« wunderte sich der Reiche.
»Ich habe nicht auf dich unter dem Baum gewartet, damit du mir Fragen stellst. Du hast Angst vor dem Tod gehabt und nicht den Mut gehabt, ihn in die Mitte deines Lebens zu stellen.«
»Mein Freund«, sagte der Reiche, »ich bin so müde, so unsagbar müde. Weißt du, ich spüre die Jahre wie eine schreckliche Last auf meinen Schultern. Ich sehe jung aus, aber ich sage dir: Ich schleppe Hunderte von Jahren mit mir. Du kannst dir nicht vorstellen, welch eine Qual es ist, tausend Jahre lang leben zu müssen.«
»Hast du in diesen Jahren nicht auch viel Schönes erlebt?« fragte der Mönch den Reichen und blieb stehen, wandte sich zu ihm um und gab dem Reichen Zeit, die Antwort zu finden.
»Gewiß«, sagte der Reiche. »Aber alles Schöne ist zu Ende gegangen. Als ich den Todeskönig um ein langes Leben bat, dachte ich, ich würde mir ein unendliches Glück einhandeln. Jung bleiben zu können, reich zu sein, das schien zu genügen. Ich dachte nicht daran, daß tausend

Jahre Leben auch tausend Jahre mit Abschied, mit Schmerz bedeuten.«
»Und nun haben dich die Jahre belehrt«, sagte der Mönch und setzte wieder langsam einen Fuß vor den anderen.
»Ich will schlafen, schlafen«, sagte stockend der Reiche. »Ich will warten, bis die tausend Jahre um sind. Ich will nichts Neues mehr erleben. Ich will warten, bis mich der Todeskönig vom Leben erlöst.«
»Bruder«, sagte der Mönch und nahm den Reichen am Arm, »ich will mit dir die letzte Strecke gehen.«
»Du willst mich begleiten?« fragte der Reiche erstaunt. »Und ich weiß gar nicht, wer du bist. Ein Mönch, der unter einem Baum saß.«
»Du kannst mir, während wir gehen«, sagte der Mönch, »alles erzählen, was du erlebt hast.«
»Mir scheint«, sagte der Reiche, »daß du schon alles weißt, und eigentlich will ich nur noch eines sagen: Ich bin meines Reichtums und meiner Arbeit und meiner Jugend müde geworden. Ich bin der schönen Frauen und meiner Kinder müde geworden. Ich will nicht noch einmal Kriege und Seuchen erleben. Auch mir hätte ein einziges Leben genügt.«
»Dann laß uns darüber reden, wie man am besten auf das Ende dieses Lebens hinlebt. Ich habe mich geübt, darüber nachzudenken. Und vielleicht müssen wir eine lange Weile schweigen, dann, wenn du nicht mehr reden willst. Wir wollen langsam gehen. Der Tag ist schön, und du weißt: Wir haben Zeit, viel Zeit.«

Die Zauberflöte

Nach einem nordafrikanischen Märchenmotiv

Am Rand der großen afrikanischen Wüste lebte ein Mann mit seinen drei Söhnen in einem Dorf. Vor dem Dorf besaß er einige Felder, auf denen Dattelpalmen wuchsen und niedrige Tomatenstauden in der Sonne dörrten. Aus dem ärmlichen Boden war nicht viel herauszuholen, aber der Fleiß des Vaters und der beiden älteren Söhne hatte es doch zuwege gebracht, daß die Familie nicht Not leiden mußte. Ein paar Ziegen, die Milch lieferten, wurden gehalten, und wenn es draußen auf dem Feld oder dem Acker nichts zu tun gab, konnte man auf dem kleinen Webstuhl vor der Hütte einfache Teppiche oder Stoffe weben und sie in der nahegelegenen Stadt auf dem Markt anbieten.
Der jüngste der Söhne freilich war ein richtiger Faulpelz und lebte von der Arbeit der anderen, träumte in den Tag hinein und machte sich keine Gedanken über den kommenden Tag.
An einem warmen Nachmittag saßen der Vater und seine drei Söhne vor der Hütte. Die Feldarbeit war getan, und so war es nur recht, sich ein wenig auszuruhen, die mildere Sonne des Nachmittags zu genießen und auf die wohltuende Kühle des Abends zu warten. Auch der jüngste Sohn hatte sich zu den anderen gesetzt und blinzelte mit halbgeschlossenen Augen in das Licht. Seine Hand spielte mit einem Stock, er kratzte Linien und Bögen in den schwarzgrauen Sand vor seinen nackten Beinen und schien zufrieden mit sich und der Welt zu sein. Warum sollte er sich abmühen, wenn das Leben auch so seinen Gang ging? Und die Zeit floß doch immer schon dahin, ohne daß man in das große Rad, das die Zeit drehte, eingreifen konnte. Schöner und angenehmer, als sich auf dem Acker zu bücken, war es, an den Bazar-Toren zu hocken und die Händler und Käufer zu beobachten, durch die Straßen des Bazars zu streifen und den Eseln oder Kamelen auf die Rücken zu klatschen

und sich zu einer Tasse Kaffee oder einer Süßigkeit einladen zu lassen von einem der Händler, die Gesellschaft suchten, wenn sie ihre Geschäfte erledigt hatten. Ihm war, als müsse er sich immerzu ausruhen vom Nichtstun, als sei das Nichtstun die anstrengendste Tätigkeit überhaupt. Und er liebte es, am Abend hinauszugehen auf den Weg, der zum Dorf hinausführte, an den Äckern und Feldern vorbei, auf den Weg, der immer sandiger wurde und sich in den ersten Dünen verlor. Wenn man sich dort niedersetzte, konnte man den Abend hören. Dann strich der Wind über die Kämme der Dünen und bewegte die tausend und millionen Sandkörner. Und die Bewegungen der Sandkörner im Wind waren wie ein leises Singen, eine Melodie, in der die Bewegungen des Sandes seit Jahrtausenden enthalten waren. Der Sand wanderte wie die Zeit und war nicht aufzuhalten. Es konnte sein, daß er über ein Dorf hinwehte, es zuschüttete. Dann mußte man die Hütten anderswo wieder aufbauen. Gegen den wandernden Sand war der Mensch machtlos. Man mußte ihn im Wind wehen lassen. So schien dem jüngsten Sohn das ganze Leben zu sein. Die Menschen waren Sandkörner im Wind der Zeit. Und es hatte keinen Sinn, sich abzumühen, sich abzuarbeiten. Wenn der Vater und die Brüder anderer Meinung waren, gut, so mochten sie diese Meinung haben, er konnte und wollte sie nicht teilen. Er hatte sich angewöhnt, ihren Ärger an sich ablaufen zu lassen.

Heute freilich lag Streit in der Luft. Sein ältester Bruder hatte ihn sehr böse angesehen, als er sich zu den anderen gesetzt hatte. »Vater, so geht es nicht weiter«, sagte der älteste Bruder plötzlich knapp und heftig in die Stille hinein. »Wir arbeiten, und unser Bruder sieht uns zu. Einmal läuft auch das größte Faß über.«

Der mittlere Sohn nickte zustimmend und sagte:

»Er will einfach nicht arbeiten. Wenn er sich nicht ändert, werfen wir ihn hinaus.«

Der jüngste Bruder hatte seine Pfeife aus dem Rock gezogen und sie in den Mund gesteckt.

»Er, er ist nicht unser Bruder«, sagte der Älteste.

»Was hast du da gesagt?« rief der Jüngste und nahm die Pfeife aus dem Mund. »Das ist eine Beleidigung.«

»Er hat recht«, mischte sich der mittlere Sohn ein. »In unserer Familie

sind alle fleißig. Wie kommt es, daß du nicht bist wie wir? Eine schwarze Ziege, die nicht zur Familie gehört.«
Das aber war dem Vater nicht recht, und er sagte:
»So weit dürft ihr nicht gehen. Auch er ist mein Sohn. Ich ärgere mich jeden Tag über ihn. Doch niemand soll ihn eine schwarze Ziege nennen.«
»Wir wollen aber nicht mehr für ihn arbeiten«, sagte der Älteste.
»Also, dann steck endlich die Tabakspfeife weg«, wandte sich der Vater an den Jüngsten. »Den ganzen Tag über fällt dir nichts Besseres ein, als herumzustehen und an deiner Pfeife zu saugen.«
»Vater, jetzt redest du wie meine Brüder. Ach, sagt, was ihr wollt! Ich kann, ich will nicht auf dem Acker arbeiten.«
Der Älteste stand auf und stellte sich neben seinen jüngsten Bruder. Er war stark und hatte braungebrannte Arme mit kräftigen Muskeln. Er konnte arbeiten, das sah ihm jeder an.
Er sagte:
»Du bist ein Taugenichts. Du bist faul geboren und wirst vor lauter Faulheit noch verfaulen.«
Und er spuckte auf den Boden und schüttelte sich, so widerwärtig war ihm, daß sein jüngster Bruder nicht war wie er und die ganze Familie, deren Fleiß im Dorf bekannt war.
»Ihr habt doch gesehen«, meinte der Jüngste, »daß ich nicht arbeiten kann. Ich habe zwei linke Hände.«
»Wer nicht arbeiten will, soll auch nicht essen«, warf der mittlere der Söhne ein.
»Wir sollten dich zur Arbeit prügeln«, murmelte der Älteste zwischen den Zähnen.
Das aber war dem Jüngsten zuviel, und er rief:
»Da mache ich mich lieber selbst aus dem Staub. Ich schaue mir die Welt an. Wenn ihr einen Taugenichts nicht haben wollt, mache ich mir Beine. Ihr habt mich satt, und ich habe euch satt. Ich glaube, das war ein guter Gedanke. Leb wohl, Vater! Du sollst dich nicht länger über mich ärgern, und ihr, meine Brüder, sollt nicht länger sagen, ihr müßtet für mich schuften. Es muß doch anderswo für einen wie mich noch einen Platz geben, der nicht besetzt ist. Wäre doch schrecklich, wenn überall schon einer säße, der nichts als fleißig wäre. Ich will nach einem freien Platz Ausschau halten.«

Er stand auf und ging in die Hütte, schnürte die wenigen Sachen, die er besaß – ein paar Sandalen, eine Decke für die Nacht und eine Wasserflasche –, in ein Bündel zusammen und machte sich auf den Weg.
Er ging aus dem Dorf, er kam in die Stadt, er ging noch einmal durch den Bazar und schlief in einer Ecke auf dem Boden ein. Am nächsten Morgen ließ er die Stadt hinter sich und kam auf ein freies Feld, in eine steinige Landschaft. Stachelige Sträucher, ein paar Büsche am Wegrand und überall zerbröckelnde Felsen, Schutt und Staub und wieder Schutt und Staub, so kam es, so ging es, und auch einen weniger Faulen hätte hier die Müdigkeit auffressen können.
Der jüngste Sohn trottete mit gesenktem Kopf vor sich hin, pfiff zwischen den Zähnen, um sich wach zu halten, und war mit jedem Schritt enttäuschter darüber, daß sich in dieser langweiligen Welt nicht ein angenehmes, bequemes Plätzchen für ihn anbot, an dem sich's für eine Weile wohl sein ließ.
So kam er an einem verknorpelten Busch vorbei, der seine grauen Äste auf den Weg hinausstreckte und am Wegrand ein wenig Schutz vor der Sonne bot. Im Schatten des Dornenbusches saßen zwei Burschen.
»Hoppla!« rief der erste. »Stolpere nicht über uns! Wenn du den gleichen Weg hast wie wir, dann kannst du dich zu uns setzen.«
»Wohin vier Beine laufen, können auch sechs laufen«, fügte der zweite hinzu. Der jüngste Sohn trat näher und fragte:
»Wohin geht denn eure Reise?«
»Nirgendwohin und überallhin«, sagte der eine der Burschen, der einen so dicken Bauch hatte, daß sich richtige Wülste über dem Hosenbund bildeten.
»Da setze ich mich dazu«, meinte der jüngste Sohn. »Das nenne ich Übereinstimmung. Man verliert zwei Brüder und gewinnt zwei neue.«
»Gib mir das Brot herüber, Kamerad, und vielleicht auch die Ziegenmilch«, sagte der andere der beiden Burschen, der, wenn man ihn mit dem Dicken verglich, recht klapprig und dünn aussah.
Der Jüngste setzte sich zu dem Dicken und Dünnen und zündete seine Pfeife an. Er sah zu, wie der Dicke Brot und eine Flasche aus einem Sack holte und dem Dünnen reichte. Er schwieg, weil seiner Meinung nach nun alles gesagt war; ihm genügte es, in Gesellschaft dazusitzen

und den Tag vergehen zu lassen. Der Schatten war angenehm. Schutt und Staub des Weges und die Hitze lagen hinter ihm. So mochte es Abend werden, so mochte es bleiben.
»Du rauchst, während wir essen?« fragte der Dicke und stopfte sich ein großes Stück Brot in den Mund.
»Sein Beutel scheint leer zu sein«, meinte der Dünne.
»Besonders redselig bist du nicht«, sagte der Dicke, nachdem er das Brot hinuntergeschluckt hatte.
»Komm!« sagte der Dünne. »Wo zwei satt werden, verhungert auch der dritte nicht.« Und er lud den Jüngsten ein, sich vom Brot und von der Milch zu nehmen.
Einer so freundlichen Einladung wollte der Jüngste nicht widersprechen und griff zu und ließ sich's wohl sein.
Nach dem Essen ermunterte der Dünne die beiden anderen, aufzubrechen und noch ein Stück zu gehen. Er wollte wenigstens ins nächste Dorf kommen und sehen, ob ein Quartier für die Nacht oder gar Arbeit zu bekommen wäre. Das Wort Arbeit hörte der Jüngste zwar nicht gern, aber da er nicht allein zurückbleiben wollte, ließ er sich überreden, noch einmal die Beine zu bewegen, und folgte den Burschen schweigend auf dem Weg zum nächsten Dorf.
Als sie wieder einen Hügel erreicht hatten und auf die Ebene vor sich hinunterschauen konnten, sagte der Dicke:
»Seht ihr das Dorf dort vorn? Wir wollen zu einem Bauern gehen und ihm anbieten, auf dem Acker zu arbeiten.«
Dabei sah er den Jüngsten ermunternd an. Der aber trat gleich einen Schritt zurück und machte ein erschrockenes Gesicht.
»Du kommst doch mit?« fragte der Dicke und wandte sich dem Jüngsten zu. »Wir werden dem Bauern den Acker so schnell umgraben, daß er mit dem Lohnauszahlen nicht nachkommt.«
»Nein, Freunde, Kameraden«, sagte der Jüngste, »das ist nichts Rechtes für mich. Ich kann solche Eile nicht ausstehen. Ich laufe doch nicht von zu Hause weg, um in der Fremde . . . nein, ich sag's euch gleich, da hört bei mir die Freundschaft auf. Ihr mögt für die Arbeit geboren sein, ich bin's nicht. Und das wär's also, das heißt, daß wir uns trennen müssen. Tut mir leid, daß unsere Freundschaft so schnell auseinandergerissen wird. Aber da seht ihr, welch scharfes Schwert die Arbeit ist. Ich will mich nicht daran schneiden.«

»Das ist aber erstaunlich«, sagt der Dünne. »Wenn die Rede aufs Arbeiten kommt, wirst du gesprächig.«
»Bleib bei uns, mein Freund!« sagte der Dicke. »Erstens könnte es ja sein, daß du dich an die Arbeit gewöhnst ...«
»Nein, niemals!« rief der Jüngste dazwischen.
»... zweitens«, fuhr der Dicke fort, »mußt du nicht unbedingt auf dem Acker arbeiten. Wir zwei bieten uns dem Bauern an. Und du bietest dich uns an.«
»Was soll das nun wieder heißen?« fragte mißtrauisch der Jüngste.
»Ganz einfach«, antwortete der Dicke. »Wenn wir zusammenbleiben, müssen wir irgendwo wohnen. Und wenn wir irgendwo wohnen, muß jemand da sein, der sich im Haus ein wenig nützlich macht. Das sollst du sein. Ich rede nicht von Arbeit. Aber die Betten könntest du aufschütteln oder die Fladen auf dem Feuer braten. Du bewachst das Haus, und wir verdienen draußen das Geld.«
»Na, gib dir einen Stoß!« ermunterte der Dünne den Jüngsten. »Du siehst doch, daß wir dir nicht mit der Arbeit an den Kragen gehen, sondern dich einfach gern bei uns behalten. Wenn du im Haus bleibst, wirst du dich nicht überarbeiten, und uns ist auch geholfen.«
»Wenn ihr meint«, seufzte der Jüngste, »dann komme ich mit. Aber erwartet nicht zuviel von mir.«
So kamen sie in das Dorf, und der Dicke und der Dünne erhielten Arbeit bei einem Bauern und waren flink und fleißig und bald gern gesehen. Und so kam der Jüngste mit ins Dorf, aber nicht zur Arbeit bei dem Bauern, sondern er hielt Haus für die beiden, und war's zufrieden, ihnen die Betten aufzuschütteln, das heißt einmal am Tag die Decken auszulüften und sie wieder auf den Schlafplatz zu legen. Wenn's hoch kam, nahm er sogar einen Besen und fegte mit ein paar Strichen die Stube, dann freilich sagte er sich: Die beiden sind den ganzen Tag über fort, woher soll da denn der Staub kommen? Und so ließ er's auch mit dem Fegen sein und sah sich nur einmal in der Woche um, ob irgendwo ein Stäubchen sich niedergelegt haben konnte. Stäubchen gab's wenige, aber genug Sandkörner, die der Wind von der Wüste her auch in alle Dörfer und damit in die Hütten und Häuser blies. Aber Sandkörner, die zählten nicht zum Schmutz, die gab's, das wußte er von Kindesbeinen an, drinnen und draußen millionenfach. Es hatte einfach keinen Sinn,

sie zu entfernen, sie waren immer da und würden immer wieder da sein. Also sollten sie liegenbleiben, bis der Wind ihnen für eine Weile einen anderen Platz zuwies.

Dem Jüngsten blieb viel Zeit, sich auszuruhen oder spazierenzugehen, die Zeit verrinnen zu lassen. Wenn die anderen bei der Arbeit waren, gab er sich gern einen Schubs und ging vors Dorf hinaus zu einem winzigen Fluß, der dem Dorf Wasser für die Felder und zum Trinken lieferte. Weil der kleine Fluß in der ringsum trockenen Gegend die meiste Zeit des Jahres Wasser führte, konnte man in dem Dorf ganz gut leben und war nicht wie in anderen Dörfern auf einen einzigen Brunnen angewiesen. Es gab Wasser zum Trinken, und wo Wasser war, wuchsen Bäume und Gemüse.

An dem kleinen Fluß setzte sich der Jüngste nieder und schaute auf das Wasser oder lag mit dem Rücken auf dem Boden und blickte hinauf in das Blau des Himmels, das so unendlich gleichmäßig blau und jeden Tag wie am vergangenen Tag war, daß man sich nach einer einzigen Wolke sehnte.

»Hier ist gut sein«, sagte der Jüngste vor sich hin, als er wieder am Flüßchen saß. »Der Tag geht hin, und ich habe ein schönes Leben. Die beiden schuften sich drüben auf dem Acker ab, und ich habe die Hausarbeit längst hinter mir. Die beiden sind freundlicher, als meine Brüder zu mir waren. So könnte es hingehen, jeden Tag und den anderen Tag, und vielleicht würde ich noch hier sitzen, wenn mir die Haare auf dem Kopf schon grau geworden sind.«

Dabei kratzte er sich am Kopf, wie um mit den Fingern nachzuprüfen, ob seine Haare noch schwarz wie immer und nicht über Nacht grau geworden waren. Und während er sich noch kratzte, kam ihm ein Gedanke, der ihn überraschte. Da war mit einmal der Gedanke da, selbst etwas zum Mittagessen beizusteuern. Ein Gedanke, der ihm niemals zuvor gekommen war und ihn jetzt richtig unruhig machte, so als sei es nicht sein Gedanke, sondern als dächte sich ein anderer als er in seinem Hirn etwas völlig Unsinniges und vor allem Unangenehmes aus. »Ist ja . . . mag ja gut sein«, murmelte er, »aber was soll ich denn zum Mittagessen beisteuern? Ich sitze hier draußen, und es müßte schon etwas wie von selbst herankommen, damit mir's nicht allzuviel Mühe bereitet. Denn das, du fremder Gedanke in meinem Kopf, willst du mir sicher nicht zumuten, daß ich aufstehe und vielleicht eine halbe Stunde unter der heißen Sonne irgendeiner Sache nachlaufe, von der ich noch gar nicht weiß, ob sie etwas in die Tasche bringt.« So ließ er ganz einfach den fremden Einfall in seinem Kopf weiterdenken. Dazu mußte er sich noch einmal ganz gemütlich ausstrecken und die Augen über das Himmelsblau wandern lassen, und wieder wurde er überrascht. Denn nur ein paar Augenblicke vergingen, und schon hatte der eine Gedanke den anderen in den Schwanz gebissen, das heißt, ganz unverschämt und selbstverständlich für den Jüngsten etwas herbeigedacht, was doch ein wenig nach Arbeit roch.

»Ich hab's, ich seh's!« sagte er leise. »Natürlich, ich muß mir eine Angel machen. Und wenn es Fische im Fluß gibt . . . Wenn die Angel im Fluß hängt, also, da komme ich zwar nicht ganz ohne Arbeit weg, aber immerhin, zu sehr wird's mich nicht anstrengen, denn die Fische schwimmen ja ohne mein Zutun auf die Angel zu, und *schnapp, schnapp* habe ich sie schon. Herausziehen freilich werde ich sie müssen. Aber dasitzen zu können und zugleich zu arbeiten, das ist's, was ich suche.« So nahm er einen langen Ast, kramte in der Tasche nach einer Schnur, knüpfte sie an den Ast, knetete ein Stückchen Fladen und machte es am Ende der Schnur fest. Die Angel hängte er in den Fluß und setzte sich bequem auf die Erde.

»Jetzt müßt ihr nur noch anbeißen!« rief er den Fischen zu.

»Noch nichts?« fragte er nach einer Weile und summte vor sich hin.

»Fischlein in der Flut, seid so gut und schwimmt heran, beißt an meiner Angel an.«

Aber es dauerte noch eine Weile, bis die Angel ruckte und er sich daranmachen konnte, die Schnur herauszuziehen. Ohne große Mühe hatte er dann schnell die Schnur ans Ufer gezogen und sah ein Fischlein am Ende zappeln.

»Großer Fisch, kleiner Fisch, jetzt bringe ich was auf den Tisch«, sagte er und freute sich, daß ihm die Arbeit so leicht von der Hand ging oder doch gar keine Arbeit war.

»Ach, bist du klein!« rief er, als er den Fisch herausgezogen hatte. Doch es ist das erste Mal, daß ich mit meiner Hände Arbeit etwas verdienen kann. Und noch ist nicht aller Fischertage Abend. Wer klein anfängt, kann groß aufhören.

Da raschelte es hinter ihm im Gebüsch. Erschrocken wandte der Jüngste sich um und sah plötzlich einen düster dreinschauenden Kaufmann hinter sich, der ihn wohl beobachtet hatte. Der Kaufmann bog die Zweige des Busches auseinander und trat vor.

»Du hast mich aber erschreckt!« sagte der Jüngste. »Woher des Wegs? Das nenne ich eine Überraschung. Da muß einem ja das Herz in den Hosenboden rutschen, wenn man so aus dem Hinterhalt überrascht wird.«

»Ein hübscher Fisch«, sagte der Kaufmann mit singender, näselnder Stimme. »Ich könnte ihn dir abkaufen.«

Und der Kaufmann streckte die Hand so rasch vor, daß der schwarze Umhang, den er trug, weit über den Arm hinaufrutschte. Dabei wurde sein Gesicht vor lauter Verlangen spitz, und es sah aus, als würde er gleich auch mit den Zähnen nach dem Fischlein greifen, das der Jüngste in der Hand hielt.

»Sachte, sachte, mein Herr!« sagte der Jüngste. »Auch der Wind versetzt nicht an einem Tag eine ganze Düne, sondern läßt sich Zeit. Das ist der kostbarste Fisch, den ich in meinem Leben gefangen habe. Der kostbarste, verstehst du, in meinem ganzen Leben habe ich noch keinen . . .«

Und dabei lachte er verschmitzt in sich hinein.

»Das sehe ich doch!« rief der Kaufmann und trippelte von einem Bein auf das andere. »Das sehe ich! Glaubst du, ich würde mich für deine kleine Kaulquappe interessieren, wenn ich nicht wüßte, daß dies ein ganz besonderer Fisch ist? Ich biete dir zwanzig Goldstücke. Zwanzig, hörst du? Hast du je so viele Goldstücke beisammen gesehen? Eine Goldherde, eine Herde goldener Schäfchen für einen einzigen kleinen Fisch. Schnell, gib ihn mir, und dann ist das Geschäft gemacht. Es könnte sonst sein, daß ich mich besinne und dir nur drei Goldstücke biete oder wieder meiner Wege gehe. Also: zwanzig Goldstücke für deinen Fisch.«

»Spottest du über mich?« fragte der Jüngste und hielt die andere Hand über den Fisch. »Ich will wissen, was du wirklich zahlen willst.« Dabei schaute er den Kaufmann herausfordernd an.

Der Kaufmann verzog das Gesicht und murmelte so leise, daß der Jüngste es nicht hören konnte:

»Das muß ein unbezahlbarer Fisch sein, wenn der Kerl nicht auf mein Angebot eingeht.«
Dann zog er einen Beutel aus seinem Umhang und schüttelte ihn so heftig, daß die Goldstücke darin ein klimperndes Konzert aufführten und verführerisch an das Ohr des Jüngsten drangen.
»Ich biete dir alles, was ich im Beutel habe«, sagte er lockend und beugte sich vor. »Fünfzig Goldstücke.«
Der Jüngste dachte, der Kaufmann sei nicht bei Sinnen. Wie konnte man fünfzig Goldstücke für ein Fischlein geben?
»Dann her damit!« rief er. »Dafür ist mir das Fischlein feil.« Er gab dem Kaufmann den Fisch und erhielt den ganzen Beutel mit den fünfzig Goldstücken. Der Kaufmann bedankte sich, wickelte den Fisch in ein Tuch und ging fort. Der Jüngste aber schwenkte den Beutel hin und her, er warf ihn in die Luft und fing ihn wieder auf. Er konnte nicht aufhören, die Goldstücke zum Klingen und Klimpern zu bringen. Das Goldgemurmel war wie ein Zaubergeläut, das sich ihm in die Ohren setzte und ihn nicht mehr losließ. Während er den Beutel wieder von einer Hand in die andere hopsen ließ, kamen der Dicke und der Dünne vom Acker zurück. Müde schlurften sie auf dem Weg daher. Kaum hatte der Jüngste sie gesehen, rief er ihnen zu:
»Kommt her, schnell! Ich habe euch was zu zeigen.«
Die beiden waren überrascht, ihren Kameraden so munter anzutreffen, und konnten sich nicht erklären, was in ihn gefahren war, daß er so gegen alle Gewohnheit laut und ungeduldig geworden war. Als sie neben ihm standen, zeigte er ihnen den Beutel und sagte:
»Seht her, heute habe ich gearbeitet, und das ist der Lohn für meine Arbeit. Fünfzig Goldstücke. Die habe ich für einen einzigen Fisch bekommen. Und der Fisch ist ganz ohne mein Zutun an die Angel geschwommen und hat angebissen.«
»Unglaublich«, sagte der Dicke.
»Das gibt es nicht«, sagte der Dünne. »Laß sehen!«
»Ja, da gehen euch die Augen über«, sagte der Jüngste und schüttete die Goldstücke auf den Boden. »Ich habe zum ersten Mal in meinem Leben Lohn für eine Arbeit erhalten.«
Dem Dicken und dem Dünnen fielen beinahe die Augen aus dem Kopf, als sie die Goldstücke auf den Boden purzeln sahen. Der Dünne klappte

wie ein Messer zusammen und hockte sich neben das Gold auf die Erde.
»Tatsächlich!« rief er. »Fünfzig Goldstücke. Wenn du so weitermachst, wirst du ein Goldfisch werden.«
Und zuerst zögernd, dann wie angezogen streckte er die Hand aus, legte sie auf einige Goldstücke. Er spürte das Gold in der Hand. Und seine Augen glänzten.
»Ihr habt für mich gearbeitet«, sagte der Jüngste. »Jetzt könnt ihr von meinem Lohn nehmen.«
»Davon können wir einige Wochen leben«, sagte der Dicke.
»Steck den Beutel ein!« forderte der Jüngste den Dünnen fröhlich auf. »Wenn die Goldstücke zu Ende gegangen sind, werfe ich wieder die Angel aus.«
Der Dünne sammelte die Goldstücke ein, tat sie in den Beutel und steckte den Beutel in seinen Gürtel.
»Das wird gefeiert«, sagte der Dicke.
Und sie gingen zusammen nach Haus und tauschten vorher im Dorf beim Kaufmann eines der Goldstücke in die köstlichsten Dinge zum Essen und Trinken ein. Die Augen des Kaufmanns wurden rund und glänzend wie Goldstücke, als er das Gold in der Hand des Jüngsten blitzen sah. Und er fragte sich, wie das wohl zugehe, daß die armen Schlucker zu solchem Reichtum gekommen waren. Aber da das Goldstück in seiner Kasse klingeln sollte, dachte er nicht lange nach und sagte sich: Am Gold kannst du dich nicht schmutzig machen. Frag nicht, woher es kommt, sondern denk darüber nach, wohin es geht. Soll sich doch das Goldströmchen in meine Kasse ergießen. Und da will ich gleich sehen, was alles vom Guten und Besten ich den dreien anbieten kann, damit die Goldstücke aus dem Beutel gelockt werden.
Am nächsten Morgen stand der Jüngste wie gewohnt auf, legte die Decke zur Seite und sprach zu sich: »Da ich nun ein Angler geworden bin und gesehen habe, daß es nicht viel Mühe macht, ein Fischlein aus dem Wasser zu holen, sollte ich, was ich ohne Schweiß und Fleiß gelernt habe, nicht verderben und nicht in der Sonne vertrocknen lassen. Einmal ist keinmal, und vielleicht hat das Glück sich eine richtige Strähne ausgesucht, die geradewegs zu mir führt. Also, was bleibt mir eigentlich übrig? Ich habe mich nicht danach gedrängt, aber wenn es das

Schicksal nun einmal so will, werde ich mich ihm nicht breitbeinig in den Weg stellen. Inschallah, weil es Allah sichtlich so will, mag ich mich einreihen in die alte und edle Zunft der Fischer.«

So griff er sich die Angel und machte sich ohne Eile auf den Weg zum Wasser. Doch diesmal wollte er nicht am Flüßchen fischen, sondern in dem kleinen See, der sich an einer Stelle gebildet hatte, wo die zwei Rinnsale zusammenliefen, die aus den Bergen kamen.

Er setzte sich nieder, blickte sich um, zog seine Pfeife heraus und ließ eine Weile des schönen Tages verstreichen, ehe er die Angel ins Wasser hängte und sie lässig mit der linken Hand festhielt. Kaum waren einige Minuten vergangen, als er einen heftigen Ruck spürte, der ihm beinahe die Angel entrissen hätte.

»Das geht ja schnell«, sagte er und zog und zog, bis er sah, welch großer Fisch angebissen hatte.

»Ja, ist der schwer!« sagte er. »Komm her, laß dich anfassen! Er ist so schwer, als hätte er lauter Steine verschluckt. Den will ich aufmachen.«

Der Jüngste wog den schweren Fisch in den Händen und zog ein Messer heraus, mit dem er dem Fisch den Bauch aufschnitt. Wie war er erstaunt, als ihm Steine entgegenpurzelten. »Na, was sage ich?« rief er. »Steine, Steine, Edelsteine. Lauter Edelsteine. Das kann nur Zauberei sein. Oder ich habe eine Zauberangel.«

Und er überlegte, stockte, und plötzlich kam ihm ein Gedanke. »Aber dann ... dann«, sagte er, »müßte auch in dem Fisch, den ich gestern verkauft habe ... Dann habe ich den Fisch gestern viel zu billig verkauft. Dann hat der Mann gewußt, was in dem Fisch war. Der Schuft, er hätte mir mehr als nur fünfzig Goldstücke geben müssen! Ich will alles haben, was angebissen hat. Warte, ich hole mir meinen Schatz ab. Sollst nicht glauben, die Steinchen dürften sich bei dir wohlbefinden. Dich werde ich finden.«

Aber da er keiner war, der mir nichts dir nichts die Beine unter den Arm nahm und loslief, setzte er sich zunächst wieder auf den Boden, wickelte die Edelsteine sorgfältig in sein Taschentuch und dachte nach. Nachdenken spart unnötige Arbeit, das wußte er, und warum sollte er sich unnötig hastig bewegen, wenn die Glückssträhne, wie er gesehen hatte, sich von selbst auf ihn zubewegte? Aber der fremde Kaufmann würde

ihm nicht noch einmal über den Weg laufen, wollte er am Wasser sitzen bleiben.
Der Kaufmann, so überlegte er, stammt nicht aus dem Dorf, in dem der Dünne und der Dicke arbeiten und in dem wir wohnen, sonst würde ich ihn kennen. Also muß ich weiterdenken, das heißt weiterlaufen, wenn ich ihn finden will. Er muß in der nächsten kleinen Stadt zu Hause sein. Dort gibt es einen Bazar, dort wird er hocken und auf Kundschaft warten und vielleicht schon meine Edelsteine angeboten haben.
Dieser Gedanke war so stark, daß der Jüngste beinahe heftig aufsprang, so heftig, wie er es noch nie getan hatte, und sich in ebenso ungewöhnlicher Eile auf den Weg machte. Der Gedanke an den Kaufmann, der seinen Schatz verkaufte, zog ihn wie ein gespannter Strick vorwärts. Er kam gar nicht mehr dazu, sich über sich zu wundern, so sehr hatte er damit zu tun, sich auszumalen, wie der Kaufmann mit seinem Eigentum umging. Zur Mittagszeit kam er in dem Städtchen an, das wie ausgestorben schien. Die meisten Läden hatten geschlossen. Männer und Frauen hatten sich in den Schatten der Häuser zurückgezogen und alles Kaufen und Verkaufen vergessen. Die Mittagsruhe war heilig und durfte nicht gestört werden.
Auch der Jüngste hätte sich gern irgendwo in den Schatten gelegt und ein paar Stündchen verschlafen. Wie sollte er jetzt den Kaufmann finden? Aber wenigstens einmal wollte er den Bazar auf und ab gehen und es Allah oder seinem Glück überlassen, ihn an den rechten Ort zu führen. Und das Glück schien ihn wirklich am Strick zu führen, denn schon nach ein paar Minuten stand er vor einem Haus, sah eine Bank vor dem Haus, und auf der Bank schlief ein Mann.
Der ist es! schoß ihm ein Gedanke durch den Kopf.
Er trat vorsichtig an die Bank heran und erkannte den Kaufmann. Er überlegte: Soll ich ihn wecken? Da fiel sein Blick auf die Kaftantasche des Kaufmanns. Und er traute seinen Augen nicht! Aus der Tasche schaute eine Flöte, in die die gleichen Edelsteine eingelassen waren, die er heute in dem schweren zweiten Fisch gefunden hatte. Also mußte die Flöte aus dem ersten Fisch stammen.
»Wenn das die Flöte aus meinem Fisch ist«, sagte er leise zu sich, »dann gehört sie eigentlich mir. Der alte Gauner hat mich betrogen. Die Flöte ist viel mehr wert als die Goldstücke, die er mir gegeben hat.«

Er beugte sich vor, hielt den Atem an. Der Kaufmann schlief tief, aber der Jüngste hatte doch Angst, ihn zu wecken.
»Hab sie schon, hab sie schon«, flüsterte er. »Und du schnarch nur weiter. Aber ich will dich freilich nicht betrügen. Die fünfzig Goldstücke habe ich nicht dabei, und ein paar davon haben wir schon in Speis und Trank umgesetzt.«
Und so zog er zwei Edelsteine aus der Tasche und schob sie dem Kaufmann vorsichtig in die Tasche.
»Das ist ein ehrlicher Ausgleich«, murmelte er. »Damit ist der Kaufmann besser bezahlt, als er es verdient.«
Er verbeugte sich, setzte leise einen Fuß nach dem anderen zurück und drehte sich um.
Auf dem Weg durch die Stadt kam er in einen Park. Er hörte Vögel zwitschern, Bienen summen und freute sich an der frischen Luft im Schatten der Bäume. Er hatte wieder sein Pfeifchen angezündet und wollte sich gerade im Schatten einer Palme niederlassen, als er einen Wächter auf sich zukommen sah.
»Halt, wer da?« rief der Wächter und pflanzte sich frech vor ihm auf.
»Du siehst mich doch, also weißt du, wer ich bin«, antwortete der Jüngste und schüttelte ärgerlich den Kopf.
»Ich bin der Wächter des Königs«, sagte der ungeschlachte Kerl, auf dessen nackter Brust die Schweißperlen glänzten.
Warum muß er auch in der Mittagszeit auf und ab marschieren? dachte der Jüngste. Da kann man ja nicht freundlich sein.
»Ich habe jeden daran zu hindern«, fuhr der Wächter fort, »aus dem Brunnen zu trinken, vor dem du stehst.«
Verwundert blickte der Jüngste sich um und sah erst jetzt, daß da auch ein Brunnen war. Das Becken war in den Boden eingelassen, das Wasser war durchsichtig. Fische schwammen in dem Wasser. Und aus einem Rohr lief ständig frisches Wasser in das Becken. Der Jüngste sah das Wasser, und eine heftige Lust zu trinken überkam ihn.
»Aber wegen des Wassers bin ich doch gekommen«, sagte er zu dem Wächter. »Ich bin durstig, also will ich trinken. Ich mache dir einen Vorschlag. Du nimmst meine Pfeife und darfst so lange rauchen, wie ich trinke. Ich habe sie mit vorzüglichem Tabak gestopft. Während du rauchst, nehme ich einige Hände voll Wasser, setze mich zum Ausruhen nieder und spiele dir dann auf meiner Flöte vor.«

»Kein schlechter Vorschlag«, meinte der Wächter. »Gib mir die Pfeife!«
So kam der Jüngste zu dem erfrischend kühlen Wasser und badete sogar sein Gesicht darin. Der Wächter schmauchte das Pfeifchen, und man sah ihm an, welch einen Genuß er dabei hatte. Dann setzten sich beide neben dem Brunnen auf die Erde. Der Jüngste zog die Flöte hervor und setzte sie an den Mund. Die Töne aber, die aus der Flöte kamen, waren nicht wie die Töne anderer Flöten. Sie waren heller und leichter, sie schienen um den Flötenspieler zu schweben, sie schienen sich auf den Zweigen der Bäume niederzulassen und dort nachzuklingen. Der Jüngste setzte die Flöte ab und sagte:
»So tönt die Flöte? Seltsam, eine solche Flöte habe ich noch nie gehört.«
Und wieder setzte er sie an den Mund. Er blies hinein, und die Töne entströmten ihr, ohne daß er die Finger bewegte, um die Löcher der Flöte zu öffnen und zu schließen. Die Flöte war voller Musik, man mußte sie nur anblasen, und sie wußte, wie es weiterging.
»Was hast du mit deiner Flöte gemacht?« fragte der Wächter. »Die Vögel sind stumm geworden, die Bienen haben vergessen, wie man summt, die Fische können nicht mehr schwimmen und schauen aus dem Wasser, die Tiere im Park sind erstarrt und können nicht mehr weiterlaufen. Und auch mir stockt der Atem, wenn du spielst.«
Solange der Jüngste auf der Flöte spielte, mußten alle Lebewesen erstarren, die in seiner Nähe waren, ihre Bewegungen wurden mit einem Schlag angehalten. Wenn er aber die Flöte absetzte, kehrte das Leben in sie zurück.
»Das ist eine Zauberflöte«, sagte der Jüngste. »Alle müssen auf sie hören. Das hast du gerade gesehen. Wenn sie erklingt, kann niemand mehr tun, was er gerade tat. Die Musik der Flöte hält sie an. Sie können nur noch zuhören. Mein liebes Fischlein, da hast du mir ein großes Geschenk gemacht. Nur gut, daß ich die Flöte . . . ach, das geht dich nichts an«, sagte er zu dem Wächter gewandt.
»Das Geschenk werde ich zu brauchen wissen«, fuhr er fort. »Ade, Wächter, gib mir meine Pfeife wieder! Ich will mir mal das Schloß des Königs ansehen.«
»Das darf man nicht«, sagte der Wächter grob und stellte sich wieder stocksteif hin.

»Ich tu's aber«, sagte der Jüngste fröhlich. »Du wirst mich nicht aufhalten, oder soll ich auch für dich die Flöte blasen? Nur für dich? Hast du nicht gesehen, was geschieht, wenn ich Musik mache?«
Und drohend hob er die Flöte zum Mund.
»Nein, nein!« wehrte der Wächter ab. »So nicht, nicht, ich will nicht erstarren! Wer weiß, ob ich wieder ins Leben zurückfinde? Lieber laß ich dich gehen. Sollen doch der König oder die Prinzessin sich mit dir abgeben. Mir warst du vom ersten Augenblick an nicht geheuer.«
Und er trat aus dem Weg und ließ den Jüngsten vorbei.
»Schau an«, sagte der, »wie schnell du zur Vernunft kommst. Ich hätte nicht gedacht, daß die Wächter des Königs so schnell begreifen.« Er kam in das Schloß, in dem die Türen aller Zimmer weit offenstanden. In einem der Zimmer sah er die Prinzessin auf einem Kissen sitzen, umgeben von Dienerinnen. Er trat in das Zimmer und sah sich ungeniert um. Die Flöte trug er in der Hand. Seit er die Fische gefangen und die Flöte geblasen hatte, waren Ängstlichkeit und Zurückhaltung von ihm gewichen.
»Bist du der Flötenspieler?« fragte die Prinzessin.
»Ihr seht doch die Flöte«, sagte der Jüngste.
»Ich habe dein Flötenspiel durch die offenen Fenster aus dem Park herauf gehört. Spiel mir noch einmal etwas vor! Spiel einmal nur für mich.«
»Ich will nicht.«
»Ich aber kann dir befehlen, was du tun sollst.«
»Meint Ihr?«
»Ja, weil ich die Prinzessin bin.«
»Ihr habt nicht recht.«
»Soll ich Diener rufen lassen?«
»Nicht nötig.«
»Also, wirst du spielen?«
»Ich kann nicht.«
»Was soll das nun wieder heißen?«
»Daß ich jetzt nicht spielen kann.«
»Du weigerst dich? Das verstehe ich nicht. Dein Spiel war so wunderbar, daß es alle meine Gedanken umgedreht hat. Ich meine, noch im Ohr zu haben, wie der Ton der Flöte durch das Holz geht, wie die Luft

durch die Flöte haucht, wie die Töne anschwellen, zittern und in Wellen die Luft erfüllen. Ein so langer und einziger Ton, und in einem Ton eine ganze Melodie, das habe ich noch nie gehört. Du hast so schön gespielt. Ich danke dir dafür und will dich nicht nicht länger drängen. Ich danke dir und lade dich zum Essen ein.«

»Da sage ich nicht nein.« Wenn die Prinzessin wüßte ... »Verehrtes Fräulein Prinzessin, ich bin heute schon so lange unterwegs, daß ich meine, zwei Mägen knurrten in meinem Bauch.« Und er dachte: Schon wieder macht sich meine erste Arbeit bezahlt. Wenn das kein Glückssträhnchen ist! Schon wieder kommt das Gute, ohne daß ich mich anstrengen muß, auf mich zu. Soll's so weitergehen. Ich habe nichts dagegen.«

»Dienerinnen, bringt unserem Gast zu essen und zu trinken!« befahl die Prinzessin.

Sogleich erhoben sich die Dienerinnen und brachten niedrige Tischchen, die sie vor die Prinzessin und den Jüngsten stellten. Andere brachten Speisen und Getränke und stellten alles auf die Tische. Gern griff der Jüngste zu und ließ es sich schmecken. »Nicht schlecht«, sagte er. »Gesottenes und Gebratenes. Das duftet mir in die Nase, daß ich den Geschmack meiner Pfeife vergesse. Ihr habt vorzügliche Köche, Fräulein Prinzessin. Verbindlichen Dank.«

Er aß, was ihm aufgetischt wurde, und konnte sich kaum genugtun mit all den Köstlichkeiten. Er beugte sich tief über das Tischchen und sah nicht, daß die Prinzessin in den Becher, den eine Dienerin gebracht hatte, aus einem winzigen Fläschchen ein paar Tropfen schüttete. Die Prinzessin wartete eine Weile, dann reichte sie den Becher dem Fremden und sagte:

»Trink, du wirst Durst haben. Und du sollst nicht nur alle Speisen probieren, die es im Schloß gibt, sondern auch alle Getränke kennenlernen.«

Der Jüngste nahm den Becher und probierte.

»Ah, das schmeckt süß«, sagte er. »Wie süßer Wein. Wenn ich nicht annehmen müßte, daß auch Ihr Euch an die Weisung des Propheten haltet, die uns verbietet, Wein zu trinken, müßte ich sagen: Das ist süßer, schwerer Wein aus Sizilien.«

»Wer gut ißt, soll auch gut trinken«, meinte die Prinzessin. »Ich wünsche dir Gesundheit und langes Leben. Erfrische dich und trinke. Es ist kein Wein, den du trinkst, aber es könnte sein, daß in dem Getränk die viel feineren Düfte unseres Landes sind, ein Geschmack, der stärker ist als der des süßesten Weines, Düfte von Blüten, Düfte von Kräutern.«

»Der süße Geschmack, ja, aber Prinzessin«, sagte der Jüngste und gähnte. »Der süße . . . macht so müde. Wißt . . . wißt Ihr das auch? Ich bin . . . bin so müde . . .«

Er konnte die letzten Worte nicht zu Ende sprechen, knickte zusammen und sank neben dem Tischchen zu Boden. Ein Diener eilte herbei, weil er glaubte, dem Gast hätte ein Schwindel das Bewußtsein genommen.

»Los, nehmt ihn!« rief die Prinzessin. »Tragt ihn hinaus auf ein Schiff im Hafen. Das Schiff soll ihn wegbringen. Wenn er aufwacht, muß er schon an einer anderen Küste sein.«

»Es ist weit bis zum Hafen«, sagte der Diener. »Wenigstens eine Tagesreise.«

»Das weiß ich, aber ich habe dich nicht gebeten, mir zu sagen, wie weit es von hier bis zum Hafen ist, sondern dir befohlen, den Fremden wegzubringen. Willst du widersprechen?«

»O nein, natürlich nicht! Ich werde sofort, selbstverständlich sofort . . .«

»Wart einen Augenblick!« sagte die Prinzessin und zog dem Jüngsten die Flöte aus der Tasche.

»Du kleine Flöte«, sagte sie, »du gehörst jetzt mir. Ich werde auf dir blasen, wann ich will. So, und jetzt bringt ihn fort.« Zwei Diener trugen den Jüngsten aus dem Zimmer und brachten ihn zum Hafen.

Die Prinzessin aber begann auf der Flöte zu blasen. Da hielten alle Diener und Dienerinnen im Zimmer inne und erstarrten nach wenigen Sekunden. Die Prinzessin sah verwundert, wie wundertätig das kleine Instrument war, das jeden, der es hörte, alles ringsum vergessen ließ. Sie ging zum Fenster, beugte sich hinaus und blies die Flöte.

Da blieben die Pferde, die einen Wagen zogen, mitten im Schritt stehen; die Katzen, die umherschlichen, konnten nicht einmal mehr den Schwanz heben. Jeder, den ein Ton der Musik traf, mußte erstarren und zuhören. Er wurde von den Tönen ergriffen und nicht mehr losgelassen.

»Du sollst spielen, spielen sooft ich will«, sagte die Prinzessin. »Zauber-

flöte, spiel, daß mein Herz hüpft und alle auf deine Töne hören müssen. Wie bin ich mächtig geworden! Du in meiner Hand, an meinem Mund! Niemand kann widerstehen. Ah, darum wollte er nicht auf der Flöte blasen ... Aber nun kann ich die Pferde vor dem Wagen zum Stillstehen zwingen, die Katzen im Sprung anhalten und sehen, wie sich die Blumen den Tönen entgegenbiegen. Zauberflöte, meine Zauberflöte, du wirst sie alle verzaubern, alle, alle, die ich dir unterwerfe, von denen ich will, daß sie sich mir unterwerfen! Und ich selbst, immer kann ich nun deiner wunderbaren Melodie zuhören.«
Wie zum Vergnügen setzte sie die Flöte wieder an den Mund, setzte sie ab und spielte wieder. Und sie konnte sehen, wie das Leben in Menschen, Tieren und Pflanzen erstarrte und wie das Leben zurückkam.
Da lief der König ins Zimmer und rief:
»Tochter, ich habe eine Flöte gehört. Die Flöte hat mich von den Regierungsgeschäften weggelockt. Du hast die Flöte in der Hand. Woher hast du sie?«
»Das sage ich dir nicht.«
»Ich will die Flöte haben; der König braucht eine solche Flöte.«
»Es ist meine Flöte. Ich werde sie behalten.«
»Du mußt mir die Flöte geben. Ich bin der König.«
»Nein, die Flöte habe ich lieber als alles in der Welt.«
»Ich, der König, befehle dir.«
»Ich gebe die Flöte nicht her.«
»So etwas ist mir noch nicht passiert. Die eigene Tochter – ein unfolgsames Kind! Ich kann es nicht glauben. Das wird nicht so bleiben. Ich habe die Flöte von ferne gehört. Ich habe den Ton, diesen Ton ... was sage ich da ... das ist kein Ton wie andere Töne. Er kam und hatte mich doch noch nicht ganz erreicht. Aber mir war, als hätte ich Hunger, als zöge sich mir der Magen vor Hunger zusammen. Und ich sehe die köstlichsten Speisen vor mir. Das Wasser läuft mir im Mund zusammen. Ich muß die Flöte haben. Ich will, ich muß! Du wirst dich noch wundern, wenn du dich weigerst, mir die Flöte zu geben. Du hast bis heute abend Zeit, es dir zu überlegen. Ich rate dir, die Zeit nicht verstreichen zu lassen.«
Wütend verließ der König das Zimmer. Aber die Prinzessin gab die Flöte nicht her, und so ließ sie der König am nächsten Tag von zwei Wa-

chen vor die Stadt hinausbringen, noch in der Dunkelheit, weil er nicht wollte, daß jemand aus der Stadt sah, daß der König seine Tochter abführen ließ.

»Du weißt«, sagte die erste Wache, als sie bei einem Steinbruch angekommen waren, »daß der König befohlen hat, dich zu töten, damit er die Flöte bekommt. Er kann, wie er sagt, nicht mehr ohne die Flöte leben.«

Die zweite Wache zog das Schwert und sagte:

»Dreh dich um, ich kann dir nicht in die Augen sehen!«

In diesem Augenblick aber hatte die Prinzessin die Hände frei, griff in ihr Kleid und zog die Flöte heraus. Sie sagte: »Ihr habt nicht aufgepaßt. Jetzt habe ich die Hände wieder frei. Ich werde auf der Flöte blasen und euch verzaubern.«

Da fuhr den beiden Wachen der tödliche Schreck in die Glieder. Sie standen da und zitterten.

»Das darfst du uns nicht antun«, sagte die eine Wache.

»Wir wollen am Leben bleiben«, bettelte die andere Wache.

»Dann laßt mich in Ruhe«, sagte die Prinzessin.

»Aber der König wird uns bestrafen«, sagte die erste Wache.

»Sagt ihm«, meinte die Prinzessin, »sagt ihm, ihr hättet mich getötet. Nehmt diesen Umhang als Beweis mit aufs Schloß. Durchstoßt ihn mit dem Schwert und tränkt ihn mit dem Blut einer Ziege. Dann wird euch der König glauben.«

»Und die Flöte?« fragte die zweite Wache.

»Sagt dem König, ich hätte sie nicht bei mir gehabt und euch gesagt, ich hätte sie irgendwo im Schloßpark vergraben. Und jetzt nehmt die Beine unter den Arm und lauft, sonst blase ich euch mit der Flöte das Leben aus den Knochen.«

Das ließen sich die beiden nicht zweimal sagen. So schnell sie nur konnten, liefen sie zum Schloß zurück.

Die Prinzessin aber war allein in der steinigen und leeren Landschaft. Sie mußte versuchen voranzukommen, ehe am Mittag die Sonne unerträglich heiß vom Himmel herabbrannte. So machte sie sich auf den Weg und wußte nicht recht, wohin sie gehen sollte, nur weit weg vom Schloß mußte sie kommen, damit niemand sie zurückbringen könnte.

Bald taten ihr die Füße weh, und die Hitze des Vormittags bedrückte und schwächte sie. Mit gesenktem Kopf schleppte sie sich dahin und war sehr erschrocken, als sie plötzlich das Klappern von Kamelhufen hörte und ein Kamel und ein Reiter vor ihr standen.
Der Mann sprang vom Kamel und trat vor die Prinzessin.
»Halt, schönes Fräulein!« sagte er. »Das nenn ich mir einen Fang. Treff ich dich so ganz allein auf dem einsamen Weg. So prächtig gekleidet kann nur eine Prinzessin sein. Komm her, mein Täubchen, und schüttele dein Beutelchen aus! So vieles an dir glänzt und glitzert. Du wirst einsehen, daß ich mir deine Schmucksachen nehmen muß. Eine solch ergiebige Begegnung hat auch ein Räuber nicht jeden Tag.«
Da aber hatte sich die Prinzessin schon gefaßt und setzte die Flöte an den Mund und spielte, daß die Töne nur so in den Räuber fuhren und ihn zu Boden krümmten und er nichts anderes tun konnte, als auf die Flöte zu hören. Mit steifen Beinen und Armen, die sich wie erfroren von ihm spreizten, kniete er vor ihr, den Mund weit aufgesperrt.
»Wo bleibt jetzt dein großes Räubermaul?« fragte die Prinzessin.
»Was ... was kann ich für Euch tun?« fragte der Räuber und konnte kaum reden. Wie Splitter kamen die Worte aus seinem Mund.
»Du gibst mir das Kamel und auch deine Kleider.«
»Wollt Ihr als Räuber weiterreiten?«
»Jedenfalls nicht als Prinzessin. Du siehst ja, wie es einem als Prinzessin ergehen könnte, hätte man nicht rechtzeitig ein Zauberpfeifchen zur Hand.«
Und die Prinzessin blies einen knappen, kurzen Ton auf ihrer Flöte und setzte sie dann ab. Die Erstarrung wich von dem Räuber.
»Mach schnell!« sagte die Prinzessin. »Los, gib mir dein Gewand! Als Mann verkleidet, werde ich besser vorankommen.«
Der Räuber zog sich widerwillig aus, aber er wollte nicht noch einmal von den Flötentönen in die Knie gezwungen werden. Er gab seine Kleider und das Kamel der Prinzessin und mußte hilflos zurückbleiben in der wüsten Landschaft.
Die Prinzessin ritt auf dem Kamel davon und blickte sich nicht um. Und sie lernte, auf der Flöte zu blasen. Sie erfuhr, daß man das Instrument auch zum Vergnügen blasen konnte. Sie mußte nur gleichzeitig wünschen, daß niemand etwas Böses geschähe, dann konnte sie der Melodie zuhören, ohne Angst haben zu müssen.

Verkleidet als Mann, kam die Prinzessin von Dorf zu Dorf, von Stadt zu Stadt. Sie ritt auf dem Kamel und übernachtete oft auch im Freien, weil sie Angst hatte, in einer Herberge nicht verbergen zu können, daß sie kein Mann war.
Müde kam sie eines Tages in eine Stadt. Staub lag auf den Straßen. Seit Wochen hatte es nicht geregnet. Wenn die Kamele durch den Staub zogen, wirbelten sie ihn in die Höhe, und die Menschen schüttelten sich und husteten, wenn der weiße Staub sie einhüllte.
An einem der wenigen Brunnen, die noch Wasser hatten, lagerten Kamele, ein paar Kühe und viele Menschen. Vom Brunnen aus öffneten sich die Bazarstraßen, in denen Früchte und Kleider feilgeboten wurden und wo sich das ganze Leben und der Handel abspielten.
Auch die Prinzessin hatte sich zu den am Brunnen Sitzenden gesellt und hörte zu, wie einige sich unterhielten.
»Heute hat der König wieder fünf umbringen lassen«, sagte einer.
»Wißt ihr schon, daß er gestern zehn in den Kerker geworfen hat?« sagte ein anderer.
»Ich habe Angst«, sagte eine Frau. »Ich werde meine Kinder verstekken.«
»Er hat meinen Bruder eingesperrt«, sagte einer.
»Ihr scheint ja einen bösen König zu haben«, sagte die Prinzessin mit verstellter Stimme.
»Sogar einen seiner Söhne hat er töten lassen«, sagte der Mann, der rechts neben der Prinzessin saß.
»Er ist wie eine Hyäne«, sagte die Frau. »Ich glaube, es macht ihm Spaß, andere zu quälen.«
»Fremder«, sagte der Mann, der links von der Prinzessin saß, »sieh zu, daß du schnell aus der Stadt kommst. Die Soldaten des Königs könnten dich verhaften. Der König findet immer einen Grund, jemanden zu bestrafen. Setz dich auf dein Kamel und reit weg!«
»Ich habe keine Angst«, sagte die Prinzessin mit einer Männerstimme, die freilich ein wenig hell klang. »Ich glaube, ich kann euch helfen. Ich werde zum Schloß gehen und mich umsehen.«
»Tu's nicht, Fremder, tu's nicht!« rief die Frau.
»Du bist verloren«, sagte der Mann, der links von der Prinzessin saß.
»Macht euch keine Sorgen«, sagte die Prinzessin fröhlich. »Ich weiß,

was ich tue. Bleibt ruhig hier sitzen, während ich den König besuche und ihm ins Gewissen rede.«

»Was willst du tun?« fragte überrascht und entsetzt der Mann, der rechts neben der Prinzessin saß.

»Der ist verrückt geworden«, meinte die Frau. »Aber wie soll man jemanden abhalten, der sich selbst umbringen möchte?«

Die Prinzessin stand auf, zog das Kamel hoch und stieg in den Sattel. Sie ritt zum Schloß. Als sie dort angekommen war, band sie das Kamel an einem Baum fest, schüttelte die Männerkleider zurecht, die sie noch immer trug, und nahm die Flöte in die Hand.

»Liebe Flöte«, sagte sie, »heute sollst du die Menschen, die deine Melodie hören, nicht nur erstarren lassen. Heute mußt du mehr vollbringen. Deine Töne müssen so stark und zugleich so weich sein, daß sie das Sinnen der Menschen verwandeln, daß sie in ihre Herzen dringen, ohne sie zu schrecken. Sie müssen anders werden. Hörst du, meine Flöte? Darauf vertraue ich, daß deine Zauberkraft stark ist.«

Und so ging die Prinzessin in Männerkleidern und mit der Flöte in der Hand über den Vorplatz des Schlosses. Sie setzte die Flöte an den Mund und begann zu spielen.

Drinnen im Schloß wurde dem König gerade ein junger Mann vorgeführt, den die Soldaten aufgegriffen hatten. Der Mann hatte sich verteidigt und beteuert, daß er unschuldig sei.

»Genug!« schrie ihn der König an. »Ich will deine Erklärungen nicht hören. Du bist schuldig. Wenn ich sage, daß du schuldig bist, dann bist du es.«

In diesem Augenblick hörte der König die Flötenmelodie.

»Was ist denn das?« fragte der König. »Flötenmusik. Mir ist, als würde mein Arm schwer. Die Musik geht in mich hinein. Oh, Allah, die Diener weinen. Warum weint ihr? Diener, Wachen, was ist los? Und mir wird ganz weich ums Herz. Ich hasse den Mann nicht mehr. Er ist nicht schuldig.«

Da betrat die Prinzessin, immer noch spielend, den Raum und ging auf den König zu. Der König saß entsetzt auf seinem Sessel und starrte den Flötenspieler an. Sein Gesicht war plötzlich ohne Farbe. Angst trat ihm in die Augen. Er hatte sich irgendwo festhalten wollen und in die Luft gegriffen.

»Woher kommst du, Fremder mit der Flöte?« fragte er. »Du hast Macht über mich, den König. Deine Flöte ist stärker als meine Wut. Wie kann das geschehen? Ich bin nicht mehr der, der ich gewesen bin. Mein Herz. Das tut weh. Fremder, die Töne deiner Flöte pressen mir das Herz zusammen. Du hast mich besiegt. Und weil du stärker bist als ich, weil ich wie in einem Blitz gesehen habe, als ich dich ansah, daß ich böse war und Unrecht getan habe, sollst du künftig in meinem Reich herrschen. Wache, Diener, ich spüre, daß mein Leben zu Ende geht. Nehmt ... nehmt den Flötenspieler zum König, er wird euch Glück bringen.«
Der König wollte weitersprechen, aber seine Stimme hatte keine Kraft mehr. Er bewegte die Lippen, doch kein Wort war zu vernehmen. Seine Augen verdrehten sich plötzlich, und dann brach der König in die Knie. Zwei Diener eilten herbei, stützten ihn, doch jeder sah, daß der König starb.
Der König wurde auf den Boden gelegt und mit einer Decke zugedeckt. Einer der Hofherren aber trat vor und rief laut:
»Wir haben einen neuen König. Die Zeit der Schrecken ist zu Ende. Der neue König soll leben. Ruft es in alle Straßen hinaus, verkündet es auf allen Plätzen. Keiner soll mehr um sein Leben fürchten.«

Der alte König wurde begraben, doch niemand weinte an seinem Grab. Der neue König wurde am nächsten Tag auf den Thron gesetzt und mußte die guten Wünsche seines ganzen Hofstaates entgegennehmen. Alle zogen an seinem Thron vorbei, verneigten sich. Da nahm die Prinzessin, die jetzt die Kleider des Königs trug, die Flöte heraus und begann zu spielen. Und plötzlich verstummte das Geplauder ringsum, alle lauschten ergriffen dem Flötenspiel und fühlten sich leichter und heiterer.
»Ein König, der Flöte spielt!« flüsterte nach einiger Zeit ein Mann.
»Ein König, der nicht bestraft! Ich kann mir das gar nicht vorstellen«, sagte eine Frau. Und alle waren froh, nun einen König zu haben, vor dem man keine Angst haben mußte.
Zwei Tage später kam der Jüngste, der den Fisch gefangen hatte, in dem die Flöte gewesen war, zufällig in das Land, in dem die Prinzessin als König regierte. Lange Zeit war er mit dem Schiff, auf das er verschleppt worden war, auf dem Meer umhergefahren, dann aber wieder an Land

gegangen und streifte seither von einem Landstrich zum anderen, immer auf der Suche nach der Flöte, die ihm die Prinzessin gestohlen hatte.
Er kam in die kleine Stadt, die um eine Oase entstanden war, in der es gute Brunnen gab und viele Bäume wuchsen. Alle durchs Land ziehenden Kaufleute machten hier Rast. Handel wurde getrieben, und die Handwerker hatten ein prächtiges Auskommen.
Der Jüngste saß mit einigen Leuten vor einem Café auf der Straße und erzählte von seinen Reisen, als deutlich vernehmbar eine Flöte zu hören war.
»Was ist das für eine Musik?« fragte er.
»Der König spielt die Flöte«, sagte ein Kameltreiber.
»Der König, euer König spielt die Flöte?« fragte ungläubig der Jüngste.
»Ja«, sagte ein Hirte, »unser Land wird von einem Flötenspieler regiert. Noch nie haben wir so gut gelebt wie unter seiner Herrschaft.«
»Ein Flötenspieler als König«, überlegte der Jüngste. »Das will ich mir ansehen. Zeigt mir den Weg zum Schloß des Königs!«
»Geh einfach den Flötentönen nach«, sagte der Kameltreiber. »Siehst du die Straße, die durch den Bazar führt? Dort mußt du entlanggehen, dann gehst du rechts herum und stehst schon vor dem Schloß.«
Der Jüngste wollte keinen Augenblick länger bleiben und klopfte den Staub aus seinen Kleidern, bedankte sich und verschwand im Bazar. Er kaufte einige Sachen im Bazar ein, wartete dann aber bis zum Abend, ehe er den König aufsuchte, denn er sagte sich: Am Abend, wenn nur die Fackeln im Schloß brennen, wird mich niemand so leicht erkennen wie am Tag.
Im Schloß empfing die Prinzessin, die nun als König auf dem Thron saß, gerade Leute, als der Jüngste angemeldet wurde.
Der Jüngste hatte sich im Bazar ein großes Tuch gekauft und damit den Oberkörper und das halbe Gesicht bedeckt. Die Prinzessin erkannte ihn nicht, als er vorgelassen wurde.
»Was ist dein Anliegen?« fragte sie.
»Ich habe das Flötenspiel des Königs gehört.«
»Hat es dir nicht gefallen?«
»Doch, aber ich könnte noch besser als der König auf der Flöte spie-

len.« Dabei zog der Jüngste das Tuch vom Gesicht und sah die Prinzessin stumm an. Die Prinzessin erkannte ihn. Ihre Augen wurden groß und still. Nur ihre Fingerspitzen zitterten. Auch der Jüngste schwieg. Aber sein Schweigen war lauter als jedes Reden. Nach einigen Minuten sagte die Prinzessin mit rauher Stimme zu den Dienern:
»Geht hinaus und laßt mich mit dem Mann allein!«
Die Diener verließen das Zimmer. Die Prinzessin wartete eine Weile.
»Warum habt Ihr sie hinausgeschickt?« fragte der Jüngste.
»Ich will mit dir reden, ohne daß andere zuhören«, sagte die Prinzessin und lehnte sich zurück.
»Was habt Ihr vor?« fragte der Jüngste.
»Ich muß dich töten lassen«, sagte die Prinzessin.
»Dazu habt Ihr kein Recht«, sagte der Jüngste.
Da lachte die Prinzessin.
»Ich habe Macht über die Tiere und Menschen«, sagte sie. »Wenn ich auf meiner Flöte blase, so hören die Wellen auf zu schlagen, und der Wind weht den Sand in der Wüste nicht mehr auf. Die Vögel halten im Flug inne, Menschen und Tiere hören mir zu. Sogar die Steine scheinen auf die Musik zu hören. Ich habe gelernt, auf der Flöte zu spielen. Die Flöte erfüllt meine Wünsche. Ich kann sie so oder so blasen. Du hast gehört, daß mein Flötenspiel den Menschen Freude machen kann; aber du weißt auch, daß ich die Menschen damit beherrschen kann. Mein Flötenspiel hat es fertiggebracht, daß sich das Herz des bösen Königs umkehrte und er mich noch vor seinem Tod zum Erben bestimmte. Du siehst, ich habe die Macht, und weil ich die Macht habe, nehme ich mir das Recht, dich zu töten.«
»Gut«, sagte der Jüngste. »Aber erfüllt mir noch einen Wunsch.«
»Was wünschst du dir?«
»Ihr dürft mich töten, wenn es mir nicht gelingt, Eurer Flöte noch schönere Töne zu entlocken als Ihr selbst. Gebt mir einmal die Flöte!«
»Du wirst mich nicht übertreffen. Aber nimm die Flöte.«
»Kommt mit zum Fenster!«
Die Prinzessin sah ihn erstaunt an und ging mit zum Fenster.
Ich könnte nun die Flöte so blasen, daß die Prinzessin sich nicht mehr bewegen kann, daß sie meiner Gewalt unterworfen wird, dachte der Jüngste. Aber er wollte die Flöte nur noch zur Freude aller Menschen gebrauchen, die sie hörten.

Als die Prinzessin neben ihm am Fenster stand, setzte er die Flöte an den Mund und begann zu spielen, wie er nie gespielt hatte. Aller Haß war aus ihm gewichen, und weil er die Prinzessin nicht mehr bestrafen wollte, weil er überhaupt keinen bösen Gedanken mehr in sich fühlte, konnte er ganz frei und leicht spielen.

Der Prinzessin kamen Tränen in die Augen, als sie sein Spiel hörte.

»Da, da schau!« rief sie mit zitternder Stimme. »Der Mond am Himmel beginnt zu tanzen. Die Sterne neigen sich vor deiner Musik. Die Menschen sind vor die Häuser getreten und lauschen deinem Spiel. Und jetzt wird die Nacht hell, über die Sterne hinaus steigt in der Nacht die Sonne. Auch sie will deine Musik hören. Du bist der Meister. Dir gehört die Flöte.«

Und sie nahm die Krone vom Kopf. Die Haare fielen in langen Strähnen herab.

»Jetzt kannst du mich bestrafen«, sagte die Prinzessin. »Du siehst, ich bin kein König, sondern eine Frau. Sie haben mich zum König gemacht, weil sie glaubten, ich sei ein Mann. Ich bin die Prinzessin, die dir die Flöte genommen hat.«

»Ich weiß«, sagte der Jüngste. »Ich habe Euch gleich erkannt.«

»Ich habe dich erkannt, als du das Tuch vom Kopf zogst.«

»Warum habt Ihr mich so lange angesehen?« fragte der Jüngste.

»Ich hatte Angst, ich hatte nicht nur Angst«, sagte die Prinzessin.

»Ich wollte Euch mit einer List die Flöte abnehmen«, sagte der Jüngste.

»Das ist dir gelungen«, meinte die Prinzessin.

»Aber schon als Ihr mich so angesehen hattet, verflog mein ganzer Ärger.«

»Dann wirst du mich also nicht bestrafen?«

»Wie könnte ich den König eines Landes bestrafen?«

»Ich will kein König mehr sein, ich bin die Prinzessin.«

»Und weil ich Euch nicht mehr böse bin, könnte ich jetzt die Flöte nehmen und zu meinen Kameraden zurückkehren. Sie werden mich vermissen.«

»Ich würde dich vermissen, wenn du gehst«, sagte die Prinzessin. »Bleib! Irgend jemand muß doch die Flöte in meinem Land spielen. Die Leute haben sich daran gewöhnt. Und auch ich möchte immer wieder dein Flötenspiel hören. Spiel noch einmal. Jetzt.« Dabei sah sie den Jüngsten aus lieben Augen an und merkte, daß er gerne das tat, worum sie bat.

Noch einmal spielte der Jüngste. Und das Flötenspiel sagte der Prinzessin, daß er sie liebgewonnen hatte und sie nicht verlassen würde. Das Flötenspiel war mehr als die Worte, die er hätte sagen können. Der Jüngste spielte und sah dabei die Prinzessin an.

»Willst du mich zur Frau nehmen?« fragte die Prinzessin. »Nur du sollst die Flöte blasen, und das Volk wird sich freuen.«

»Da uns die Flöte und ihr Spiel zusammengebracht haben«, sagte der Jüngste, »muß ich ihr wohl folgen.«

Da umarmte ihn die Prinzessin und küßte ihn zum ersten Mal. Und sie wollte, daß er König im Land und sie die Königin sein sollte.

Ein Hut voller Wünsche

Nach einem dänischen Märchenmotiv

Vor langer Zeit lebte in Dänemark ein König, der gern Feste feierte und Freunde und Bekannte zu sich aufs Schloß einlud. Jedes seiner Feste begann mit einem Mittagessen und dauerte bis in den Abend hinein. Musikkapellen spielten zur Unterhaltung und zum Tanz, und in allen Räumen des Schlosses brannten Kerzen; Blumen und fremdländische Pflanzen schmückten die Säle, und der Duft der Speisen zog durch die Gänge.

Das ganze Gesinde mußte dann tüchtig zulangen, damit das Gebratene, Gesottene und Gebackene frisch und lecker auf den Tisch kam. Hatte der König viele Gäste eingeladen, mußten Leute aus dem Dorf dem Gesinde in Küche und Keller beispringen, damit kein Wunsch unerfüllt blieb.

So hatte wieder einmal die Frau des Schloßgärtners vom frühen Morgen an in der Küche mitgeholfen und schickte sich an, am Abend nach Hause ins Dorf hinunterzugehen. Sie wartete am Tor auf ihren Mann, den Gärtner, der ebenfalls Feierabend hatte, weil man ja nach Einbruch der Dunkelheit nichts mehr auf den Beeten im Garten sah und alle Arbeit längst getan sein mußte.

Die Frau freute sich auf den Feierabend und spürte doch alle die tausend Griffe, die sie am Tag hatte tun müssen, das viele Bücken und Hin- und Herlaufen in den Armen, den Beinen und im Rücken. Sie schaute hinaus ins Land, auf die Felder und Wiesen, die das Schloß umgaben; sie roch den Rauch aus den Schornsteinen und hörte hinter sich die Tanzmusik, dieweil man die Fenster des großen Saales weit geöffnet hatte, hatten sich doch die meisten Gäste schon heißgetanzt und spürten gern ein wenig die frische Abendluft.

Da kam der Gärtner zum Tor und begrüßte seine Frau.

»Mann, das war wieder ein Tag!« sagte seufzend die Frau. »Der Koch hat uns keine Minute zur Ruhe kommen lassen. Ach, dieser König! Beinahe jeden Tag lädt er sich Gäste aufs Schloß und bewirtet sie, du weißt ja.«
Der Gärtner nahm seine Frau am Arm und wollte ihr damit andeuten, daß es jetzt an der Zeit sei, aufzubrechen. Aber auch er mußte berichten, wie ihn und die anderen Gärtner die Festsucht des Königs heute wieder in Trab gehalten hatte.
»Wir mußten die feinsten Gemüse ernten und Kräuter pflücken«, sagte er, »damit ihr den Gästen aufkochen konntet. Ein ganzer Hofstaat, nur damit sich die hohen Herren die Bäuche vollschlagen können.«
»Still Mann, sei still!« flüsterte die Frau. »Wenn uns jemand hört . . . Sei froh, daß wir Arbeit im Schloß haben. Freilich, das Beste ist dem König für seine Gäste gerade recht. Du kannst dir gar nicht vorstellen, welch eine Hitze in der Küche herrschte. In allen Töpfen und Pfannen brutzelte es. Wir mußten schneiden, hacken, rösten, raspeln, rühren und schüren, stampfen und schnippeln, daß uns fast der Atem wegblieb.«
»Laß gut sein, Frau!« beschwichtigte der Mann. »Jetzt geht's nach Hause. Vielleicht hat unser Lars schon Feuer im Herd gemacht. Dann mußt du nur noch Wasser für die Suppe aufsetzen.«
»Warum gerade heute?« fragte die Frau. »Lars bleibt der gleiche Faulpelz, der er immer war. Er wird wieder auf der Bank liegen und träumen, daß ihm gebratene Tauben in den Mund fliegen.« Und ein wenig spöttisch fragte sie weiter: »Woher er nur diese Trägheit hat?« Und dabei blickte sie ihren Mann von der Seite an.
»Warum siehst du mich an?« fragte der Gärtner. »Ich bin sein Vater, aber . . .«
»Von mir hat er die Faulheit sicher nicht geerbt«, unterbrach ihn die Frau. »Das willst du doch sagen. Spar dir die Worte. Mach rasch, damit wir nach Hause kommen! Du wirst sehen: Alle Arbeit wartet auf mich.«
Also gingen der Gärtner und seine Frau ins Dorf hinab. Sie grüßten die Leute, die ihnen begegneten, und freuten sich, daß die untergehende Sonne recht freundlich von den Häusern zurückstrahlte und auf den Gemüse- und Blumenbeeten glänzte, die vor oder hinter den Häusern angelegt waren. Und man konnte glauben, die Abendsonne hätte ein

Lächeln auf die Gesicher aller Menschen gezaubert. Es war angenehm, nach der Arbeit hineinzukommen ins Dorf und die Stille und den Frieden ringsum zu genießen.

Als die Frau zu Hause in die Stube trat, sah sie, daß Lars auf der Bank lag und vor sich hinträumte. Sie blieb vor ihrem Sohn stehen, stemmte die Arme in die Seiten, schüttelte den Kopf und sagte dann heftig:

»Sagte ich's doch! Ich renne mir den lieben langen Tag die Füße wund, und du liegst da und träumst Löcher in die Luft. Kein Feuer gemacht, nichts auf dem Tisch, nicht aufgeräumt. Ich werde dir Beine machen.«

Aber Lars rührte sich nicht, es war, als hätte er sich beide Ohren verstopft, um nur ja nicht gestört werden zu können. Da stieß ihn die Mutter an und rief:

»Los, auf, hol wenigstens Wasser! Bis zum Brunnen werden dich deine trägen Beine gerade noch tragen.«

Der faule Lars brummte vor sich hin, aber er stand nicht auf. Die Mutter seufzte, ging zum Herd und nahm den leeren Wasserkessel von der Herdplatte. Den stellte sie vor Lars hin und sagte bestimmt und wütend:

»Da! Nimm den Kessel. Und nimm die Beine unter die Arme. Sonst ist's aus mit meiner Geduld. Ohne Fleiß kein Preis. Wer nicht arbeiten will, hat schon gegessen. Entweder holst du jetzt Wasser, oder dein Teller bleibt heute leer. Marsch, los!«

Bei den letzten Worten packte sie Lars am Ärmel seiner Jacke und zog ihn hoch. Lars erhob sich schwerfällig. Er wischte sich mit einer Hand über die Stirn und die Augen, so als wollte er den Schlaf wegwischen, schien aber kaum zu begreifen, warum er aus seinen schönen Träumen aufgeschreckt worden war.

»So, Wasser meinst du? Warum Wasser?« fragte er. »Ich brauche keins. Wozu Wasser?«

Nun riß die Geduld der Mutter, und sie stieß heftig hervor:

»Mach schnell! Sonst springt mir der Schürhaken aus der Hand.« Und sie packte den Schürhaken und sagte: »Schau ihn dir an. Der kann dir die Faulheit aus dem Leib prügeln.«

Lars bückte sich ganz langsam und hob den Kessel auf, dann ging er zur Tür und zog seinen grünen Hut vom Haken. Ohne sich noch einmal

umzusehen, verließ er die Stube, in der die Mutter verzweifelt die Hände vors Gesicht schlug und seufzend zu sich sagte:
»Womit habe ich das verdient? Die Faulheit scheint ihm angeboren zu sein. Wenn ich nur wüßte, wie man ihn ändern könnte! Prügeln hilft nichts, Schimpfen hilft nichts. Der müßte neu geboren werden, damit er endlich aufwacht.«
Um Wasser zu holen, mußte Lars am Schloß vorbeigehen. Aber eigentlich ging Lars nicht, sondern er schlich vielmehr mit gesenktem Kopf dahin, zog den einen Fuß nach, schob den anderen Fuß vor und zog den einen Fuß wieder nach. Um den Kessel nicht tragen zu müssen, hatte er sich den Strick, an dem der Kessel über dem Herd hing, um die linke Hand geschlungen und zog ihn hinter sich her. Das schepperte und klapperte über den Pflastersteinen und auf dem Kiesweg, der an der Schloßmauer vorbeiführte. Aber der Lärm störte den faulen Lars nicht.
Gerade dort, wo Lars am Schloß vorbeikam, saß die Prinzessin in einem der offenen Fenster. Sie hatte heute nicht mitfeiern wollen und deshalb mit ihrem Vater, dem König, Streit bekommen und war auf ihr Zimmer gegangen. Jetzt schaute sie aus dem Fenster und konnte im schwachen Licht gerade noch sehen, wie Lars und der Wasserkessel den Schloßweg heraufkamen. Die Prinzessin sang vor sich hin:

»Regen, Wind und Sonnenschein
lasse ich zum Schloß herein.
Morgentau und Abendlicht
spür ich gern auf dem Gesicht.
Was der Tag auch bringen mag,
ich bin vergnügt und gar nicht zag.
Ich lach so gern den Schwalben zu
und weck die Kätzchen aus der Ruh.
Ich sing mir vor ein lustig Lied,
ganz gleich, was immerdar geschieht.«

Und weil der faule Lars gerade unter ihrem Fenster angekommen war, rief sie ihm zu: »Lars, fauler Lars! Mach nicht so schnell. Läufst dir gleich die Füße ab. Langsam, schön langsam, sonst wirst du stolpern. Wo läufst du denn hin?«

Da machte sich der faule Lars doch die Mühe und hob den Kopf und rief zum Fenster hinauf: »Wasser, soll Wasser holen. Und hab keine Lust.«
Die Prinzessin lachte und lehnte sich weit zum Fenster hinaus.
»Hast ja zu nichts Lust. Schau mich an!« rief sie.
»Hab keine Lust«, brummte der faule Lars.
»Na, dann beeil dich«, sagte die Prinzessin, »sonst wird bald der Kessel schneller laufen als du, auch wenn er keine Beine hat.«
Lars schlenkerte den rechten Arm hin und her und verzog den Mund.
»Keine Sorge!« meinte er. »Wer zu früh kommt, kommt leicht unter die Räder.«
Wieder lachte die Prinzessin über das ganze Gesicht und sagte: »Dir muß man ja einen Buben wünschen, der dir tragen hilft. Allein schaffst du's nicht.«
Nun schaute Lars die Prinzessin an und antwortete nachdenklich: »Ja, jetzt erst habe ich Euch gesehen.«
Und der Mund blieb ihm vor lauter Schauen offenstehen, denn auch zum Schauen brauchte Lars länger als andere Leute.
»Mach den Mund zu, Lars, sonst pfeift dir der Wind in den Magen«, spottete die Prinzessin.
Lars kratzte sich ganz gemächlich am Hinterkopf.
»Ein schönes, schönes Fräulein«, sagte er stockend zu sich und konnte den Blick nicht von der Prinzessin wenden.
»Glotz nicht so!« Die Stimme der Prinzessin riß ihn aus seinen Träumen. »Auch beim Schauen bist du der Langsamste«, fügte sie hinzu.
Aber was kümmerte Lars die Laune oder Fröhlichkeit der Prinzessin! Soll sie nur reden, dachte er.
Und zu sich sprach er leise: »Die macht sich wohl lustig über mich. Doch kommt Zeit, kommt auch Rat. Jetzt sag ich nichts mehr, aber hab Geduld, Lars, der werden wir's noch zeigen.«
Dann zog er mit dem Kessel weiter und sah sich nicht mehr um. Die Prinzessin begann wieder zu singen und hatte wahrscheinlich den faulen Lars schon vergessen.
Nach einigen Minuten mußte Lars verschnaufen. Er wußte, daß es nicht mehr weit bis zum Brunnen war, und er wollte sich die Anstrengung einteilen. Er setzte sich auf den Kessel, fuhr mit einer Hand über die Stirn und überlegte.

»Arbeiten macht müde«, sagte er sich. »Ich weiß gar nicht, warum Vater und Mutter so hinter der Arbeit her sind, so als wollte sie ihnen davonlaufen. Ich will die Arbeit nicht einholen; wenn sie weg ist, soll sie wegbleiben. Ich hab Zeit, hab immer Zeit. Ach, könnt' ich doch dem Kessel Beine machen, daß er selbst zum Brunnen liefe! Dann könnt' ich hier warten, bis er zurückkommt, voll mit Wasser.« Dann rappelte sich Lars unter Stöhnen und Schnaufen hoch, reckte sich, klopfte auf den Kessel und sagte zu ihm:

»Komm schon, Kessel! Komm, riechst du noch nicht das Wasser? Uh, mir graut vor dem Rückweg. Wenn du voll bist, wirst du noch schwerer sein. Uuh, macht Arbeit müde!«

So, als hätte er den ganzen Tag über nur gearbeitet, schlurfte er weiter und dachte und dachte an den mühseligen Rückweg; jeder Schritt zum Brunnen wurde ihm zentnerschwer, und am liebsten wäre er noch im letzten Augenblick umgekehrt und hätte der Mutter den leeren Kessel gebracht. Da er aber, um sich eine Ausrede auszudenken, lange und schwer hätte nachdenken müssen, zog er es doch vor, die letzten Schritte bis zum Brunnen zu tun.

Beim Brunnen angekommen, mußte er wieder verschnaufen und setzte sich dazu auf den Brunnenrand, legte die Hände in den Schoß und wäre beinahe eingeschlafen, wenn nicht ein letzter Sonnenstrahl, der zwischen den Wolken hervortrat, ihn genau im Gesicht getroffen hätte und er einfach zu faul war, die Augen zu schließen und den Sonnenstrahl abzuwehren. So stemmte er sich mit den Händen vom Brunnenrand hoch und ließ den Kessel am Strick in die Tiefe des Brunnens hinab. Er hörte, wie der Kessel auf der Wasserfläche aufklatschte, ließ den Kessel vollaufen und zog ihn Ruck für Ruck langsam herauf, indem er sich selbst immer wieder Kraft zusprach und gar nicht glauben konnte, daß es so lange dauerte, bis der Kessel wieder oben war. Als er ihn über den Rand heben wollte, sprang ein Frosch aus dem Kessel und vor ihm in die Wiese.

Wieder blieb Lars der Mund vor Überraschung offenstehen, und er fragte sich: »Täuscht mich die Dämmerung, oder war das wirklich ein grüner, ein grasgrüner Frosch, den ich gerade heraufzog? Da haben wir's wieder. Nur weil ich mich so beeilt habe! Ich bin zu schnell gelaufen. Wäre ich langsamer gewesen, hätte ich mir diese Überraschung er-

spart. Dem Eiligen kommt doch nie was Gutes über den Weg. Aber wo bist du denn hingehüpft, Fröschlein?«
»Lars, lieber Lars, bitte, bitte . . .«, erklang da ein dünnes Froschstimmchen aus dem Gras, und Lars ließ sich langsam auf die Knie sinken, um den kleinen Kerl genauer sehen zu können, der ihn so überrascht hatte.
»Was, der kann sogar sprechen?« meinte Lars und fragte: »Wo kommst du denn her?«
Der Frosch zitterte, und seine Kugelaugen glitzerten, als er bat: »Bitte, lieber Lars, ich möchte wieder in den Brunnen. Es ist mein Brunnen, ich kann nur im Brunnen leben.«
»Ja, mein Herr Brunnenfrosch«, antwortete Lars, »du hast dich zu sehr beeilt. Warum bist du überhaupt aufgesprungen auf meinen Wassertransport?«
»Du . . . du hast den Kessel so schnell heruntergelassen, daß, daß . . .«, stotterte der Frosch.
Da lachte der faule Lars und sagte: »Ich, ich und schnell, wie soll ich das verstehen?«
»Du hast mich einfach mitgeschöpft«, quakte der Frosch.
Lars schüttelte den Kopf. War das eine schwierige Sache! Ich habe dich doch gar nicht heraufholen wollen, dachte er. Und außerdem hast du den Kessel noch schwerer gemacht. Niemand kann von mir erwarten, daß ich einen Kessel voll Wasser und einen Frosch aus dem Brunnen ziehe. Aber ich habe das Wasser und den Frosch heraufgezogen. Also habe ich mich überanstrengt. Ich mache alles heute in zu großer Hast. Wer daran wohl schuld sein mag? Vielleicht die vorwitzige Prinzessin. Ja, nur sie hat mich zu solch unverständlicher Eile angetrieben.
Und zum Frosch sagte Lars: »Und jetzt soll ich die gleiche Mühe noch einmal auf mich nehmen? Wieder den Kessel heben, ihn wieder mit dir zusammen hinunterlassen und ihn dann wieder heraufziehen? Nein, das ist zuviel der Mühe. Nicht mit mir. Da hättest du dir einen anderen, nicht den faulen Lars aussuchen sollen. Wer sich einmal gemüht hat, scheut doppelte Mühe. Ich bin ganz erschöpft.«
Aber der Frosch ließ mit Bitten nicht ab und sagte:
»Lars, wenn du mich wieder in den Brunnen hinunterläßt, will ich dir einen Wunsch erfüllen. Hast du keinen Wunsch?«

Der ist gut, dachte Lars, was will er eigentlich von mir?
»Wünsche! Gerade genug!« rief Lars. »Nur einen, sagst du? Für einen Wunsch die ganze Mühe? Nein, Lars, das tust du nicht.«
»Bitte, laß mich nicht hier draußen vertrocknen«, sagte der Frosch und hob sich auf die Hinterbeine. »Ich muß wieder in meinen Brunnen. Sein Wasser seufzt schon nach mir. Hör doch hin! Bitte hilf mir!«
»Du kannst aber bitten«, sagte Lars. »Es macht mich müde, dir so lange zuhören zu müssen. Also gut, siehst du meinen Hut?«
Der Frosch drehte die Äuglein und sagte: »Er liegt auf der Wiese. Was soll ich mit deinem Hut?«
Ganz behaglich und beinahe zögernd fuhr Lars fort: »Du mußt mir ... du könntest mir so viele Wünsche erfüllen, wie Grashalme unter meinem Hut stecken. Dann ... dann könnte ich vielleicht ... Aber so viele Wünsche wirst du nicht ...«
»Warum nicht?« sagte schnell der Frosch. »Hauptsache, ich komme wieder in meinen Brunnen. Abgemacht. So viele Wünsche, wie Grashalme unter dem Hut stecken, werden in Erfüllung gehen.«
»Was du nicht sagst!« lachte jetzt Lars. »Da möcht auch ein Fauler rasch die Wünsche hersagen.«
»Aber nur, wenn du mich wieder in den Brunnen hinunterläßt!« rief der Frosch mahnend.
»Na, schön«, sagte Lars, streckte die linke Hand aus und packte den kleinen grünen Kerl. Er trug ihn zum Brunnen, setzte ihn auf den Kessel und ließ ihn hinab. Drunten angekommen, hüpfte der Frosch vom Kessel in das Wasser hinein und quakte zum Dank ganz laut. Lars zog den vollen Wasserkessel wieder herauf und setzte sich dann auf den Brunnenrand, denn jetzt brauchte er Zeit, jetzt mußte er überlegen.
»Welch eine Mühe«, sagte er zu sich. »Eigentlich bin ich viel zu faul, um mir zu überlegen, was ich mir wünschen könnte. Und dann noch aussuchen, was der erste Wunsch sein soll. Immer wird etwas von mir verlangt. Kann denn nicht endlich Ruhe sein? Ja, die Prinzessin, wie die so einfach in meine Gedanken hineinspaziert! Die Prinzessin ... jetzt könnte ich mich ihr erkenntlich zeigen. Sie soll nicht noch einmal spotten, wenn ich mit dem vollen Kessel am Schloß vorbeikomme. Soll sie doch wünschen, ich müßte einen Buben haben, der mir tragen hilft. Nein, der Kessel müßte ganz einfach Beine bekommen.«

Kaum hatte Lars den Wunsch ausgesprochen, als es unter dem Kessel zu knacken und zu rascheln anfing, und noch ehe er sich's recht versah, stand da der Kessel dickbäuchig auf zwei Beinen, schwankte hin und her, ohne umzukippen, zog am Strick und wollte weglaufen.

»Schon wieder diese Eile!« sagte Lars, als er sich von seiner Überraschung erholt hatte. »So schnell geht das. Das klappt ja prächtig. Aber ruhig, langsam, mein Kesselchen! Traben gilt bei mir nichts. Zieh nicht so! Doch wenn du soviel Kraft in den Beinen hast, kannst du meinen Hut auch noch tragen.« Und er setzte dem Kessel seinen Hut auf und ließ sich nach Hause ziehen.

Inzwischen war es schon dunkel geworden. Überall brannten die Gaslaternen, und auch der Platz vor dem Schloßtor war hell erleuchtet, als das Zweigespann aus Lars und dem Kessel vorbeikam. Unter dem Tor stand die Prinzessin und lachte, als sie das seltsame Paar kommen sah. Sie wurde von einem glucksenden Lachen geschüttelt und trat Lars in den Weg.

»Langsam, langsam Kesselchen!« redet Lars leise auf den zweibeinigen Dickbauch ein. »Du bringst mich ja um das Vergnügen, der Prinzessin etwas zu wünschen, wenn du so ziehst. Halt, halt! Dabei müssen wir uns Zeit lassen. Ja, was soll ich dem schönen Fräulein denn wünschen?«

»Das ist freilich eine Überraschung«, sagte die Prinzessin zu ihm. »Der Kessel läuft von selbst und du hinterher. Und nicht einmal den Hut mußt du tragen. Fauler, fauler Lars, da hast du's gut getroffen! Brauchst keinen Buben mehr, der dir tragen hilft. Vielleicht einen, der hinten schiebt.«

Und wieder lachte ihm die Prinzessin ins Gesicht und klatschte vor Freude laut in die Hände.

»Einen Buben, ja, einen Buben, der dich anschiebt, ja, den Buben wünsch' ich dir!« rief sie übermütig und hopste von einem Bein auf das andere.

Jetzt war Lars wütend geworden. Und voll Wut stieß er hervor: »Den Buben, den Buben, deinen Buben sollst du haben. Den wünsch' ich dir, den Buben, den Buben, den geb ich dir, lauf nur ins Schloß hinein, 's könnt' sein: Du bist nicht mehr allein.«

Da wurde es der Prinzessin ganz seltsam ums Herz, und die Fröhlichkeit blieb ihr im Hals stecken. Die Worte des faulen Lars stachen auf sie ein, und sie wollte sich vor ihnen schützen. Sie legte die Hände auf den Leib, der plötzlich schmerzte, und wollte sich gleichzeitig die Ohren zuhalten, um nicht mehr hinhören zu müssen. Sie drehte sich um und rannte so schnell wie möglich ins Schloß hinein. Ihre Schuhe klapperten auf dem Pflaster, ihr Rock flatterte, und die Haare schlugen ihr um den Kopf.

Lars aber fing nun zu lachen an, klopfte seinem Kesselchen auf den Bauch, umarmte ihn und sagte:

»Hü, Kamerad! Jetzt geht's nach Hause. Da wird gleich noch jemand Augen machen. Heb die Füßchen und trag der Mutter das Wasser zum Herd. Ist das nicht eine Freude, die mir heute auf dem Weg geschehen ist? Hab der Prinzessin den Schrecken eingejagt und ihr den eigenen Wunsch zur Angst werden lassen. Die wird schauen, wenn erst . . . Kesselchen, Kesselchen, schau auf den Weg, damit du in der Nacht nicht stolperst und das Wasser verschüttest! Wäre nicht auszudenken, wenn wir uns noch einmal aufmachen müßten zum Brunnen. Dann würde ich vielleicht einen zweiten Frosch heraufziehen. Nein, nein, meinst du nicht auch, ein Frosch sei genug? Und Wünsche haben wir ja auch genug unter dem Hut, so viele, wie Halme unter ihm Platz hatten. Zwei erst sind verbraucht.«

Doch Lars brauchte den Kessel nicht zur Vorsicht zu mahnen, denn die Beine des Kessels fanden von selbst den Weg, und auch Lars wurde schnell mitgezogen und wunderte sich, daß seine faulen Füße nicht aus dem Takt kamen und die Richtung verloren.

So kamen Lars und der zweibeinige Kessel zu Hause an. Lars stieß die Tür auf und ließ den Kessel eintreten.

Die Mutter, die kaum glauben konnte, daß sie nun die Suppe kochen konnte, sagte erleichtert: »Da bist du ja endlich! Hab schon geglaubt, du seist bis zum Meer gelaufen, um Wasser zu holen.«

Aber da stockte ihr das Wort im Mund. Sie hatte den Kessel gesehen und rief aus: »Aber was ist denn das? Der Kessel hat Beine, Lars, ich sehe . . . ich sehe nicht recht!«

Und sie ließ sich erschrocken auf einen Stuhl fallen und starrte den Kessel an, der direkt vor ihr stehengeblieben war.

»Auch einen Faulen erwischt endlich das Glück«, sagte Lars. »Man muß nur langsam genug gehen, dann stolpert man einfach darüber.«

»Glück, Glück, was redest du da? Sprich nicht vom Glück. Ich mag keine Kessel, die Beine haben.«
Lars verzog das Gesicht, ging auf die Mutter zu und legte ihr eine Hand auf die Schulter. Die Mutter sah ihn erwartungsvoll an und hoffte wohl, damit sei der Spuk zu Ende.
Aber Lars sagte: »Ich könnte ihm die Beine wieder wegwünschen. Aber dann wäre der nächste Wunsch geopfert. Lars, laß dir Zeit, auch beim Wünschen!«
»Was redest du jetzt wieder?« fragte die Mutter. »Du willst mich für dumm verkaufen.«
»Du wirst noch Augen machen«, sagte Lars so leise zu sich, daß es die Mutter nicht hörte. »Oder lieber nicht«, fuhr er fort, »denn auch das Wünschen macht nur Mühe. Ich will's wieder wie früher zu Hause haben.«
Kaum hatte er den letzten Satz gesagt, als der Kessel wieder ohne Beine dastand. Alles war wie früher im Haus seiner Eltern.
»Hoppla!« meinte Lars überrascht. »Schon wieder ein Wunsch. Aber jetzt brauche ich nichts mehr. Mutter, stell' den Kessel aufs Feuer. Ich bin hungrig nach soviel Arbeit.«
Ein paar Tage vergingen, ein paar Wochen gingen ins Land, Monat für Monat ging vorbei, und weder im Haus des Gärtners noch auf dem Schloß ereignete sich etwas Besonderes. Aber dann sprach es sich zuerst im Schloß, dann auch unter den Leuten herum, daß es der Prinzessin nicht gut gehe. Diener und Dienerinnen huschten über die Treppen, bemühten sich, besonders leise zu sein, wenn die Prinzessin sich wieder einmal ins Bett gelegt hatte und über Unwohlsein klagte. Ein Arzt wurde gerufen und dann ein zweiter Arzt, aber keiner wußte Rat, keines der alten Hausmittel half, und auch die neuen Arzneien, die ein Arzt von weither hatte kommen lassen, konnten der Prinzessin keine Erleichterung verschaffen.
Eines Nachmittags lag die Prinzessin wieder allein im Bett in ihrem Zimmer und hatte gebeten, nicht gestört zu werden, da sie sich ausruhen wollte. Sie blickte mit weitgeöffneten Augen an die Zimmerdecke und dachte eigentlich gar nichts, als plötzlich eine helle Kinderstimme sagte: »Da bin ich.«
Erschrocken sah sich die Prinzessin um. Ein Bub stand vor ihrem Bett und lächelte sie an.

»Du hast mich aber erschreckt«, sagte die Prinzessin unsicher. »Wer bist du denn? Woher kommst du?«
»Das solltest du wissen«, meinte der Bub.
Die Prinzessin setzte sich im Bett auf und schüttelte den Kopf.
»Woher denn?« fragte sie. »Aber seit du da bist, fühle ich mich besser. Meine Krankheit ist wie weggeblasen. Du mußt ein guter Geist sein.«
Der Bub trat ganz nahe ans Bett heran und schaute der Prinzessin ins Gesicht.
»Ich komme daher, wo die Wünsche zu Hause sind«, sagte er fröhlich. »Du hast mich gerufen.«
»Ich dich gerufen? Niemals!« rief die Prinzessin und schüttelte noch einmal den Kopf.
»Du hast dem faulen Lars einen Buben gewünscht«, sagte der Kleine.
»Das . . . das ist lange her«, antwortete die Prinzessin und wurde rot im Gesicht.
»Nicht jeder Wunsch geht gleich in Erfüllung«, sagte der Bub.
»Aber der faule Lars braucht keinen Buben mehr«, sagte die Prinzessin.
»Darum hat er gewünscht, du solltest den Buben haben. Du hast mich gewünscht.«
Da ließ sich die Prinzessin auf die Kissen zurückfallen und schlug unruhig die Beine übereinander.
»Aber . . . aber«, stammelte sie, »ich . . . ich bin doch noch krank. Ich sehe nicht richtig. Du bist gar nicht da. Ich kann nicht richtig denken.«
Und sie schloß die Augen, weil sie nicht sehen wollte und hoffte, damit auslöschen zu können, was ihr nicht gefiel.
»Doch, du siehst mich ganz genau«, sagte der Bub. »Da bin ich, da bleibe ich. Bei dir, denn du bist meine Mutter. Du hast mich gewünscht.«
Als die Prinzessin das hörte, drehte sie sich um und streckte die Beine aus dem Bett.
»Das ist nicht möglich!« rief sie aufgeregt. »Mach keine Späße! Was habe ich mit dir zu schaffen? Ich habe keine Kinder. Ich kann dich gar nicht haben. Ich habe auch keinen Mann.«
Der Bub aber ließ sich nicht einschüchtern, sondern sagte mit ganz fester Stimme: »Wie du mich gewünscht hast, so bin ich da, liebe Mutter.«

Da begann die Prinzessin zu bitten, und Tränen traten ihr in die Augen. »Ich . . . ich dich? Mein Vater! Aber ich kann meinem Vater doch nicht sagen, daß ich ein Kind habe! Ich habe nichts damit zu tun, will nichts damit zu tun haben. Bitte laß die Späße! Du machst dich lustig über mich. Welch eine Schande, so wird man sagen. Woher hat die Prinzessin ein Kind? Bitte, laß mich, bitte, laß mich!«
»Gib mir zu essen, ich bin so hungrig«, sagte der Bub.
Die Prinzessin sprang aus dem Bett und flüsterte: »Sei leise, niemand darf dich hören, niemand darf dich sehen. Ich muß dich verstecken.«
Sie stand vor dem Buben und hätte ihn am liebsten unter das Bett oder in den Schrank gesteckt. Aber dann würde er sicher schreien und die ganze Dienerschaft herbeirufen.
»Schön, dann werde ich eben leise sein«, sagte der Bub. »Aber nun will ich essen.«
»Gleich, gleich, ich laufe schon«, beruhigte die Prinzessin den Buben. »Aber geh nicht aus dem Zimmer, zeig dich nicht am Fenster! Niemand darf dich sehen. Wenn jemand kommt, verschwinde unter dem Bett oder im Schrank.«
So wuchs der Bub im Zimmer der Prinzessin heran. Sie brachte ihm zu essen und zu trinken und gewöhnte sich richtig an den Kleinen, auch wenn sie immer wieder zusammenschreckte, wenn er unerwartet neben ihr stand und etwas verlangte.
Schnell verbreitete sich im Schloß die Nachricht, daß es der Prinzessin wieder gut gehe und sie sich nicht mehr über Beschwerden beklage. Die Dienerinnen aber bemerkten auch, daß sie nicht mehr wie früher lachte und sang, daß die spöttische Heiterkeit von ihr gewichen war und daß sie offenbar mit einer geheimen Not lebte, von der man sich keine Vorstellung machen konnte. Sie lebte zurückgezogener als früher, ließ sich nicht mehr häufig auf den Festen ihres Vaters sehen und wehrte jede Frage des Königs nach ihrem veränderten Verhalten ab.
Die Dienerinnen flüsterten einander zu, sie hätten gehört, wie die Prinzessin in ihrem Zimmer Selbstgespräche führe, und daß es nicht mit rechten Dingen zugehe, wenn jemand rede, ohne einen Zuhörer zu haben. Es sei auch seltsam, daß man anklopfen müsse, wenn man das Zimmer der Prinzessin betreten wolle, und nach dem Anklopfen einige Minuten zu warten habe, bis man eingelassen werde. So habe es die

Prinzessin angeordnet, hieß es, und vielleicht habe die Krankheit doch ihren Kopf angegriffen und die Gedanken verwirrt. So etwas habe man ja gehört, und sonst könne man sich die Anzeichen gar nicht erklären.

Eines Tages ging der Bub mit auf dem Rücken verschränkten Armen im Zimmer hin und her, als die Prinzessin hereinkam.

»Nun will ich zum König«, sagte der Bub und sah, wie das Gesicht der Prinzessin vor Schrecken weiß wurde.

»Um Gottes willen!« sagte die Prinzessin. »Das kann nicht sein. Der König würde sehr böse werden. Und alle würden von der Schande der Prinzessin reden. Nein, es ist schwer genug, dich versteckt zu halten.«

Doch zornig stampfte der Bub mit dem Fuß auf den Boden und reckte sich, als er antwortete: »Mutter! Ich bin hier zu Hause. Ich will mich nicht mehr verstecken.«

Die Prinzessin schien seine letzten Worte nicht gehört zu haben und sagte wie schon so oft: »Wenn ich nur wüßte, wie das zugegangen ist! Du nennst mich Mutter. Aber ich will nicht deine Mutter sein.«

»Ich gehe zum König«, sagte der Bub barsch. »Ich bin dein Sohn. Jeder soll's jetzt wissen.«

Und er ging auf die Tür zu und wollte sie öffnen, um geradewegs zum König zu gehen.

»Halt doch! Du sollst alles haben«, bat die Prinzessin. »Ich will versuchen, deine Mutter zu sein, aber bleib hier, versteck dich.«

»Nein, ich will den König sehen«, sagte der Bub. »Und er soll mich sehen.«

Die Prinzessin war den Tränen nahe, sie konnte den Buben nicht aufhalten.

»Warte nur, warte, du kannst doch nicht!« rief sie verzweifelt.

Aber schon hatte der Bub die Tür geöffnet und stapfte zum König. Der war nicht wenig erstaunt, als sich der Kleine bei ihm vorstellte und sagte, er werde nun nicht mehr bereit sein, sich im Zimmer der Prinzessin zu verstecken, sondern wolle mit an der Festtafel speisen und sich bedienen lassen wie alle Mitglieder der königlichen Familie.

Die Prinzessin aber schämte sich und kam nicht mehr aus ihrem Zimmer heraus; sie blieb auf alle Fragen ihres Vaters stumm und wußte, daß

die Nachricht von ihrer Schande nun durchs ganze Land eilte. Sie wollte sich nicht mehr im Saal und nicht einmal mehr am Fenster zeigen und sang nicht ein einziges Mal ihre Liedchen.
Dann aber konnte der König dieses traurige Versteckspiel nicht mehr mit ansehen und verlangte streng, die Prinzessin müsse zu ihm in sein Arbeitszimmer kommen.
Als die Prinzessin vor ihm stand, machte der König ein richtig böses Gesicht und sagte: »Genug jetzt! Wenn du immer noch nicht sagen willst, wer der Vater des Kindes ist, werde ich selbst es herausfinden.«
Denn wieder hatte sich die Prinzessin geweigert, ihrem Vater zu erzählen, wie alles zugegangen war. Und eigentlich wußte sie es selbst ja nicht, wie es zugegangen war.
»Was hast du vor?« fragte sie ängstlich. »Ich kann doch nichts dafür.« Und sie begann am ganzen Leib zu zittern und fürchtete sich vor dem Vater.
»Du kannst nichts dafür?« sagte der König verbittert. »Daß ich nicht lache! Du hast mich hinters Licht geführt. Wenn du wüßtest, wie ich erschrak, als plötzlich dieser Junge vor mir stand. Wo ist sein Vater? Sag es jetzt, und ich werde meine Wut hinunterschlucken.«
»Ich weiß es nicht«, sagte die Prinzessin und begann zu weinen.
Jetzt aber konnte der König seine Wut und seine Enttäuschung nicht mehr beherrschen. Er sprang auf und lief mit heftigen Schritten im Zimmer hin und her. Er ging zum Fenster, und es war, als wollte er das Fenster aufreißen und seine Wut ins Land hinausschreien. Er ballte die Fäuste, und die Freude, die er immer auf seinen Festen gezeigt hatte, war aus seinem Gesicht geschwunden.
»So haben drei Jahre nicht genügt, dich zur Besinnung kommen zu lassen?« fragte der König. »Du hast mich nicht nur damals betrogen. Du schwindelst mich auch heute noch an. Willst du nicht sehen, welch eine Schande du über unsere ganze Familie gebracht hast? Du solltest einen Sohn haben, dem ich einmal das Königreich übergeben hätte. Aber ein Kind, das nicht einmal einen Vater hat, kann nicht König sein. Du hast alle meine Pläne und Hoffnungen mit Füßen getreten. Ich sollte dich verstoßen. Jede hergelaufene Magd wäre mir eine bessere Tochter.«
Der König redete sich in solche Wut hinein, daß ihm die Schweißtropfen von der Stirn rollten und er an den Händen zu schwitzen begann.

»Das Kind war plötzlich da«, sagte die Prinzessin hilflos. »Ich habe es dir schon ein dutzendmal gesagt.«
Da begann der König zu spotten, weil er glaubte, seine Tochter führe ihn an der Nase herum, und sagte höhnisch: »Wie aus dem Boden gewachsen, wie vom Himmel herabgefallen, wie vom Wind hergeweht. Einfach da. Ja, und ich soll zu allem ja und amen sagen. Ich soll wohl noch glücklich sein, daß du ... nein, ich will nicht, ich kann nicht. Ordnung muß sein in meinem Reich. Ordnung sage ich, vor allem Ordnung. So war es immer schon, so wird es immer bleiben. Ich lasse mich nicht von solchen Einfällen aus der Ordnung bringen. Ich bin ein ordentlicher Mensch, ein ordentlicher König. Und ein ordentlicher König darf keine unordentliche Tochter haben. Jetzt ist Schluß. Schluß sag ich, Schluß!«
Der König zerrte an den Knöpfen seiner Jacke und wollte sich Luft verschaffen, so hatte ihn die Auseinandersetzung mit der Prinzessin angestrengt.
Da kam ihm ein Einfall, und er rief: »Diener! Diener! Wo sind die faulen Kerle? Alles faul, alles faul. Faule Kerls. Unordnung überall. So kann es nicht weitergehen. Diener!«
Ein Diener stürzte zur Tür herein und versuchte sein zerrauftes Haar in Ordnung zu bringen, denn der Ruf des Königs hatte ihn in der Küche überrascht, wo er gerade hinter der neuen jungen Köchin hergewesen war. Aber der König war zu sehr mit seiner Wut und seinen Gedanken beschäftigt, als daß er ein Augenmerk auf den Aufzug des Dieners gehabt hätte.
»Gut, da bist du ja«, sagte der König, ohne den Diener anzusehen. »Also, hör gut zu! Du sagst dem Hofmarschall ... sagst sofort dem Hofmarschall ... Warum ist der Hofmarschall nicht da? Wozu habe ich einen Hofmarschall? Also gut, du sagst ihm: Er soll morgen im ganzen Reich bekanntmachen, daß ich den Vater des Sohnes meiner Tochter suche. Jetzt soll herauskommen, wer der Vater ist, und wer es auch sei, ein Schweinehirt oder ein Schuster, der soll die Prinzessin zur Frau haben, soll sie sogleich haben.«
Die Worte sprangen dem König nur so aus dem Mund, und erschöpft mußte er sich setzen, als er das letzte Wort gesagt hatte.
Aber die Prinzessin bekam einen rechten Schrecken und wollte ihrem

Vater ins Reden fahren und ihn aufhalten. Sie kniete vor dem König nieder und bat:
»Vater, sei still! Was sagst du da? Bitte nicht, nicht . . .«
Der König freilich hörte nicht auf die Bitten seiner Tochter, sondern fuhr fort:
»Du hältst den Mund. Diener, du sagst es dem Hofmarschall. Am Montag nächster Woche haben sich alle Männer des Reiches einzufinden, große und kleine, arme und reiche, alle. Auf dem Platz vor dem Schloß sollen sie warten und auf die Stimme des Kindes hören. Und das Kind wird von einem zum anderen gehen und allen ins Gesicht schauen. Und es wird auf den Richtigen mit dem Finger zeigen und rufen: ›Der ist mein Vater!‹ Und der Vater wird auf das Kind zugehen und sagen: ›Der ist mein Sohn!‹ Dies soll verkündet werden, und bei Strafe hat sich jedermann einzufinden, so wie ich es gesagt habe. Und jetzt geht. Ich will allein sein.« So sprach der König und schickte die weinende Prinzessin hinaus und den Diener zum Hofmarschall, auf daß der königliche Befehl allen männlichen Bürgern kundgemacht werde.
Am nächsten Tag schlief Lars, wie er es gewohnt war, auf der Bank in der Stube und verschlief den Tag mit seinen Neuigkeiten. Seine Mutter kam aufgeregt in die Stube gerannt, schüttelte Lars und rief: »Wie kann man schlafen, wenn so etwas geschieht?«
Lars rieb sich die Augen und wollte sich auf die andere Seite drehen, um ungestört weiterdösen zu können, aber die Mutter stieß ihn in die Rippen, und so fragte er schlaftrunken: »Warum . . . warum kommst du heute so früh vom Schloß? Hat der König keine Arbeit mehr für dich?«
Die Mutter wollte schier verzweifeln und rang die Hände.
»Ich bin gelaufen«, stieß sie hervor. »Ich muß dir die Neuigkeit sagen. Ich weiß es, ich weiß es, bevor der Hofmarschall die Neuigkeit verkündet.«
»Was weißt du?« brummte Lars. »Laß mich schlafen. Immer diese Unruhe. Kann man nicht einmal seine wohlverdiente Ruhe haben?«
»In drei Tagen mußt du aufs Schloß«, sagte die Mutter.
Lars schüttelte den Kopf und meinte verdrossen: »Und da weckst du mich heute auf? Soviel Zeit. Ich werde gleich weiterschlafen. Und im übrigen: Ich gehe nicht aufs Schloß.«

»Du mußt, du mußt«, beschwor ihn die Mutter. »Alle Männer müssen vor das Schloß kommen. Der Bub der Prinzessin soll sich einen Vater aus allen Männern des Reiches aussuchen.«

»Das wird lange dauern«, sagte Lars und gähnte. »Da muß ich mich nicht eilen. Werde nicht zu spät kommen. Wenn's sein muß. Laß mich in Ruhe!«

Drei Tage vergingen, und überall im Land redete man über den Befehl des Königs. Die Frauen schauten ihre Männer an, und die Männer schüttelten die Köpfe. Aber da war nichts zu machen, auf das Schloß mußten sie alle kommen.

Der Schloßplatz wurde festlich geschmückt mit Birkenbäumen und lustigen Bändern, ein Platz für eine Musikkapelle war freigelassen worden, und schon übten die Musiker auf ihren Trompeten, Fiedeln und Klarinetten und freuten sich, daß der König auch die Suche nach dem Vater des Buben zu einem Fest werden lassen wollte.

An einer Seite des Platzes wurde ein Thron aufgebaut. Der König nahm Platz darauf. Neben ihm saß die Prinzessin, und neben der Prinzessin stand der Bub und hielt einen goldenen Apfel in der rechten Hand. Der König gab ein Zeichen, und die Musiker begannen zu spielen, und einer der wartenden Männer nach dem anderen stieg herauf zum Thron, so wie ihn der Hofmarschall eingeteilt hatte und vorließ. Alle mußten an dem Buben vorbei. Die Leute standen dichtgedrängt an den Seiten und wollten sehen, mit wem die Prinzessin sich eingelassen hatte. Die Neugierde sprang ihnen aus den Augen und hätte sofort den Vater des Buben getroffen, wenn die Leute nur gewußt hätten, wer es war. Aber sie wurden auf eine harte Probe gestellt und fingen schon an zu murren, denn immer wieder schüttelte der Bub den Kopf oder ließ die Männer einfach vorbeiziehen.

Als einer der letzten hatte sich Lars eingereiht und ließ sich in der Reihe voranschieben, ohne aufzusehen. Was ging es ihn an, was sich der König und die vorlaute Prinzessin wieder hatten einfallen lassen?

Plötzlich stand der Bub vor dem faulen Lars und gab ihm den goldenen Apfel.

Vor lauter Erstaunen blieb den Umstehenden die Luft weg, es wurde ihnen schwarz vor den Augen. Die Enttäuschung war zu groß.

»Der faule Lars, das ist nicht wahr!« riefen einige.

»Schwindel, Schwindel, das kann nicht sein!« schrien andere.
Die Prinzessin aber verlor alles Blut aus dem Gesicht, fiel in Ohnmacht und rief, ehe sie von einer Gouvernante aufgefangen wurde: »Der faule Lars, nicht, nicht . . .«
Ein Bauer, der in der ersten Reihe stand, sagte: »Dann also der! Die Langsamsten kommen auch ans Ziel, warum rennen und strampeln, arbeiten, schuften, wenn das Glück so einem in den Schoß fällt?« Und einer der Schloßdiener meinte bitter: »Dem gönn' ich's nicht. Ja, wenn's ein feiner Herr gewesen wär!«
Auch dem König standen vor Schreck die Augen weit offen. Er hielt sich an der Lehne seines Thrones fest, aber jeder sah, daß ihm die Hände zitterten. Er blickte stumm den faulen Lars an, der endlich aufgewacht war und sich gemütlich vor dem König aufbaute und langsam und laut zu sprechen begann, so daß alle es hören konnten:
»Nun, Herr König! Dann bin ich also doch noch rechtzeitig gekommen, auch wenn ich mich verspätet hatte. Man soll nie etwas übertreiben. Auch nicht die Pünktlichkeit. Und du, schöne Prinzessin, schon aus dem Schrecken aufgewacht? Jetzt ist dir die Sprache weggeblieben. Erinnerst du dich noch daran, wie du mich ausgelacht hast?«
Nun hatte sich der König wieder gefangen und rief erbost:
»Ruhe! Dich habe ich nicht erwartet. Daß sich meine Tochter mit so einem wie dir eingelassen hat, ist unglaublich. Jeder kennt dich als den Faulsten und Langsamsten im ganzen Reich. Ich will dich nicht zum Schwiegersohn haben. Drum soll ein Boot bereitgemacht werden. Setzt die Prinzessin, den faulen Lars und ihren Sohn hinein. Mögen sie hinsegeln, wohin sie wollen, nur mir aus den Augen und aus dem Sinn!«
Da half kein Weinen und Jammern, kein Klagen und Widersprechen. Weil der König in seinem Reich das Sagen hatte, mußten die Leute gehorchen. Und so wurde dem faulen Lars, der Prinzessin und dem Buben ein Schiff vorbereitet, und es wurden Segel gesetzt drunten am Hafen, damit sie aufs Meer hinaustrieben, weit weg aus den Augen des Königs, der mit seiner Tochter nichts mehr zu tun haben wollte. Die Prinzessin war traurig und weinte und weinte. Lars schickte sich drein, weil es für ihn viel zu anstrengend gewesen wäre, sich dem Befehl des Königs zu widersetzen, und so schaukelten die drei ungleichen Passagiere bald auf dem Meer und mußten mitansehen, wie hinter ihnen die Stadt des Königs, wie Dörfer und das Land verschwanden.

Nach einiger Zeit, in der sie nur geschwiegen und geweint hatte, sagte die Prinzessin:

»Du bist nicht nur faul, sondern auch noch mundfaul. Seit Stunden treiben wir dahin, und du sagst kein einziges Wort.«

»Was soll ich denn sagen?« fragte Lars. »Ihr habt ja auch nichts gesagt.«

»Du kannst doch nicht immer darauf warten, daß alles von selbst geschieht. Wenn du nur einmal einen Finger rühren würdest, ohne daß es dir jemand befiehlt!« sagte die Prinzessin.

»Was soll ich denn tun?« fragte Lars wieder.

»Irgendwas, irgendwas!« meinte die Prinzessin verzweifelt. »Sag wenigstens irgendwas!«

Lars nahm seinen Hut ab und kratzte sich.

»Ja, laßt mich überlegen«, sagte er. »Wenn Ihr wollt, wenn ich was sagen soll, dann würde ich's vielleicht sagen.«

»So sag's, beeil dich!« bettelte die Prinzessin. »Sonst gehen wir unter vor Langeweile.«

Lars zögerte noch ein Weilchen, dann sagte er stockend: »Ja, dann ... dann sage ich also: Am liebsten wäre mir, wir wären gleich an Land.«

Da gab es einen Ruck im Schiff, so als packte es eine kräftige Hand unten am Kiel. Das Boot wurde wie wild durchs Wasser geschoben, daß die Prinzessin, Lars und der Bub vor Angst nur die Augen schließen konnten. Als sie die Augen aber wieder öffneten, war das Schiff an einem fremden Gestade angekommen.

»Da schau!« rief die Prinzessin glücklich. »Schon ist das Land da. Eine Insel, schau! Wir sind gerettet. Anscheinend gehen alle deine Wünsche in Erfüllung. Wie der Wunsch, der uns das Kind brachte.«

Lars war nicht sonderlich überrascht und murmelte vor sich hin:

»Ja, ja. Wünsche, die Wünsche müssen in Erfüllung gehen. Ein ganzer Hut voll, und noch lange ist er nicht leer.«

»Was redest du da?« fragte die Prinzessin.

»Laßt gut sein«, wehrte Lars ab. »Ihr habt ja nun Eure Insel.«

»Aber die Insel ist leer«, sagte die Prinzessin. »Wünsch uns ein schönes Schloß mitten auf die Insel.«

»Kein schlechter Wunsch«, antwortete Lars. »Er soll in Erfüllung gehen, damit Ihr mich in Ruhe laßt.«

Kaum hatte er ausgeredet, stand schon ein Schloß mit Türmen und Toren, mit blitzenden Fenstern und hohen Mauern auf der Insel, daß es eine Freude war, hinüberzuschauen.
»Es steht schon da, schon da!« jubelte die Prinzessin. »Wir drei werden darin wohnen. Aber ich habe noch einen Wunsch.«
»Ihr sollt mich in Ruhe lassen«, sagte Lars mürrisch. »Ein ganzes Schloß und eine Insel, ist das nicht genug?«
Da begann die Prinzessin leise und fröhlich zu lachen und sagte:
»Wünsch dir, daß ich dich nie mehr verspotte und daß ich dich von Herzen liebhabe.«
»Muß ich das denn wünschen?« fragte Lars.
»Vielleicht nicht, wenn du den zweiten Teil meines Wunsches erfüllst«, meinte die Prinzessin.
»Was ist denn das nun wieder?« fragte Lars.
»Du mußt dir wünschen«, sagte die Prinzessin und sah Lars dabei fest an, »du mußt dir wünschen, nie mehr faul zu sein.«
»Das ist aber mühsam«, sagte Lars.
»Willst du, daß ich dich liebhabe?« fragte die Prinzessin.
»Wenn ich ehrlich bin«, sagte Lars, »hätte ich nichts dagegen.«
»Und ich, ich kann's kaum erwarten«, sagte glücklich die Prinzessin.
»Gut«, meinte Lars, »dann will ich sehen, wie ein Leben ohne Faulheit ist. Ich will nicht mehr faul sein, und wir sollen gleich vor unserem Schloß stehen.«
Und weil die Wünsche, die unter dem Hut Platz hatten, noch lange nicht verbraucht waren, ging alles in Erfüllung, was sich Lars wünschte, und die Prinzessin stand zusammen mit ihm und dem Buben vor dem Schloß. Da konnte die Prinzessin vor lauter Glück nichts anderes tun als ihren Lars umarmen. Und sie sagte zu ihm:
»Mein lieber Mann! Jetzt bin ich glücklich. Du bist mir mehr als alle Prinzen von nah und fern, aus den Ländern der Berge und aus den Inselländern. Du stehst meinem Herzen näher als alle Prinzen, die mir mein Vater ausgesucht hatte. Ich habe den faulen Lars zum Mann bekommen, und weil dir an meiner Liebe etwas lag, bist du der fleißige Lars geworden. Komm, wir wollen ins Schloß gehen.«
Am nächsten Morgen stand der König an einem Fenster des Schlosses und schaute auf das Meer hinaus. Er hatte nicht gut geschlafen. Es war

ihm nicht wohl bei dem Gedanken, nun seine Tochter nie wieder zu sehen. Er hatte einen Diener und eine Dienerin gerufen, um sich einen besonders starken Kaffee servieren zu lassen, als er überrascht die Augen bedeckte und ausrief:

»Sind meine Augen alt und trübe geworden? Kann ich meinen Sinnen nicht mehr trauen? Von diesem Fenster aus konnte man doch aufs Meer hinausblicken und sah weit und breit nichts als Wasser. Und jetzt sehe ich dort eine Insel und auf der Insel ein Schloß. Ich muß krank sein. Schnell, Diener, schnell, ruf einen Arzt!« Der Diener lief herbei und verlor vor lauter Eile einen Schuh.

»Herr König«, fragte er bestürzt, »was ist geschehen? Ihr seht blaß aus.«

»Ich bin krank, sehr krank«, stöhnte der König. »Meine Augen sind nicht mehr meine Augen, mein Kopf ist nicht mehr mein Kopf. Ich kann nicht mehr richtig denken.«

»Zu Diensten, Herr König, zu Diensten!« rief der Diener.

Aber der König stieß ihn vor die Brust und sagte:

»Was zu Diensten? Ich habe nach einem Arzt gerufen. Den sollst du holen. Aber wart, schau doch zuerst aus dem Fenster!«

Der Diener trat wie befohlen zum Fenster und wäre zurückgeprallt und rückwärts ins Zimmer gefallen, hätte der König nicht hinter ihm gestanden.

»Aber nein, nein!« rief er immer wieder. »Das kann nicht sein. Eine Insel, ein Schloß, über Nacht.«

»Dann bin ich nicht krank geworden«, sagte der König erleichtert. »Wenn du das gleiche siehst wie ich, dann sehen wir das gleiche. Das ... das ist wunderbar. Und Wundern muß man auf den Grund gehen. Schnell ein Boot! Wir fahren zur Insel hinüber.«

Und sie stiegen in ein Boot und setzten ein großes Segel und ließen drei Mann zusätzlich rudern, um möglichst schnell zur Insel zu kommen.

Als der König und sein Diener an Land gingen, kam ihnen die Prinzessin entgegen, die gesehen hatte, daß ein Boot angekommen war.

»Lieber Vater, herzlich willkommen!« sagte die Prinzessin.

»Was, du, meine Tochter auf der Insel?« wunderte sich der König. »Ich bin doch verrückt geworden. Ich träume. Diener! Zwick mich in die Seite, damit ich weiß, ob ich träume.«

Der Diener beeilte sich, wie er es immer getan hatte, das auszuführen, was der König befahl, setzte eine strenge Miene auf und zwickte den König kräftig in die Seite.
»Jawohl, Herr König«, sagte der Diener, »ich zwicke den König.«
»Au!« schrie in diesem Moment der König. »Ich habe nicht gesagt, daß du so fest zwicken sollst. Aber nun weiß ich, daß ich nicht träume.«
»Nein, du träumst nicht«, sagte die Prinzessin. »Und du sollst alles erfahren.«
Da kam fröhlich pfeifend Lars heran. Auch er hatte nachsehen wollen, wer schon am frühen Morgen ihm einen Antrittsbesuch abstatten wollte.
»Was, der ist auch da?« fragte der König empört, als er Lars sah. »Wär er doch auf dem Meer geblieben! Und wo hat er die feinen Kleider her? Sieht ja aus wie ein Prinz.«
Die Prinzessin stellte sich zwischen den König und Lars und sagte zum König: »Vater, verzeih mir und Lars, meinem lieben Mann.«
»Du liebst den faulen Lars?« fragte der König und schüttelte den Kopf.
»Den fleißigen, den lieben Lars«, sagte die fröhliche Prinzessin, »Lars, der mir lieber ist als tausend Prinzen. Er ist jetzt mein Prinz. Und wie du siehst, gehört uns sogar eine ganze Insel und ein Schloß, das ebenso schön ist wie dein Schloß.«
Da klatschte Lars in die Hände und rief: »Also, beeilt Euch, jetzt muß Ordnung in die Geschichte kommen.«
»Der ist wirklich nicht mehr der faule Lars«, sagte der König leise zu sich und dann laut: »Ein Tag und so viele Überraschungen, da bleibt auch einem König die Luft weg. Ich muß mich setzen.« Er setzte sich auf einen großen flachen Stein und konnte immer noch nicht glauben, wie alles gekommen war.
»Ich werde dir alles erzählen«, sagte die Prinzessin.
»Und wenn du nicht mehr weiter weißt, bin ich an der Reihe«, sagte Lars.
»Und wenn du nicht mehr weiter weißt, bin ich dran«, sagte der Bub und setzte sich neben den König auf den Stein.

Siebenschön

Nach einem deutschen Märchenmotiv

In den älteren Zeiten, als noch mitten in den Städten auf den Misthaufen die Hähne am Morgen krähten, als noch Pferdekarren über die Straßen zogen, als noch Könige über das Volk herrschten und viele einfache Leute große Not leiden mußten, weil sie nicht genug zu essen hatten, lebte einmal in einem Dorf bei seinen alten und armen Eltern ein Mädchen, das wegen seiner Schönheit Siebenschön genannt wurde. Es war siebenmal schöner als alle Mädchen in der ganzen Gegend und vielleicht im ganzen Land.

Aber weil man dem Kind einfacher Eltern diese Schönheit nicht gönnte, mußte Siebenschön sich anfeinden lassen. Alle beneideten sie, und der Neid machte Siebenschön so traurig, daß sie sich im Dorf kaum noch auf die Straße traute und am Sonntag zum Kirchgang einen dichten Schleier um den Kopf zog, damit niemand an ihrer Schönheit Anstoß nähme.

Über dem Dorf, in dem Siebenschön lebte, auf einem Hügel stand das Schloß des Königs. In diesem Schloß ruhte sich der König mehrmals im Jahr von den Regierungsgeschäften aus. Dann zog er mit seiner ganzen Familie aus der Stadt auf das Schloß und freute sich am Sonnenschein und am Grün der Felder, die sich prächtig im weiten Tal vor dem Schloß ausbreiteten. Von einem Balkon des Schlosses aus konnte man auf die Kirche und die Häuser des Dorfes hinabsehen und alles bemerken, was in den Straßen und auf den Plätzen geschah.

Eines Tages standen auf dem Balkon der König, sein Sohn, der Prinz, und ein Diener, als gerade die Zeit zum Kirchgang gekommen war und viele sonntäglich gekleidete Leute sich beim Läuten der Glocken aufmachten, um in die Kirche zu gehen. Der König blickte zufrieden auf das bunte Gedränge, auf die Frauen und Männer und Kinder, die vor

Beginn des Gottesdienstes zusammenstanden, sich unterhielten und einander erzählten, was in der vergangenen Woche vorgefallen war. Dann drehte sich der König um und ging in das Haus zurück.
Auch Siebenschön hatte sich mit ihren Eltern auf den Weg zur Kirche gemacht. Man konnte sie gut vom Balkon des Schlosses aus sehen.
»Da«, sagte der Prinz zum Diener und faßte diesen heftig am Ärmel, »da ist sie wieder, schau!«
Der Diener drehte sich erschrocken um, denn er hatte geglaubt, der Prinz hätte ihn bei einer Unachtsamkeit ertappt, und fragte: »Wen meinen Sie, Majestät?«
Der Prinz deutete auf Siebenschön, die weit unten auf der Dorfstraße verschleiert neben ihrer Mutter ging.
Der Prinz sagte: »Ich meine die verschleierte Frau.« Sie ist mir seit Wochen aufgefallen. Jeden Sonntag sehe ich sie. Sie ist schlank, sie geht rasch, ohne sich umzusehen. Sie redet nicht mit ihren Eltern. Sie muß jung sein. Warum verschleiert sie sich? Vielleicht erlitt sie eine böse Krankheit, die ihr Gesicht entstellte. Vielleicht traut sie sich deshalb nicht mehr ohne Schleier unter die Menschen.«
Der Diener war froh, dem Prinzen Auskunft geben zu können, und sagte: »Da habt Ihr falsch geraten, mein Prinz. Der Schleier verbirgt das Gesicht des schönsten Mädchens, das Ihr Euch vorstellen könnt. Ihr findet kein schöneres in allen sieben Dörfern ringsum. Darum nennt man sie Siebenschön. Den Schleier trägt sie nur, weil sie nicht angegafft werden will. Der Neid der anderen tut ihr weh. Und man sagt: Ihre Schönheit blendet.«
Der Prinz hatte interessiert zugehört und sagte dann zu seinem Diener: »Du übertreibst sicher. Siebenmal schöner, das kann nicht sein.«
Der Diener beeilte sich, dem Prinzen alles zu sagen, was er über Siebenschön wußte, und kam beinahe ins Stottern, als er die Vorzüge des Mädchens schilderte.
»Ja, mein Prinz«, sagte er, »sie ist nicht nur wegen ihrer Schönheit, sondern auch wegen ihrer Geschicklichkeit bekannt. Sie ist sehr fleißig, sie näht und stickt wie niemand sonst in der Gegend und verdient damit das Brot für ihre alten Eltern, die nicht mehr arbeiten können.«
»Du machst mich neugierig«, sagte der Prinz. »Ich will Siebenschön kennenlernen. Ich werde dir einen Ring geben. Den sollst du Sieben-

schön als Geschenk überbringen, und du bittest sie, noch heute vor Sonnenuntergang zur alten Eiche zu kommen. Ich möchte sie sehen.«
Der Prinz und sein Diener traten vom Balkon zurück und gingen in eines der Zimmer des Schlosses, in dem sich gewöhnlich die Familie des Königs aufhielt, wenn man am späten Vormittag auf das Mittagessen wartete und nicht recht wußte, was man mit der Zeit anfangen sollte. Der Prinz ließ sich vom Diener ein Glas Bier bringen und setzte sich in einen Sessel neben dem Kachelofen. Er konnte nicht aufhören, an Siebenschön zu denken. Der Prinz zog einen Ring vom Finger und gab den Ring dem Diener. Der Diener steckte den Ring in die Jackentasche.
»Beeile dich«, sagte der Prinz, »bring Siebenschön den Ring!«
Doch bei diesen Worten kam der König zur Tür herein, ein wenig griesgrämig, die Hände in die Seiten gestemmt und nervös an einer Pfeife saugend.
Hatte der König gehört, was der Prinz dem Diener gesagt hatte? Die beiden sahen sich erschrocken an und warteten auf ein Wort des Königs, der geradewegs auf seinen Sohn zuschritt. Der König musterte seinen Sohn mit dem linken Auge, das rechte Auge hatte er zugekniffen. Als er sah, daß der Prinz dem Diener ein Zeichen machte und diesem bedeutete, er möge sich schnell entfernen, fragte der König den Prinzen: »Wohin will der Diener so eilig?«
»Ach, nichts, er soll . . . er soll . . .«, stotterte der Prinz und wurde rot hinter den Ohren. »Er soll etwas für mich erledigen.«
Und der Prinz stand aus dem Sessel auf. Der Diener verbeugte sich, trat ein paar Schritte zurück, drehte sich heftig um und verließ das Zimmer.
»So, auch ich muß noch . . .«, sagte der Prinz nebenher zu seinem Vater und wollte sich ebenfalls entfernen.
»Nein, ich bitte dich, bleib hier«, sagte der König und setzte beinahe stampfend den linken Fuß vor den rechten, so als wollte er dem Prinzen den Weg verstellen. »Bleib, ich muß mit dir reden.«
»Jetzt?« fragte der Prinz. »Ich bin in Eile, Vater. Wir können morgen miteinander reden, wenn du willst.«
»Nein, wir reden jetzt miteinander«, entgegnete der König, nahm seinen Sohn am Arm und führte ihn vor die Fenster, die auf den herrlich blühenden Rosengarten blickten.

»Gut, wenn du willst«, antwortete der Prinz, der ein schlechtes Gewissen hatte und immer noch nicht wußte, ob sein Vater die Worte mitgehört hatte, die er zum Diener gesagt hatte.
»Du weißt«, begann der König nun bedächtig, »ich will die Herrschaft abgeben. Du sollst König über unser Land sein. Aber du hast noch keine Frau gewählt. Ein König braucht eine Königin. Du wirst dich umsehen müssen. Es sei denn, du nimmst endlich meinen Rat an und heiratest eine der Prinzessinnen, die an unserem Hof verkehren.«
»Aber Vater! Nein, ich will . . . ich werde . . .«, sagte der Sohn und mußte dabei an Siebenschön denken.
»Ja, am liebsten wäre mir«, sagte der König, »wenn du eine der Prinzessinnen aus den benachbarten Königreichen zur Frau nähmest. Eine aus den Familien, mit denen wir befreundet sind.«
Der König sah seinen Sohn an und erwartete, daß der Prinz seinem Rat folgen werde.
»Aber ich will doch noch nicht heiraten«, sagte der Prinz.
Das Gesicht des Königs wurde finster. Er zog die Mundwinkel zusammen und sagte, indem er jedes Wort ganz genau betonte: »Mein Sohn, du hast deine Wünsche meinen Plänen unterzuordnen. Das Wohl und die Zukunft des Königreiches stehen auf dem Spiel. Darüber hast du nachzudenken, nicht über deine Launen. Du weißt also, was ich von dir erwarte.«
Der Prinz wollte auf diese bestimmte Rede seines Vaters antworten. Aber der König ließ ihn nicht mehr zu Wort kommen und verließ den Raum.
Inzwischen war der Diener zum Haus von Siebenschöns Eltern geeilt. Das Haus stand am Ende des Dorfes und war hübsch anzuschauen, wenn man ihm auch anmerkte, daß seine Bewohner nicht wohlhabend waren. Die Fensterläden hätten längst wieder gestrichen und das Dach hätte neu gedeckt werden müssen. Aber in dem kleinen Garten um das Haus stand das Gemüse in sauberen Reihen, und Blumen blühten in allen Farben. Ein Rosenstrauch kletterte neben der Haustür bis hinauf zu dem kleinen Fenster unter dem Dach und schien mit seinen dunkelroten Blüten das ganze Haus in Duft und schimmerndes Rot tauchen zu wollen. Siebenschön saß am Fenster und stickte, als der Diener des Prinzen vor dem Haus erschien. Sie konnte ihn durch das Fenster gut sehen und

dachte: Oh, der Diener des Königs! Vielleicht will der König eine bestickte Decke bei mir bestellen. Ich könnte auch einen Königsmantel für ihn besticken.
Siebenschön stand auf, öffnete die Tür und bat den Diener einzutreten.
»Was wünscht der König?« fragte sie den Diener, der seine Blicke mit Wohlgefallen in der kleinen Stube umherwandern ließ.
Der Diener trat vor den Tisch, auf den Siebenschön die Stickerei gelegt hatte, und sagte: »Nicht der König schickt mich, sondern der Prinz. Nimm diesen Ring. Er ist ein Geschenk des Prinzen. Der Prinz bittet Euch, heute kurz vor Sonnenuntergang bei der alten Eiche zu sein, die, wie Ihr wißt, neben dem Schloßgraben steht.«
Siebenschön war beinahe erschrocken, als sie den Ring sah und die Worte des Dieners hörte.
»Ein Geschenk des Prinzen für . . .«, sagte sie ganz leise. »Es . . . es ist eine große Ehre, dem Prinzen dienen zu können, und . . . aber einen so kostbaren Ring kann ich nicht annehmen.«
Der Ring lag in der offenen Hand des Dieners und glänzte in dunkelblauem Licht, als ihn die Sonnenstrahlen trafen, die durchs Fenster in das Zimmer fielen.
»Ihr dürft den Prinzen nicht verletzen«, sagte der Diener. »Wer weist schon ein Geschenk des Prinzen zurück?«
»Wenn . . . wenn es so ist«, sagte Siebenschön unsicher, »dann will ich dem Prinzen danken und zur rechten Zeit bei der Eiche sein.«
Der Diener verabschiedete sich und kehrte aufs Schloß zurück, um dem Prinzen auszurichten, daß er den Auftrag getreu erfüllt hatte.
Am späten Nachmittag, als die Sonne am Untergehen war, als der Wind in den Zweigen der Bäume still wurde und die Bauern in die Ställe gingen, um die Kühe zu melken und den Tieren Futter zu geben, öffnete sich die Tür des Häuschens von Siebenschön. Siebenschön, die den Schleier trug, sah sich um und zog dann die Tür langsam ins Schloß, als vom Rosenstrauch einige rote Blütenblätter auf sie herabregneten und im Schleier hängenblieben, ohne daß Siebenschön bemerkte, wie schön sie die Blütenblätter schmückten.
Siebenschön machte sich auf den Weg zur alten Eiche, bei der sie schon als Kind gespielt hatte und unter der auch ihre Eltern und Großeltern

und Urgroßeltern gespielt hatten. So alt war der Baum, der vor der Schloßmauer neben dem Schloßgraben stand und seine weiten Äste knorrig ausstreckte und auch im heißesten Sommer kühlen Schatten bot.

Weiter war die Sonne am Horizont gesunken, und die ersten Amseln begannen zu flöten. Von einer Seite trat Siebenschön auf die Eiche zu, von der anderen Seite kam der Prinz. Siebenschön nahm den Schleier vom Gesicht, als sie vor dem Prinzen stand, und blickte ihn stumm an. Sie war verlegen und hätte sich am liebsten versteckt oder wäre umgekehrt.

»Willkommen Siebenschön!« sagte der Prinz und verneigte sich ein wenig vor Siebenschön. »Welch eine Überraschung! Mein Diener hat nicht zuviel gesagt.«

»Ich bin zu Diensten«, sagte Siebenschön schüchtern. »Ihr habt mir einen Ring geschickt.«

»Hat er dir gefallen?« fragte der Prinz.

»Gefallen schon, aber ein solch wertvolles Geschenk habe ich noch nie erhalten«, antwortete Siebenschön.

»Siebenschön, Siebenschön«, meinte der Prinz nachdenklich, »dein Name gefällt mir. Und mir scheint, du trägst ihn zu Recht. Du bist schöner als sieben, nein, schöner als siebzig andere Mädchen.«

»Ihr macht mich verlegen«, sagte Siebenschön.

»Du bist das schönste Mädchen in unserem ganzen Königreich«, sagte der Prinz und sah Siebenschön freundlich an.

»Das dürft Ihr nicht sagen«, meinte Siebenschön und schlug die Augen nieder.

»Die Wahrheit soll ungesagt bleiben?« fragte der Prinz und lächelte. »Nicht einmal der Schleier konnte deine Schönheit verbergen.«

»Soll ich für Euch etwas sticken oder weben?« fragte Siebenschön. »Ich kann schöne Handarbeiten machen, sagen die Leute.«

»Ich möchte dich mit auf das Schloß nehmen«, sagte der Prinz.

»Was soll ich auf dem Schloß?« fragte Siebenschön. Die Rede des Prinzen verwirrte sie.

»Wer dich einmal gesehen hat«, fuhr der Prinz fort, »muß das Verlangen haben, dich immer zu sehen.«

»Und Ihr wollt mich immer sehen?« fragte Siebenschön erstaunt.

»Ich will dich immer sehen, ich will dich immer um mich haben«, sagte der Prinz rasch, ohne lange zu überlegen.
»Ich würde nicht ins Schloß passen«, meinte Siebenschön und schüttelte den Kopf. Aus dem zurückgeschlagenen Schleier fielen die letzten Blütenblätter auf den Boden, gerade vor ihre Füße.
»Ach«, sagte der Prinz, »aller Glanz der reichen Gewänder, aller Glanz der Kerzen und goldenen Gefäße, das Blitzen der Schmuckstücke würden verblassen neben dir.«
»Ihr seid ein Prinz«, entgegnete Siebenschön, »und ich bin ein armes Mädchen. Das paßt nicht zusammen.«
Der Prinz wunderte sich und konnte nicht verstehen, daß Siebenschön nicht mit aufs Schloß kommen wollte, und so fragte er: »Warum zierst du dich? Habe ich etwas Falsches gesagt? Hast du etwas gegen mich?«
Siebenschön aber war nicht leicht zu überreden. Sie konnte sich nicht vorstellen, daß es dem Prinzen ehrlich ums Herz war bei dem, was er sagte, und so versuchte sie zunächst einmal Zeit zu gewinnen. Kommt Zeit, kommt Rat, hatte ihre Mutter immer wieder gesagt. Wer zu schnell rennt, kommt allemal zu früh beim Unglück an.
»Nein«, sagte sie schließlich, »ich habe nichts gegen Euch. Aber ich kann doch nicht einfach mit Euch gehen. Laßt mir Zeit zum Überlegen. Vielleicht kann ich Euch morgen oder übermorgen eine Antwort geben.«
Der Prinz merkte, daß seine Wünsche heute nicht in Erfüllung gehen konnten, und er sagte zum Abschied: »Gut, dann überleg es dir. Und ich werde dich wieder bitten, zu dieser Eiche zu kommen. Leb wohl, Siebenschön, siebenmal schöner als andere!«
»Lebt wohl!« sagte Siebenschön mit leiser, kaum vernehmbarer Stimme, zog den Schleier wieder vors Gesicht und drehte sich um.
Siebenschön kehrte voller Gedanken und verwirrt ins Haus ihrer Eltern zurück, und auch der Prinz konnte auf dem Weg zum Schloß nicht loskommen von den Gedanken an Siebenschön. Und als er in der Nacht im Bett lag, träumte er weiter von Siebenschön und redete im Traum mit Siebenschön.
Am nächsten Tag unterrichtete der König seinen Sohn von der Absicht, ihm eine Braut zu suchen. Er hätte in der Frühe einen Boten ausge-

schickt, um König Gutherz den Besuch anzukündigen. Der Nachbarkönig habe, wie der Sohn wisse, eine schöne und kluge Tochter. Sie werde ihm gefallen. Der König glaubte, der zaudernde Prinz werde seinem Rat folgen, wenn nur erst die Väter sich einig geworden wären.
Der Prinz hörte den Erklärungen des Königs zu, wollte gleich widersprechen, murmelte dann aber nur leise vor sich hin: »So schön und klug wie Siebenschön ist keine.«
»Was hast du gesagt?« fragte der Vater.
Aber der Prinz starrte nur vor sich hin und gab keine Antwort. Und als er schließlich allein war, ließ er den Diener kommen, übergab ihm einen Armreif und bat ihn, den Armreif Siebenschön zu übergeben und sie zu bitten, am Abend wieder zur gleichen Stunde bei der großen alten Eiche zu sein, denn dort wollte er sie wieder treffen.
Im Dorf aber lebte eine böse Frau, von der viele sagten, sie sei nicht ganz richtig im Kopf, halte es vielleicht auch mit dem Teufel und stelle allen braven Leuten nach. Weil sie so besonders häßlich war, neidete sie Siebenschön ihre Schönheit, stellte dem Mädchen nach und versuchte ihm zu schaden, wo sie nur konnte. Die böse Alte beobachtete, wie der Diener zum zweitenmal Siebenschön aufsuchte und ihr den Armreif überbrachte, und reimte sich eine böse Geschichte zusammen. Das kann doch dem König nicht recht sein, dachte sie, daß sein Sohn dem Kind einfacher, armer Eltern Schätze aus dem Schloß überbringen läßt. Das kommt mir wie gerufen, sagte sie sich. Warte nur, mein Vögelchen, bald wirst du nicht mehr die schönen Flügelchen spreizen und sogar unter dem Schleier noch die Menschen mit deinem Glanz verwirren. Die böse Alte hielt sich die linke Hand vor den Mund, kicherte in sich hinein und folgte Siebenschön, verborgen hinter einer Hecke, als das Mädchen am Abend wieder zur Eiche ging, um den Prinzen zu treffen.
Das Herz pochte Siebenschön bis zum Hals, als sie sich dem alten Baum näherte. Dort stand im Schatten der Prinz und erwartete sie. Siebenschön trug den Reif, den ihr der Diener überbracht hatte, am rechten Arm. Wieder hatte sie den Schleier übers Gesicht gezogen. Sie trat langsam auf den Prinzen zu, schlug den Schleier zur Seite und blickte ihn an, als wollte sie ihn etwas fragen. Aber sie brachte kein Wort hervor, so daß der Prinz, der ihre Befangenheit bemerkte, mit dem Reden beginnen mußte.

»Siebenschön, hast du nachgedacht?« fragte er. »Wirst du mit aufs Schloß kommen?«
»Lieber Prinz ...«, sagte Siebenschön ganz schüchtern.
Der Prinz sah sie an und bat: »Sag das noch einmal.«
»Lieber Prinz, ich ...«
»Halt ein, sei still!« rief der Prinz freudig. »Das genügt. Ich höre aus deiner Stimme, daß du mich gern hast.«
»Ja, aber ...«, versuchte Siebenschön verwirrt zu sagen. Doch der Prinz fiel ihr ins Wort, um zu sagen: »Siebenschön, du mußt meine Frau werden.«
»Wie sollte ich deine Frau werden?« fragte Siebenschön und drehte das Gesicht ein wenig zur Seite. »Ein armes Mädchen und der reiche, schöne, junge König! Was würde dein Vater sagen, was würde der Hofstaat sagen? Ich habe Angst vor deinen Worten.«
Der Prinz trat auf Siebenschön zu und nahm ihre Hände in seine Hände und sagte: »Schau mich an, Siebenschön! Wenn du mich lieb hast, darfst du keine Angst mehr haben. Ich weiß nun, daß ich ohne dich nicht leben kann. Und deinetwegen werde ich gerne auf das Königreich und die Krone verzichten, sollte mein Vater, der mich mit einer Prinzessin verheiraten möchte, nicht wollen, daß du meine Frau wirst.«
»Das dürft Ihr nicht sagen«, meinte Siebenschön. »Und ich kann Euch auch nicht heiraten, weil ich für meine Eltern sorgen muß. Wer soll denn für sie kochen und waschen, wenn ich mit Euch aufs Schloß gehe?«
»Du kommst also mit?« fragte der Prinz freudig überrascht.
»Ich kann Euch ... ich kann dir mein Wort noch nicht geben«, sagte Siebenschön darauf. »Hab noch ein wenig Geduld, ich muß mich bedenken.«
»Gut«, sagte der Prinz, »rede mit deinen Eltern. Und denk daran, daß mein Leben leer sein wird, wenn du nicht auf meine Bitte hörst.«
Der Prinz verabschiedete sich von Siebenschön und ging zurück ins Schloß. Beide hatten nicht bemerkt, daß die böse Alte sich herangeschlichen und im Versteck der nahen Hecke die letzten Worte von Siebenschön und dem Prinzen mitgehört hatte.
Am darauffolgenden Tag schickte der Prinz seinen Diener wieder zu Siebenschön, ließ ihr eine goldene Halskette überbringen und sie bitten,

am Abend zur Eiche zu kommen. Siebenschön erzählte ihren Eltern, daß der Prinz sie nun schon zum dritten Mal beschenkt habe, und bat sie zugleich einzuwilligen, wenn sie darum bitte, die Frau des Prinzen werden zu dürfen.
»Ich nehme euch sicher mit aufs Schloß«, sagte sie und freute sich überschwenglich, als ihr die Eltern nicht widersprachen.
Wieder kam der Abend mit langen Schatten und dem klagenden Flöten der Amseln, wieder trat die verschleierte Siebenschön aus dem Häuschen ihrer Eltern. Heute lief sie zur Eiche, denn sie konnte gar nicht erwarten, dem Prinzen die Zustimmung der Eltern mitzuteilen.
»Siebenschön, hast du mit deinen Eltern gesprochen?« fragte der Prinz. Und glücklich antwortete Siebenschön: »Ja, mein Prinz, sie gaben ihren Segen.«
»Wirst du also meine Frau werden?« fragte noch einmal erfreut der Prinz. Und Siebenschön antwortete wieder: »Ja, mein lieber Mann.«
Da umarmten und küßten sie sich zum erstenmal und konnten gar nicht lange genug beieinander stehen und sich liebhaben. Aber auch an diesem Abend belauschte sie die böse Alte und beschloß, am nächsten Morgen zum König zu gehen.
An diesem nächsten Morgen saß der König gerade nach dem Frühstück im Badezimmer und ließ sich frisieren, als der Diener schüchtern an der Tür klopfte und sagte: »Majestät, draußen steht eine höchst unsympathische Frau. Sie verlangt, vor den König gebracht zu werden ... sie meint, sie hätte Ihnen, Majestät, etwas Wichtiges zu melden, unter vier Augen.«
»Habe ich nicht angeordnet, mich bei der Morgentoilette nicht zu stören?« rief der König erbost. »Weißt du denn nicht, wie du dich zu verhalten hast? Ich will nicht gestört werden! Sapperment, ich lasse mich nicht stören, und schon gar nicht von irgendeiner hergelaufenen Frau! Hast du verstanden?«
Der Diener begann zu zittern, verließ aber immer noch nicht das Badezimmer.
»Was suchst du hier noch?« schrie der König. »Hinaus sage ich, hinaus, oder du bist entlassen und kannst dich drunten im Dorf als Mistkutscher verdingen!«
»Majestät, Herr König, ich ... aber die Frau«, stotterte der verängstigte

Diener, »die Frau sagt . . . meint, sie hätte über Euren Sohn, den Prinzen, meint sie, etwas zu berichten, was nicht alle Ohren vertrügen. Nur die Ohren des Königs. Ich habe, ich meine . . .«

»Was sagst du da?« rief der König. »Es geht um den Prinzen? Was ist los mit ihm?«

»Ich weiß nicht«, sagte der Diener.

»Rasch, meine Perücke!« rief der König. Der Friseur stülpte dem König die frisch frisierte und gepuderte Perücke verkehrt auf den Kopf und drückte sie fest.

»Haßt du keine Augen im Kopf?« herrschte ihn der König an. »Soll ich so unter die Leute treten?« Und er verschob sich selbst ungeduldig und mit beiden Händen die Perücke, die freilich immer noch nicht recht passen wollte.

Der König eilte in das große Zimmer, vor dem die böse Alte wartete, und sagte zu dem Diener: »Laß sie herein, ich bin ungeduldig.«

Der Diener eilte zur Tür und ließ die Frau eintreten. Unter vielen Verbeugungen näherte sich die böse Alte dem König.

»Sprich, was willst du?« fragte er.

Die böse Alte blickte auf den Diener, der an der Tür stehengeblieben war, und sagte zum König: »Wir sind nicht allein, Majestät.«

Da gab der König dem Diener ein Zeichen, damit dieser den Raum verlasse, und wandte sich der Frau zu.

»Nun? Was hast du mir zu berichten?« fragte er kurz.

Und mit kaum vernehmbarer Stimme erzählte die böse Alte dem König alles, was sie beobachtet und erlauscht hatte. Dem König war es unangenehm, sich zu der Frau hinabbeugen und sein Ohr an ihren Mund halten zu müssen, aber er hörte begierig zu und wurde von Minute zu Minute zorniger.

Als die Frau ihm alles berichtet hatte, sagte der König: »Ich werde dafür sorgen, daß der Prinz dieses Mädchen Siebenschön nicht heiratet. Ich will sie aus dem Dorf vertreiben.«

Und der König ging zu einem Schrank, holte einen Beutel mit Geldstücken heraus und gab ihn der Frau.

»Hier, nimm!« sagte der König zu der Frau. »Das ist der Lohn für deine Nachricht. Aber kein Sterbenswörtchen! Hörst du, niemand darf wissen . . .«

Die böse Alte nahm kichernd den Beutel entgegen und verbeugte sich bis zum Boden vor dem König, als sie sagte: »Majestät, der Herr König kann sich auf mich verlassen. Ich bleibe stumm wie ein Grab.«
Dann raffte sie ihre weiten dunkelbraunen Röcke zusammen und verließ zufrieden das Zimmer und das Schloß.
Da ließ der König einen seiner Wächter kommen und befahl ihm, das Haus anzuzünden, in dem Siebenschöns Eltern wohnten, damit sie aus dem Dorf vertrieben würden und kein Haus und keinen Platz mehr in ihm haben sollten.
Der Wächter aber wartete mit der bösen befohlenen Tat nicht, bis Siebenschöns Eltern das Haus verlassen hatten, sondern zündete es noch am gleichen Abend heimlich mit einer Fackel an, die er in die kleine Scheune hinter dem Haus warf. Da sprang das Feuer von Strohballen zu Strohballen, von Balken zu Balken, ergriff das ganze Haus, und ehe die Eltern aus dem Schlaf erwachten, zu dem sie sich früh niedergelegt hatten, waren Zimmer und Küche vom Feuer umzingelt. Rauch erfüllt das ganze Haus, in dem die Eltern verbrannten, ohne Siebenschön noch einmal gesehen zu haben.
Siebenschön war über einer Stickerei eingenickt, als die Flammen auch in die Küche drangen. Sie sprang auf, als das Feuer nach ihr griff, wollte ins Zimmer der Eltern eilen, sah aber, daß ihr das rotzüngelnde Feuer den Weg versperrte, und mußte rasch den Weg ins Freie suchen. Schnell war sie im Garten, sprang über die Beete und Wege und rannte auf den Wald zu. Sie stolperte, fiel hin und blieb bewußtlos liegen. Hinter ihr brannte das Haus zu Schutt und Asche nieder.
Der Schein des brennenden Feuers hatte das Dorf geweckt. Die Kirchenglocken wurden geläutet, und bald kamen Leute mit Wasserkübeln und Krügen und wollten das Feuer löschen. Auch im Schloß hatte man den Feuerschein bemerkt. Der Prinz versuchte vom Fenster aus zu erkennen, wo es im Dorf brannte. Da trat aufgeregt der Diener ins Zimmer, der bei der ersten Nachricht vom Ausbruch des Brandes ins Dorf gerannt war, um beim Löschen zu helfen.
»Mein Prinz, das Haus von Siebenschön ist niedergebrannt.«
». . . das Haus von . . . Sieben . . .«, stammelte der Prinz ». . . und was ist mit Siebenschön und ihren Eltern?«
Der Diener versuchte den Prinzen zu beruhigen und wollte nicht mit

der Wahrheit herausrücken. Aber der Prinz packte ihn an der Weste, stieß ihn zurück und zog ihn wieder an sich heran.

»Was ist geschehen?« fragte der Prinz. »Rede, ich muß wissen . . .«

»Mein Prinz«, sagte der Diener, »Siebenschön und ihre Eltern müssen in den Flammen . . .«

Da schlug der Prinz die Hände vors Gesicht und konnte nicht mehr aufhören zu weinen.

Im Morgengrauen aber erwachte Siebenschön aus ihrer tiefen Bewußtlosigkeit und schlich zu dem niedergebrannten Haus ihrer Eltern. Sie blieb dort stehen, wo die Haustür gewesen war und wo jetzt nur ein Haufen Asche und ein paar verbrannte Balkenreste zu sehen waren. Siebenschön weinte und versuchte, die Tränen, die ihr übers Gesicht liefen, mit dem Handrücken abzuwischen. Mit einem Schuh scharrte sie in der Asche und sah plötzlich einige Geldstücke am Boden liegen. Sie beugte sich nieder und hob die Geldstücke auf. Das wird der Notgroschen sein, dachte sie, den die Mutter über dem Türbalken versteckt hatte. Vielleicht ist es das einzige, was mir geblieben ist. Und sie setzte sich neben dem Eingang auf den Boden und sagte zu sich selbst: Größer kann mein Unglück nun nicht mehr werden. Vater und Mutter sind tot, das Haus ist verbrannt, und ich habe auch den Prinzen verloren. Ich hätte mich nie von ihm überreden lassen sollen. Mit dem Prinzen ist das Unglück in mein Leben gekommen. Aber überreden? Er mußte mich nicht überreden, vom ersten Tag an hat er mir gefallen. Ich muß ihn wiedersehen. Aber ich kann ja nicht einfach aufs Schloß gehen. Hat mir der Prinz nicht gesagt, sein Vater verlange von ihm die Heirat mit einer Prinzessin? Ich werde, ich muß den alten König täuschen . . . Jetzt habe ich eine Idee. Ich kaufe mir von den paar Geldstücken, die ich in der Asche gefunden habe, Männerkleider und bewerbe mich beim König als Diener. Vielleicht kann ich Arbeit bei ihm finden und so den Prinzen wenigstens gelegentlich sehen.

Und so kaufte sich Siebenschön vom Notgroschen ihrer Eltern im nächsten Dorf Männerkleider und stellte sich beim König als Diener vor. Nach längerem Überlegen und Zögern sagte der König zu dem jungen Mann, dessen muntere Stimme Eindruck auf ihn gemacht hatte: »Einen guten Diener könnte ich schon brauchen. Vielleicht sollte ich es mit dir versuchen.«

Die als Diener verkleidete Siebenschön sagte: »Habt Dank, Herr König. Ich will mir alle Mühe geben, damit Ihr mit mir zufrieden seid.«
»Du hast zwar alle deine Vorzüge geschildert«, sagte der König, »und ich habe Gefallen an dir gefunden, aber du hast mir deinen Namen noch nicht gesagt.«
Siebenschön zögerte nicht lange und sagte: »Ich heiße Unglück.« Diese Antwort erstaunte den König, und am liebsten hätte er seine Zusage zurückgenommen. Aber zugesagt ist zugesagt, dachte er und erwiderte: »Unglück? Das ist ein eigenartiger Name. Na gut, ich werde dich also Unglück rufen.«
Der Diener Unglück wurde bald bekannt im Schloß. Er war fleißig und führte jede Arbeit, die ihm der König auftrug, so gut aus, daß man sich kaum noch vorstellen konnte, einmal ohne ihn ausgekommen zu sein. Schnell lernte der Diener Unglück den Umgang mit den Köchen und den Kammerfrauen, mit dem Stallmeister und dem Gärtner. Wo er konnte, half er mit, und wo man seine helle Stimme hörte, konnte man sicher sein, daß weder Streit noch Mißgunst aufkamen. Aber eines fehlte ihm: Er konnte nie herzlich lachen und beteiligte sich auch nicht an den Scherzen der übrigen Dienerschaft. Er tanzte nicht mit, wenn einmal am Abend die Musik aufspielte im Hof. Und er schien dem Prinzen auszuweichen, obgleich er doch auf das Schloß gekommen war, um dem Prinzen nahe sein zu können.
Einige Zeit ging ins Land, und wieder einmal stand der König mit dem Prinzen auf dem Balkon des Schlosses. Der Prinz schaute versonnen auf das Dorf hinunter. Er konnte die Stelle sehen, wo einst das Haus von Siebenschön gestanden hatte, und wie jedesmal, wenn er ins Dorf hinabsah, wurde ihm auch heute traurig zumute, und er hatte keine Lust, sich mit jemandem zu unterhalten.
»Du bist wieder so nachdenklich, mein Sohn«, redete ihn der König an. »Du solltest dich doch freuen. Morgen reisen wir ab.«
»Schon morgen?« fragte der Prinz, ohne genau auf das zu hören, was der König sagte.
»Wir werden durch sieben Königreiche reisen und sieben Schlösser besuchen«, sagte der Vater. »Du sollst dir die schönste und klügste Prinzessin zur Frau wählen. Wir wollen früh schlafen gehen, die Reise wird anstrengend werden.«

Der Prinz fragte: »Reisen wir zu Pferd?«
»Nein«, antwortete ihm der König. »Wir nehmen den Wagen. In dieser Jahreszeit sind wir bei Regen oder Sturm im Wagen geschützter.«
»Und reisen wir allein?« fragte der Prinz.
»Außer dem Kutscher wird uns nur der neue Diener begleiten«, sagte der König. »Ich bin sehr zufrieden mit ihm. Er ist fleißig und umsichtig, freilich auch ein wenig zurückhaltend.«
»Meinst du den Diener Unglück?« fragte der Prinz.
Der König nickte, und dann gingen beide auf ihre Zimmer.
Sehr früh am nächsten Morgen fuhr der Kutscher den Wagen vor das Schloß. Der Diener Unglück trug Taschen und Kleider in den Wagen und öffnete dann die Tür der Kutsche, als der König zusammen mit seinem Sohn aus dem Schloß trat und prüfend zum Himmel blickte, um zu sehen, welches Wetter sie auf der Fahrt haben würden.
»Gut Wetter, Unglück«, sagte der König, der sichtlich in bester Stimmung war und gut geschlafen hatte.
Der Kutscher schnalzte mit der Pfeife, der Diener Unglück stieg hinten auf die Kutsche, der König und sein Sohn saßen nebeneinander in der Kutsche, und schon zogen die beiden Rappen an, und die Fahrt zu den sieben Königen mit den sieben Töchtern in den sieben Königreichen begann. Schnell kamen sie über die breite Schloßauffahrt ins Dorf hinunter und durch die Dorfstraßen hinaus ins freie Land. Schon waren die Bauern ausgefahren und arbeiteten auf den Feldern. Sie grüßten die vorbeifahrende Kutsche, und der König grüßte freundlich zurück.
Nur der Diener Unglück schien nicht recht in den schönen Morgen und die Fröhlichkeit ringsum zu passen. Mit gesenktem Kopf saß er hinten auf der schmalen Bank und dachte sich: Wenn nun der Prinz seine Prinzessin in einem der sieben Königreiche findet, werde ich mir wohl einen anderen Dienst suchen müssen, denn jeden Tag sein Glück mit ansehen zu müssen, das kann ich nicht. Und als er so vor sich hindachte und als die Kutsche dahinschaukelte und auch über manchen Stein hoppelte, begann der Diener Unglück leise vor sich hinzusummen, und dann sang er, so daß nur er die Worte verstehen konnte: »Siebenschön ward sie genannt, Unglück ist ihr wohlbekannt.« Immer den gleichen Vers, manchmal schneller, manchmal langsamer.
In der Kutsche hörte man das Singen, konnte aber die Worte nicht verstehen.

Da fragte der Prinz den König: »Wer singt da?«
Und der König antwortete: »Ach, das ist der Diener Unglück, auch er muß sich die Zeit vertreiben.«
Und sie reisten von Schloß zu Schloß, sie besuchten einen König nach dem anderen, Feste wurden ihnen zu Ehren gefeiert, in kerzenerhellten Sälen wurde getanzt und getafelt. Die Könige stellten dem Prinzen ihre Töchter vor und hofften, er werde sie zur Frau nehmen. Aber immer wieder sagte der Prinz zum Vater: »Laß uns weiterreisen. Die Prinzessin gefällt mir noch nicht. Ich werde mich erst entscheiden, wenn ich alle gesehen habe.«
Und immer sang der Diener Unglück, die als Mann verkleidete Siebenschön, die gleiche Melodie, den gleichen Vers:
»Siebenschön ward sie genannt, Unglück ist ihr wohlbekannt.«
Der Diener Unglück freute sich jedesmal, wenn die Kutsche wieder ein Schloß hinter sich ließ, wenn dem Prinzen wieder eine der Prinzessinnen nicht gefallen hatte. Und beinahe fröhlich sang er sein Lied hinein in den Morgen, der sie aus dem einen Königreich weg und in das andere Königreich hinführte: »Siebenschön ward sie genannt, Unglück ist ihr wohlbekannt.«
Und einmal sagte der Prinz zum König: »Einen seltsamen Diener hast du angestellt. Der muß nicht recht im Kopf sein. Immer singt er denselben Vers.«
Aber dann dachte er nicht weiter über den Diener nach, denn die Kutsche fuhr in den Hof des fünften Schlosses ein, Trompetenbläser und Fahnenschwinger empfingen die Gäste, und von der Schloßtreppe herab führte der König des fünften Königreiches seine Tochter dem Prinzen entgegen. Die freundliche und prächtige Begrüßung erfreute den Prinzen, und als man sich am Abend zur Festtafel setzte und er seinen Platz neben der Prinzessin einnahm, mußte er sich eingestehen, daß ihm diese Prinzessin sehr gefiel. Sie konnte fröhlich lachen, hatte lustige Augen und brachte auch ihn zum Lachen.
Wenn ich Siebenschön verloren habe, wenn sie bei dem schlimmen Brand umgekommen ist, und wenn mir diese Prinzessin gefällt, dann sollte ich sie zur Frau nehmen, dachte der Prinz. Mein Vater wird zufrieden sein, und schließlich braucht das Königreich bald einen jungen König. Und niemand kann sich einen König ohne Königin vorstellen.

So kam es, daß am nächsten Tag der König einen Boten heim in sein Königreich schickte, damit dem ganzen Volk die Nachricht gebracht werde, daß sein Sohn, der Prinz, sich mit der Tochter des fünften Königs verlobt hätte.
Der fünfte König aber sagte zu ihm: »Ich werde das Fest vorbereiten lassen. Wir werden die schönste Hochzeit, die man sich denken kann, auf meinem Schloß feiern.«
In einer Woche war alles vorbereitet, der König, der Prinz, die Diener Unglück und ein großes Gefolge reisten in das fünfte Königreich, damit dort die Hochzeit des Prinzen mit der Prinzessin gefeiert werde.
Am Abend vor der Hochzeit gingen der Prinz und die Prinzessin durch den Schloßgarten. Sie hielten sich an den Händen und freuten sich auf den Hochzeitstag. In den Büschen sangen die Vögel ihr Abendlied, die letzten Strahlen der Sonne blitzten auf dem Moos und auf den Farnwedeln, und die Luft begann schon kühl zu werden. Der Prinz und die Prinzessin gingen von einem Weg zum anderen und kamen immer tiefer in den Garten bis hin zur Schloßmauer, wo der Garten wilder wuchs, wo Birken und Ebereschen über die Mauer hinauswuchsen und das Unterholz dichter und dichter den Weg umsäumte. Plötzlich hörten sie durch die Stille des Abends ganz nahe eine Stimme singen: »Siebenschön ward sie genannt, Unglück ist ihr wohlbekannt.«
Da sagte der Prinz zu seiner Braut: »Das ist der Diener meines Vaters. Ich werde gleich zu ihm gehen und ihm das Singen verbieten. Er soll unseren Abendspaziergang nicht stören. Setz dich auf die Steinbank und warte.«
Der Prinz mußte nicht lange suchen. Nur eine Wegbiegung weiter saß der Diener Unglück mit übergeschlagenen Beinen auf einer Bank und blickte verloren in den immer dunkler werdenden Abend.
Unglück erschrak, als plötzlich der Prinz auf ihn zukam. Und wäre es nicht so dunkel gewesen, der Prinz hätte gesehen, daß der Diener Unglück über und über rot geworden war und daß seine Hände zitterten, als er aufstand.
Der Prinz fragte: »Unglück, warum singst du immer das gleiche Lied, auch hier am Hof meiner Braut? Dein Lied stimmt mich so traurig. Und seit ich die Worte deines Liedes verstanden habe, werde ich an einen Namen erinnert, den ich nicht vergessen kann.«

Und als Unglück plötzlich zu weinen begann, fuhr er fort: »Aber was ist denn? Ich wollte dich nicht kränken. Unglück, weine nicht! Schau mich mal an. Unglück, ich ... ich will ja ... Komm, tritt näher, schau mich an!«
Aber Unglück rührte sich nicht. Und Unglück konnte nicht mehr sprechen. Da trat der Prinz nahe an den Diener Unglück heran, sah ihm ins Gesicht und nahm ihm den Hut ab, so daß das lange Haar auseinanderfiel und Siebenschön so vor ihm stand, wie er sie in Erinnerung hatte, wie er sie nie hatte vergessen können.
Und freudig erschrocken sagte er, als er sie wiedererkannt hatte: »Siebenschön, du bist am Leben?«
Er umarmte sie und war glücklich; er vergaß seine Braut und lief mit Siebenschön ins Schloß.
Im Schloßsaal aber standen fröhlich plaudernd sein Vater und der König des fünften Königreiches beisammen. Er bat Siebenschön, sich draußen vor der Tür versteckt zu halten, und ging rasch entschlossen in den Saal. Überrascht blickten ihn die beiden Könige an. Der Prinz aber trat auf den Vater seiner Braut zu und sagte: »Herr König, ich möchte Euch ein Rätsel aufgeben.«
Belustigt sah ihn der König an und sagte: »So? Ich will versuchen, es zu lösen.«
»Ich habe eine Truhe«, sagte langsam der Prinz. »Vor einiger Zeit verlor ich den Schlüssel dazu. Ich ging zum Schlosser und ließ mir einen neuen Schlüssel machen. Als ich nach Hause kam, fand ich aber den alten, den verloren geglaubten Schlüssel wieder. Herr König, mit welchem Schlüssel soll ich nun die Truhe aufschließen, mit dem alten oder mit dem neuen Schlüssel?«
Ohne sich lange zu besinnen, sagte der König des fünften Königreiches: »Mit dem alten natürlich.«
Da war der Prinz sehr zufrieden und sagte: »Herr König, Eure Tocher ist der neue Schlüssel. Und jetzt werde ich Euch den alten Schlüssel zeigen.«
Der Prinz ging zur Tür und führte Siebenschön herein. Alle wunderten sich, den Diener Unglück nun mit einmal als Mädchen mit langen Haaren zu sehen.
»Was soll das heißen?« fragte der Vater des Prinzen. »Das ist Unglück, mein Diener.«

»Nein, Vater«, antwortete der Prinz, »das ist Siebenschön, meine Frau. Sie ist siebenmal schöner als alle Frauen, und ich habe sie siebenmal lieber, als ich jede andere Braut haben könnte.«
Da mußte der König einsehen, daß sein Sohn die richtige Wahl getroffen, daß er Unrecht getan hatte, und er sagte: »Ja, mein Sohn, du hast recht, sie ist die Schönste. Das Böse hat an ihr nichts ausrichten können. Und weil dir der König die rechte Antwort auf deine Rätselfrage gegeben hat, sollst du die rechte Braut zur Frau nehmen.«

Wie die Sumpfgeister den Mond begruben

Nach einem englischen Märchenmotiv

Mehr als hundert Jahre mögen vergangen sein, da wanderten die Sumpfgeister in großer Zahl in eine Gegend in England ein. Sie ließen sich in einem sumpfigen Wald am Rande eines Dorfes nieder. Große und kleine, alte und junge Sumpfgeister trieben zwischen modernden Baumstümpfen und dem wild wuchernden Strauchwerk ihr Unwesen. Sie liebten die schwappenden braunen Wasserlöcher und die feuchten Wiesenstellen, in die jeder Fuß einsank, wenn er sich nur auf das scheinbar sichere Land wagte. Und man erzählte sich, daß mancher Wanderer nicht wiedergekehrt war, der den Warnungen der Dorfbewohner keinen Glauben geschenkt und sich ohne einen Führer auf den Weg durch den Sumpfwald gemacht hatte. Hatten ihn die Sumpfgeister bei den Beinen gepackt und kichernd und schmatzend in den schmutzigen Grund hinuntergezogen? Aber nicht nur Fremde waren im Sumpf verschwunden, auch Leute aus dem Dorf, die sich eigentlich im nahegelegenen Sumpfwald hätten auskennen müssen, waren spurlos verschwunden. Und so kam es, daß sich die Leute nicht nur böse Geschichten über die Sumpfgeister erzählten, sondern gelernt hatten, auf die wispernden und kichernden Stimmen, auf die schmatzenden und raspelnden Laute zu hören, die in manchen Nächten aus dem Wald ins Dorf herüberklangen.

Doch nicht in jeder Nacht schwärmten die Sumpfgeister aus, nicht in jeder Nacht stiegen sie aus den schmierigen, feuchten Löchern, um in den Ästen der abgestorbenen Bäume zu tanzen und sich von Ast zu Ast zu schwingen oder über das lange, dichtwachsende Gras zu laufen und einander zwischen dem Schilf die Hände zu reichen zum nächtlichen Vergnügen.

Wenn der Mond am Himmel aufging, gelb und rundgesichtig über die

Hügel kam und die Häuser der Menschen, die Bäume und die schlafenden Kühe auf der Weide beschien, wenn sein friedliches Licht sich vom Himmel ergoß und die Menschen still wurden, weil sie den milden Schein so gern hatten und in ihm die Sorgen des Tages vergaßen, dann blieb es still auch im Sumpf, und man konnte denken, der Friede der Nacht sei für immer auch dort eingekehrt. Das Mondlicht spielte auf den kleinen Tümpeln und Wasserflächen, die Blätter der Bäume zitterten. Wenn ein leichter Wind übers Wasser hinwehte, wenn ein Käuzchen schrie oder ein Vogel kurz erwachte und mit dünner Stimme in die Nacht rief, dann wurde dadurch die Stille nicht gestört, sondern nur noch tiefer bemerkbar.

Und in solchen Nächten wäre mancher aus dem Dorf gern über die Wiese, an den Weidezäunen vorbei, hinüber zum Wald gegangen, um zu warten, bis das Mondlicht ihn erreicht hätte.

Aber kaum war der Mond hinter einer Wolke verschwunden, wachte das Sumpfland auf, die Geister erhoben sich und begannen ihre Tänze. Sie murmelten und schrien, sie seufzten und zeterten, sie lachten, daß einem angst und bange werden konnte. Sie freuten sich, wenn das Licht des Mondes verschwunden war, denn nur in der Dunkelheit konnten sie umherspringen und alle Welt erschrecken. Das Mondlicht war ihr größter Feind. Seine Strahlen brachten ihr hämisches Lachen zum Ersterben, sein Licht duckte sie nieder und machte sie stumm. Sie haßten den Mond und wünschten sich nichts sehnlicher, als daß er unterginge und nie wieder die Stille der Nacht beschiene.

Als wieder einmal dichte Wolken den Mond verdunkelten und keinen Schimmer seines Lichts hindurchließen, als sich die Dunkelheit dumpf auf das Land legte und niemand einen Weg durch den Sumpfwald gefunden hätte, als niemand sich vor die Häuser des Dorfes hinaustraute, war der Jubel der Sumpfgeister besonders laut, und die Leute im Dorf standen beisammen und redeten über die Sumpfgeister. Manche hielten sich die Ohren zu, weil sie den Lärm, der vom Wald herüberdrang, nicht aushalten konnten. Sie hatten Angst und wußten nicht, was sie gegen die Angst tun sollten.

»Ich hörte sie zuerst«, sagte eine alte Frau. »Ich habe die Ziege in den Stall gebracht, dann zog die Wolke vor den Mond, und in diesem Augenblick brach das Gelächter los, so daß ich erschrocken die Stalltür zuwarf und ins Haus laufen wollte. Die erschrecken sogar unsere Tiere.«

»Ja, du hast recht«, sagte ein Bauer, »meine Kühe geben nach einer solchen Geisternacht kaum noch Milch. Und sogar der Hund verkriecht sich winselnd in seine Hütte.«

»Ich sah euch draußen stehen«, fuhr die alte Frau fort, »darum bin ich hergekommen. So kann das nicht weitergehen.«

»Ein Fluch ist über unsere Gegend gekommen«, sagte ein bärtiger Mann, der breitbeinig auf dem Platz stand, den die einzige Gaslaterne, die es in dem Dorf gab, spärlich erhellte. Er verzog das Gesicht, und wäre es nicht so dunkel gewesen, hätte man gesehen, daß er die Fäuste in den Hosentaschen ballte.

»Kaum ist der Mond weg«, sagte ein Junge, »dann erschrecken sie uns.«

»Wer wird sich da noch in der Nacht hinaustrauen?« meinte der Bauer. »Ich rate keinem, sich zu verspäten. Wer da nicht in die Irre getrieben wird, muß einen besonderen Schutz haben.«

»Aber das Mondlicht scheuen sie«, warf die alte Frau ein. »Der Mond, der Mond kann sie in den Schlamm zurückscheuchen. Ihr böses Gesindel!« rief sie aus und drohte hinüber zum Wald. Aber sie wurde durch ein polterndes Lachen unterbrochen und konnte nicht weiterreden. Es war, als lachten die Sumpfgeister sie aus.

»Gesindel, lichtscheue Brut!« stieß der Bauer zwischen den Zähnen hervor. Die Leute rückten näher zusammen, um sich gegenseitig Mut zu machen. Sie wollten sich nicht anmerken lassen, daß sie sich fürchteten.

»Wir müssen sie aus dem Moor vertreiben«, sagte der bärtige Mann langsam und bestimmt. »Wer traut sich bei Dunkelheit denn noch in die Nähe des Waldes? Sie müssen weg, sonst ziehen sie uns alle in den Schlamm. Ihr werdet sehen, keiner kommt mehr durch den Moorbruch. Die Sumpfgeister werden frecher und frecher, je länger wir sie gewähren lassen.«

»Was redest du da?« sagte der Bauer. »Du machst den Mund zu weit auf. Paß auf, daß dir kein Sumpfgeist hineinspuckt. Du könntest dich böse verschlucken. Ja, vertreiben, aus dem Moor hinauswerfen! Das wissen wir, aber wie packst du's an, ohne daß dir ein Bein gestellt wird, ohne daß dich einer beim Fuß ergreift und *schwapp* untertaucht in der schlammigen Brühe? Geh doch hinüber, gleich, und treib sie aus dem Sumpf!«

»Wollt ihr jetzt streiten?« mischte sich eine Frau ein, die ihr kleines Kind mit herausgebracht hatte und es in ein Tuch verpackt im Arm hielt. Sie hatte das Tuch so um den Kopf des Kindes geschlungen, daß seine Ohren bedeckt waren, weil sie fürchtete, die Schreie der Sumpfgeister könnten es erschrecken. »Ihr sollt nicht streiten, sondern ruhig überlegen, was wir tun müssen«, schlug sie vor.

Der bärtige Mann hatte ruhig zugehört und sagte dann: »Der Mond müßte jede Nacht scheinen. Jede Nacht sollte eine Vollmondnacht sein. Wenn der Mond jede Nacht glänzend und rund aufginge, würden sich die Sumpfgeister ärgern und nicht mehr aus ihren Verstecken wagen.«

Aber auch der bärtige Mann wußte nicht, wie man den Mond dazu bringen könnte, jede Nacht als Vollmond zu erscheinen. Und weil keiner der Leute einen Rat wußte, gingen sie ratlos auseinander und ängstlich in ihre Häuser zurück. Sie schlossen die Türen und Fensterläden und versuchten sich die Ohren zu verstopfen, um nicht das Toben der Sumpfgeister vernehmen zu müssen.

Draußen im Sumpfwald ging es hoch her, bis der Mond langsam und hell hinter einer Wolke hervortrat. Der Mond schaute still auf das Land hinab und murmelte leise vor sich hin.

»Ich hörte so oft die Menschen sagen«, meinte er zu sich selbst, »daß die Sumpfwesen mit ihnen ihren Schabernack treiben, sobald mein Licht erlischt. Dabei bin ich doch geschaffen worden, den Menschen in der Nacht Frieden zu geben und immer dann, wenn ich zu sehen bin, auf ihren Wegen zu leuchten. Was kann ich dafür, daß ich nicht immer zu sehen bin, daß Wolken aufziehen und mich verstecken? Ich würde den Menschen gerne immer leuchten. Haben sie doch mir zur Freude Lieder gedichtet, die meine Schönheit und meinen zarten Glanz preisen. Ich bin das Gestirn, das den Menschen Ruhe bringt. Ich mache den Menschen die Glut der Sonne erträglich. Ich weiß, wie sie sich freuen, wenn ich nach einem glutheißen Tag über den Dünen der Wüste aufsteige und den ermatteten Hirten, die vor ihren Zelten sitzen, meinen Schein gebe, den mir freilich, in allem Respekt sei's gesagt, die Sonne schenkt.

Und so will ich selbst einmal in den Sumpfwald hinabsteigen, um zu sehen, wie die Geister sich benehmen oder ob die Menschen in ihrer Angst übertreiben. Gleich morgen werde ich mir Klarheit verschaffen. Und damit mich die Geister nicht sehen und ich sie unbemerkt beobachten kann, werde ich die Kapuze meines Mantels tief über mein rundes Mondgesicht ziehen.«

Und weil er so lange überlegt hatte und weil der Mond immer lange zum Überlegen braucht, hatte er gar nicht bemerkt, daß seine Zeit schon beinahe um war und er hinter dem Wald den Horizont berührt hatte. Bald würde die Sonne im Osten aufgehen und einen neuen Tag beginnen lassen.

Währenddessen hatten sich die Sumpfgeister in einer Höhle versammelt, deren Eingang von hohem Schilf geschützt war und in der es so dunkel war, daß nur die winzigen glimmenden Augen und die teilweise schimmernden Füße und Hände die Umgebung in ein geisterhaftes Zwielicht tauchten. Da ließ es sich besonders gut beratschlagen, und da kamen den Sumpfgeistern wie gewohnt die scheußlichsten Gedanken, die nur ihnen selbst Spaß machten, die aber den Menschen und wohl auch den Tieren des Waldes nicht geheuer waren.

Ein stupsnasiger fetter kleiner Sumpfgeist, der zusammengekauert auf einem Steinbrocken saß und sich mit den langen Fingern ständig durch die zotteligen Haare fuhr, sagte: »Vettern und Kusinen. Wir müssen etwas tun.«

Und aus der Höhle tönten ihm die Stimmen der anderen Geister entgegen, hohe und tiefe Stimmen, polternde und schnarrende, stolpernde und hastige.

Alle riefen: »Ja, ja, du hast es gesagt! Etwas tun . . . etwas . . . wir werden, werden etwas tun.«

Dann waren sie still, denn noch keiner von ihnen hatte gesagt, was man tun sollte.

Da erhob sich ein spindeldürrer langer Sumpfgeist, der überhaupt kein Haar mehr auf dem Schädel trug und der sich glitschige Schlingpflanzen um die Schulter geworfen und um den Leib geschlungen hatte. Er zog seinen Breitmaulmund weit auseinander, spuckte zweimal langsam durch die Zähne auf den Boden der Höhle und sagte: »Den Mond, wir müssen den Mond vom Himmel reißen.«

Da begannen die großen und kleinen Geister fürchterlich zu lachen und schrien: »Ja, ja, ja ... aber wie kommen wir denn da hinauf, wie da hinauf?«
Der fette kleine Sumpfgeist beugte sich vor und rief: »Wir spucken ihm Schlamm ins Gesicht.«
Das begeisterte alle anderen, und sie klatschten in ihre Schlammpatschhände, daß der Schlamm, den die meisten von draußen mitgebracht hatten, nur so patschte.
Und nun meldeten sich die Sumpfhexen zu Wort, die aufeinander- und aneinandergeklammert patschnaß und schlotternd auf einer Seite hockten.
Die eine Hexe, der das braune Wasser ständig aus dem linken schiefen Mundwinkel lief, sagte: »Wir Sumpfhexen, Sumpfhexen, Sumpfhexen werden den Mond verzaubern.«
»Wir packen ihn fest in unsere Sumpf- und Schlumpfarme«, kicherte die andere Hexe.
»Ich küsse den Mond mit meinem Sumpfmund«, sagte die dritte Hexe und streckte ein dünnes Bein von sich, neigte sich zu der zweiten Hexe und küßte sie schmatzend auf das Hinterteil.
Der stupsnasige fette Geist hatte sich kopfschüttelnd das Hexengezänk angehört und antwortete: »Ach, Kusinen, ihr kommt doch nicht in den Himmel. Hat je eine von euch gehört, daß Hexen in den Himmel eingelassen werden?«
Aber der spindeldürre lange Sumpfgeist ließ sich vom Haß der Hexen mitreißen. Er tanzte auf einem Bein in der Höhle umher und rief: »Wir werden dem Mond die Augen auskratzen, dann erlischt sein Licht, und wir können endlich ungestört herrschen.«
Da freuten sich die Hexen und schlugen sich auf die Bäuche. Und die zweite Hexe sang zufrieden: »Hext alle Sumpfvettern und Kusinen aus dem Schlamm, holt herbei, was klein und groß, was keucht und schlüpft und tappt und tapscht und grapscht und quatscht, was schleift und greift, was schlieft und mieft, was ruckelt und zuckelt, was rinnt und spinnt. Macht die Hexenschwestern und die schnatternden Geister los unter den Wurzeln und in den Wasserlöchern, im braunen und im grünen Schlamm. Dann sind wir stark, ein ganzes Volk von Geistern aus dem Sumpf.«

Und alle stimmten in die Begeisterung ein und schrien: »Stärker als der Mond, der feige, faule, träge Mond.«
Doch da meldete sich ein kugelrunder Schlammbauch zu Wort und sagte: »Dem Mond können wir nichts antun, er lacht uns aus mit seinem gelben Bleichgesicht und zieht herauf, wann er es will. Ich muß das wissen, bin nicht auch ich kugelrund?«
Der spindeldürre Geist schnitt ihm das Wort ab. »Aber der Mond ist unser größter Feind. Er löscht mit seinem Licht unsere Lebenslichter aus. Wir müssen ihn zu fassen kriegen.«
»Aber auch die Menschen sollen die Strafe zu spüren bekommen«, schmatzte die erste Hexe. »Was ist das für ein dummes Gesindel, das den Mond verehrt und – ihr mögt es glauben oder nicht – sogar in seinem Licht spazierengeht?«
»Ja, verflucht sollen sie sein«, fügte die zweite Hexe hinzu. »Sie sollen es bereuen, daß sie den Mond besingen. Wer froh ist, daß er leuchtet, macht uns das Leben schwer.«
»Und wenn wir den Mond gepackt haben, wenn wir ihm die Augen ausgerissen haben«, sagte die dritte Hexe, »dann wird kein Mensch lebend aus dem Sumpfwald herauskommen. Packt ihn, grapscht ihn, zwickt ihn, zwackt ihn!«
Und die Sumpfgeister schrien durcheinander, sie hüpften von einer Stelle zur anderen, zerrten sich an den Armen und stießen sich in die Seiten. Dann faßten sie sich an den Händen und tanzten, ein Sumpfgeist und eine Sumpfhexe nebeneinander, im Kreis herum. Sie hoben die Beine, sie patschten und stampften auf den Boden, so daß der Schlamm ihnen aus den Haaren spritzte und herabklatschte. Und sie sangen leiernd und sich gegenseitig anfeuernd: »Stick und stack, immer dicker, brauner Schlicker, Schlamm auf Hände und Gesicht, dann sieht man uns nicht. Bald kommt die mondlos dunkle Nacht, die den Geistern zugedacht, da wachen wir auf, da tanzen wir zuhauf und locken die Leute, sie werden zur Beute dem schwappenden Grund. Wir stopfen ihnen den Mund mit stinkendem Sud, wir, die nächtliche Brut.«
Die Sumpfgeister sangen so laut, daß die Worte von den Wänden widerhallten und sogar ins Freie drangen und bis ins Dorf zu vernehmen waren. Als hätte die Anstrengung sie vollkommen erschöpft, fielen die Geister nach ihrem Gesang auf den Boden und schliefen ein, weil sie ja

neue Kraft für die nächste mondlose Nacht schöpfen wollten. Und da langsam der Tag begann, mußten sie sowieso schweigen und dem hellen Licht der Sonne die Stunden überlassen.
Nicht nur draußen im Sumpfwald wurde es Tag, sondern auch im Dorf. Dort kamen die Menschen verschlafen aus den Häusern und erzählten sich, daß sie kaum ein Auge zugetan hätten, weil das Toben der Sumpfgeister durch alle Türen und Fenster gedrungen sei. Ratlos standen sie beisammen und begaben sich dann müde an ihre Arbeit. Im Wirtshaus stolperte der Wirt verschlafen aus dem Bett und kam über die Treppe herunter in die Wirtsstube. Dort kehrte die Wirtin den Boden und empfing ihren Mann gleich mit einem Auftrag.
»Komm, beeil dich!« rief sie ihm entgegen. »Siehst du nicht, daß ich hier Ordnung mache? Längst sollte ich Feuer im Herd gemacht haben. Aber es ist keine Holzkohle mehr in der Küche. Du mußt einen Korb voll holen.«
Der Mann reckte sich, rieb sich die Augen und brummte ungehalten vor sich hin: »Hm, was? Was willst du?«
Und er stand im Nachthemd mitten in der Gaststube und schien sich zu fragen, wo er überhaupt sei. Die Frau trat auf ihn zu, hatte mit den Händen den Besenstiel gepackt und erhob ihre Stimme, so daß der Wirt geradezu erschrak.
Sie sagte: »Mann, wach auf! Schläfst du noch? Ich sagte: Ich brauche Holzkohle. Soll ich denn alles allein tun? Was sollen wir den Gästen vorsetzen, wenn nichts gekocht werden kann? Holzkohle brauche ich, hörst du? Ich muß Feuer anmachen.«
Aber der Wirt schüttelte den Kopf und sagte ruhig: »Da mußt du warten.«
»Worauf denn?« fragte die Wirtin ungeduldig. »Daß du sie aus dem Schuppen holst? Bist du zu faul dazu, oder hat die Nacht dir das Hirn durcheinandergebracht?«
»Im Schuppen ist keine Holzkohle mehr. Gestern habe ich den letzten Korb voll geholt. Heute vormittag kommt doch der Köhler ins Dorf. Der wird genug Holzkohle bringen.«
Die Wirtin drehte sich um und schimpfte vor sich hin. »Na, hoffentlich kommt er nicht zu spät«, sagte sie, »sonst bekommt heute keiner etwas zu essen.«

Und wütend fuhr sie mit dem Besen unter die Tische und Stühle, obgleich dort kein Stäubchen Schmutz mehr zu sehen war, weil sie doch vorher alles sorgfältig ausgekehrt hatte.
Jenseits des Sumpfwaldes lebte der Köhler und ging seinem Handwerk nach. Er brannte Holzkohle und lieferte sie ins Dorf. Die Kohle tat er in einen großen Sack, und da Holzkohle nicht sonderlich schwer ist, konnte er eine Menge tragen. Seine Frau half ihm beim Einfüllen der Holzkohle und hielt den Sack auf, während der Köhler ihn vollschaufelte. Die Frau trug einen dunkelbraunen Rock und eine schwarze Bluse und war immer sehr besorgt um ihren Mann. Da sie keine Kinder hatten, blieb ihr viel Zeit, sich um das Haus zu kümmern, und manchmal war dem Köhler ihr besorgtes Mühen beinahe lästig, und er dachte sich: Ich bin doch längst erwachsen, warum nur meint sie, mir alles vorschreiben zu müssen? Und warum ist sie so ängstlich? Immer sieht sie überall Gefahren lauern und möchte mich vor ihnen bewahren. Ich weiß doch selbst, wo's langgeht. Aber da ihm seine Frau eine gute Frau zeit ihrer Ehe gewesen war, söhnte er sich immer wieder mit ihr aus und war zufrieden. Er hörte sich auch jetzt ihre Ratschläge nur mit halbem Ohr an und war mit seinen Gedanken schon ins Dorf vorausgeeilt, in dem er sich beim Wirt einen guten Schluck Bier und ein Kartenspielchen versprach. Denn so hatte er es immer gehalten, wenn er für die Holzkohle den Lohn ausbezahlt bekam. Ein Stündchen in der Wirtsstube half ihm über die Einsamkeit der Woche hinweg, wenn er immer nur Kohlen zu brennen hatte und sich nur mit seiner Frau unterhalten konnte.
Die Frau sagte zu ihm: »Lade dir nicht zuviel auf, der Weg ins Dorf ist beschwerlich. Er führt durch das struppige und schlüpfrige Gelände. Wie leicht kann man da ausrutschen. Wer erst einen Fuß im Schlamm hat, den zieht's bald ganz hinein.«
»Ach, liebe Frau«, seufzte der Köhler, »soll ich dreimal ins Dorf gehen? Da lade ich mir besser einmal viel auf. Kohlen für den Bäcker, den Bürgermeister und den Wirt. Da kommt was zusammen. Das weißt du doch.«
Die Frau gab sich zufrieden und antwortete ihm: »Gut, dann mach dich auf den Weg und sieh zu, daß du vor Einbruch der Nacht zurück bist.«

Der Köhler band den Sack zu und streichelte seiner Frau über den Arm.
»Frau, sei doch nicht so ängstlich!« sagte er. »Mir geschieht nichts. Ein ehrlicher Handwerker ist noch immer überall durchgekommen. Wenn's auch spät werden sollte heute, was verschlägt's? Wir haben doch Vollmond jetzt. Da finde ich jeden Weg. Du mußt dir keine Sorgen machen.«
Die Frau sah ihn lieb und zweifelnd an und sagte ihrem Mann zum Abschied: »Bitte, komm nicht zu spät zurück. Ich fürchte mich, wenn es dunkel wird und ich allein bin.«
Der Köhler lud sich den Sack auf die Schultern und sagte beinahe belustigt: »Schon gut, bin ich nicht jedesmal wohlbehalten zurückgekommen? Wer will mir armen Köhler etwas anhaben? Und vor meinem kohlenschwarzen Gesicht bekommen die, die mir begegnen, sowieso Hasenfüße.«
Und damit verließ er den Hof, auf dem der Kohlenmeiler stand. Er sah sich noch einmal um, winkte seiner Frau fröhlich zu und schritt entschlossen aus, denn er wollte bald im Dorf sein, wo die Leute, wie er wußte, wie jede Woche auf die Kohlen warteten, die er brachte. Der Weg führte den Köhler durch den Sumpfwald hinüber ins Dorf. Doch jetzt am Tag war alles friedlich. Der Wind wehte durch das Schilf und die fetten grünen Gräser am Boden. Durch das Kraut raschelten Vögel und Hasen. Enten flogen von den Tümpeln auf, als der Köhler vorbeikam. Die Sonne glitzerte auf den Flügeln der Libellen, und der Friede des Sonnentags schimmerte durch alle Blätter und schaukelte in den Spinnennetzen, die von Zweig zu Zweig gespannt waren. Der Köhler hätte Lust gehabt, sich neben dem Weg auszustrecken und in das Blau des Himmels hineinzuträumen, sich's unter einer Erle oder Birke bequem zu machen und zuzusehen, wie der Wind mit den Blättern spielte und die Spinnennetze so hin- und herbewegte, daß daraus die Tautropfen zu Boden fielen. Er hätte gern zugesehen, wie die Sonnenkringel auf dem undurchsichtigen Sumpfwasser tanzten und den Mücken, die darüber hinschwirrten, goldene Flügel zu geben schienen.
Aber der Köhler wußte, daß er sich sputen mußte, weil seine Kunden von ihm zur gewohnten Zeit die Holzkohlen erwarteten. Und so hielt er sich nicht lange beim Träumen auf, sondern schritt kräftig aus, um ins

Dorf zu gelangen. Und natürlich ließ ihn auch die Erwartung auf den guten Trunk im Wirtshaus und auf ein lustiges Kartenspiel nicht verweilen. Als er im Dorf ankam, betrat er das erste Haus, in dem der Bäcker wohnte, und ließ ein wenig Holzkohle da, und er ging weiter und verkaufte dem Bürgermeister Holzkohle, und er ging weiter und grüßte den Schneider und den Metzger, ehe er zum Wirtshaus kam, um dort die Holzkohle zu verkaufen, auf die die Wirtin schon lange gewartet hatte. Die Wirtin stand breitbeinig hinter dem Schanktisch und zapfte gerade ein schäumendes Bier in einen braunen Steinkrug, als der Köhler in die Wirtsstube stampfte und die Tür hinter sich zufallen ließ.

»Da bist du ja endlich«, sagte die Wirtin ein wenig barsch. »Und die Tür hättest du auch in die Hand nehmen können. Willst du, daß den anderen Gästen der Schluck wieder aus dem Hals hüpft, weil du sie so erschreckst?«

»Ach was, Frau Wirtin!« stieß der Köhler atemlos hervor. »Ich habe mich ein wenig verspätet und hatte heute eine besonders große Ladung zu schleppen. Auch der Bäcker und der Bürgermeister warteten auf die Holzkohlen. Und der Weg durchs Sumpfland ist recht beschwerlich, das wißt ihr doch alle.«

Und dabei schaute er in die Runde, sah die Männer aus dem Dorf an den Tischen sitzen und in die Bierkrüge starren. Sie waren noch müde von der letzten Sumpfgeisternacht, und das Bier machte sie noch müder und war ihnen schon in die Köpfe gestiegen. Ein Bauer hatte den Kopf auf den Ellbogen gelegt und schnarchte vor sich hin.

Die anderen aber nahmen die Worte des Köhlers beifällig auf, denn wenn einer vom Sumpfland sprach, wuchs jedem von ihnen der Zorn über die Sumpfgeister wie wild in den Kopf, und es war ihnen anzusehen, daß Wut und Verzweiflung sie am Wickel hielten. Der bärtige Mann fuhr sich mit der rechten Hand in den grauen Bart und raufte ihn. Der junge Bauer schlug mit einer Faust auf den Tisch, daß die Krüge hüpften.

Die Wirtin aber sagte: »Ja, ich weiß, glitschig ist der Weg auch am Tag, aber in der Nacht, da würde mich nicht mal ein guter Geist hinauslokken, und schon gar nicht einer von diesem Sumpfgesindel, das uns in der letzten Nacht wieder um den Schlaf gebracht hat. Leg den Kohlensack ab und setz dich zu den anderen an den Tisch. Ein frischer Trunk hat schon über manchen Ärger hinweggeholfen. Ich zapf' dir ein Bier. Oder bist du etwa nicht durstig?«

»Das will ich meinen«, sagte der Köhler fröhlich und freute sich auf den ersten langen Zug aus dem Bierkrug. »Durstig bin ich nach dem beschwerlichen Weg, das könnt ihr mir alle glauben.«

Und er setzte sich an den Tisch zu dem Bärtigen, zum Bauern, zu dem jungen Bauern und zum Schmied. Die hatten schon auf ihn gewartet, um wie jede Woche mit einem Kartenspiel die trüben Gedanken zu vertreiben. Aber bevor das Spielchen beginnen konnte, griff der Köhler nach dem Krug, den die Wirtin auf den Tisch stellte und der so vollgeschenkt war, daß der dicke, feste Schaum überschwappte.

»Ah, das tut aber gut!« sagte der Köhler, als er den Krug an den Mund setzte. »Und jetzt misch die Karten, Schmied, damit wir spielen können.«

Und sie spielten den ganzen Nachmittag lang, bis die Dämmerung in die Stube drang und man kaum noch die Hand des Nachbarn sehen konnte, die die Karten hielt. Und immer wieder mußte die Wirtin frisches Bier einschenken. Bald war die Unterhaltung verstummt, und man hörte nur das Aufklatschen der Karten auf dem Tisch oder die kurzen Bemerkungen, die einer der Spieler zwischen den Zähnen hervorstieß, wenn er einen guten Stich getan hatte oder wenn er sich darüber ärgerte, daß er wieder einmal schlechte Karten bekommen hatte.

Auch im Sumpfwald war es dunkel geworden, und kaum hatte der Abend den Tag verschluckt, da krochen die Sumpfgeister wieder aus ihrer Höhle hervor und begannen, angeführt von den Sumpfhexen, ihren tobenden Tanz, der Menschen und Tieren Schreck einjagte. Sie übertönten mit ihrem Geschrei die späten Lieder der Amseln, das Huschen des Fuchses durchs Unterholz und das Flügelschlagen der Wildente, die aus dem Schilf aufflog und sich über die Wiesen davonmachte.

Da erschien der Mond über den Wipfeln der höchsten Birken, und die Sumpfgeister mußten sich ins dumpfe Wasser ducken und die Gesichter im Schlamm verbergen. Der Mond stieg in dieser Nacht vom Himmel hernieder, weil er sich vorgenommen hatte, selbst einmal nach dem Rechten auf der Erde zu sehen und weil er wissen wollte, ob sich der Streit zwischen den Menschen und den Sumpfgeistern schlichten ließ.

So verließ der Mond den Himmel. Er zog die Kapuze seines Mantels tief ins Gesicht, so daß nur noch ein schwacher Schein auf die Erde und den Sumpfwald fiel. Und so krochen die Sumpfgeister ein wenig aus ihren Verstecken hervor. Sie erhoben die Köpfe und blickten erstaunt auf, als sich der vermummte Mond dem Sumpfwald näherte.
Die Geister flüsterten: »Das ist doch nicht möglich, das kann doch nicht sein, der Mond, der Mond, der geht heute nacht einen anderen Weg.«
Da räusperte sich der fette kleine Sumpfgeist und sagte: »Was will denn der Mond hier bei uns? Seht ihr nicht? Er kommt auf uns zu, er will, will in den Sumpf.«
»Still, still!« flüsterte der Spindeldürre. »Still, still, wenn er erst am großen Sumpfloch ist!«
»Jetzt müssen wir nicht mehr hinauf auf den Himmel«, kicherte die erste Hexe.
»Jetzt kommt er zu uns«, lachte die zweite Hexe.
»Jetzt kommt er in unsere Sumpf- und Schlumpfarme«, stimmte die dritte Hexe ein.
»Dann, dann greifen wir ihn«, rülpste der kugelrunde Schlammbauch.
»Duckt, gluckt, duckt, prost schluckt, duckt euch, damit er uns nicht sieht!«
Und der Mond stieg ganz auf die Erde herab und näherte sich langsam dem Sumpfwald. Er wiegte den runden Kopf sanft in den Schultern und sprach verwundert vor sich hin.
»Wie anders sieht die Welt hier unten aus«, sagte er. »Alles ist größer geworden. Wie der Sumpf riecht! Die Menschen werden sich wundern, daß ich heute nicht am Himmel stehe. Ich sollte mich doch beeilen. Ich gehe eine halbe Stunde später auf. Vielleicht merken sie es gar nicht, daß ich mich verspäten werde. Hm, bis jetzt ist's ja ganz ruhig hier. Es rührt sich nichts. Haben die Menschen also doch übertrieben mit ihren Klagen über die Sumpfgeister?« Und der Mond, dessen Füße tief in den weichen Grund sanken, kam an das große Sumpfloch. Und als er sich vorbeugte und seine schwarze Kapuze ihm so tief ins Gesicht sank, daß auch noch der schwache Lichtschein erlosch, der auf das Wasser fiel, stürzten die Sumpfgeister hervor und warfen sich über den Mond. Sie packten und zwackten ihn, sie piekten und stießen ihn, sie sprangen ihm

auf die Schultern und spritzten Schlamm über seinen Mantel. Die Hexen beugten sich zum Sumpf nieder und schöpften mit ihren Schlappmündern das dunkle Wasser. Dann hüpften sie auf den Mond zu und bespuckten ihn mit dem Wasser. Der kugelrunde Schlammbauch kullerte ins Wasser. Der Mond wurde immer tiefer in den Schlamm hineingedrückt, obgleich er sich verzweifelt gegen die Angriffe des Sumpfgesindels wehrte.

Da hörte man aus der Ferne die Stimme des Köhlers. Er machte sich mit einem Liedchen Mut, und ohne soviel Bier im Bauch hätte er sich in dieser stockdunklen Nacht wohl nicht in den Sumpfwald gewagt. Aber er wußte, daß er nach Hause zurückkehren mußte, wollte er nicht einen langen Streit mit seiner Frau riskieren, die sicher wieder seit Stunden auf ihn gewartet hatte. Sie würde ihn ausschelten, das wußte er, wenn sie schon an seinem Atem riechen würde, wie häufig er in den Krug geschaut hatte.

Als die Sumpfgeister den Köhler hörten, konnten sie es kaum glauben, daß ihnen diese Nacht noch einen zweiten Fang versprach. War's nicht schon ein unwahrscheinliches Hexenglück, den Mond in den Schlamm gedrückt zu haben? Und nun noch einer der Menschen! Diese Aussicht machte das Vergnügen vollständig. Und so stürzten sie sich auf den armen Köhler, der mit unsicheren Schritten durch den Sumpfwald stolperte.

»Hilfe, laßt mich los, ihr elenden Fratzen!« schrie er verzweifelt, als sie ihn packten und er die weichen, feuchten Hände auf seinem Leib spürte. »Hilfe, Hilfe!«

Aber was konnte er ausrichten gegen das schlabbrige, wabbelige Geschiebe und Gedränge um ihn, gegen die kalten, feuchten Finger und Mäuler, die vor ihm schnalzten und schnappten?

Und weil sie sich dem Köhler zugewandt hatten, ließen die Sumpfgeister dem Mond ein wenig Luft. Der Mond stöhnte und sagte beinahe verzweifelt zu sich:

»Er ist in Gefahr. Die Sumpfgeister werden ihn bestimmt verschlingen. Ich muß die Geister zurückhalten. Aber ich stecke fest im Sumpf. Könnte ich ihnen doch mein Licht entgegenwerfen, sie blenden und zurückdrängen in ihre Sumpfverstecke!«

Und der Mond schüttelte und streckte sich mit aller Kraft, die ihm ge-

blieben war. Er schüttelte den Kopf so lange, bis die Kapuze auf die Schultern zurückfiel und sich mit einem Schlag sein bleiches Licht über die Baumstümpfe und über die Wasserlöcher ergoß. Sogleich verstummten die Geister, ließen auch vom Köhler ab und verkrochen sich.
Der Köhler schöpfte Atem, richtete sich auf, wischte sich den Schlamm aus dem Gesicht und sagte stotternd: »Ach, da ist ... ist Licht ... wieder Licht. Gott sei Dank! Jetzt ... jetzt kann ich wieder den Weg sehen. Nichts als nach Hause! Was ist das bloß für eine schreckliche Gegend hier?«
Der Köhler schlotterte noch am ganzen Leib, die Angst vor den Sumpfgeistern war ihm in alle Glieder gefahren, und er stolperte am Mond vorbei und eilte nach Hause. So schnell er konnte, wollte er den Sumpfwald hinter sich lassen.
Der Mond atmete erleichtert auf und sagte: »Der ist gerettet. Den sollen die Geister nicht noch einmal kriegen.«
Aber immer noch steckte der Mond tief im Schlamm und konnte sich kaum bewegen. Ja, je mehr er sich bewegte, desto tiefer versank er im weichen Grund. Und als er sich mit großer Anstrengung wieder reckte und dann nach vorn beugte, fiel die Kapuze ganz über sein Gesicht, und wieder war es dunkel wie zuvor.
Im gleichen Augenblick jauchzten die Sumpfgeister vor Vergnügen auf, schlugen sich vor Freude auf die nackten Schenkel, kamen hervor, sprangen auf den Mond, faßten sich an den Händen und tanzten um den Wehrlosen.
Sie sangen im Chor: »Haltet ihn, haltet, bindet, umwindet ihn mit Dunkelheit, macht sein Grab bereit, haltet, bindet ihn, laßt ihn nicht mehr frei. Jetzt gehört die Nacht den Geistern, hei, den Geistern eins, zwei, drei.«
Das war ein Toben und glucksendes Lachen, das war ein Stampfen und Schlampfen, das war ein Drucksen und Schlucksen, das war ein Schmatzen mit Hexentatzen, das war ein Schwappen und Schlappen, ein Zetern und Schreien, ein Jubeln und Heulen, wie's der Wald noch nie gehört hatte.
Der Spindeldürre stimmte ein Lied an, die Hexen fielen mit ihren hohen und brüchigen Stimmen ein. Und schließlich sang die ganze Sumpfgeisterschar: »Wir graben ein den Mond, wir graben ein den Mond in unseren Sumpf. Deckt ihn zu, der gibt nun Ruh, komm her, du Schlumpf,

löscht ihn aus mit Stiel und Stumpf. Hinab mit ihm! Erstickt ihn gleich, versenkt ihn in das schlammige Reich. Ausgelöscht ist jetzt, hoho, sein Licht, der Stein auf ihm ein Grabgewicht. Begraben ist, begraben nun der Mond.«
Die Sumpfgeister stießen laut singend den Mond in die Tiefe eines Sumpflochs, wuchteten einen flachen Stein herbei und deckten das Loch zu. Auf die Platte legten sie noch einen Baumstumpf und schöpften mit den Händen Schlamm und Wasser über das Mondgrab. Sie schmatzten dabei mit den Mündern und konnten vor bösem Jubel nicht stillhalten. Sie mußten schreien und tanzen und ihren Sieg über den verhaßten Mond genießen. Sie tobten und feierten die ganze Nacht und schienen kein Ende finden zu können.
Auch im Dorf war in dieser Nacht das Geschrei der Sumpfgeister so laut wie nie zuvor zu vernehmen.
»Es ist«, sagte die alte Frau, »als hätten sie sich von einer Nacht auf die andere vermehrt.«
»Das muß ein ganzes Heer sein«, sagte der Bürgermeister.
»Mir graust«, schnaufte der Wirt, »wenn das so weitergeht.«
»Was heißt, wenn das so weitergeht?« fiel ihm der Bäcker ins Wort. »Geht es nicht schon lange genug?«
»Was willst du denn tun?« fragte der Wirt zögernd.
»Ich schließe mein Geschäft«, antwortete der Bäcker. »Ich packe meine Sachen zusammen, ich ziehe weg, ich kann's nicht mehr hören.«
Und er hielt sich die Ohren zu.
»Du willst alles zurücklassen?« fragte die Frau. »Und wer soll uns dann das Brot backen, wer die Brezeln und Kuchen?«
Wieder hatten sich die Leute auf dem Dorfplatz versammelt, um miteinander zu beratschlagen. Denn in dieser Nacht beschäftigte und ängstigte sie nicht nur das Geschrei der Sumpfgeister.
»Die Sumpfgeister sind wild wie nie zuvor«, sagte die Frau mit dem kleinen Kind. Sie hatte das Kind wieder in das große braune Tuch gehüllt und drückte es fest an sich.
»Ja«, meinte der bärtige Mann, »der Mond ist heute nicht aufgegangen.« Er sah sich in der Runde um und war davon überzeugt, jetzt das einzig richtige gesagt zu haben. Er stemmte die Hände in die Hüften und trat von einem Bein auf das andere.

Der Bauer sog nachdenklich an seiner Pfeife und stieß den Rauch dann bestimmt und selbstsicher aus. Er trat auf den Bärtigen zu und sagte: »Das kann nicht sein. Heute ist doch Vollmond. Ich, der Bauer, muß das doch wissen.« Herausfordernd schaute er den Bärtigen an. Was nicht sein kann, das ist auch nicht, dachte er.

»Ja!« rief die Frau dazwischen und legte das Kind auf die linke Seite. »Seht, der Himmel ist ganz klar, keine Wolke, kein Gewitter. Nur die ersten Sterne sind zu sehen. Wo ist der Mond, wo ist der Mond hingekommen?«

»Irgend etwas stimmt da nicht«, ereiferte sich der Wirt. »Das hat's noch nie gegeben, daß bei Vollmond der Himmel leergeblieben ist.«

»Dem Mond muß etwas zugestoßen sein!« rief der bärtige Mann.

»Was kann denn dem Mond passieren?« fragte der Bauer. »Meinst du, der Mond sei vom Himmel gefallen?«

Da begann die alte Frau zu lachen und wollte nicht mehr aufhören mit Lachen. Dazwischen hörte man die Schreie der Sumpfgeister aus dem Wald.

Jetzt ist sie verrückt geworden, dachte der Bürgermeister. Die Sumpfgeister haben ihren Verstand verwirrt. Sie lacht wie eine Irre. Jetzt muß etwas getan werden. Aber was sollen wir tun?

Und auch der Bürgermeister wußte nicht, was gegen das Lachen der alten Frau und gegen das Poltern der Sumpfgeister getan werden konnte. Wie sollte man auch etwas tun in einer Nacht, in der sogar der Mond fehlte, obgleich nicht eine Wolke am Nachthimmel stand?

In der Zwischenzeit war der Köhler nach Hause gerannt, hatte sich über Stock und Stein beinahe ein Bein gebrochen, so oft war er gestolpert, und kam atemlos vor seiner Hütte an, als die Mitternacht schon vorüber war. Ängstlich blickte er sich um. War ihm keiner der Sumpfgeister gefolgt? Gott sei Dank, sie waren zurückgeblieben. Erleichtert klopfte er an die Tür. Niemand rührte sich. Ist ja auch sehr spät geworden, dachte er. Vielleicht sollte ich mich hinter dem Haus auf die Strohballen legen, sagte er sich, hatte dann aber doch Angst, im Freien den Rest der Nacht zu verbringen, und schlug noch einmal kräftig mit den Fäusten gegen die Tür.

Nach ein paar Minuten hörte er von drinnen die ängstliche Stimme seiner Frau.

»Wer ist da?« fragte sie.
»Frau!« rief er. »Ich bin's, mach auf!«
Er hörte, wie die Frau den Riegel zurückschob und die Tür zunächst nur einen Spalt breit öffnete. Dann ließ sie ihn ein und begrüßte ihn auf der Türschwelle überrascht und mit leisem Vorwurf.
»Mann«, sagte sie, »du hast mich erschreckt. Ich habe lange auf dich gewartet. Warum kommst du so spät? Es ist mitten in der Nacht. Ich dachte, du würdest im Dorf übernachten und erst morgen kommen.«
Der Köhler umarmte seine Frau und schob sie in die Stube. Er war froh, die Tür hinter sich schließen zu können. Jetzt sind die Sumpfgeister endgültig ausgesperrt, dachte er. Er setzte sich erschöpft auf einen Stuhl und streckte beide Beine weit von sich.
»Willst du den Mantel nicht ausziehen?« fragte ihn die Frau. »Ach, Frau«, sagte der Köhler, »ich hatte ein böses Erlebnis. In der Dunkelheit haben mich die Sumpfgeister angefallen. Fast hätten sie mich in den Schlamm gedrückt. Ich hatte Angst, in dem faulen schwarzen Schlicker zu ersticken. Aber dann wurde es Gott sei Dank im Wald wieder heller, und die scheußlichen Wesen ließen ab von mir. Das Licht half mir, den Weg wieder zu finden.«
Die Frau stand vor ihm und wollte ihm nicht recht glauben. Was für Geschichten er wieder erfindet, dachte sie.
»Habe ich es dir nicht gleich gesagt?« antwortete sie. »Bleib nicht zu lange fort, mach dich bei Tag auf den Heimweg. Wenn du die Holzkohle verkauft hast, sollst du dich nicht noch irgendwo aufhalten. Wo hast du dich aufgehalten? Du warst doch wieder . . . Kannst du das Kartenspiel nicht lassen? Die Leute vom Dorf nehmen dir doch nur das sauerverdiente Geld wieder ab.
»Aber, aber«, sagte schnell der Köhler, »ich habe doch auch mal gewonnen.«
»Also«, rief die Frau, »du warst wieder im Wirtshaus! Ich dachte mir's doch. Und du willst mir Märchen von den Sumpfgeistern erzählen. Schämst du dich nicht? Ich sitze zu Hause und habe Angst um dich und weine mir beinahe das Herz aus dem Leib. Und du sitzt mit deinen Kumpanen im Wirtshaus, läßt dich vollaufen und verspielst unser Geld. Wie lange glaubst du denn, soll ich das noch mit ansehen?«

Die Frau lief heftig atmend durch die Stube, stützte sich auf den Tisch und blickte ihren Mann beinahe feindselig an. Der Köhler wußte nicht mehr, was er ihr antworten sollte. Die Geschichte mit den Sumpfgeistern will sie mir nicht glauben, dachte er. Dabei weiß sie doch, daß die Bösen im Sumpf hausen. Also, am besten ist's, wenn ich die Wahrheit sage.

»Ich war im Wirtshaus«, stammelte er kleinlaut. »Ich habe noch ein Gläschen getrunken. Da verging die Zeit, ohne daß ich's überhaupt bemerkte.«

»Ein, zwei, drei Gläschen!« rief die Frau. »Du hast nicht nur ein Gläschen getrunken, sondern hast dich vollaufen lassen mit Bier, ich habe es doch gerochen, als du ins Haus kamst. Und jetzt ist Schluß. Du gehst ins Bett und schläfst deinen Rausch aus. Wenn du morgen wieder munter bist, reden wir weiter. Und dann werden wir abrechnen. Jawohl, abrechnen, sage ich. Ich hoffe nur, daß du nicht den ganzen Erlös für die Holzkohlen im Wirtshaus gelassen hast.«

Und die Frau stieß den Köhler in die Seite. Der Mann stand ächzend auf und stapfte ins Schlafzimmer. Er vergaß, den Mantel auszuziehen, fiel erschöpft aufs Bett und schlief gleich ein. Im Traum aber erschienen ihm wieder die Sumpfgeister, und er wälzte sich unruhig von einer Seite auf die andere und jammerte im Schlaf so sehr, daß die Frau Mitleid mit ihm bekam und sich vornahm, ihn am nächsten Morgen doch nicht allzu heftig anzupacken.

Im Dorf waren die Leute ratlos, als auch in den nächsten Nächten der Mond nicht aufging, als die Sumpfgeister immer ausgelassener schrien und tobten, so daß man fürchten mußte, sie würden in der Dunkelheit das Dorf überfallen. Man schickte Boten aus, die überall fragen mußten: »Habt ihr den Mond gesehen?« Aber niemand wußte, wo der Mond geblieben war. Immer wieder bekamen die Boten die Antwort: »Auch wir wissen nicht, wo der Mond geblieben ist. Auch wir suchen ihn.«

Und die Frauen standen am Brunnen und wußten nicht, was sie ihren Männern raten sollten. Über das Dorf breitete sich eine unheimliche Angst aus. Der Mond war weggeblieben. Die Nächte wurden so leer, wie sie nie gewesen waren. Die Leute hatten das Gefühl, der Himmel sei nach oben hin aufgespalten und lasse eine schreckliche Kälte herabregnen. Die Angst hatte den Himmel aufgebrochen, und niemand wußte, wann sie zu Ende gehen würde. Die Frauen hatten Angst, und die Kinder und die Männer hatten Angst, auch der Bürgermeister hatte Angst. Und die Tiere fürchteten sich in den Ställen und auf der Weide. Am Tag wagte man sich nur noch flüsternd zu unterhalten. Und in der Nacht wollte niemand mehr sprechen. Man hielt sich die Ohren zu und kroch unter die Bettdecke.

Da erinnerte sich der bärtige Mann, daß über dem Hügel jenseits des Flusses eine weise alte Frau wohnte. In den letzten Jahren hatte sich niemand um die Frau gekümmert, die gelegentlich ins Dorf kam, um Kräuter und Salben zu verkaufen, und auch wilden Honig anbot, den sie im Wald aus versteckten Bienenstöcken gesammelt hatte. Es ging die Sage, die alte Frau kenne sich aus mit den geheimen Kräften der Kräuter, wisse Bescheid über die Bahnen der Sterne und könne jeden Vogellaut vom anderen unterscheiden. Freilich, niemand wollte mit der Frau zu tun haben, und man verbot den Kindern, mit ihr zu sprechen. »Ach, was will denn die alte Hexe im Dorf?« fragte schon mal einer, wenn die Alte, gestützt auf einen schwarzen Stock, über den Hügel herunter ins Dorf kam und am Wegrand plötzlich stehenblieb und mit einem Vogel zu reden begann, der in den Zweigen eines Baumes saß.

Der bärtige Mann also schlug dem Bürgermeister vor, nach der alten Frau zu schicken und sie zu fragen, ob sie helfen wolle, den Mond zu finden.

»Ich gehe mit«, sagte der Bärtige.

»Und ich nehme einen Korb mit frischen Eiern mit«, sagte der Bauer, ohne zu zögern.

»Gut, dann gehen wir gleich los«, meinte der Bärtige. »Wir haben keine Zeit zu verlieren. Wenn nichts geschieht, versinkt das ganze Dorf in Trübsinn, und man kann darauf warten, bis sich der erste vor Verzweiflung in den Fluß stürzt.«

So brachen der Bärtige und der Bauer in der Frühe auf und gingen über die Feldwege hin zum Hügel und über den Hügel hinweg zur Hütte der weisen alten Frau, die versteckt an einem Tümpel lag.

Als sie vor dem Haus ankamen, sahen sie die Frau vor der Hütte auf der Bank sitzen und den Himmel betrachten. Die Frau schien sie nicht zu bemerken. Sie murmelte leise vor sich hin und hatte die Hände im

Schoß verschränkt. Die Augen waren nicht geschlossen, aber das ganze Gesicht war wie versperrt für jeden Fremden, der ohne Erlaubnis vor die alte Frau trat. Die beiden Männer blieben stehen und sahen sich erschrocken an. Die Frau schien andere Stimmen als sie zu hören, und ihre verschleierten Augen schienen durch die Bäume und Felsen hindurch in eine andere Welt zu blicken. Die Männer hörten sich selbst plötzlich atmen, und der Bärtige griff sich ans Herz, so laut schlug es ihm zum Hals herauf. Dann wandte die Frau sich ihnen zu und nickte freundlich mit dem Kopf.

»Kommt doch näher!« sagte die alte Frau. »Warum sucht ihr mich auf? Ich danke euch, daß ihr mich nicht gestört habt.«

»Wir suchen den Mond«, sagte der Bauer und stellte das Körbchen mit den frischen Eiern auf den Boden vor die Frau. »Da, ich habe Euch frische Eier mitgebracht.«

»Ihr sucht den Mond, ja, den Mond müßt ihr wohl suchen«, sagte die Frau, als hätte sie nicht zugehört.

»Weise Frau«, sagte der Bärtige. »Es muß etwas geschehen. Auch der Bürgermeister meint, es müsse etwas geschehen. Schaut bitte in Eure Zauberkugel oder nehmt den Zauberspiegel. Man . . . man sagt, Ihr hättet eine Zauberkugel und einen Zauberspiegel. Und wenn Ihr in den Spiegel . . . wenn Ihr in die Kugel hineinschaut, wißt Ihr, was andere nicht wissen.«

»So, das sagt man«, murmelte die Frau. »Was die Leute nicht alles sagen.«

»Ja«, meinte der Bärtige, »dann könnt Ihr auch sehen, wo der Mond geblieben ist, wo er zu finden ist.«

»Ich habe längst nachgesehen, gestern schon, vorgestern«, sagte die alte weise Frau. »Ich habe nachgesehen und nachgedacht, ehe ihr mich gefragt habt. Aber ich konnte nichts entdecken. Die Kugel und der Spiegel blieben dunkel. Ich sah schwache Zeichen, ja, seltsame Linien. Aber ich kann den Sinn dieser Zeichen nicht deuten.«

Da zogen die beiden Männer traurig wieder ab und kehrten in das Dorf zurück.

Als sie zum Rande des Dorfes kamen, begegneten sie dem Köhler, der einen schweren Kohlensack geschultert hatte und langsam dahinging, und sie kamen zusammen zum Wirtshaus. Der Bärtige öffnete die Tür zur Wirtsstube und ließ den Köhler und den Bauern eintreten. Am Tisch saß der Bürgermeister. Der Köhler stellte seinen Sack neben den Schanktisch und setzte sich zum Bürgermeister. Der Bärtige und der Bauer blieben vor dem Tisch stehen.

»Nun?« fragte der Bürgermeister. »Konnte die weise Frau uns einen Rat geben?«

»Nein«, sagte der Bauer niedergeschlagen, »auch sie ist ratlos. Der Spiegel und die Kugel blieben blind.«

»Dann«, sagte der Wirt, der an den Tisch herantrat, »ist unsere letzte Hoffnung dahin. Wer soll den Mond finden, wenn selbst die weise Frau nicht weiß, wo er sich verborgen hält?«

Da horchte der Köhler auf und fragte: »Was höre ich, ihr sucht den Mond?«

Und er blickte sich erstaunt um, während ihn die anderen Gäste anstarrten und sich wunderten, daß es auf der Welt noch einen gab, der nichts wußte von dem großen Unglück, das sie alle getroffen hatte.

»Hast du oben in deiner Hütte nicht gehört«, sagte der Bürgermeister, »daß seit einigen Tagen der Mond spurlos verschwunden ist und daß die Sumpfgeister in den dunklen Nächten immer wilder und frecher werden?«

Der Köhler stand auf, stützte die Hände auf den Tisch und sagte so laut, daß alle in der Wirtsstube es hören konnten:

»Halt, da fällt mir etwas ein! Sollte . . . sollte das etwa der Mond gewesen sein, der . . .?«

Der Bürgermeister, der Wirt, der Bärtige, der Bauer und die anderen, die im Kreis herumsaßen, starrten den Köhler an. Und man hörte sie rufen und fragen: »Was? Was weißt du? Sag schnell! Köhler, sag!«

Gespannte Unruhe hatte sich ausgebreitet, und alle hatten die Köpfe gehoben, als der Köhler stolz zu sprechen begann. Der Köhler war stolz, weil nun alle auf seine Worte warteten. Sie wollten etwas von ihm wissen, von ihm, den sie sonst nicht sonderlich beachtet hatten, von ihm, dem armen Köhler aus dem Wald, dem sie gern sein Geld beim Kartenspiel abnahmen, aber mit dem sie nicht sonderlich viel zu schaffen haben mochten. Das Köhlerhandwerk, ein schmutzig Geschäft, war doch nicht zu vergleichen mit dem Schneiderhandwerk, mit der Arbeit des Bäckers oder des Schreiners.

»Als ich das letzte Mal spätabends durch den Wald zu meiner Hütte wollte«, begann der Köhler und wog jedes Wort sorgfältig ab, »da überfielen mich die Sumpfgeister und hätten mich fast im Schlamm erstickt.«
»Dich – dich haben die Sumpfgeister gepackt?« fragten ihn Stimmen von allen Seiten. »Du warst bei den Sumpfgeistern? Du hast dich nicht gefürchtet?«
Der Köhler hob den rechten Arm. Er wollte nicht gestört werden. Er spürte, daß alle wissen wollten, was ihm geschehen war. »Plötzlich«, so fuhr er fort, »leuchtete es ganz stark in meiner Nähe, und die Geister verschwanden, und ich war gerettet. Ob das Licht im Wald vom Mond kam? Es könnte sein. Ja, es war sicher der Mond, der mir das Leben rettete. Der Mond war im Sumpfwald.«
»Dann«, sagte der Bürgermeister rasch, »wollen wir noch einmal zur weisen Frau schicken und ihr erzählen, was der Köhler erlebt hat. Jetzt wird sie uns helfen können.«
Und der Bärtige ging zusammen mit den Bauern und dem Köhler zur weisen Frau. Wieder empfing sie die Frau freundlich und ließ sich die Geschichte des Köhlers in allen Einzelheiten berichten.
Die weise Frau blickte noch einmal in die Zauberkugel und sagte zu ihnen: »Noch ist die Kugel nicht hell genug. Aber nun kann ich euch einen Rat geben. Sucht selbst nach unserem Mond. Geht nach Sonnenuntergang in den Wald, nehmt jeder eine Weidenrute in die Hand und sucht so lange, bis ihr einen Stein findet, auf dem ein Baumstumpf liegt. In seiner Nähe müßte der Mond sein. Aber ihr dürft kein Wort sprechen. Wenn ihr in den Wald geht und wenn ihr den Stein gefunden habt, schlagt mit den Ruten auf den Sumpfboden, damit die Geister vor Furcht in ihren Verstecken bleiben oder sich in ihre Höhlen zurückziehen. Ihr selbst dürft euch nicht fürchten. Dann könnt ihr den Mond befreien. Laßt ihn wieder aufgehen über unserem Land, damit er auf jedes Haus und jeden Wald und jeden Weg hell scheine und niemand sich fürchten muß. Und wenn ihr ihn befreit habt, soll er das dumpfe Licht der Geister auslöschen, damit sie sich nie wieder hervorwagen.«
Das sagte die alte weise Frau, dann sagte sie kein Wort mehr, und die drei Männer gingen zurück ins Dorf und berichteten alles, was die Frau gesagt hatte, dem Bürgermeister und den anderen Leuten.

Am Abend, als es dunkel wurde, machten sich die drei Männer auf. Sie hatten sich Weidenruten geschnitten und gingen nebeneinander auf den Sumpfwald zu. Schon von weitem hörten sie das Geschrei der Sumpfgeister, ließen sich aber nicht einschüchtern, sondern taten, wie ihnen die weise Frau geheißen hatte, und schlugen mit den Ruten auf den Boden, daß es nur so klatschte. Da wurden die kreischenden Stimmen der Geister leiser und verklangen beinahe ganz, als die drei Männer immer heftiger und tiefer in den Sumpfwald eindrangen. Sie stapften an schwarz drohenden Bäumen vorbei, umgingen ein gefährlich tiefes Wasserloch, drangen durch Büsche und Strauchwerk und standen endlich vor dem Stein, den die Sumpfgeister über den im Schlamm eingesunkenen Mond geschoben hatten.

Die Männer sahen den Stein und dem Baumstumpf und wußten: Dies ist der Ort, an dem der Mond verschwunden sein muß. Und der Köhler erinnerte sich daran, daß ihn hier in der Nähe die Sumpfgeister gepeinigt hatten, und sagte:

»Da ist der Stein. Wir müssen ihn wegschieben. Bärtiger, hilf mir! Und du, Bauer: Schlag mit allen drei Ruten auf den Boden, damit wir die Sumpfgeister im Zaum halten.«

Und der Köhler und der Bauer beugten sich nieder und stießen und schoben den schweren Stein zur Seite. Erst ein winziges Stückchen, dann noch ein Stückchen. Und kaum hatten sie den Stein ein wenig zur Seite gezwungen, ihn mit aller Kraft wegbewegt, da begann in der Tiefe des Sumpfes ein mildes Leuchten, das den ganzen Wald zu verzaubern schien.

Der Köhler und der Bauer schoben den Stein ganz zur Seite, und sogleich stieg der Mond hell herauf, sein Licht schien sie zu blenden; sie waren sprachlos vor Freude und Erstaunen. Sie sahen, wie der Mond vor ihren Augen in den Himmel stieg und mild das Land überflutete. Kein Geisterlaut war mehr zu vernehmen. Der Friede des Mondlichts lag über der Welt. Und der Köhler und der Bärtige und der Bauer wußten, daß auch drüben im Dorf die Leute sich freuten, daß noch heute nacht ein Fest beginnen würde, bei dem die Menschen sich vor Freude über den wiedergewonnenen Mond in die Arme fallen würden.

Und der Köhler wußte, daß nun die Macht der Sumpfgeister gebrochen war und daß sich niemand in der Nacht mehr fürchten mußte.

Freund Elend und der arme Bauer

Nach einem russischen Märchenmotiv

Im alten Rußland lebte vor vielen Jahren in einem Dorf hinter den undurchdringlichen Wäldern ein Bauer mit seiner Frau und den Kindern in bitterer Armut. Die Ernten waren schlecht, und das Stück Land, das ihnen gehörte, reichte nicht aus, die vier Menschen satt zu machen.
Wieder einmal saßen der Bauer und die Bäuerin in der kleinen Stube und spürten das ganze Elend, das sie getroffen hatte. Der Bauer hatte ein Stück Holz zwischen die Knie geklemmt und schnitzte mißmutig und mit hängendem Kopf an dem Klotz herum. Er wollte mit seiner Frau nicht mehr über ihre Not reden und hoffte, sie würde heute den Mund halten. Was half es denn, über das Elend zu reden, drehten sich doch alle Worte nur im Kreise herum, und am Ende konnte man nur feststellen, daß es keinen Ausweg gab. Die Bäuerin aber war eine Frau, die ihr Herz auf der Zunge trug und überall, wo sich eine Gelegenheit bot, schnell und schlagfertig mit ihrer Meinung zur Hand war. Wer nicht redet, erstickt, dachte sie immer und glaubte auch, daß einmal der rettende Einfall kommen müßte, wenn man nur genug gedacht und geredet hätte. Und sie litt darunter, daß ihr Mann nicht des gleichen Sinnes war wie sie, sondern sich in dumpfem Erdulden in sein Schicksal fügte und die schwere Zeit fast ohne Murren ertrug. Mit Dulden und Trägheit ist noch niemand aus dem Elend herausgekommen, dachte sie und wollte nicht aufhören, sich zu beklagen und nach einem Ausweg zu suchen.
So lief sie unruhig in der Stube umher, schlug die Hände zusammen, ging zum Fenster, blickte in den grauen Tag hinaus, kehrte zum Tisch zurück, auf dem eine leere Schüssel stand, und sagte vorwurfsvoll zu ihrem Mann: »Anderswo könnte man vielleicht die vom Tisch gefallenen Brotkrumen zusammenfegen und den Kindern daraus eine Suppe ko-

chen. Aber hier gibt es nicht einmal ein Körnchen, kein Stäubchen Brot. Mann, hörst du eigentlich zu?«
»Hör dich schon«, murmelte der Mann, ohne aufzublicken. »Ich hör dich jeden Tag. Jeden Tag das gleiche Lied.«
»Soll ich vielleicht fröhlich sein«, brauste da die Frau auf, »wenn's nichts zu beißen und zu kochen gibt? Fröhlich, ja, fröhlich kann man nur sein, wenn einem die Sorgen nicht die Kehle zuschnüren, so daß kein Lachen mehr herauskommt.«
Da stand der arme Bauer auf, legte den Holzklotz zur Seite und ging zur Frau. Er sah sie mitleidig an und sagte mit kaum hörbarer Stimme: »Frau, was soll ich denn machen? Es gibt nun einmal keine Arbeit für mich. Der eigene Grund und Boden ernährt uns nicht, und weder der Schreiner noch der Schmied brauchen einen Gehilfen. Dabei habe ich mein ganzes Leben lang geschuftet, bis mir der Rücken krumm geworden ist. Nein, Frau, mir gibt keiner mehr Arbeit. Du weißt doch, wie's um uns steht.«
Die Frau, die gerade antworten wollte, hielt erschrocken inne, weil die Tür heftig aufgestoßen wurde. Der kleine Sohn der Bauersleute zerrte einen anderen Jungen, der sich wild strampelnd wehrte, in die Stube. Er hatte ihn an der Schulter gepackt. Sein Gesicht war rot vor Zorn, und die struppigen Haare standen ihm vom Kopf ab.
»Papa, Papa!« rief er, kaum daß er im Zimmer stand. »Er hat mich ausgelacht, hat gesagt, wir seien Faulpelze, Taugenichtse.«
Die Augen des Jungen, der sich recht unwohl fühlte, als er so in das Haus des Bauern gezerrt wurde, blitzten vor Angst und Wut, als er herausstieß: »Au, au, laß mich los! Ich . . . ich werd's meinem Vater sagen. Und dann . . .«
Aber die harten Fäuste des Bauernjungen ließen ihn nicht los, sondern zwangen ihn beinahe in die Knie.
»Dann . . . dann, Papa, hab ich ihn gepackt . . .«
»Er hat mich geschlagen!« rief der Junge. »Aber ich werd's meinem Vater sagen. Er soll euch kein Mehl und keine Kleider, nichts, nichts mehr verkaufen, wenn ihr nicht bezahlen könnt.« Der Bauer hatte dem Streit ruhig zugesehen und sagte dann müde: »Laß ihn los, Aljoscha, wir . . . du weißt doch . . .«
Und er zuckte mit den Schultern, als wollte er hinzufügen: ›Schau, wir

sind ja abhängig vom Kaufmann im Dorf, wenn er uns wirklich nichts auf Kredit gibt, was sollen wir dann tun?‹

Aljoscha aber wollte keine Ruhe geben und protestierte: »Aber er hat über uns . . . uns geschimpft . . .«

Da kam die Bäuerin ihrem Sohn zu Hilfe und stellte sich drohend neben den Jungen des Kaufmanns. Böse fragte sie: »Soll uns denn jeder ins Gesicht spucken dürfen? Am besten wär's, wenn auch ich ihm eine kräftige auf den Hintern verpassen würde.«

Die Bäuerin bückte sich zu dem Jungen des Kaufmanns hinunter, packte ihn mit beiden Händen an den Schultern und blies die Backen richtig auf, so sehr ärgerte sie sich darüber, daß ihr Aljoscha und die ganze Familie beschimpft worden waren, so als sei der Besitz von Geld oder der schäbige Reichtum des Kaufmanns etwas, womit man angeben könnte.

Doch der arme Bauer wußte, daß weiteres Drohen nicht helfen konnte, und sagte entschlossen: »Laß, Frau, laß ihn . . .« Und zu dem Jungen des Kaufmanns sagte er: »Und du, lauf heim zu deinem Vater und sag ihm: In der nächsten Woche werden wir nur die Kartoffeln essen, die wir vom eigenen Feld haben. Ich will und ich werde seinen Laden nicht mehr betreten.«

Aljoscha hatte den Jungen des Kaufmanns losgelassen und blickte seinen Vater enttäuscht an. Er hätte den Kaufmannsjungen gern richtig verhauen. Aber wenn der Vater meinte, wenn der Vater . . . ja, warum war der Vater nur so sanft? dachte Aljoscha. Ja, wenn der Vater befahl, dann mußte er den Jungen des Kaufmanns wohl freilassen.

Und der Junge des Kaufmanns war froh, nichts weiter befürchten zu müssen, und rannte aus dem Haus des Bauern, so schnell er konnte. Welch ein Hasenfuß, dachte Aljoscha und sah seine Mutter an.

Die Bäuerin sagte zum Bauern: »Du bist zu nachgiebig, Mann, du läßt alles einfach geschehen und wehrst dich nicht.«

»Frau«, sagte der arme Bauer, »soll ich zum Raubvogel werden wie die anderen? Betrüger, Ehrabschneider? Irgendwann muß sich doch auch unser Tag zum Besseren wenden.«

Noch ehe die Frau ihm etwas erwidern konnte, rannte die Tochter ins Zimmer, blickte Vater, Mutter und Bruder an und rief: »Ich habe Hunger, so großen Hunger!« Und sie deutete auf ihren Bauch und fügte

hinzu: »So groß wie mein ganzer Bauch ist mein Hunger.« Sie blickte zum Ofen und sah, daß auf ihm nicht einmal der Wassertopf stand. Zögernd fragte sie: »Du hast nichts gekocht?«
Die Mutter streichelte über den Rücken des Mädchens und sagte traurig: »Nichts in der Küche, nichts in der Kammer. Was soll ich denn kochen?«
Sie nahm eine Kartoffel aus der Schüssel, die auf dem Fensterbrett stand, und sagte zu dem Mädchen: »Da, nimm die kalte Kartoffel. Iß Kind, iß, mehr gibt's nicht, und dein Vater hat gerade gesagt, wir würden in der nächsten Zeit nur noch Kartoffeln essen.«
Das Mädchen schüttelte den Kopf: »Nur eine Kartoffel?«
»Iß, und sei froh«, mischte sich der Bauer ein. »Solange wir noch Kartoffeln haben, müssen wir nicht verhungern.«
»Und dann, Papa?« fragte das Mädchen.
»Ich weiß es nicht«, sagte betroffen der Bauer und wollte in den Hof hinausgehen.
»Doch, du mußt es wissen«, sagte die Frau und versperrte ihm den Weg. »Du mußt dich endlich anstrengen, etwas tun.«
Der arme Bauer schüttelte den Kopf und schien sich über soviel Unverständnis seiner Frau zu wundern.
»Soll ich vielleicht zum Betteln gehen?« fragte er sie verzweifelt. Die Frau überlegte nicht lange, sondern erklärte: »Geh zu deinem Bruder, frag ihn, bitte ihn um Hilfe. Hat er sich nicht das prächtige Haus in der Stadt gekauft? Lebt er nicht in Reichtum und mit Vergnügen?«
»Ja, weil er ein Handelsmann geworden ist«, antwortete der arme Bauer, »weil er es versteht, auch schlechte Ware an andere zu verkaufen.«
»Wenn er soviel hat, wird es auch genug für uns sein«, meinte die Frau.
»Ich soll also bei ihm betteln?« fragte der Bauer entrüstet.
»Ach, Mann«, fügte die Frau rasch hinzu, »du mußt ja nicht unbedingt betteln. Frag ihn, ob er Arbeit hat.«
Was blieb dem armen Bauern anderes übrig, als auf den Vorschlag seiner Frau einzugehen? Er tat ein paar Schritte nach vorn und zwei Schritte zurück, kratzte sich am Hals und meinte dann wenig überzeugt:
»Auch wenn's mir keinen Spaß macht, gut, Frau, dann gehe ich eben.

Vielleicht hast du recht, wozu habe ich einen Bruder, der reich geworden ist?«
Und noch am gleichen Tag badete sich der arme Bauer, suchte ein frisch geflicktes Hemd und seine beste Hose heraus und machte sich auf den Weg in die Stadt. Weil er wenigstens drei Stunden zu laufen hatte, steckte ihm die Bäuerin drei kalte Kartoffeln in die Tasche und sagte: »Wenn du müde geworden bist, setz dich am Bach nieder, ruh dich ein wenig aus, dann schöpf das klare Wasser mit der Hand und erfrisch dich. Ich weiß, du wirst weder nach Wein noch nach Bier oder nach Braten verlangen. Das Wasser wird dir schmecken wie der beste Wein, und wenn du in die schöne mehlige Kartoffel beißt, stell dir vor, du würdest mit uns an einem gedeckten Tisch sitzen. Und glaub daran, daß dir dein Bruder helfen kann. Ich habe seit ein paar Stunden ein starkes rheumatisches Reißen im rechten Bein, das sagt mir, daß du bei ihm ein offenes Ohr finden wirst.«
In der Stadt aber saß der reiche Bauer, der ein reicher und angesehender Kaufmann geworden war, in der guten Stube seines prächtigen, am Fluß gelegenen Hauses, das mit zwanzig Fenstern und drei Türen stolz auf die Straße blickte und vor dem mancher arme Kerl im Vorbeigehen eine Verbeugung machte oder sich gar bekreuzigte, so mächtig war der Eindruck, der von diesem Haus ausging. Meistens waren die Fenster geschlossen, und auch die seidenen, mit Blumen durchwirkten Vorhänge waren zugezogen. Doch wenn die Wagen mit dem frischen Gemüse und den fetten, saftigen Fleischstücken für die Küche vorfuhren und vom Koch eine Tür geöffnet wurde, konnte man einen Blick ins Innere tun und sah, daß ein schwerer dunkelblauer Teppich über die Stufen gelegt war, die zu den Zimmern hinaufführten, in denen der Kaufmann seine Tage mit dem Zusammenzählen der Einnahmen oder dem Befehlverteilen an seine Untergebenen verbrachte.
An diesem Tag stand er vor einem Pult, auf dem ein großes weißes Blatt mit vielen Spalten lag.
»Zehn Sack Weizen für Fedor«, sagte der reiche Kaufmann zu einem seiner Diener, der neben ihm stand. »Zehn, meinst du? Nein, nimm fünfzehn mit und sag dem Fedor, so käme er billiger weg, denn so spare er die Kosten für eine zweite Lieferung. Zehn Sack seien zu wenig für seinen großen Haushalt.«

»Wie Ihr sagt, Herr, fünfzehn Sack«, meinte der Diener. »Und der Preis?«
Der Kaufmann besann sich nicht lange und befahl: »Macht hundertfünfzig Rubel, das sagst du dem Fedor, und fünf weniger mag er zahlen, wenn er die fünfzehn Sack nimmt. Das sagst du dem Fedor. Du verstehst doch?«
Wie immer wunderte sich der Diener über seinen Herrn. Ja, so macht man Geschäfte, dachte er. Und ich bin nur dazu da, die Anweisungen des Herrn zu überbringen. Aber es stand ihm nicht zu, die Anweisungen seines Herrn zu kritisieren, auch wenn er wußte, daß Fedor gut und genug mit nur zehn Sack Weizen über die nächsten Wochen käme.
Und so fügte er nur kurz und unterwürfig hinzu: »Verstehe, Herr.« Und er ging zur Tür und machte sich daran, das auszuführen, was ihm der Kaufmann aufgetragen hatte.
Der Kaufmann wandte sich, ohne von dem Blatt aufzusehen, auf das er die Anzahl der verkauften Säcke eingetragen hatte, dem zweiten Diener zu, der ebenfalls darauf wartete, seine Befehle auszuführen.
»Vierzehn Ballen Stoff, gut, gut, und zwei Felle«, sagte er mit genauer Betonung und biß auf den Bleistift. »Soll er haben, soll er haben. Väterchen Iwanow, da wirst du wieder ein paar Rubelchen für meine Kasse springen lassen müssen.«
»Ich soll morgen liefern«, unterbrach ihn der Diener. Der Kaufmann fuhr auf, fühlte sich in seinen Überlegungen gestört und rief: »Fahr heute, fahr gleich! Morgen gibt's andere Kunden. Mein Tee, wo bleibt mein Tee? Heiß sage ich, heiß! Herr Timofei wünscht heißen Tee mit viel braunem Zucker drin. Heiß und süß, so will ich's haben!«
Auf diesen lauten Befehl ihres Herren hin schien die Magd ins Zimmer zu stürzen. Der Kaufmann Timofei sah sie und fragte: »Bringst du den Tee? Den heißen, den süßen?«
»Nein, nicht den Tee«, stotterte die Magd. Aber draußen, Herr, draußen steht ein Mann in abgetragenen Kleidern und mit einem ausgehungerten Gesicht. Er will unbedingt vorgelassen werden.« Der Kaufmann ärgerte sich, daß er bei seinen geschäftlichen Überlegungen gestört wurde und daß man ihm nicht einmal eine Tasse Tee brachte.
»Ich will volle Backen und dicke Bäuche um mich haben«, herrschte er die Magd an, die gleich einen Schritt zurückwich und beinahe eine

kostbare Vase umgestoßen hätte. »Ich will«, so schnaufte er unbeherrscht, »dicke Bäuche um mich haben. Bäuche, ja, Bäuche, die bezahlen. Nicht dürres, ausgehungertes Gesindel.«

»Herr, der Mann sagt«, meinte die Magd ganz verschüchtert, »der Mann sagt, er sei Euer Bruder.«

Erstaunt verzog der reiche Kaufmann den Mund, stützte den Arm auf das Pult und sprach mehr zu sich als zu der Magd und dem Diener: »Mein Bruder? Er ist in der Stadt? Was will er bei mir? Wenn er so aussieht, wie du sagst, bringt er ja das ganze Haus in Verruf. Aber er hat's ja nie zu was gebracht. War mir immer klar. Dann wird's das beste sein, wenn du ihn hereinrufst. Vielleicht braucht er eine warme Suppe. Soll sie haben, wenn er sich zum Gesinde in die Küche setzt. Laß ihn herein!«

Die Magd ging zur Tür und ließ den armen Bauern herein, der draußen gewartet hatte. Der arme Bauer zögerte einen Augenblick lang unter der Tür, so als sei er geblendet von dem Reichtum, der ihm mit den verzierten Möbeln und den Bildern an den Wänden entgegentrat, dann aber ging er entschlossen und mit ausgebreiteten Armen auf seinen Bruder zu.

Da sein Bruder keine Miene verzog, ließ er die Arme sinken und sagte zögernd: »Lieber Bruder. Ich komme ...« Und er hob den Kopf und blickte in das Gesicht seines Bruders, das ihm in diesem Augenblick verwandelt und fremd erschien.

Der Kaufmann sagte knapp und beinahe zurückweisend, aber auch voller Wißbegierde: »Ja, du kommst, das sehe ich. Wie geht's im Dorf? War die Ernte gut? Wie geht's deiner Familie? Alles wohl?«

Der arme Bauer wurde unsicher. Er wußte nicht, worauf der Kaufmann, sein reicher Bruder, hinauswollte.

»Warum fragst du?« sagte er schließlich. »Willst du mich verspotten? Du siehst doch, wie's mit mir steht.« Dabei strich er verlegen über die Flicken auf der Jacke und trat von einem Fuß auf den anderen.

»Also, setz dich«, fuhr der Kaufmann fort. »Und eine Tasse Tee wird sich auch finden lassen. Tee, Tee«, betonte er laut, »ich habe doch nach Tee gerufen. Magd, schnell, zwei Tassen sollst du bringen.«

Die Magd, die neugierig im Hintergrund dem Gespräch gelauscht hatte, sagte: »Ich will eilen, Herr, zwei Tassen, gleich!«

Der Kaufmann verließ nun seinen Platz hinter dem Pult und bat seinen Bruder an einen Tisch, um den vier Stühle standen. Er lud den Bruder zum Sitzen ein sagte dann: »Dir geht's also nicht gut, möchtest du sagen. Ja, ich seh's dir an. Und da fiel dir sicher ein: Ich habe ja einen Bruder in der Stadt, der ein reicher Kaufmann geworden ist.«
Der arme Bauer hatte beide Hände auf den schönen Tisch gelegt, in dessen Platte Rosenblüten und Rosenranken aus dunklem Holz eingelassen waren. Er blickte dumpf vor sich hin, beeilte sich aber einzuwerfen: »Nicht ich, meine Frau . . .«
Der Kaufmann beugte sich vor und sagte rasch, überlegen spottend: »So, deine Frau schickt dich. Weil sie glaubt, hier flögen die gebratenen Hühner nur so durch die Luft, und die Gänse legten goldene Eier. Das glaubt sie doch, oder etwa nicht? Nein, nein mein Lieber, Arbeit ist's, nichts als Arbeit, die meinen Reichtum geschaffen hat. Und ein wenig Köpfchen, ein wenig Köpfchen, lieber Bruder. Das freilich gehört dazu.«
Und weil die Magd gerade mit dem dampfenden Samowar hereinkam und Tee einschenkte, fügte er beinahe fröhlich hinzu: »Da kommt der Tee, heiß und süß, Brüderchen. So muß der Tee sein – und auch das Geschäftsleben. Er wird dich wärmen.«
Der arme Bauer hob die Teetasse zum Mund und schlürfte einen Schluck. Hatte er je einen so duftenden und süßen Tee getrunken? Wie reich mußte sein Bruder sein, daß er sich jeden Tag eine solche Köstlichkeit leisten konnte!
»Du sagst, du meinst . . .«, begann er wieder, und die Worte überkugelten sich in seinem Mund, so schwer fiel es ihm, mit seinem Bruder zu sprechen.
Auch das Reden mit ihm hat sich geändert, dachte er. Ich kann mit meinem Bruder nicht mehr wie früher reden. Es ist, als hätten seine und meine Worte andere Eltern bekommen.
Aber er mußte ja reden, mußte sagen, was ihn bedrückte und was ihm seine Frau aufgetragen hatte, sonst würde sich sein Elend nicht wenden lassen.
»Ach, du mußt mir helfen!« bat er mit gesenkter Stimme. »Schon seit Tagen sitzen die Kinder zu Hause und haben nicht einmal mehr ein Stück Brot. Meine Frau weiß nicht, was sie kochen soll. Hilf mir, ich bitte dich!«

Der Kaufmann lehnte sich zurück, schnippte mit den Fingern und kniff das rechte Auge zusammen. »Almosen und milde Gaben allein verderben«, sagte er nachdenklich und dann knapp und überlegt: »Du kannst Arbeit haben.«
Dem armen Bauern fiel ein Stein vom Herzen. Ja, geschenkt wollte er noch nie etwas haben. Aber mit ehrlicher Arbeit das Brot verdienen, das war eine andere Sache. Zupacken wollte er, zupacken konnte er.
»Ich kann, ich werde arbeiten«, sagte er erleichtert, und ein Lächeln war in seinen Mundwinkeln zu sehen.
»Arbeite eine Woche lang für mich«, sagte der Kaufmann, »dann werde ich dich entlohnen. Du kannst den Hof kehren und die Pferde striegeln. Am Zaun sind Latten losgerissen, mach sie fest, und du kannst Wasser vom Brunnen holen. Es gibt genug zu tun.«
»Ich werde alles tun, was du willst«, sagte der arme Bruder. »Ich danke dir, ich danke dir auch im Namen meiner Frau und . . . und weil die Kinder . . .« Tränen standen dem armen Bauern in den Augen, und die Freude und die Gedanken an seine Frau und die Kinder überwältigten ihn.
»Schon gut, schon gut«, sagte der Kaufmann und wehrte den Bruder ab, der ihm die Hände zu drücken versuchte.
So trat der arme Bauer bei seinem Bruder, dem reichen Kaufmann in Dienste. Und er kehrte eine Woche lang den Hof, er striegelte die Pferde, er befestigte die losgerissenen Latten am Zaun, und er holte jeden Tag Wasser vom Brunnen und dachte daran, daß sich nun sein Elend dem Ende nähere und er mit seiner Hände Arbeit wieder Brot für seine Familie verdienen könne.
Nach einer Woche verabschiedete der Kaufmann seinen Bruder vor dem Haus. Er sagte zum armen Bauern: »Du hast gut gearbeitet. Und weil du fleißig warst, nimm auch noch diese Brotlaibe und bring sie deinen Kindern.«
Mit diesen Worten legte er dem Bruder drei große dunkelglänzende Laibe in die Arme, und der Bauer freute sich, zusätzlich zum Lohn auch noch dieses Geschenk zu erhalten.
»Ich danke dir«, sagte er gerührt und glücklich. »Ich will gleich gehen.«
»Halt!« unterbrach ihn der Kaufmann. »Das war's noch nicht. Morgen

feiere ich meinen Namenstag. Komm mit deiner Frau und feiere mit mir und meinen Freunden.«
Der arme Bauer schüttelte den Kopf. »Wie sollte ich?« fragte er. »Alle werden in Pelzen und Stiefeln kommen. Die Kaufleute und Handwerker, vielleicht auch der Bürgermeister mit seiner Frau, alle in Festtagsgewändern. Und ich in meinem zerrissenen alten Rock! Das kann ich nicht. Ich würde mich schämen.«
»Ach was«, sagte der Kaufmann, »wo viele feiern, ist auch für dich noch Platz genug. Wer sieht im Gedränge nach deinem Rock? Oder willst du deinen Lohn nur zum Teil annehmen?«
Der arme Bauer wußte nicht mehr, wie er sich verhalten sollte. Aber dann meinte er doch: »Was soll ich sagen? Werd' wohl kommen müssen. Und vielleicht ist's wirklich die brüderliche Güte, die dir die Einladung eingegeben hat. Ich danke, ich danke! Komm, Bruder, laß dich umarmen!«
Aber der reiche Kaufmann, dem aller Überschwang unangenehm war und der überzeugt war, man könne gute Geschäfte nur machen, wenn man seine Gefühle nicht zeige, wehrte seinen Bruder ab und sagte: »Nicht nötig, nicht nötig! Du hast deine Arbeit gemacht. Also komm morgen. Wir haben nun genug gesprochen. Ich muß wieder an die Geschäfte.«
Da drückte der arme Bruder die Brotlaibe an sich und ging, so schnell er konnte, ins Dorf zurück. Dort übergab er die Brote und den Lohn seiner Frau und besprach, nachdem alle gegessen hatten, mit der Bäuerin die Einladung des Bruders.
»Mann, eine solche Einladung müssen wir annehmen«, meinte die Frau, »auch wenn ich nicht weiß, wie ich mich neben den feinen Damen aus der Stadt ausnehmen werde.«
Am nächsten Tag kamen viele Gäste, um mit dem Kaufmann den Namenstag zu feiern. Die große Stube war reich geschmückt worden. An einem breiten Tisch hatten die Freunde des Kaufmanns Platz genommen. Die Diener trugen Speisen und Getränke auf, und jedermann ließ es sich wohl ergehen. Ein Musikant kam mit einer Geige, stellte sich breitbeinig hin und spielte zum Tanz auf. Männer standen auf und baten die Frauen zum Tanz. Es war ein Vergnügen für alle, die den Kaufmann beglückwünschten und ihm zutranken. Der arme Bauer und seine

Frau aber, die wegen des langen Wegs ein wenig zu spät gekommen waren, hatten still auf der Ofenbank Platz genommen, da sie die fröhliche Runde nicht stören wollten. Der Kaufmann hatte gar nicht bemerkt, daß sein Bruder ins Haus gekommen war, und war so von der Freude gefangengenommen, daß er den ganzen Abend über nicht auf den Bruder und dessen Frau achtete. Wie alle anderen auch hob er ein Gläschen und noch ein Gläschen und wurde lauter und zerstreuter, betrunkener und müder, je länger der Abend wurde.
Schließlich dachten die ersten Gäste ans Heimgehen, ließen sich die Mäntel bringen und stolperten ins Freie.
»Schau, die vornehmen Gäste«, sagte der arme Bauer zu seiner Frau. »Sie alle kennt mein Bruder. Welch ein feiner Herr er doch geworden ist.«
»So fein, daß er uns den ganzen Abend über nicht gesehen hat«, meinte die Frau erbost.
»Er hat so viel zu tun.«
»Ach, Mann, mußte du alles entschuldigen? Geschäfte machen, auch an seinem Namenstag! Beim Essen und Trinken, und vielleicht auch beim Tanzen.«
»Muß so sein, Frau, muß so sein. Aber der Magen knurrt mir doch.« Und er schaute hungrig zu den Tischen am anderen Ende des Zimmers hinüber, auf denen immer noch volle Teller und Schüsseln standen.
»Schau, die ersten Gäste gehen schon«, knurrte die Frau und stieß ihren Mann in die Seite. »Wir sitzen hier und können nicht lachen und singen wie die alle, weil uns der Hunger am Kragen hat, weil uns vom Zusehen schlecht geworden ist. Das nenne ich mir eine hübsche Verwandtschaft.«
Bei den letzten Worten der Bäuerin kam eine Dienerin herbei und sagte barsch: »Ihr beide, genug ausgeruht und mitgenommen? Wer hat euch eigentlich hereingelassen? Jetzt aber rasch, rasch, aus dem Haus! Das Fest ist zu Ende, seht ihr?«
»Aber wir haben noch nicht . . .«, wollte die Bäuerin gerade sagen, aber das Wort blieb ihr im Hals stecken. »Was?« fragte sie. »Sollen wir jetzt auch noch hinausgeworfen werden, nachdem wir vorher eigens eingeladen wurden?«
Ein Diener, der gerade mit einem Tablett zur Tür hereingekommen war

und mitgehört hatte, sagte spöttisch: »Was, ihr eingeladen? Daß ich nicht lache. Raus jetzt mit dem Lumpengesindel! Hier ist kein Platz für Bettler.«

Da stieg die Wut der Frau heiß und rot ins Gesicht, sie ballte die Fäuste, riß sich die Schürze vom Leib und wollte dem Diener an den Kragen gehen.

»Warte, dir will ich's zeigen!« stieß sie hervor und trat auf ihn zu.

Der arme Bauer aber wollte nicht, daß ein Streit entstand, und zog seine Frau zur Tür.

»Laß, Frau!« sagte er begütigend. »Laß, wir gehen. Willst du uns das ganze Gesinde auf den Hals hetzen? Komm, wir haben hier nichts mehr zu suchen.«

Nun standen der arme Bauer und seine Frau vor dem Haus des Kaufmanns und blickten sich um. Neben dem Haus führte eine Straße zu einem Platz, auf dem ein Denkmal und eine Gaslaterne standen. Sollen wir dorthin gehen? dachte der Bauer. Vielleicht gibt es auf dem Platz ein Wirtshaus, das noch geöffnet ist und wo wir wenigstens ein Stück Brot und ein Stück Wurst bekommen. Zuerst der lange Weg vom Dorf in die Stadt, dann vor unseren Augen die feinen Gerichte, ohne daß uns jemand eingeladen hätte, an den Tisch zu kommen, und jetzt der lange Heimweg vor uns, das ist zuviel.

Während der arme Bauer noch nachdachte und sich doch nicht recht entschließen konnte, nach einem Wirtshaus zu suchen, weil ihm schon der Gedanke an die Zeche zusätzliches Bauchgrimmen bereitete, kamen zwei Betrunkene Arm in Arm aus dem Haus des Kaufmanns und begannen auf dem Vorplatz zu tanzen. Einer von den beiden war jung, trug kurzgeschnittene Haare und einen glänzenden schwarzen Rock; der andere war grau, auch sein Bart war grau, und er war so lang und dürr, daß man meinte, sein Bart könnte in die Dachrinne des nächstgelegenen Hauses reichen, wenn er nur nahe genug an das Haus heranträte. Der Junge hatte nun den Langen um den Leib gefaßt und sprang mit ihm in wilden Sätzen von rechts nach links, von links nach rechts und im Kreis herum. Dazu sang er mit heiserer Stimme:

»Trink ein Fläschlein, trink,
trink, mein Fischlein, flink,

gib dein Hälschen her,
bist ja gar nicht schwer.
Betrink mich bis ans Ende,
nehm dich in die Hände,
trink ein Fläschlein trink,
trink, mein Fischlein, flink.«

Der Bauer war durch das Lied aus seinen Gedanken gerissen worden und sagte: »Wollen wir auch ein Lied singen, Frau? Ist's nicht üblich, daß man singt, wenn man von einem Fest kommt?«
Die Frau hatte sich schon über die Betrunkenen geärgert, jetzt ärgerte sie sich über ihren Mann und schalt ihn: »Dummkopf! Die singen, weil sie den Bauch voll und gut getrunken haben. Weshalb willst du singen? Mir genügt's, wenn mein Magen knurrt.«
Aber der arme Bauer ließ sich nicht von seinem Einfall abbringen. »Wir waren doch zum Namensfest bei meinem Bruder eingeladen«, meinte er. »Es sieht nicht gut aus, wenn wir so stumm nach Hause gehen. Ich will auch singen, dann denken alle, ich gehörte dazu und sei gut bewirtet worden. Es ist recht, Frau, wenn man nicht immer zeigt, wie's einem ums Herz ist. Also werde ich singen.«
»Mann, was bist du für ein Esel!« rief die Frau. »Hätte ich doch deinen Bruder geheiratet und nicht dich! Da hast doch überall das Nachsehen. Mit dir kann man so früh aufstehen, wie man will, man wird immer zu spät kommen. Bevor du hinschaust, ist der Tisch leergegessen. Aber wenn du singen, wenn du die anderen auf dich aufmerksam machen willst, dann tu's. Ich werde meinen Mund halten.«
So gingen sie weiter, und der Bauer begann zu singen. Die Frau blieb einen Schritt hinter ihm, so als wollte sie sagen: ›Der gehört nicht zu mir.‹
Der Bauer sang:

»Mein Bruder lud mich ein,
sollt sein Gast auch sein,
sollt gespeiset haben,
mich am Essen laben,
mein Bruder lud mich ein . . .«

Kaum hatte der Bauer die erste Zeile seines Liedes gesungen, begann eine zweite Stimme mitzusingen. Die Stimme war hell, wie durchsichtig, sie war neben der Stimme des Bauern, über der Stimme des Bauern, sie war es, die sein Lied erst vollkommen machte.
Welch schöne Stimme meine Frau hat! dachte der Bauer. Eine gute Frau, die doch tut, was ich vorschlage. Schön, daß sie mitsingt. Und laut sagte der arme Bauer: »Das freut mich, daß du mich nicht alleinläßt. Jetzt singen wir auch die zweite Strophe miteinander.«
»Mann«, sagte die Frau überrascht, »du hast doch nichts getrunken. Ich denke gar nicht daran, mit dir zu singen. Ich habe Hunger, und da singe ich nicht. Du singst allein.«
Der arme Bauer begann die zweite Strophe zu singen:

»Mein Bruder lud mich ein
zum Fest und einem Gläschen Wein . . .«

Doch wieder war die zweite Stimme zu vernehmen.
»Aber Frau«, sagte der Bauer ärgerlich, »da singt doch noch jemand. Hörst du nicht?«
»Dummkopf«, meinte die Frau, »das bildest du dir nur ein. Der Hunger hat dein Gehör verwirrt.«
Jetzt wußte der Bauer, daß nicht seine Frau mitgesungen hatte. Doch wem gehörte die zweite Stimme? Woher kam sie?
Und laut rief er in die Dunkelheit hinein: »Wer singt? Wer hilft mir beim Singen?« Da trat Elend aus einem Häuserschatten hervor, in dem er schon seit einer Weile gestanden hatte, eine dürre Gestalt, gekleidet in einen abgerissenen Mantel. Die dünnen Beine steckten in zerrissenen Hosen, aus denen die nackten Füße hervorschauten. Aus dem dunklen braunen Mantel erhob sich ein kleiner Kopf, über dessen hervortretende Wangenknochen sich die fahle Haut wie Papier spannte. Man hätte denken können, ein Vogelkopf säße auf einem Menschenkörper, so schmal und mit zugespitztem Mund sah der Kopf von Elend den Bauern an, dem vor Schreck das Lied in der Kehle steckengeblieben war. In den tiefen Augenhöhlen saßen zwei stechende Augen, die den armen Bauern abzuschätzen schienen. Und aus dem rechten Mantelärmel kam eine knochige lange Hand gekrochen und streckte sich wie zum Gruß aus.

»Hoppla«, stotterte der Bauer, »hopp! Wer ist . . . ist denn das? Du hast mich aber erschreckt. Kommt da jemand mir nichts, dir nichts mitten aus der finsteren Nacht, ohne sich vorzustellen. Wo . . . wo warst du denn?«
»Ich habe mit dir gesungen. Ich habe dich begleitet«, sagte die seltsame Gestalt und bewegte dabei kaum den Mund. Es war, als rede sie von anderswoher, als sei sie nicht ganz, nicht vollständig.
Und die Gestalt fuhr fort: »Ich bin dein Elend. Du bist mein Herr, und ich kann dir helfen. Mußt nur tun, was ich dir sage, dann bist du alle Sorgen los.«
Der Bauer hatte wieder ein wenig Mut geschöpft und meinte: »Sorgen, wenn du wüßtest, wie viele Sorgen ich habe, dann würdest du nicht so großspurig tun.«
»Ich kenne alle deine Sorgen.«
»Alle meine Sorgen?«
»Ich bin in dir.«
»So, in mir bist du?« fragte der Bauer. »Der Hunger muß mich wirklich durcheinandergebracht haben. Mir ist's wie vorhin beim Singen. Da singe ich, und gleichzeitig singt ein anderer mit, und doch singe nur ich. Das mag der Teufel verstehen, oder es mag mit dem Teufel zugehen.«
»Wärst du nicht im Elend, hättst du auch kein Elend«, sagte die dunkle Gestalt und trat ganz nahe an den Bauern heran, so daß sie beinahe mit ihm verschmolz. Und wer nicht genau hinsah, hätte glauben können, sie seien eins.
»So einer ist mir noch nicht vorgekommen«, meinte der arme Bauer verwundert. »Frau, was meinst du? Wer hat uns schon mal versprochen, unsere Sorgen loszukriegen?«
Und nun rückte Elend dem Bauern immer näher auf den Leib, es schien ihn zu streicheln und zu umgarnen. Es war hinter und vor dem Bauern, es drehte und wand sich um den Bauern. Es rückte mit dem spitzen Vogelmund an das rechte Ohr des Bauern und schmeichelte doch mit einer ganz spitzen Stimme so laut, daß die Bäuerin jedes Wort verstand:
»Komm mit«, schmeichelte Elend, »wir gehen ins Wirtshaus. Überleg nicht lang.«
Und plötzlich klang das Schmeicheln der Stimme von Elend wie die dritte Strophe des Liedes, das der Bauer gesungen hatte. Elends Stimme sang:

»Komm mit, wir gehn ins Wirtshaus gleich
und spielen Karten, Streich auf Streich,
wir trinken, was die Kehle hält,
und kümmern uns nicht um die Welt.«

»Aber ich hab doch kein Geld«, warf der Bauer ein.
»Hab ich dir nicht gesagt, du sollst auf mich hören?« wies Elend den Bauern zurecht.
»Tu's nicht, Mann!« flehte die Bäuerin. »Tu's nicht, geh nicht mit ihm mit.«
Aber der arme Bauer hatte schon Zutrauen zu Elend gefaßt. Nichts war ihm mehr fremd an Elend. War Elend nicht ein alter Bekannter von ihm, ein guter Freund? Und gute Freunde helfen. Elend wollte ihm helfen, das Wort hatte er noch im Ohr.
»Ach was, Frau!« warf er leichthin zurück und hörte nicht auf sie. »Wenn ich's recht bedenke, warum nicht ins Wirtshaus? Ein, zwei Schnäpschen, die täten jetzt meinem Magen gut. Kannst mitkommen oder nach Hause gehen. Komm, Elend, wenn's schon sein soll, laß uns saufen!«
Und er schlang den Arm um Elend, lehnte den Kopf auf Elends Schulter und ließ sich zum Wirtshaus mitziehen.
Verzweifelt blieb die Frau stehen und rief ihm nach: »Mann, lieber Mann, tu's nicht!«
Aber der arme Bauer hörte nicht mehr auf die Stimme seiner Frau, sondern hatte im Ohr die schmeichelnden, vielversprechenden Worte seines Freundes Elend.
Von diesem Tag an waren der arme Bauer und sein Freund Elend, den er immer lieber gewann, jeden Abend im Wirtshaus zu sehen. Ja, man konnte sagen, die beiden waren unzertrennlich; einer hätte ohne den anderen nicht mehr leben können. Der Bauer tat alles, was ihn Elend zu tun hieß, und erstickte jeden Gedanken an frühere Zeiten im Schnaps und im Kartenspiel, wobei man ihn durch die ganze Wirtsstube lachen hörte, so als wollte er sich selbst Mut zulachen und für das nächste Spiel anfeuern.
Da saß er also und ließ sich vom Wirt bedienen und kümmerte sich nicht darum, daß er immer weiter ins Elend geriet. Und wie sollte er's auch merken, da er Elend zu seinem Freund gemacht hatte?

»Prost, Elend, elender Freund!« sagte er mit trüben Augen. »Freund, ja, du bist mein Freund. Wer ... wer einmal trinkt, trinkt immer. So sitze ich da und grabe in meinem Kopf nach und weiß nicht, wo der Anfang, weiß nicht, wo das Ende ist. Sag, weißt du noch, wie oft wir schon zusammen hier waren?«
Elend saß ihm gegenüber und sah ihn vergnügt an.
»Das erste Mal haben wir deinen Rock vertrunken«, erinnerte Elend den Bauern.
»Rock vertrunken«, lallte der Bauer nach.
»Das zweite Mal«, fuhr Elend fort, »haben wir deinen Schlitten und Wagen vertrunken.«
»Wagen vertrunken. Schwupp, weg waren sie«, sagte der Bauer und rülpste.
»Das dritte Mal haben wir die Egge und den Pflug vertrunken«, rief Elend begeistert.
»Pflug vertrunken. Einen ganzen, ganzen Pflug«, sagte der Bauer leise.
»Das vierte Mal haben wir das Gewand deiner Frau vertrunken«, sagte Elend.
»Frau getrunken, meine Frau ... Frau«, lallte der arme Bauer, und Tränen kullerten ihm aus den Augen. »Frau getrunken, Frau getrunken.« Immer wieder sagte er den gleichen Satz und schien sich ungenau an etwas erinnern zu können, was nicht mehr ganz in seinen trunkenen Kopf hineinpaßte.
Der Wirt hatte gesehen, daß am Tisch schon wieder die Gläser geleert waren, und balancierte schmunzelnd auf einem Tablett Nachschub heran. Zwei Gläschen, gefüllt bis zum Rand. Er stellte sie vor Elend und den Bauern auf den Tisch und sagte: »Da, noch ein Schlückchen, noch ein Schlückchen! Aber bezahlen mußt du mir gleich.«
Dabei hielt er die Hand auf und sah den armen Bauern herausfordernd an.
»Hab nichts mehr«, schluchzte der Bauer. »Haus und Frau und ... schwupp, weggetrunken. Alle Taschen sind leer ... leer.«
Aber der Wirt gab nicht nach und fuhr ihn an: »Du wirst bezahlen, hast gesoffen jeden Tag, mußt bezahlen, sonst lasse ich dich ins Schuldgefängnis werfen.«

Hilfesuchend wandte sich der arme Bauer an seinen Freund Elend und flehte: »Freund Elend, elender, was . . . was machen wir jetzt? Alles leer, leer . . .«
»Nichts mehr bei dir zu holen?« fragte Elend schnell. »Ach was, holen wir's bei den anderen. Gehen wir zum Nachbarn, leihen uns ein Paar Ochsen und den Wagen. Sag, du fährst aufs Feld, sag, du willst Holz holen. Er wird dir die Ochsen geben.«
»Und ich bekomme mein Geld?« warf der Wirt unsicher ein.
Elend stand auf und klopfte dem Wirt auf die Schulter.
»Väterchen«, sagte er verschmitzt, »bald, bald! Geld oder glänzendes Gold, daß deine feisten Wängelchen vor Lust glänzen. Komm, Bauer, pack dich zusammen, hol die Ochsen!«
Und Elend ergriff die Hand des armen Bauern und zog ihn aus dem Wirtshaus. Sie gingen zum Nachbarn, um sich den Wagen und die Ochsen auszuleihen.
»Bleib du draußen stehen«, meinte der arme Bauer. »Es ist besser, wenn ich allein bitte. Wenn der Nachbar dein Vogelscheuchengesicht sieht, wird er es mit der Angst zu tun bekommen.«
»Wie du meinst«, sagte Elend und tat so, als sei er beleidigt. »Ich warte drüben bei der Eiche. Beeile dich, es könnte sonst sein, daß das Gold verfault.«
Nach einiger Zeit fuhr der arme Bauer mit dem Ochsenfuhrwerk aus dem Hof des Nachbarn heraus, ließ bei der großen Eiche Elend aufsitzen und gab den Ochsen die Peitsche, damit sie anzogen und das Gold nicht warten mußte.
»Wo ist es nun, dein Gold?« fragte er Elend ungeduldig. »Oder willst du mich für dumm verkaufen?«
»Na, hab ich dir den Mund wässerig gemacht, Bäuerlein?« kicherte Elend und zog seinen weiten Mantel enger um die Schultern. Es war kalt hier draußen, und ein eisiger Wind schlug ihnen direkt ins Gesicht.
»Ich hab dich was gefragt«, drängte der Bauer.
»So, gefragt hast du, dann muß ich wohl was gehört haben.«
»Ich will jetzt wissen, wohin wir fahren und ob ich noch lange in dieser elenden Gegend mit dir spazierenfahren soll!« rief der Bauer ungeduldig.

»Goldschätzchen, Goldschätzchen, an einem sicheren, dunklen Plätzchen!« lachte Elend. »Gold zuhauf, Bäuerlein lauf!«
»Du lachst mich aus«, sagte der Bauer und biß sich vor Wut auf die Lippen.
»Ich lache dich nicht aus, aber es freut mich zu sehen, wie das Goldfeuerchen in dir zu brennen beginnt. Wie es dir aus den Augen springt, wie's in deinen Händen prasselt, wie's in deinen Worten flackert! Ist genug da, ist genug da, du wirst es mit deinen zittrigen Händen kaum fassen können.«
»Gut, gut, ich glaube dir, ich will dir glauben«, versicherte der arme Bauer, »aber gib wenigstens die Richtung an, in die ich fahren soll. Ich habe das Gefühl, die Ochsen ziehen uns im Kreis herum. Und Nebel zieht von den Büschen auf den Weg. Wir werden nicht mehr zurückfinden.«
»Verlaß dich auf mich«, sagte Elend. »Wir fahren diesen Feldweg entlang. Siehst du drüben die Wiese? Und dahinter den Wald? Vor dem Wald werden wir anhalten. Da steht eine verkrüppelte Weide. Da ist's.«
»Was denn, was denn?« fragte der Bauer.
»Das Gold, das ich dir versprochen habe«, antwortete Elend.
So fuhren sie noch ein Weilchen, und der Bauer brachte das Fuhrwerk vor dem Wald und bei der verkrüppelten Weide zum Stehen. Er sprang vom Wagen herab und sah sich zweifelnd um.
»Los, komm herunter!« rief er Elend zu.
Und ehe er sich versah, stand Elend neben ihm und flüsterte ihm zu: »Da, da ist der Stein!«
»Du . . . du hast von Gold gesprochen!« herrschte der Bauer Elend an. »Willst du mir einen Stein statt Gold anbieten? Elender Freund, glaub nur nicht, ich hätte soviel getrunken, daß ich nicht mehr genau sehen kann. Da liegt ein alter grauer Mühlstein unter einer struppigen Weide. Dafür sind wir herausgefahren? Ich werde dich am Kragen packen, wenn du mich betrügst.«
Elend trat an den Stein heran, setzte einen Fuß darauf und sagte: »Was redest du da? Sind wir nicht gut gefahren miteinander? Jetzt kommt doch erst der Lohn dafür, daß du immer meinem Rat gefolgt bist. Pack an!«

Und er deutete auf den Stein.
»Was denn?« fragte der Bauer.
»Du mußt den Stein wegwälzen«, sagte Elend.
»Ich allein?«
»Ich dachte, du hättest Muskeln«, spottete Elend. »Aber gut, ich helfe dir. Los, komm her.«
Der Bauer trat neben Elend und beugte sich mit ihm zusammen zu dem Stein hinab. Sie drückten und stemmten beide mit ganzer Kraft. Und Stück für Stück bewegten sie den Stein zur Seite, der über einer Grube gelegen hatte.
»Und jetzt schau!« sagte Elend, als sie den Stein weggeschoben hatten.
Der Bauer stand vor der Grube und fuhr sich mit einer Hand über die Augen. Das konnte nicht wahr sein. Die Grube war gefüllt mit lauter Goldstücken.
»Das glänzt, das glänzt, das ist Gold!« stammelte er. »Eine Grube voller Gold. Soviel, soviel Gold hab ich noch nie gesehen.«
»Es ist dein Gold, dein Lohn«, sagte Elend hinter ihm und verzog den Mund zu einem schiefen Grinsen. »Du kannst alles mitnehmen. Es ist dein Lohn, denn du hast alles getan, was ich wollte, und wirst weiter tun, was ich will, solange, bis du mir ganz gehörst.« Der Bauer stieg in die Grube und konnte sich nicht sattsehen an dem Glanz.
Er sprach zu sich: »Alles, alles mitnehmen! Rasch, rasch, damit uns niemand sieht. Alles auf den Wagen, ein Wagen voll Gold.«
Er bat Elend, ihm zu helfen. Er schaufelte das Gold mit beiden Händen aus der Grube, steckte es in die Taschen, schüttete es auf ein Tuch, das er zusammenknüpfte und Elend reichte, damit dieser es auf dem Wagen ausleerte.
Der Bauer und Elend beluden den Wagen, und Häufchen für Häufchen wanderte das Gold aus der Grube heraus. Dann stieg der Bauer aus der Grube und kletterte auf den Wagen, kniete nieder und streichelte das Gold.
»Schönes Gold, liebes Gold, mein Gold!« flüsterte er und fühlte das glatte Metall unter den Händen. »Jetzt bin ich reich, reicher als mein Bruder.«
Er liebkoste das Gold, er beugte sich nieder und legte eine Wange auf das Gold, er griff mit beiden Händen hinein in die Goldstücke und ließ

sie durch die Hände gleiten. Er wühlte sich mit beiden Händen hinein, tief hinein in das Gold und war glücklich und gierig zugleich.
»Alles, alles . . . ist's alles?« fragte er Elend und befahl: »Du, Elend, sieh doch mal nach, ob noch was in der Grube ist!«
»Nichts, ich sehe nichts mehr«, antwortete Elend.
Aber der Bauer drängte Elend nachzusehen, bat ihn, noch einmal in die Grube zu steigen, und deutete in eine Ecke.
»Doch, doch! rief er. Da, da, da in der Ecke! Bück dich, bück dich!«
Während Elend in die Grube stieg, um dem Bauern den Willen zu tun und noch einmal nachzusehen, ob sich ein Goldstückchen in eine Ecke verkrochen hatte, sprang der Bauer vom Wagen und trat neben die Grube.
Als Elend sich in der Ecke bückte, bückte sich blitzschnell auch der Bauer, nahm alle seine Kräfte zusammen und schob mit einem gewaltigen Ruck den Stein über die Grube. Elend war gefangen.
Der Bauer setzte sich erschöpft und zufrieden auf den Boden und hörte, wie Elend drunten in der Grube schrie und zeterte und bat, freigelassen zu werden.
»Hast wohl geglaubt, das arme Bäuerlein sei auch blöde!« rief er lachend aus. »Nein, nein, du bleibst drunten im Loch. Dich mitzunehmen, würde doch nur bedeuten, das Gold im Wirtshaus zu vertrinken. Nein, du überredest mich nicht mehr.«
Und er schlug sich vor Vergnügen auf die Schenkel und blickte fröhlich in die Welt.
»Laß mich raus, laß mich raus!« schrie Elend drunten in der Grube. Aber der schwere Stein deckte die Grube so gut zu, daß sein Schreien kaum zu vernehmen war.
»Bleib schön drunten!« sagte der Bauer befriedigt. »Einmal alles zu versaufen, das genügt. Du kriegst mich nicht noch einmal dran.«
Der arme Bauer bedeckte seinen Goldschatz mit einer Pferdedecke und lenkte den Wagen nach Hause, lud das Gold ab und tat es in Kisten und Kästen. Dann brachte er den Wagen und das Ochsengespann dem Nachbarn zurück, bedankte sich sehr und beschloß, zusammen mit seiner Frau und den Kindern ein neues Leben zu beginnen.
Er trug seinen Reichtum nicht ins Wirtshaus, wurde ihn auch nicht beim Kartenspiel los, sondern nutzte ihn bescheiden für das, was er und seine

Familie brauchten. Aber nun konnte er sich auch bessere Kleider kaufen, sich ein wenig Schmuck leisten und seinen heruntergekommenen Bauernhof zu neuem Glanz herrichten.
Eines Tages beschloß er, in die Stadt zu fahren und seinen reichen Bruder, den Kaufmann, zu besuchen. Wie schon einmal wartete er draußen, während sein Besuch dem Kaufmann gemeldet wurde.
»Mein Herr«, sagte die Magd zum Kaufmann, »draußen steht ein vornehm gekleideter Mann. Er sagt, er will mit Euch sprechen.«
»Ich erwarte niemanden«, wehrte der Kaufmann ab.
»Er sagt, er sei Euer Bruder«, fuhr die Magd fort.
»Ich habe keinen vornehm gekleideten Bruder«, sagte der Kaufmann unwirsch. »Erinnerst du dich nicht an den abgerissenen Burschen . . .?«
»Dem sieht er ähnlich«, sagte die Magd. »Aber er muß sehr reich sein. Er trägt Ringe an den Fingern und hat einen kostbaren Pelz umgehängt.«
Jetzt horchte der Kaufmann auf. Ringe, ein kostbarer Pelz? Seine Neugier war geweckt.
»Reich, reicher als ich?« fragte er. »Das kann nicht sein. Ich will ihn sehen. Das muß ich wissen. Rasch, laß ihn herein!«
Die Magd öffnete die Tür und bat den armen Bauern, hereinzukommen. Der Kaufmann ging auf seinen Bruder zu und konnte nicht glauben, daß der vornehme Herr, der da zur Tür hereinkam, sein armer Bruder sein sollte.
»Guten Tag«, sagte der arme Bauer. »Ich kam gerade in die Stadt, und da dachte ich, morgen ist mein Namenstag, da solltest du deinen Bruder einladen. Ich gebe ein großes Fest.«
»Du gibst ein großes Fest?« Der Kaufmann schüttelte ungläubig den Kopf und starrte auf den kostbaren Pelz, den sein Bruder trug. »Du bist übergeschnappt. Du hattest nichts zu beißen und willst jetzt Feste feiern? Du machst . . . ich zweifle an meinem . . . an deinem Verstand. Aber komm, leg den Mantel ab, setz dich, du mußt mir erzählen . . . oder träume ich?«
»Ich hatte, ich hatte . . .«, begann der arme Bauer. »Früher war früher, und jetzt ist jetzt. Sieh mich doch an, sehe ich wie ein armer Schlucker aus?«
»Das kann man nicht sagen, aber, aber . . .«

Der arme Bauer griff in seinen Rock und zog einen Beutel heraus. »Hier, nimm den Beutel«, sagte er, »und behalt, was darin ist.« Der Kaufmann wog den Beutel in der Hand und sagte: »Schwer, schwer!« Er öffnete den Beutel, und beinahe wären ihm die Augen aus dem Kopf gefallen.

»Das glänzt ... glänzt«, murmelte er vor sich hin und wühlte mit der linken Hand in dem Glanz.

»Goldstücke, blanke Goldstücke«, sagte der arme Bauer. »Ich schenke sie dir.«

Der Kaufmann wollte seinen Augen nicht trauen. Das Zimmer schien sich vor ihm zu drehen. Er griff sich an die Stirn, auf der Schweißperlen standen.

»Wache ich oder träume ich?« fragte er. »Du schenkst mir Gold?«

»Wirst du zu meinem Fest kommen?«

»Ja, aber nicht, bevor du mir nicht erzählt hast, wie du zu diesem Reichtum gekommen bist«, sagte der Kaufmann.

»Wenn du willst, werde ich dir alles erzählen«, versprach der arme Bauer. Der Kaufmann rief nach der Magd und befahl ihr, Tee zu bringen.

»Tee, heiß und süß«, sagte er. »Zwei Tassen, für mich und meinen Bruder«, ordnete er an.

Die Magd rief durch die Tür: »Gleich, mein Herr, gleich! Ich eile, ich eile.«

Und der arme Bauer erzählte seinem Bruder alles, was ihm mit Freund Elend widerfahren war und wie er schließlich Elend überlistet und unter dem Stein in der Grube eingesperrt hatte. Er beschrieb dem Kaufmann den Weg und sagte am Ende: »Da bleibt Elend nun eingesperrt bis in alle Ewigkeit, unter dem Mühlstein, dort draußen vor der struppigen Weide.«

Die Geschichte des armen Bauern ließ den Kaufmann nicht ruhen. Er konnte es nicht aushalten, weniger zu haben als sein Bruder. Der Neid nagte an seiner Seele. Sein Brot schmeckte ihm nicht mehr, der Wein kam ihm bitter vor, und er hatte keine Lust mehr, in den guten Kleidern durch die Stadt zu gehen und sich bewundern zu lassen. Konnte es doch jeden Augenblick geschehen, daß sein Bruder wieder einmal aus dem Dorf in die Stadt kam und alle Leute sahen, wer der reichere von den Geschwistern war. So beschloß der Kaufmann einen Monat, nach-

dem er den Namenstag seines Bruders mitgefeiert hatte, auf das Feld hinauszufahren und sich bei der Weide und beim Stein umzusehen.
Er spannte ein Pferd ein und lenkte den Wagen am Abend, als es schon dämmrig wurde, zu dem Ort hinaus, den sein Bruder so genau beschrieben hatte.
Das Fest meines Bruders war ja recht schön, dachte er. Und der Beutel mit Gold wiegt schwer. Doch ich seh's nicht gern, seh's gar nicht gern, wenn mein Bruder so reich ist, reicher, als ich je werden kann. Ich glaube, es ist besser, wenn ich Elend wieder aus der Grube lasse. Dann kann er meinen Bruder ganz zugrunde richten, und ich bin wieder der Reichste.
Unter diesen Gedanken kam er zu dem Stein, stieg ab und machte sich daran, den Stein von der Grube zu wälzen. Aber der Stein war schwer, und er mußte seinen ganzen Zorn zusammennehmen, um die Kraft aufzubringen, ihn ein Stück zur Seite zu schieben. Er schnaufte, daß ihm die Adern im Kopf beinahe zerplatzten. Aber da er es nicht gewohnt war, aufzugeben, brachte er auch dieses Geschäft zustande und lehnte sich erschöpft, aber zufrieden zurück, als er die Grube vor sich sah und Elend darin entdeckte, zusammengekauert zu einem Haufen feuchter Lumpen.
Doch ehe er sich versah, sprang Elend aus der Grube, hockte sich ihm auf die Schultern und packte ihn am Kragen.
»Du Schuft, du Schuft!« schrie Elend. »Wolltest mich in der Grube verfaulen lassen. Aber jetzt sitze ich dir im Nacken, und ich werde dich bis zu deinem letzten Tag nicht mehr loslassen.
Oh, ich werde dich . . . dich . . .«
Der Kaufmann spürte, wie die knochigen Elendshände nach ihm griffen, wie sie ihm den Atem abschnürten, und preßte mühsam hervor: »Halt, halt, Meister Elend! Nicht ich war's, der Euch, mein Herr, eingeschlossen hat. Das war, das war mein Bruder.«
Aber Elend ließ sich auf keinen Disput ein, sondern zeterte: »Lügner, Schuft! Einmal hast du mich drangekriegt, nicht ein zweites Mal.«
»Nein, nein, ich bin's nicht, ich bin's nicht!« rief der Kaufmann verzweifelt und versuchte Elend abzuschütteln.
»Ich kenne dein Gesicht«, knirschte Elend. »Mich kriegst du nicht mehr los. Aufsitzen jetzt! Jetzt reiten, jetzt fahren wir zusammen ins Wirts-

haus, und ich möchte sehen, ob wir deinen Reichtum nicht durch die Kehle spülen können. Der Wirt wird sich freuen, wenn er uns wiedersieht. Du bist mein, und ich bin dein Elend. Ha, wenn's so leicht wäre, seinem Elend zu entkommen! Mit meinem Gold hab ich dich gewonnen.«

Und von Stund an mußte der Kaufmann Elend zu Diensten sein. Er konnte nicht mehr widerstehen, wenn Elend ihn aufforderte, ins Wirtshaus zu gehen, er blieb bis in die tiefe Nacht hinein am Wirtshaustisch sitzen und war dabei, sein Hab und Gut zu vertrinken und zu verspielen. Elend war ihm wie ein zweites Gewand, eine zweite Haut geworden, die sich nicht mehr abstreifen ließ. Er mußte tun, was Elend wollte. Jetzt war das Elend sein Elend geworden. Und wie er auch überlegte, wie er sich auch den Kopf nach einem hilfreichen Gedanken zermarterte, es wollte ihm keiner kommen.

An einem Samstagmorgen unterhielten sich Elend und der Kaufmann am Brunnen, der auf dem Hof in der Nähe des Hauses stand.

»Mach dich fertig, Kaufmann«, sagte Elend, »der Wirt wartet schon auf uns.«

»Warum denn so eilig?« fragte leichthin der Kaufmann. »Bin ich dir nicht seit Wochen zu Diensten? Und haben wir nicht schon die Hälfte unseres Besitzes durchgebracht? Wart doch wenigstens bis zum Abend. Am Vormittag sind wir noch nie ins Wirtshaus gegangen.«

»Einmal muß man auch mit dem Vormittag beginnen«, antwortete Elend.

»Doch nicht heute«, sagte der Kaufmann schnell und wollte zurück ins Haus.

»Ja, wem ich im Nacken sitze«, sagte Elend, »der kommt nicht mehr los. Wem ich erst den Geschmack gemacht habe aufs Spiel und aufs Trinken, der wird's nicht mehr lassen, der kann's nicht mehr lassen.«

»Aber sonst bist du faul«, meinte listig der Kaufmann, dem ein guter Gedanke gekommen war. »Du hockst die meiste Zeit im Haus und tust nichts.«

»Was soll ich denn tun?« fragte Elend, neugierig geworden.

»Du könntest arbeiten«, sagte der Kaufmann.

»Ich? Arbeiten?« lachte Elend.

»Woher kommst du eigentlich?« fragte der Kaufmann.

Elend stellte sich in Positur, schien die eingefallenen Wangen aufzublasen und meinte stolz: »Ich habe überall Platz, überall kann ich mich verstecken. Im Haus des Reichen, im Haus des Armen. Mancher sieht mich gleich, bei manchem komme ich langsam und bleibe lange unsichtbar. Ich stecke drinnen, und man bemerkt mich nicht. Ich bin winzig, und man spürt mich nicht. Ich wachse heran und nähre mich redlich. Ich gehe überall mit, ich begleite die Menschen, ich erfülle ihre Wünsche, das weißt du ja. Ich bin ein elender Freund, Freund Elend eben.«

»Wo würdest du dich bei mir verstecken, wenn du nicht schon da wärest?« fragte der Bauer.

Da sprang Elend auf dem Hof umher, daß die Spreu auf dem Boden nur so in die Luft flog, daß die Füße laut auf den Boden tappten. Und Elend schlug die Hände zusammen, drehte sich in seinem weiten Mantel wild im Kreis und hüpfte um den Kaufmann herum.

»In deiner Scheune vielleicht!« rief er. »In der Wassertonne, im Hühnerstall, in deiner Hosentasche, in deinem Geldbeutel. Oder in deinem Brunnen.«

»Im Brunnen?« lachte der Kaufmann. »Was redest du da? Das glaube ich nicht. Du machst Sprüche.«

»Du glaubst mir nicht?«

»Du lügst, du betrügst!« schrie ihn der Kaufmann an.

»Du machst mich wütend«, zischte Elend.

»Ja, ich glaube dir nicht«, sagte der Kaufmann. »Wie willst du mit deinen klapprigen Beinen in den Brunnen springen?«

»Siehst du nicht, wie ich springen kann?«

»Brich dir nur nicht ein Bein!« stichelte der Kaufmann und machte mit jedem Satz Elends Wut größer.

»Ich bin flinker, als du denkst«, stieß Elend hervor.

»Du bist der elendste Lügner und Übertreiber, den ich kenne«, fuhr der Kaufmann fort.

»Was, was?« schäumte Elend. »Jetzt hast du mich beleidigt.«

»Spring doch in den Brunnen, wenn du kannst!« feuerte der Kaufmann Elend an. »Ich glaub dir nicht, ich glaub dir nicht.«

»So, dir will ich's zeigen!« rief nun Elend wütend und atemlos. »Dir soll der Mund gestopft werden.«

Da sprang Elend mit schlotternden Beinen auf den Brunnen zu und mit einem Satz in den tiefen Brunnen hinab. Auf diesen Augenblick hatte der Kaufmann gewartet. Schnell war er am Brunnen und schob den Brunnenstein über den Schacht.
»Du hast wohl geglaubt«, rief er, »ich sei dümmer als mein Bruder. Brüderchen Elend, jetzt ist's aus mit dir.«
Aus dem Brunnen hörte er Elends Stimme, die darum bat, freigelassen zu werden. Der Kaufmann aber freute sich, Elend überlistet zu haben, und antwortete erleichtert und bestimmt: »Du bleibst, wo du bist. Ersauf in dem feuchten Loch!«
»Ich werde ersticken, ersticken!« rief Elend. »Laß mich raus, raus!« Der Bauer wandte sich ab und rief einen seiner Diener herbei. Der Diener kam aus dem Hause gelaufen und wartete auf einen Befehl.
»Ja Herr, Ihr habt gerufen?« sagte der Diener.
»Siehst du den Brunnen?« fragte der Kaufmann.
»Er steht, wo er immer stand«, antwortete zögernd der Diener. »Warum fragt Ihr? Wart Ihr wieder mit Eurem Freund im Wirtshaus?«
»Du meinst, ich sei betrunken?«
»Nein, Herr, wie könnte ich, aber . . .«, stammelte der Diener.
»Der Brunnen soll zugeschüttet werden«, sagte der Kaufmann bestimmt.
»Der schöne Brunnen?« wandte der Diener ein.
»Zugeschüttet, zugeschüttet, sage ich, sage ich!« stieß der Kaufmann ungehalten hervor. »Du hörst doch? Steine, Steine und Erde darüber, soviel ihr bekommen könnt. Man soll nicht einmal wissen, wo der Brunnen stand.«
»Wie Ihr wollt, Herr, aber . . .«, murmelte der Diener und konnte sich nicht erklären, was der Kaufmann verlangte.
»Kein Aber, kein Wenn! Und dann graben wir einen neuen Brunnen«, ordnete der Kaufmann an.
»Einen neuen Brunnen, sehr wohl, Herr, immer, wie Ihr es wünscht.«
»Und jetzt ist Schluß mit all dem Elend«, sagte der Kaufmann. »Ich werde zu meinem Bruder gehen und sagen: Laß uns in Frieden leben miteinander, keiner soll dem anderen neiden, was er hat. Und wenn wir künftig ins Wirtshaus gehen, dann nur zusammen, damit einer auf den anderen aufpaßt und nicht doch aus irgendeiner Ritze ein neues Elend einem von uns auf die Schulter springt.«

Die blaue Rose

Nach einem chinesischen Märchenmotiv

Eines Tages saßen der Kaiser von China und die Kaiserin im großen Musikzimmer des Südlichen Palastes auf seidenen roten Kissen und hörten dem Spiel von zwei Musikanten zu.
Die Kaiserin hatte vor einer halben Stunde den Palast der Irdischen Ruhe verlassen, in dem sich ihre Schlafgemächer befanden. Sie hatte dort ihr besticktes Halstuch vergessen und nicht eine der Dienerinnen zurückgeschickt, sondern war selbst über den Hof gegangen und in bester Stimmung an der Halle der Kaiserlichen Seelenruhe vorbeigekommen, vor der auf breiten Sockeln die steinernen Fabeltiere wachten. Sie hatte auf die verzierten Mosaiken auf dem Gartenpfad geblickt und voll Freude die Blumen betrachtet, die neben den Steinplatten wuchsen.
Es war ein sonniger, schon warmer Nachmittag im Frühling. Diener hatten die zum Garten führenden Türen des Zimmers aufgeschoben, um den Duft der Pflaumenbäume hereinzulassen, die draußen blühten. Der Kaiser liebte die Bäume so sehr, daß er bei ihrem Anblick gelegentlich das Regieren vergaß. Am meisten aber liebte er ihren Duft. Monatelang wartete er darauf, daß sich die weißen Blüten öffneten und die Bäume wie überschüttet mit Freude aussahen.
Sie blühen schöner als die gemalten Bäume auf der Schale, die vor mir auf dem Tischchen steht, dachte der Kaiser. Obgleich die weißen und rosa Blüten unvergleichlich sind, die der Künstler auf das Rund der Schale neben den Fasan gemalt hat. Und der Kaiser griff nach der Schale aus durchsichtigem weißen Porzellan, auf dem Blüten, Zweige und der Vogel wie lebendig anzusehen waren. Er drehte die Schale in den Händen und stellte sie nach kurzer Zeit wieder auf das Tischchen, um sich nun ganz den blühenden Zweigen zuzuwenden, die in der Sonne aufzuschäumen schienen. Jeden Nachmittag machte sich der Kaiser im

Frühling die Zeit zum Fest und ließ sich so auf der breiten Bank neben der Kaiserin nieder, daß er auf das Blütenmeer blicken konnte, während durch die Ohren die Musik in die Sinne und in das Herz drang. Für Augenblicke schloß der Kaiser die Augen, lehnte sich an das Wandkissen und meinte, die blühenden Bäume und die Töne der Musik gleichzeitig sehen zu können. Dann lächelte sein Gesicht von innen heraus, und die Kaiserin freute sich, daß der Kaiser glücklich war und daß ihm keine Sorgen Falten ins Gesicht zeichneten. Neben dem Kaiserpaar stand ein roter Wandschirm, auf dem in chinesischer Schrift und goldenen Linien das Zeichen ›doppeltes Glück‹ zu lesen war.
Der Kaiser blickte die Musikanten an, die gerade ihr Spiel beendet hatten, und sagte begeistert: »Friede im Land und Vergnügen im Haus. Das ist gut. Das Herz eines alten Mannes freut sich an der Musik.«
Die Musiker verneigten sich vor dem Kaiser. Sie berührten mit den Köpfen den Boden.
»Ihr habt ausgezeichnet gespielt«, fuhr der Kaiser fort. »Jeden Tag eine Stunde lang Musik zu hören, das ist eine besondere Freude für den Kaiser. Es ist gut, viele Künstler am Hof zu haben. Wie sollte der Kaiser herrschen ohne die Musik, die sein Tun und seine Ruhe begleitet, ohne die Bilder im Raum der Drei Kostbarkeiten, ohne die Kunst der Gärtner, ohne die Kunst der Architekten, die die Halle der Höchsten Harmonie gebaut haben?«
Und der Kaiser sagte lauter, so laut, daß die Diener es hören konnten: »Man gebe den Musikanten reichlich Lohn.«
Die Musiker wußten, daß sie nun das Zimmer verlassen sollten. Sie erhoben sich und gingen unter Verbeugungen hinaus.
Der Kaiser wollte gerade aufstehen, als ein Diener aufgeregt hereinstürzte und atemlos hervorstieß: »Dem ... dem Sohn des Himmels, dem ... dem gnädigen Kaiser Ehre und Ehrerbietung.« Überrascht blickten ihn der Kaiser und Kaiserin an. Der Kaiser sagte: »Du bist in Eile. Hast du Schlimmes zu melden?«
Auch die Kaiserin fragte: »Was ist geschehen?« Und Angst war in ihrer Stimme.
»Nur gute, gute Botschaft habe ich zu bringen,« antwortete schnell der Diener. »Euer Sohn ...«
»Was ist mit dem Sohn?« fiel ihm der Kaiser ins Wort.

»Die Frau Eures Sohnes«, rief der Diener, »hat einen gesunden Sohn geboren!«
Da stand der Kaiser auf, und die Freude schloß ihm die Augen. Welch ein Glück, dachte er, die Blüte der Pflaumenbäume gesehen und die Musik gehört zu haben und jetzt zu wissen, daß sich die Erwartung des Sohnes erfüllt hat.
Der Kaiser schritt im Zimmer auf und ab und sagte dann: »Den Himmelherrschern sei Dank. Es ist das höchste Glück eines Vaters, zu wissen, daß seine Kinder als Geschenk des Himmels wieder Kindern das Leben geben.«
Vor Freude hatte die Kaiserin die Hände vor das Gesicht geschlagen.
»Das Glück steht über dem Kaiserpalast«, sagte sie mit beinahe zitternder Stimme. »Der himmlische Drache strahlt in der untergehenden Sonne.«
»Man lasse die Palastkanonen auffahren und mit drei Schüssen dem Volk verkünden, daß dem Kaiser einst sein Sohn folgen wird und daß diesem Sohn wieder ein Sohn geschenkt wurde«, sagte der Kaiser.
»Die Kanonen sind schon gestern vorbereitet worden«, sagte der Diener. »Ich werde laufen, um den Befehl zum Schießen zu geben. Die ganze Stadt, das ganze Land, alle sollen sogleich die frohe Kunde erfahren.«
Nur wenige Minuten, nachdem der Diener das Zimmer verlassen hatte, erschütterten drei Kanonenschläge die Luft, und bald würde die ganze Stadt widerhallen von der Freude der Bewohner. Der Kaiser aber wandte sich an die Kaiserin und sagte bestimmt: »Nun soll auch unsere Tochter sich einen Mann wählen. Ich werde die angesehensten jungen Leute des Reiches in den Palast einladen. Sie kann sich den wählen, der ihr am besten gefällt. Jetzt aber soll ein Dichter kommen und mir ein paar der alten Verse vortragen, die seit tausend Jahren die Schönheit unseres Reiches der Mitte preisen.«
»Willst du heute nicht deine Tochter hören?« fragte die Kaiserin. »Sie kennt alle Lieder der großen Dichter und singt wie niemand sonst im Land.«
Der Kaiser schüttelte den Kopf.
»Nein, nein, heute nicht«, sagte er. »An diesem Freudentag will ich nicht wieder von ihr hören, daß sie nicht heiraten möchte. Es könnte

sonst sein, daß ich mich ärgere. Und du weißt: Die Galle des Kaisers ist empfindlich.«

Am nächsten Tag redete der Kaiser mit seiner Tochter und verlangte, daß sie sich nun einen Mann suche. Die Prinzessin sträubte sich, mußte dann aber einwilligen, wenigstens die wohlhabenden Herren und Prinzen anzusehen, die ihr Vater in den Palast einladen wollte.

So schickte der Kaiser ins Land hinaus und ließ die wohlhabenden und gutaussehenden jungen Leute an den Hof bitten und sagen, die Prinzessin wolle sich unter ihnen ihren Mann wählen.

Wer wollte da nicht der Schwiegersohn des Kaisers von China werden? Jeder dünkte sich der Schönste und Gescheiteste unter den jungen Männern und schickte sich an, in seinem schönsten Staat am vereinbarten Tag im Palast zu erscheinen. Sie ritten herbei auf goldgeschmückten Pferden, sie ließen sich in Sänften herantragen, von Dienern begleitet und mit Geschenken versehen. Es war ein richtiger Andrang vor dem Thronsaal, und manch einer blickte den anderen mit scheelen Augen an, weil er in ihm den Gegner sah und wünschte, dieser möge gar nicht erst vorgelassen werden.

Im Thronsaal des Palastes der Erhaltung des Glücks hatten sich der Kaiser, die Prinzessin und ein Minister eingefunden. Der Kaiser saß auf dem aus rotem Holz gefertigten Thron und hatte den rechten Arm auf ein viereckiges, an den Ecken abgerundetes gelbes Seidenkissen gelegt und blickte erwartungsvoll vor sich hin. Neben dem Thron standen zwei Tischchen mit geschwungenen Beinen und darauf Porzellantöpfe mit rotblühenden kleinen Sträuchern. Von den beiden großen sechseckigen Ampeln über den Tischen hingen rote Quasten herab. Jeder, der vor diesen Thron trat, mußte wissen: Von hier aus herrscht der Kaiser über das riesige Reich der Mitte mit seinen vielen Millionen Bewohnern. Neben dem Thron stand die Prinzessin, an eine steinerne Drachenfigur gelehnt, und machte ein verschlossenes, beinahe böses Gesicht, das so gar nicht zu ihren lustigen Augen und dem schmalen Mund passen wollte.

Der Minister schlug mit einem Stock auf den Boden und sagte: »Sohn des Himmels, die jungen Prinzen, die wohlhabenden Herren deines Reiches sind gekommen, deiner Tochter die Ehre zu geben. Sie haben Geschenke mitgebracht und hoffen, das Auge der Prinzessin möge freundlich auf ihnen ruhen.«

Dann wurde die Tür des Thronsaals geöffnet, und ein junger Mann nach dem anderen trat vor die Prinzessin. Jeder verneigte sich vor der Prinzessin, die kein Wort sprach, sondern alle nur kurz musterte und immer wieder den Kopf schüttelte.
Schließlich kam der letzte an die Reihe, ein Prinz in einer strahlend blauen Jacke. Seine Augen blitzten vor Freude, als er die Prinzessin sah. Ja, das wäre die rechte Frau für mich, dachte er und senkte den Kopf nicht, als er vortrat, sondern sah die Prinzessin mit aller Liebe an, die in ihm aufgebrochen war. Doch auch bei ihm schüttelte sie den Kopf, und der Minister mußte nach ihm die Tür schließen und stellte sich enttäuscht neben dem Ausgang an die Wand.
Der Kaiser, der schon längere Zeit unruhig auf dem Thronkissen hin- und hergerutscht war und am liebsten dem einen oder anderen der jungen Männer die Hand geschüttelt und ihn als Schwiegersohn begrüßt hätte, konnte nun nicht mehr an sich halten und sagte ärgerlich: »Ich habe den Eindruck, du hast die jungen Herren überhaupt nicht angesehen. Was sollen die vom Kaiserlichen Hof denken? Du bist – wir sind unhöflich gewesen. Nicht mit einem hast du ein Wort gewechselt. Alle müssen denken, du seist hochmütig, du würdest sie verachten.«
»Was geht es mich an, was die Prinzen denken?« sagte mißgestimmt die Prinzessin. »Mir hat eben keiner gefallen.«
»So darfst du nicht reden«, besänftigte sie der Kaiser. »Hättest du sie nur genauer angesehen, dann hättest du leicht einen gefunden.«
»Vater, du weißt, ich will nicht heiraten«, antwortete die Prinzessin.
»Hast du wenigstens die Geschenke bemerkt, die sie mitgebracht haben?« fragte der Kaiser.
Die Prinzessin nahm die Hand vom Steindrachen und klatschte sie dann wieder leicht auf dessen glänzenden Kopf.
»Was soll ich damit?« fragte sie. »Laßt sie wegräumen.«
Der Kaiser stand vom Thron auf, strich sich das bestickte Prunkgewand glatt und trat einen Schritt vor, auf seine Tochter zu.
»Du bist undankbar«, sagte er. »Was hast du eigentlich im Kopf?« Doch die Prinzessin ließ sich nicht einschüchtern und entgegnete ihm mit leisem Lächeln: »Vielleicht hab ich die Lieder im Kopf, die dir so gut gefallen, vielleicht die Lieder, die ich selbst dichten möchte.«
»Ja, natürlich. Doch laß die Kunst Kunst sein!« fuhr der Kaiser fort.

»Irgendwann einmal mußt auch du vernünftig werden. Und wenn du vernünftig geworden bist, magst du dir später wieder die Zeit mit Liedern und Versen vertreiben.«
Da ging ein Aufblitzen über das Gesicht der Prinzessin. Ein neuer Gedanke war ihr gekommen.
»Gut, ich habe mich besonnen«, sagte sie und schnippte mit den Fingern.
»Du willst – du wirst heiraten?« fragte der Kaiser freudig überrascht und doch noch ein wenig ungläubig.
»Ich werde heiraten . . .«, sagte ganz langsam die Prinzessin.
»Warum machst du ein so verschmitztes Gesicht?« fragte der Kaiser.
»Den werde ich heiraten, der mir eine blaue Rose bringt. Das verspreche ich dir.«
»Was redest du da?« rief der Kaiser außer sich. »Auch du weißt, daß es keine blauen Rosen gibt. Nirgendwo auf der Welt.«
Sie verspottet mich, sie will sich lustig machen, dachte er. Sie will nicht heiraten, sie hat nicht nachgegeben, sie hat sich nicht besonnen. Ich sollte strenger mit ihr sein, ihr einfach einen der Prinzen zum Mann bestimmen.
Und schon setzte die Prinzessin wieder zu einem neuen Satz an, und sie sprach mehr zu sich als zu ihrem Vater, und es war, als lachte sie dabei in sich hinein, als sie sagte: »Wer mich heiraten will, wird die blaue Rose finden, oder ich heirate keinen.«
Da schlug der Kaiser die Hände über dem Kopf zusammen und erschreckte den Minister, der mit niedergeschlagenen Augen an der Tür stehengeblieben war, denn noch nie hatte der Kaiser so heftig seine Stimmung erkennen lassen. Der Diener sprang herbei, doch eine Handbewegung des Kaisers scheuchte ihn wieder zurück.
»Kind«, sagte der Kaiser, »du kannst mich zur Verzweiflung bringen. Aber wenigstens hast du gesagt, du würdest heiraten, wenn . . . ach, die törichte Rose, die blaue Rose . . . Minister, hast du gehört?«
Schnell trat der Minister wieder vor den Kaiser und sagte:
»Ich habe gehört und werde bekanntmachen lassen: ›Die Prinzessin will heiraten, doch nur den, der ihr eine blaue Rose bringt. Der Kaiserhof erwartet den Freier mit der blauen Rose!‹ «
»Mach alles bekannt, noch heute«, sagte der Kaiser beinahe erleichtert.

»Und jetzt gehe ich allein in den Garten der Pflaumenbäume. Ich will eine Stunde lang für mich sein. Und du, meine Tochter, geh auf dein Zimmer. Sonst kommst du noch auf die Idee, dein Prinz solle zur blauen Blume gleich noch das Blau des Himmels mitbringen, in einer Hand die Blume, in der anderen das Himmelsblau. Kind, was stellst du dir nicht alles vor? Wann wirst du begreifen, daß die Welt sich nicht nach deinen Wünschen richten kann?«

Der Minister sorgte mit Eifer dafür, daß der Wunsch der Prinzessin unter den Leuten verbreitet wurde, nämlich einen Freier zu heiraten, der ihr eine blaue Rose brächte.

Am nächsten Morgen begegneten sich zwei Frauen auf dem Weg zum Markt. Sie mußten die Neuigkeit heftig gestikulierend besprechen und stießen dabei immer wieder mit den breitrandigen großen Strohhüten zusammen.

»Hast du's gehört?« fragte die eine.

»Was denn?« fragte die andere.

»Die Prinzessin will heiraten.«

»Glaub ich nicht, glaub ich nicht!«

»Doch, doch. Aber nur den, der ihr eine blaue Rose bringt«, sagte die eine Frau und dämpfte dabei die Stimme, als würde sie ein Geheimnis ausplaudern.

»Was sagst du da?« fragte die andere Frau neugierig.

»Eine blaue Rose, einfach eine blaue Rose«, antwortete die eine Frau, so als sei dies die selbstverständlichste Sache der Welt.

»Und das hat sie gesagt?« fragte die andere Frau weiter.

»Ja, gesagt und geschworen«, antwortete die eine Frau.

»Wenn meine Tochter, wenn meine . . .«, murmelte die andere Frau.

»Wenn deine Tochter, natürlich – du würdest ihr eins aufs Hinterteil geben, hab ich recht? Aber sie ist ja die Tochter des Kaisers.«

Die andere Frau zupfte an ihrem blauen Kittel und schien immer noch nicht zu glauben, daß man so einen dummen Wunsch äußern konnte.

»Eine blaue Rose, wie kommt sie nur auf eine blaue Rose?« fragte sie und besann sich dann darauf, warum sie auf dem Weg zum Markt war.

»Ich jedenfalls«, sagte sie rasch, »brauche jetzt ein schneeweißes Entchen. Für die Bratpfanne, ganz einfach, kein blaues Röschen.«

»Ich hab's drüben gesehen ...«, sagte die eine Frau.
»Was, eine blaue Rose?« fragte ganz verwirrt die andere Frau.
»Nein, dein schneeweißes Entchen«, beruhigte sie die eine Frau.
»Drüben auf dem Markt. Du mußt dich beeilen, sonst bekommt das Entchen Flügel und landet in einer anderen Bratpfanne.«
Ein paar Tage vergingen, der Kaiser hatte sich im Thronraum des Palasts zum Ewigen Frühling niedergelassen und seinen Minister gerufen. Der Kaiser blickte sich um und betrachtete die feinen Bambusstämme und das Grün der gefächerten Blätter, die ein Künstler auf die fünf Rahmenbilder hinter dem Thron gemalt hatte. Er blickte auf den rot und grün durchwirkten Teppich vor dem Thron und dachte an seine Tochter.
»Nun, wo sind die blauen Freier?« fragte er gedankenverloren seinen Minister und verbesserte sich sogleich: »... die Freier mit der blauen Rose, meine ich.«
»Die Leute im Land lachen oder sind traurig«, antwortete der Minister. »Eine blaue Rose! Niemand hat je davon gehört.«
»Ach, wäre sie nur nicht so eigensinnig!« seufzte der Kaiser. »Aber ich bin vielleicht selbst schuld an ihrem Eigensinn.«
Der Minister sah, wie die Stirn des Kaisers sich in Falten legte und wie die Augen des Herrschers ganz klein wurden.
»Es steht mir nicht zu, Majestät«, sagte der Minister zögernd, »aber die Lieder, die Eure Tochter ...«
Und schon erwartete er eine zornige Antwort des Kaisers, denn auf die Musik, auf die Lieder hatte der Kaiser noch nie etwas kommen lassen. Wahrscheinlich hatte er sich mit seinem Hinweis auf die Lieder zu weit vorgewagt und würde jetzt kaiserlichen Tadel einstecken müssen.
Und so war der Minister nicht wenig erstaunt, als der Kaiser mit nachdenklicher Stimme sagte: »Sag es nur, ja, die Lieder haben ihr den Kopf verdreht. Und in den Liedern kann ja alles vorkommen. Weil die Dichter von einer blauen oder meinetwegen einer braunen Rose sprechen, glaubt sie, meint sie ... ja, diese Lieder, die Verse haben ihr den Kopf verdreht.«
Das ist eine gute Gelegenheit, dachte der Minister. Jetzt muß ich dem Kaiser meine Meinung sagen. Wer weiß, wann er mir wieder zustimmt.

»Es wird zuviel gesungen am Hof des Kaisers«, sagte der Minister und machte sich mit einem Stoß der rechten Hand in die eigene Seite Mut. »Es wird wirklich zuviel ...«
Doch schon unterbrach ihn der Kaiser.
»Du willst mir wohl meine Vergnügungen nehmen? Neidet mir sonst noch jemand am Hof meine Vorliebe für Musik und Dichtkunst?«
Der Minister zog den Kopf ein, wollte sich aber noch nicht geschlagen geben.
»Die Staatsgeschäfte. Majestät, die Staatsgeschäfte erfordern einen nüchternen Sinn«, sagte er überzeugt und war zugleich erschrocken über seine Kühnheit.
»Und den hast du doch«, entgegnete der Kaiser. »Wozu habe ich einen nüchternen Minister? Doch du wolltest weiter berichten.«
»Ein reicher Kaufmann«, sagte der Minister, »hat ausgestreut, er werde die blaue Rose finden und in den Palast kommen.«
»Ein reicher Kaufmann«, sagte der Kaiser. »Warum nicht? Soll er doch gleich einen ganzen Strauß blauer Rosen mitbringen, damit die Prinzessin von ihren Wünschen geheilt ist. Soll sie doch einen Kaufmann heiraten.«
Der Kaufmann, von dem der Minister gesprochen hatte, war gerade auf dem Weg zum Blumenhändler. Durch enge Straßen, vorbei an den endlosen Reihen der Holzhäuser, vor denen überall die Wäsche zum Trocknen hing, kam er auf den Markt und schob die Frauen zur Seite, die mit Taschen und Körben zum Einkaufen unterwegs waren. Schließlich kam er zum Laden des Blumenhändlers. Vor dem Laden standen in Vasen Blumen und Zweige, und neben der Tür zum Laden sah man ein großes Fenster, dessen Füllung aus reichgeschnitzten kleineren Fassungen bestand. Unter dem Fenster war ein holzgeschnitzter Blütenzweig in einem Rahmen aus grüngestrichenem Holz zu sehen. Ein vornehmer, begüterter Blumenhändler, der bekannteste der Stadt – das sah man gleich, noch ehe man den Laden betrat.
Der Kaufmann Wu trat über die Schwelle und wurde mit einer tiefen Verbeugung begrüßt.
»Was führt Euch heute in meinen armseligen Laden, verehrter Kaufmann Wu?« fragte der Blumenhändler. »Eine Lotosblume für eine Eurer Geliebten? Oder eine Orchidee? Oder seht diesen Strauß roter Rosen an!«

Der Blumenhändler trug eine schwarze Jacke mit weiten Ärmeln und eine weite schwarze Hose. Die kurzgeschorenen Haare standen ihm wie graue und schwarze Stoppeln auf dem Kopf, und um die zusammengekniffenen kleinen Augen zog sich Falte um Falte. Auch von den Ohren abwärts über die Wangen warf die Haut Falten. Der kleine Spitzbart aber, den er drei Jahre lang getragen hatte, war vor kurzem geschoren worden. Mit einer stolzen, weitausholenden Handbewegung bot er dem Kaufmann Wu alle Schätze seines Ladens an. Er war überzeugt, jeden Wunsch erfüllen zu können.

»Sag«, fragte Wu knapp, »bin ich nicht reich, kann ich mir nicht kaufen, was ich will?«

»Ihr könnt Euch alles kaufen«, beeilte sich der Blumenhändler zu antworten. »Wenn ihr wollt, gehört Euch mein ganzer Laden mit all seinen Blumen. Denn Ihr seid reich, der reichste Kaufmann der Stadt. Das wissen doch alle. Ihr wollt also alle meine Blumen kaufen?«

»Du bist so dumm wie deine weißen und roten Rosen«, sagte der Kaufmann Wu ungeduldig. »Ich habe nicht gesagt, daß ich alle deine Blumen kaufen will.«

»Also, dann nur die oder die, oder die . . .«, stotterte der Blumenhändler, der Angst hatte, kein Geschäft zu machen, und fürchten mußte, der Kaufmann werde ihn nicht mehr zu dem einem und anderen Mädchen, zu der einen und anderen jungen Frau schicken, die er regelmäßig zu besuchen pflegte und denen er ausgewählt schöne Blumen zum Geschenk machte. »Ich will eine . . . die blaue Rose«, sagte der Kaufmann und bemerkte, wie ihn der Blumenhändler, kaum daß er den Satz gesagt hatte, entsetzt ansah.

»Was habt Ihr gesagt?« fragte der Blumenhändler, so als zweifelte er am Verstand seines Kunden.

»Mach deinen Mund zu!« befahl Kaufmann Wu. »Du hast richtig gehört. Weil ich die Tochter des Kaisers heiraten werde, brauche ich eine blaue Rose. Soll ich, der ich alle Frauen haben konnte, die Tochter des Kaisers nicht erringen, nur weil sie die Bedingung stellt, ihr Freier müsse mit einer blauen Rose erscheinen? Weil ich alles bezahlen kann, was es zu kaufen gibt, kaufe ich eine blaue Rose. Ich zahle jeden Preis.« Und die Stirn schwoll ihm rot an, und die Hände ballten sich zu Fäusten. Er stützte sich auf den Ladentisch und schob den Oberkörper vor, schien mit den Augen in den Blumenhändler eindringen zu wollen.

»Eine blaue Rose könnt Ihr, mein Herr, könnt Ihr nicht kaufen«, stieß der Blumenhändler, am ganzen Leib zitternd, hervor. Da schlug der Kaufmann Wu mit einer Faust auf den Tisch und schrie: »Bist du ein Blumenhändler oder nicht?«

»Ja, natürlich, ja, und Ihr, Ihr könnt alles haben, nur eben keine . . .« Die weiteren Worte blieben ihm im Hals stecken, und entsetzt starrte er den Kaufmann an, der mit den Händen nach ihm zu greifen schien, der ihn vielleicht erwürgen wollte, wenn er ihm nicht die blaue Rose beschaffte. Aber es gab keine blaue Rose, es hatte nie eine blaue Rose gegeben. Das wußte jedes Kind. Das mußte auch der Kaufmann Wu wissen. Das mußte auch die Prinzessin wissen. Warum nur machte sie mit ihrem Wunsch die Männer verrückt, und warum nur mußte der Kaufmann Wu gerade in diesem Laden . . . Er kam mit seinen Überlegungen zu keinem Ende, denn Wu setzte zu einem neuen Wortschwall, zu einer neuen Drohung an, die er unmißverständlich mit den Fäusten begleitete.

»Ich dulde, ich dulde keinen Widerspruch!« rief er. »Du wirst reich sein, so reich, wie nie ein Blumenhändler war, wenn du mir die blaue Rose verschaffst und ich der Schwiegersohn des Kaisers werde. Ich will keine andere Frau mehr ansehen, seit ich weiß, daß ich die Prinzessin zur Frau haben kann. Ich gebe dir drei Tage Zeit, mehr nicht. Wenn du mir dann die blaue Rose nicht verkaufst, werde ich dich auspeitschen lassen, bis dir blaue Rosen auf dem Rücken wachsen.«

»Ich werde alles, alles versuchen, verehrter Herr Wu«, sagte der Blumenhändler mit Tränen in der Stimme.

»Gut, du hast also verstanden«, sagte der Kaufmann Wu und verließ den Laden, ohne den Blumenhändler noch einmal anzusehen.

In einem Zimmer des Kaiserlichen Palastes unterhielt sich der Minister mit der Prinzessin. Der Minister war seit Tagen schlechter Laune, denn jede Nachricht, ein junger Mann hätte die blaue Rose gefunden, stellte sich rasch als Schwindel heraus, und er wußte nicht, wie er sich selbst und den Kaiser vor dem Ruf der Lächerlichkeit retten sollte.

Erzählten doch schon die Köche und Mägde, er oder der Kaiser seien nicht richtig im Kopf, wenn sie einen so unsinnigen Einfall der launischen Prinzessin ernst nähmen und den jungen Leuten damit die Köpfe verdrehten.

»Ihr habt eine unerfüllbare Forderung gestellt«, sagte der Minister zur Prinzessin.
»Hat niemand die blaue Rose gefunden?« fragte die Prinzessin lächelnd.
»Ein reicher Kaufmann, so wurde mir gemeldet, will sein ganzes Vermögen . . .«
»Ach, wenn er nur sein ganzes Vermögen einsetzt!« unterbrach ihn die Prinzessin.
»Alles, was er hat . . .«, fuhr der Minister fort. »Und heute habe ich erfahren, daß auch der berühmteste Krieger des Landes die Hoffnung nicht aufgegeben hat. Er ist auf dem Weg zum Schloß eines reichen Königs, der die ausgefallensten, wertvollsten Schätze der Erde sein eigen nennt. Mit diesem König will er um die blaue Rose kämpfen, denn unter dem Wertvollsten muß sich doch auch die blaue Rose befinden.«
Die Prinzessin ging von einem Fenster des Zimmers zum anderen und warf einen Blick in den Garten hinaus. Sie schien sich kaum für das zu interessieren, was der Minister gerade gesagt hatte.
Abfällig und nebenbei, ohne sich dem Minister zuzuwenden, sagte sie: »Der eine also, sagst du, will mit Reichtum die Rose erwerben, der andere mit Körperkraft oder Kriegslist. Toren, nichts als eitle, überhebliche Toren!«
»Sie wollen Euch zur Frau nehmen«, antwortete der Minister ratlos.
»Überhebliche Toren!« sagte die Prinzessin noch einmal.
»Was habt Ihr gesagt?« fragte der Minister.
»Ich warte auf den, der mir die blaue Rose bringt«, sagte die Prinzessin und lachte plötzlich so laut, daß dem Minister alle Gedanken im Hirn steckenblieben und er nur noch einen Wunsch hatte: das Zimmer so rasch wie möglich zu verlassen. Ich werde meinen Dienst quittieren müssen, wenn das so weitergeht, dachte er, raffte seinen weiten Rock zusammen und eilte ins Freie, um Luft zu schöpfen. Ich werde ersticken am Duft der blauen Rose, dachte er, am Duft der blauen Rose, die es gar nicht gibt.

Der berühmte Krieger aber war schon beim reichen König eingetroffen und hatte sich durch sein lautes, stolzes Auftreten Zugang verschafft.
»Ihr seid über die Grenzen Eures Landes hinaus bekannt«, sagte er zu

dem reichen König. »Ihr habt in Eurem Schloß die seltsamsten Schätze der Erde gesammelt.«
Dem reichen König war es unangenehm, daß der fremde Krieger ihn so ansprach. Und er entdeckte an den Schuhen des Kriegers den Schmutz der Landstraße und hätte den Fremden am liebsten aus seinem Palast weisen lassen.
»Du bist ein Krieger, sagte mir mein Diener«, meinte er schließlich. »Du sollst Dörfer und Städte niedergebrannt haben. Was willst du von mir?«
Der Krieger herrschte den König an und forderte laut: »Gebt mir die blaue Rose!«
»Die blaue Rose?« fragte der König verwundert.
»Wenn Ihr die ausgefallensten Dinge besitzt, muß darunter auch eine blaue Rose sein«, sagte der Krieger ungeduldig.
»Du verlangst etwas Unmögliches«, entgegnete der König ruhig. Der Krieger stampfte wütend mit dem Fuß auf dem Boden auf und schrie: »Ihr weigert Euch?«
»Ich besitze keine blaue Rose«, erklärte mit leiser Stimme der König.
»Ihr lügt«, sagte der Krieger drohend. »Draußen stehen meine Soldaten. Wenn Ihr meinen Wunsch nicht erfüllt, werden sie Euer Schloß in Schutt und Asche legen.«
»Ich habe immer nur Frieden gesucht«, antwortete der König. »Ich will auch mit dir keinen Streit. Ich werde dir die blaue Rose geben.«
»Dann habt Ihr also doch gelogen!« rief der Krieger wütend. Der König aber ging zu einem kostbaren Schrank, der aus vierundzwanzig edlen Hölzern gefertigt war, und schloß mit einem silbernen Schlüssel ein Schloß auf, und er schloß mit einem goldenen Schlüssel ein Schloß auf und nahm aus einem Kästchen eine Rose aus Edelsteinen. »Du wirst gleich sehen«, sagte er zu dem Krieger, »daß ich nicht gelogen habe. Da, nimm meinen kostbarsten Besitz, die blaue Edelsteinrose. Mein Urgroßvater gab einst alle Schätze dafür. Sie sollte immer in meiner Familie bleiben, das wunderbarste Kunstwerk, das je aus Edelsteinen geschaffen wurde. Aber da du mich bedrohst, muß ich der Gewalt nachgeben.«
Der Krieger war neben den König getreten. Er streckte den Arm aus und entriß dem König die kostbare blaue Edelsteinrose.

»Macht nicht lange Worte!« zischte er. »Gebt her, rasch! Jetzt ist die Kaisertochter mein. Kein anderer wird ihr die blaue Rose bringen.« Er packte die blaue Rose und lief aus dem Saal. Der reiche König aber war zum ärmsten aller Könige geworden, und seine Augen füllten sich mit Tränen.

Kaum hatte der Kaufmann Wu den Laden des Blumenhändlers verlassen, als dieser seiner Frau unter heftigen Gesten den absonderlichen Wunsch seines Kunden berichtete und ihr sein Leid klagte. Die Angst vor dem Auspeitschen sah ihm aus beiden Augen, und am liebsten hätte er seinen Laden zugesperrt, wäre in den Wald geflohen und hätte sich dort versteckt. Seine Frau war klein von Gestalt, aber flink beim Arbeiten, ihre rauhen Hände waren immer in Bewegung, und unter dem pechschwarzen Haar, das zu einem Zopf zurückgebunden war, blitzten muntere Augen.
»Auspeitschen lassen will er dich?« rief sie verbittert. »Vielleicht gar umbringen? Nur weil er Geld hat, nur weil er reich ist? Jeder Reiche glaubt, er könne mit seinem Geld die ganze Welt kaufen. Und wir Armen laufen uns die Füße wund, um ihm zu Diensten zu sein. Pfui, der Herr der Unterwelt möge ihn holen!«
»Frau, fluch nicht!« beruhigte sie der Blumenhändler. »Denk lieber nach. Wir müssen ihm eine blaue Rose verschaffen.«
»Ich habe längst drei Gedanken gefaßt, ehe du deinen Strohkopf einmal umdrehst«, antwortete die Frau.
»Nicht dich wird er auspeitschen, sondern mich«, jammerte der Blumenhändler.
»Schluß jetzt mit dem Jammern!« sagte die Frau bestimmt. »Bring mir die schönste weiße Rose, die du hast. Sie muß ganz frisch sein.«
Der Blumenhändler wunderte sich, wagte aber nicht, seiner Frau zu widersprechen, wußte er doch, daß sie in allen Notlagen immer einen guten Gedanken hatte. Vielleicht wußte sie auch jetzt einen Ausweg. Er ging also ins Nebenzimmer, in dem die frischen Blumen kühl gelagert waren, um eine besonders schöne weiße Rose auszuwählen.
Währenddessen trat seine Frau an ein Schränkchen, holte eine Flasche mit blauer Tinte heraus und stellte sie auf den Tisch. Der Blumenhändler kam zurück und hielt in der rechten Hand eine besonders große langstielige weiße Rose.

»Da hast du die weiße Rose«, sagte er zu seiner Frau und trat an den Tisch.
Die Frau hatte die Tintenflasche geöffnet und sagte zu ihrem Mann: »Stell die Rose in die giftig blaue Tinte. Die Rose wird die Tinte aufsaugen und blau werden. Dann kannst du mit der blauen Rose zum Kaufmann gehen.«
Dem Blumenhändler fiel ein Stein vom Herzen. Er war überglücklich. Wie hatte ihn doch das Schicksal bevorzugt! Er würde nicht noch einmal einer so erfindungsreichen Frau begegnen.
»Die Himmlischen seien gepriesen!« rief er aus. »Sie haben mir die klügste Frau auf Erden gegeben. Jetzt brauche ich nicht mehr zu fürchten, einen blauen Rücken zu bekommen.«
Und er steckte die weiße Rose in die Flasche mit blauer Tinte. Der Stiel der Rose saugte die blaue Flüssigkeit auf, und die weiße Rose verwandelte sich in eine blaue Rose.
Im Kaiserlichen Palast erwartete die Prinzessin die angekündigten jungen Männer, die ihr eine blaue Rose bringen wollten.
Der berühmte Krieger hatte eilig das Schloß des reichen Königs verlassen und ließ die Berge und Ebenen der fernen Provinz hinter sich, um möglichst bald wieder in der Hauptstadt zu sein und der Prinzessin die blaue Edelsteinrose vorweisen zu können. Er ritt an den Ufern des Taihu-Sees entlang, er ritt bei Sonnenuntergang über die Brücke mit dem geschwungenen Geländer, er ritt tagelang, bis er sich der Kaiserlichen Stadt näherte und, erschöpft von der langen Reise, darum bat, der Prinzessin sein Geschenk überbringen zu dürfen.
»Du wurdest sofort vorgelassen«, sagte die Prinzessin, als er sich vor ihr verbeugte. »Der Ruf der blauen Rose ist dir vorangeeilt. Willst du mir die blaue Rose nicht zeigen?«
Der berühmte Krieger wickelte die Edelsteinrose aus den seidenen Tüchern, in die er sie gehüllt hatte, um sie auf der Reise zu schützen, und hob das Schmuckstück mit der rechten Hand hoch, damit die Prinzessin sie gut sehen konnte. Die Sonnenstrahlen fielen auf die blaue Rose und brachen sich in den Edelsteinen. Die blauen Saphire und Türkise blitzten und glänzten, daß es eine Freude war.
»Deine blaue Rose ist schön«, sagte die Prinzessin anerkennend.
»Ich habe Euch die blaue Rose gebracht«, sagte der berühmte Krieger

zufrieden. »Ist sie nicht schöner als alle Rosen, die Ihr je gesehen habt?«
Die Prinzessin zögerte, bevor sie antwortete.
»Es ist das schönste Schmuckstück, das ich je sah«, meinte sie schließlich. »Aber ich wollte keinen Edelstein, keine Türkise, keine Saphire, keine Aquamarine, sondern eine echte Rose. Schmuckstücke gibt es genug im Palast. Du siehst selbst: Du hast meine Bedingung nicht erfüllt. So kann ich nicht deine Frau werden. Wickle die Edelsteinrose wieder ein.«
Der berühmte Krieger war enttäuscht. Sollte all seine Mühe vergebens sein? Sollte er den weiten Ritt umsonst getan haben? Am liebsten hätte er der Prinzessin die Edelsteinrose vor die Füße geworfen, aber er wußte, daß er sich im Kaiserlichen Palast beherrschen mußte und nicht aufbrausen durfte. Schon zupfte ihn der Minister am Ärmel und zog ihn zum Ausgang. Mit gesenktem Kopf und verbittert mußte er das Zimmer der Prinzessin verlassen und sah gerade noch, wie der Minister den Kaufmann Wu begrüßte, der im Vorraum darauf gewartet hatte, vorgelassen zu werden.
Der Minister führte den Kaufmann in das Zimmer der Prinzessin und sagte: »Prinzessin, Ihr habt gerade den Krieger abgewiesen. Aber nun ist der reiche Kaufmann Wu eingetroffen, und ich habe gesehen, daß er eine echte blaue Rose in der Hand hält. Darf er vor Euch treten?«
»Ich lasse bitten«, sagte die Prinzessin kurz und beinahe gelangweilt, denn sie war überzeugt, daß auch der Kaufmann die blaue Rose nicht gefunden hatte.
Der Kaufmann Wu hatte seinen Festtagsrock mit den eingestickten roten Drachen angezogen und hielt stolz die blaue Rose in der Hand, als er sich der Prinzessin näherte, die bequem auf einem gepolsterten Stuhl saß.
Für einen Augenblick erschrak die Prinzessin. Der Kaufmann hielt wirklich eine echte blaue Rose in der Hand. Sollte sie, die Tochter des Kaisers von China, jetzt die Frau des reichen Kaufmanns werden, dieses stadtbekannten Großsprechers, von dem man sich viele Frauengeschichten erzählte und der wohl glaubte, er könne sich mit seinem Reichtum auch Liebe erkaufen? Was war sein Reichtum gegen die Reichtümer der Kaiserlichen Paläste?

»Gib mir die Rose!« sagte die Prinzessin barsch.
Der Kaufmann reichte ihr die Rose und sagte: »Ich habe die Hälfte meines Besitzes . . .«
Die Prinzessin nahm die Rose und roch daran.
»Sie riecht schlecht, deine Rose«, unterbrach sie den Kaufmann. »Du bist ein Schwindler. Die Rose wurde gefärbt. Sie war weiß, bevor man sie in das blaue Gift, in die giftige Tinte tauchte. Und damit willst du mich gewinnen? Schäm dich! Wie kannst du mir so unter die Augen treten? Wenn sich die Vögel oder Schmetterlinge auf die Rose setzen, werden sie sterben. Und vielleicht sollte auch ich mit der Rose vergiftet werden.«
Das Gesicht des Kaufmanns war kreidebleich geworden.
»Gewiß nicht, gewiß nicht!« stotterte er. »Seht, die Rose ist doch blau.«
»Ich sollte dich verhaften lassen«, sagte die Prinzessin empört. »Du bist ein Betrüger. Geh rasch, sonst rufe ich die Wache. Und nimm die künstlich gefärbte Rose mit.«
Bei den letzten Worten warf die Prinzessin dem Kaufmann Wu die Rose vor die Füße. Der griff rasch danach und stolperte aus dem Zimmer. Unter der Tür wäre er beinahe mit dem Kaiser zusammengestoßen, der gerade hereinkam und nach seiner Tochter sehen wollte.
»Du schickst den Mann mit der blauen Rose wieder weg?« fragte der Kaiser erstaunt.
»Ich will keine gefärbte und giftige Rose«, sagte die Prinzessin und verzog vor Abscheu das Gesicht.
»Wer wollte dich vergiften?« fragte der Kaiser besorgt.
»Ach Vater, laß ihn laufen«, fuhr die Prinzessin fort. »Er hat Schande und Spott mitgenommen.«
Es gab im Kaiserlichen Rat aber noch einen angesehenen Staatsmann, der sich als Verwalter der Schatzkammer und der Kaiserlichen Porzellansammlung schon in jungen Jahren als Kunstsachverständiger einen Namen gemacht hatte. Er wußte auf den ersten Blick eine Vase oder eine Schale einer ganz bestimmten vergangenen Epoche oder einem Künstler zuzuordnen und wurde oft vom Kaiser um Rat gefragt. Auch er wollte die Prinzessin gern zur Frau haben und war auf die Idee gekommen, einen berühmten Porzellanmaler in dessen Werkstatt aufzusuchen.

In der Werkstatt des Künstlers waren eine Töpferscheibe und ein Brennofen zu sehen, und in den Regalen an den Wänden standen kostbare Vasen, Schalen und Gefäße. Da gab es Teller, die mit blauen Lotusblüten und blaugefiederten Vögeln bemalt waren, da gab es Vasen mit Vögeln und Blumen in verschiedenen Farben und in Gold.
»Ich wäre nicht zu dir gekommen«, sagte der Staatsmann zu dem Porzellanmaler, »wärest du nicht im ganzen Land als der berühmteste Künstler deines Fachs bekannt, das weißt du doch.«
Der Künstler erhob sich vom Boden und verbeugte sich vor dem Staatsmann.
»Oh, es ist für mich eine Ehre, den Herrn Staatsrat wieder in meiner bescheidenen Werkstatt begrüßen zu dürfen.«
»Hast du die Porzellanvase fertig?« fragte der Staatsmann. Der Künstler trat an eines der Regale und brachte die schönste der dort aufgestellten Vasen herbei. Er trat vor den Staatsmann, hob die Vase gegen das Licht und sagte stolz:
»Sie ist aus dem feinsten, durchscheinendsten Porzellan, das so dünn ist wie Seidenstoff und gleichzeitig fest. Mit feinstem Pinsel habe ich die blaue Rose daraufgemalt. Man möchte glauben, die Rose könnte jeden Augenblick herabfallen, so echt sieht sie aus.«
Bewundernd betrachtete der Staatsmann das Meisterwerk. Er war überrascht. Der Künstler hatte sich selbst übertroffen. Unvergleichlich, dieses hauchdünne Porzellan, dachte er. Und erst die Rose, das ist einfach ein Wunder. Welch ein Glück, daß ich wußte, wo die blaue Rose zu finden war.
»Ja, ein Meisterwerk«, sagte er, »du übertreibst nicht. Dieser Rose wird die Prinzessin nicht widerstehen können. Pack sie sorgfältig ein. Ich will sofort zum Kaiserlichen Palast eilen. Noch heute werde ich der Schwiegersohn des Kaisers sein.«
Er ließ die kostbare Vase in Seidenpapier wickeln und mit goldenen Bändern umschnüren.
»Platz da, macht Platz!« rief er, als er mit trippelnden Schritten, die Vase vorsichtig an sich gedrückt, durch die Straßen eilte. Endlich kam er beim Mittagstor an und wurde auch gleich eingelassen, denn jederman kannte ihn, den Staatsrat, der über die kaiserlichen Kostbarkeiten wachte.

»Was führt dich zu mir?« fragte ihn die Prinzessin.
»Ihr seid heute noch schöner als je zuvor«, sagte er und kniete sich mit beiden Beinen auf den Boden. »Ihr verdient die schönste blaue Rose, die es gibt.«
»So, auch du hast eine blaue Rose anzubieten? Ich bin gespannt«, sagte lächelnd die Prinzessin.
Der Staatsmann wickelte die Vase aus und übergab sie der Prinzessin.
»Da, nehmt meine blaue Rose«, sagte er glücklich. »Ihr werdet zugeben müssen, noch nie eine schönere gesehen zu haben.«
Die Prinzessin drehte die Vase in den Händen, und vor Bewunderung hatte sie die Lippen leicht geöffnet, so daß man die kleinen weißen Zähne sehen konnte. Ihre Wangen röteten sich, so großen Eindruck machte das Kunstwerk auf sie. Und beinahe seufzend sagte sie, als sie den Blick wieder hob: »Ein vollendetes Stück. Eine herrliche Vase. In allen Schatzkammern meines Vaters findet sich kein schöneres Kunstwerk. Ich danke für das Geschenk. Es ist würdig, dereinst die echte blaue Rose aufzunehmen.«
Der Staatsmann mußte erst Atem schöpfen, so enttäuscht war er über die Antwort der Prinzessin. Aber als Staatsrat wußte er, was sich gehörte, und so sagte er schließlich höflich, wenn auch mit gepreßter Stimme:
»Oh, es ist mir eine Ehre ... eine Ehre für mich, Euch dieses Geschenk machen zu dürfen. Es war ... war mir eine Ehre. Ich empfehle mich ...«
Die Tage gingen dahin, und keine neuen Freier kamen in den Palast. Woher sollten sie auch die blaue Rose nehmen? Der Minister und der Kaiser schienen sich dreinzufinden, daß die Prinzessin unverheiratet bleiben würde. Der Prinzessin aber war nicht anzumerken, ob sie nun glücklich war, mit ihrer unerfüllbaren Forderung alle Freier abgeschreckt zu haben, oder ob sie insgeheim doch noch auf das Wunder wartete, daß nämlich eines Tages ein junger Mann mit einer echten blauen Rose in der Hand vor dem Kaiserlichen Palast stehen und sie zur Frau nehmen würde.
Eines Tages, die Sonne schickte sich gerade an unterzugehen und warf goldene Lichter auf die Palastwände, saß die Prinzessin auf einer Bank an der Mauer des Parks. Ein schmaler Bach, der an der Mauer entlangfloß,

ließ ein leises Plätschern und Gurgeln hören, und je tiefer die Sonne sank, um so mehr ließ sich die Prinzessin einspinnen in die Stimmung des Abends.

Da kam, von der Prinzessin unbemerkt, ein Wanderer des Weges und näherte sich der Bank, auf der die Prinzessin saß. Aber noch verbarg ein dichtes Gebüsch die Prinzessin. Der Wanderer blieb stehen und lauschte auf die Stimme der Vögel und auf den leichten Wind, der die Zweige der Bäume über ihm bewegte, und begann zu singen:

»Ich lehn am Weidenbaum
und seh den Abend sinken,
übers Wasser weht der Wind
einen Namen mir ins Herz,
den ich nie zuvor gehört.

Auf der Wiese drüben fliegt
ein Vogel hoch, fliegt übern Fluß,
blau und silbern blitzt die Flut,
wie ich's nie zuvor geschaut.«

Während des Singens war der Wanderer einige Schritte gegangen und stand plötzlich vor der Prinzessin, die versunken seinem Lied zugehört hatte.

»Oh, ich habe dich gerade erst bemerkt! Störe ich dich mit meinem Lied?« fragte er vorsichtig und blickte der Prinzessin gleichzeitig neugierig ins Gesicht.

»Nein, nein, dein Lied hat mir gefallen«, antwortete leise die Prinzessin. »Ich könnte dir noch lange zuhören.«

»Ich höre gerne den Fluß und das Quaken der Frösche«, sagte der Wanderer. »Und wenn es Abend wird, kommen mir die Lieder von selbst in den Sinn.«

»Setz dich«, sagte die Prinzessin, »auf der Bank ist Platz für zwei. Woher kommst du? Du bist nicht von hier?«

Der Wanderer wußte nicht, ob er der Aufforderung der Prinzessin folgen sollte, machte sie doch auf ihn einen recht vornehmen Eindruck. Aber da er es gewohnt war, jede Gelegenheit beim Schopf zu packen,

setzte er sich rasch entschlossen auf die Bank und blickte die Prinzessin an.
»Mir gehört die ganze Welt«, sagte er dann. »Ich war am großen gelben Fluß, ich war bei den hohen heiligen Bergen, auf denen ewiger Schnee liegt; ich wandere mit der Sonne mit, und manchmal zeigt mir auch der Mond den Weg. Und wenn ich nun deine Stimme höre, so ist mir, als seist du der Name, den mir in meinem Lied der Wind ins Herz trägt.«
»Ich höre dir gerne zu«, sagte die Prinzessin versonnen. Der Wanderer deutete mit der linken Hand auf die Landschaft vor dem Palast.
»Schau, dort hinten steigt der Mond auf. Wollen wir miteinander im Mondlicht spazierengehen? Das ist ein sehr schöner Garten. Wem gehört er?«
»Dem Kaiser«, sagte die Prinzessin.
»Er wird nichts dagegen haben, wenn wir ihn in der Nacht benutzen«, meinte der Wanderer fröhlich. »In der Nacht braucht er seinen Garten nicht.«
»Was bist du für ein Mensch?« fragte die Prinzessin. »Du bist nicht wie die Leute bei Hofe.«
»Warum fragst du das?« sagte der Wanderer.
»Ach, vergiß die Frage!« antwortete die Prinzessin. »Ich denke an den Spaziergang.«
»Du willst also mit mir kommen?«
»Du wirst mir Geschichten erzählen«, sagte die Prinzessin, »und mir leise, damit niemand es hört, Lieder vorsingen. Niemand soll die Lieder hören, die du mir vorsingst.«
»Dann müssen wir ganz tief in den Garten hineingehen«, fuhr der Wanderer fort und rückte ein wenig näher zur Prinzessin.
»Nicht zu weit, nur bis zur Brücke«, sagte die Prinzessin.
»Ich werde dir aus allen Ländern, die ich durchstreifte, eine Geschichte erzählen«, sagte der Wanderer begeistert. »Und wenn am Morgen aus den Wiesen die ersten Nebel steigen, wird die letzte Geschichte zu Ende gehen, und dann werde ich dich auf den Mund küssen, und wenn du willst, kannst du mit mir kommen. Ich könnte dir die ganze Welt zeigen. Vielleicht solltest du sogar meine Frau werden.«
Da zuckte die Prinzessin zusammen und wollte aufstehen.
»Das kann nicht sein«, sagte sie und atmete heftig.

»Oh, ich kann doch deinen Vater um deine Hand bitten!« rief der Wanderer und rückte noch ein wenig näher.
»Pscht, still!« hauchte die Prinzessin. »Still, sonst hören uns die Palastwächter. Du weißt nicht, wer mein Vater ist.«
»Was geht's mich an?« flüsterte der Wanderer und berührte mit der Schulter leicht die Schulter der Prinzessin. »Laß den Vater Vater sein. Hauptsache, dir gefallen meine Lieder und du hast mich gern.«
»Ich bin die Tochter des Kaisers«, sagte die Prinzessin und meinte, der Wanderer werde sogleich erschrocken aufspringen. »Und nur der wird mein Mann werden, der mir eine blaue Rose bringt.«
Doch der Wanderer schien sich nicht beeindrucken zu lassen und sagte mit der gleichen fröhlichen Stimme, mit der er die Prinzessin zum Mondspaziergang eingeladen hatte: »Wenn's weiter nichts ist. Morgen früh werde ich mit der blauen Rose im Palast sein. Beinahe wäre ich ja erschrocken. Wer ist schon darauf gefaßt, so einfach der Tochter des Kaisers zu begegnen? Doch Kaiser hin oder her. Ich habe ein Lied gesungen, und dir hat das Lied gefallen. Und ich will für dich noch viele Lieder singen.«
»Ich muß zurück in den Palast, sonst läßt mich der Minister suchen«, sagte die Prinzessin.
Da beugte sich der Wanderer zur Prinzessin und lächelte sie ganz lieb an.
»Und ich muß dir den versprochenen Kuß geben«, meinte er, »sonst fallen mir keine Lieder mehr ein und ich finde die blaue Rose nicht.«
Und er umarmte die Prinzessin und küßte sie, und er spürte, daß die Prinzessin auch ihn heftig küßte, und ihm war, als wollte sie nicht mehr von ihm lassen und könnte ihn die ganze lange Nacht über küssen und vielleicht auch noch am Morgen. Für ein paar Augenblicke hielt die Zeit inne, und alle Wünsche und Gefühle drehten sich nur um die beiden Körper, die einander umarmten und im Mondlicht und im Schein der Bäume zu einem Körper werden wollten.
Am nächsten Morgen, als die Hähne gerade aufgehört hatten zu krähen, kam der junge Wanderer wieder in die Kaiserlichen Gärten. Am Rande eines Teiches stand ein prächtiger Rosenstrauch, an dem viele weiße Rosen aufgeblüht waren. Der Wanderer summte das gleiche Lied, das er gestern gesungen hatte, und pflückte die schönste der Rosen vom Strauch.

Dann ging er fröhlich auf den Palast zu und sagte einem Wächter, die Prinzessin erwarte ihn, weil er die blaue Rose bringe.
Der Wärter sah ihn verwundert an, wagte aber nicht, ihn abzuweisen, und gab die Nachricht einem anderen Diener weiter, der sich in dem Zimmer neben dem großen Tor aufhielt. Der eilte rasch in den Palast und benachrichtigte die kaiserliche Familie, die gerade beim Frühstück saß. Und er wunderte sich, als die Prinzessin im Gesicht über und über rot wurde, aufsprang und sagte: »Vater, Mutter, laßt das Frühstück stehen und kommt mit, ich will, daß ihr dabei seid, wenn mir die blaue Rose überbracht wird.«
Der Kaiser zweifelte am Verstand seines Kindes. Wer sollte jetzt eine blaue Rose bringen, nachdem nicht einmal der berühmte Krieger, der Kaufmann und der Staatsmann die Bedingung erfüllt hatten? Aber er folgte der Prinzessin doch in den Empfangssaal, Seite an Seite mit der Kaiserin.
Kaum hatte der Minister ihnen die Tür geöffnet, kaum waren sie eingetreten, da betrat auch schon der junge Wanderer, von einem Diener geführt, den Saal und sah sich lustig zwinkernd um. In der Hand trug er eine weiße Rose.
Da lachte der Kaiser und sagte: »Dieser fremde Spaßvogel und Straßensänger scheint deine Bedingung nicht recht verstanden zu haben.«
»Wer hat ihn denn vorgelassen?« fragte die Kaiserin.
»Er sagt, er bringe der Prinzessin seine blaue Rose«, spottete der Minister. »Und dabei sieht doch alle Welt, daß die Rose, die er in der Hand hält, weiß ist.«
»Du, meine Tochter, mußt entscheiden«, sagte der Kaiser, »ob er der richtige Freier ist.«
»Ich bringe dir meine blaue Rose«, sagte der Wanderer und trat vor die Prinzessin.
Die Prinzessin sah ihn und die Rose voller Glück an und sagte dann so deutlich, daß alle es hören konnten: »Ja, das ist die blaue Rose, die ich haben wollte. Sie duftet, sie ist taufrisch.«
»Die Rose ist weiß!« rief der Kaiser überrascht.
»Die Rose ist ganz gewiß weiß«, meinte auch die Kaiserin.
»Die Rose ist weißer als weiß, weiß, weiß«, stotterte der Minister.

Aber die Prinzessin hörte nicht auf diese Worte, sondern nahm die Rose in die Hand und sagte: »Ich weiß, daß die Rose blau ist, und auch der, der mir die Rose gebracht hat, weiß, daß sie blau ist, und es könnte doch sein, daß ihr alle farbenblind seid.«
Da gab sich der Kaiser einen Ruck und erklärte: »Dann sei es also beschlossen, daß die Rose blau ist, weil es die Prinzessin so will. Keiner soll daran zweifeln. Jetzt weiß ich, daß die Augen des Herzens zuverlässiger sind als die Augen des Leibes.«
Die Prinzessin aber fiel dem jungen Wanderer in die Arme und küßte und küßte ihn, daß ihm beinahe der Atem ausging. Als sie ihm schließlich einen Augenblick zum Luftschöpfen gab, sagte er und sah dabei stolz und zufrieden den Kaiser und die Kaiserin an:
»Und wenn wir geheiratet haben, wollen wir vor unserem Schlafzimmer ein ganzes Beet dieser Rosen pflanzen, damit wir am Morgen, wenn wir aus dem Fenster schauen, immer blaue Rosen sehen.«

Der Krebs und die Prinzessin

Nach einem griechischen Märchenmotiv

Auf einer kleinen griechischen Insel, nicht weit vom Festland entfernt, lebte ein Fischer mit seiner Frau. Sie hatten sich unten am Pinienhang ein Haus gebaut und strichen es jedes Jahr vor Ostern mit frischem Kalk. Dann blendeten die Wände und Treppen im hellen Frühlingslicht so stark, daß man fast die Augen schließen mußte, wenn man vom Strand heraufkam und auf das Haus blickte.

Sie hatten ein gutes Auskommen, denn der Fischer verstand es, die Netze zur richtigen Zeit und an den besten Plätzen auszulegen. Er war fleißig und ruderte sein Boot in der Dunkelheit vor allen anderen Fischern aufs Meer hinaus, bevor der Morgen graute. Er ließ beim Mondschein oder beim Schein einer Lampe die Netze ins Wasser und war sicher, daß er einen reichen Fang machen würde. Er brachte die Fische in Körben auf den Markt in die Stadt, und die schönsten bekam jede Woche zweimal der König, der solche Leckerbissen aus dem Meer über alles liebte.

Eines Morgens kam der Fischer mit leerem Netz nach Hause zurück. Seine Frau schaute aus dem Fenster und fragte:

»Wie kommt denn das? Dein Netz ist leer. Oder hast du die Fische schon vom Boot aus verkauft?«

Der Fischer trat näher und hängte das Netz über eine Holzbank. »Im Netz war nicht ein einziger Fisch«, sagte er.

»Und du bist darüber nicht traurig?« fragte die Frau.

»Warum sollte ich? Das Meer gibt, was es hat, und heute hatte es keine Fische«, antwortete der Fischer spöttisch.

»Das Meer sollte keine Fische haben? Nein, so etwas! Und bist du nicht der beste Fischer weit und breit?« fuhr die Frau fort. »Weißt du nicht, daß heute der Tag ist, an dem du dem König Fische bringen mußt?«

»Er wird heute lange warten müssen, denn du siehst, nicht ein Fisch ging ins Netz.«
»Warum hast du die Hand in die Tasche gesteckt und siehst aus, als wolltest du etwas vor mir verbergen?« fragte die Frau.
»Was du nicht alles siehst!« lachte der Fischer, zog die Hand aus der Tasche, hielt sie aber geschlossen und legte die zweite Hand darüber.
»Jetzt will ich aber wissen, was du in der Hand hältst!« rief die Frau ungeduldig.
»Alles, was ich an diesem Morgen gefangen habe.«
»Du lachst mich aus, machst dich lustig über mich.«
»Nun, geh in die Küche«, sagte der Fischer,»dann werde ich dir zeigen, daß ich nicht umsonst hinausgefahren bin.«
Die Frau schloß das Fenster, der Mann pfiff fröhlich durch die Zähne und rempelte mit dem Ellenbogen die Tür auf, die geradewegs in die Küche führte. Da stand schon seine Frau und erwartete ihn. Der Fischer ging zu dem großen Tisch und setzte sich auf die Bank. Er legte die Arme auf die Tischplatte und öffnete die Hände. »Schau, liebe Frau«, sagte er, »diesen Krebs habe ich gefangen.« Und dabei ließ er einen kleinen Krebs auf den Tisch fallen.
»Einen Krebs«, sagte die Frau, »einen einzigen, winzigen Krebs. Das ist dein ganzer Fang? Dafür solltest du dich schämen.« Und sie drehte sich zur Seite und schüttelte den Kopf.
»Schau«, sagte der Fischer, »der Krebs glänzt, als sei er aus Gold.«
Die Frau beugte sich neugierig über den Tisch und sagte verächtlich: »Gib ihn her, ich werde ihn kochen. Wir werden zwar nicht satt davon, aber ein Krebs ist besser als nichts. Und ein paar Kartoffeln habe ich schon gekocht.«
Da streckte der Krebs seine Beine aus, rührte sich, hob den Kopf und sagte:
»Warum willst du mich kochen? Laß mich am Leben, und es soll dich nicht gereuen.«
Der Fischer und seine Frau blickten erschrocken auf den Krebs und sahen sich an. Die Frau ließ die Arme fallen und riß den Mund auf. Im ersten Augenblick konnte sie kein Wort sprechen und mußte dreimal heftig nach Luft schnappen, bevor sie sich faßte. »Ein Krebs, ein Krebs, der spricht, der auf meinem . . . meinem Tisch spricht«, stotterte sie.

»Das ... das, nein ich höre nicht recht. Mann, Mann, hättest du doch ein Netz voller Fische heraufgeholt!«
»Immer Fische, warum immer nur Fische?« fragte der Fischer. »So einen Krebs findet man nicht jeden Tag. Frau, mach die Augen auf und sieh ihn an. Wie seine Augen glänzen. Und er hat ... er hat einen Goldpanzer, jetzt sehe ich es genau.«
»Bitte, bitte laßt mich am Leben«, bat der Krebs noch einmal.
»Gut«, sagte der Fischer. »Goldkrebs, du wirst nicht gekocht. Wenn du willst, kannst du mit am Tisch sitzen, wenn wir essen. Und du, Frau, stell dich darauf ein, daß es heute nur Kartoffeln gibt.«
»Wenn du meinst«, sagte die Frau, »dann will ich die Kartoffeln vom Herd nehmen.«
»Wollen wir essen?« fragte der Krebs. »Gebt mir auch von den Kartoffeln. Ich will ein eigenes Schüsselchen. Und legt ein Kartoffelstückchen hinein.«
»Sollst du haben, sollst du haben«, sagte der Fischer, stand auf und holte eine Schüssel.
Die Frau stellte die Kartoffeln auf den Tisch, setzte sich und sagte: »Guten Appetit dann! So soll's jedem schmecken, der an unserem Tisch sitzt.«
Der Fischer legte ein Stückchen Kartoffel in die Schüssel und schob sie dem Krebs hin. Der krabbelte auf das Essen zu und begann hungrig die Kartoffel zu verspeisen. Während er die Kartoffel aß, begann sich die Schüssel in Gold zu verwandeln. Der Fischer schaute gerade von seinem Bissen auf und sah, wie der Schüsselrand golden glänzte.
»Frau, Frau!« rief er. »Hast du das gesehen? Die Schüssel wird zu Gold. Wir haben, ich glaube, wir haben ein Goldkind ins Haus aufgenommen.«
Die Frau schaute mit großen Augen auf den Krebs und die Schüssel. Wahrhaftig, jetzt glänzte die Schüssel genauso golden wie der Rücken des Krebses. Sie war zu purem Gold geworden.
Darüber freuten sich der Fischer und seine Frau, und sie luden den Krebs ein, im Hause zu bleiben, so lange er wollte. Sie wollten ihn gern umsorgen und ihn halten wie ein Kind, meinte die Frau. Und der Krebs bedankte sich für das Essen und blieb bei den Fischersleuten in dem Haus an der Küste.

Zwei Tage später machte der Fischer wieder einen guten Fang, und da er gewohnt war, die schönsten Fische jeden Mittwoch und Freitag zum König zu bringen, machte er sich auch an diesem Freitag auf den Weg zum Schloß des Königs.
»Guten Morgen, Herr König«, sagte er, als er eingelassen wurde, und wunderte sich, daß ihn der Diener heute gar nicht freundlich empfangen hatte. Da fiel es ihm wie ein Felsbrocken aufs Herz, daß er vor zwei Tagen den König im Stich gelassen, daß er keine Fische aufs Schloß gebracht hatte.
Oh, der König wird böse auf mich sein, dachte er und wäre am liebsten wieder aus dem Zimmer gelaufen, in dem der König jeden Mittwoch und Freitag selbst die Fische prüfte und auswählte, die ihm gebracht wurden.
Aber der König stand ihm schon gegenüber.
»Ich habe einen . . . einen reichen Fang gemacht«, fuhr er fort, »und die schönsten Fische sollen für Eure Tafel gebraten werden.«
Der König begrüßte ihn nicht freundlich und wollte auch keinen Blick auf die Fische werfen, die der Fischer in einem Korb vor ihn hinstellte.
»Hast du mich am Mittwoch vergessen?« fragte der König knapp. »Oder wem hast du die Fische in die Küche geliefert, die du vor zwei Tagen gefangen hast? Hat nicht der König die erste Wahl?«
»Ich hatte nichts, einfach nichts gefangen«, stammelte der Fischer.
»Das erzählst du mir doch nicht!« rief der König barsch. »Habe ich dich nicht zum Hoflieferanten, zum Fischer des Königs gemacht, weil du jahrelang, ohne eine einzige Unterbrechung, die besten Fische liefertest? Und auf einmal hattest du nichts anzubieten? Wie stellst du dir das vor? Die Planung meiner Küche kommt vollständig durcheinander. Wie sollen die Köche den Speisezettel schreiben, wenn sie nicht mehr sicher sein können, daß du die Ware lieferst? Ich will jeden Mittwoch und jeden Freitag Fisch essen, wie immer. Ich werde mich in meinen Gewohnheiten nicht nach dir richten, verstehst du?«
»Eine Ausnahme, Herr König, nichts als eine Ausnahme, eine ganz und gar unvorhersehbare. Und werft doch nur einen Blick auf die Fische, die ich heute gebracht habe. Fische, so schön, zu schade eigentlich, um gegessen zu werden. Nein, nicht zu schade für den König. Niemand

anderer ist würdig, sie zu essen. Ihr werdet sehen, wie weich und weiß ihr Fleisch ist. Es sind Fische für die Tafel des Königs, nicht für den gemeinen Markt aus dem Wasser gezogen.«

Der König konnte sich bei diesen Worten nicht länger aufgebracht geben und blickte wohlwollend auf die schönen Fische.

»Welch ein Fang!« sagte er anerkennend. »Dann will ich dir noch einmal verzeihen und hoffe, daß dir weiter das Fangglück beschieden sein wird. Du hast mir, das muß ich ja zugeben, seit Jahren die besten Fische gebracht.«

»Keine Sorge, Herr König«, sagte der Fischer erleichtert, »jetzt kann nichts mehr fehlen, denn seit ich den goldenen Krebs im Haus habe, scheint das Glück nicht mehr aufzuhören.«

»Was redest du da?« fragte der König neugierig. »Den goldenen Krebs? Es gibt keinen goldenen Krebs. Und wenn, dann müßte ihn mein Schatzmeister in einer der Schatztruhen haben.«

»Ihr sprecht von einem Schmuckstück, Herr König. Ein solches mögt Ihr wohl in der Truhe aufbewahren. Ich aber habe einen lebendigen goldenen Krebs gefangen.«

Der König zitterte am ganzen Leib, so überrascht war er von dieser Antwort des Fischers. Einen goldenen Krebs, den hätte er auch gern gehabt. Er zog den Fischer am Ärmel und ging mit ihm zu einer Bank auf der anderen Seite des Tisches.

Der Diener trug den Korb mit den Fischen hinaus, und der Fischer erzählte dem König, wie er den goldenen Krebs gefangen und wie der Krebs die Schüssel in Gold verwandelt hatte. Die Ohren des Königs wurden vom Zuhören rot, und immer wieder steckte er nervös die Finger ineinander.

»Dann bist du ja ein gemachter Mann«, sagte er schließlich zum Fischer. »Wenn der Krebs alles, was er berührt, zu Gold macht, wirst du bald reicher sein als ich, der ich doch von meinem Vater und Großvater viele Schätze geerbt habe.«

Der Fischer schmunzelte und blickte vergnügt vor sich hin.

»Und wenn ich einmal einen Sohn haben werde, so kann der sich jede Frau aussuchen, die er will«, sagte er.

Da lachte der König, schlug dem Fischer auf die Schulter und antwortete wie zum Spaß:

»Und wenn ich einmal eine Tochter haben werde, so könnte sie den Sohn des reichen Fischers heiraten.«
»Da sage ich nicht nein«, meinte der Fischer überrascht und schaute dem König ins Gesicht.
Reichtum, dachte er, macht sicher. Da sitze ich plötzlich auf einem dikken Polster und schaue den König an, als wäre er meinesgleichen. Ich kenne ihn zwar lange genug, aber König blieb König, und Fischer blieb Fischer.
»Sind wir nicht ein Leben lang gute Nachbarn gewesen?« fragte der König. »Schon als Kinder haben wir am Strand zusammen Muscheln gesucht, wenn mich meine Mutter oder das Kindermädchen hinunterbrachten. So lange kennen wir uns schon. Und dann hast du mir die Fische gebracht, schöne, schöne Fische. Trinken wir auf unsere Freundschaft.«
Und er öffnete eine Flasche mit Anisschnaps und schenkte zwei Gläser voll bis zum Rand und schob eines der Gläser dem Fischer hin, der nicht recht wußte, wie ihm geschah, aber die angebotene Freundschaft doch nicht ausschlagen wollte. Er stieß mit dem König an, nahm einen langen Schluck von dem scharfen, starken Schnaps und fühlte, wie ihn der von innen packte, wärmte und ihm Mut machte.
»Das tut gut«, sagte der König. »Und nun sage ich dir ein Geheimnis.«
Er beugte sich vor und flüsterte so leise, daß es der Fischer kaum verstehen konnte: »Die Königin erwartet ein Kind.«
»Die Königin erwartet ein Kind . . .«, murmelte der Fischer nachdenklich.
»Dann . . . dann müßte ich ja einen Sohn bekommen.«
Das ist eine seltsame Woche, dachte er. Zuerst fange ich einen Krebs, dann lädt mich der König zum Trinken ein und erzählt mir, daß die Königin ein Kind erwartet. Ich habe das Gefühl, daß sich alles um mich herum zu drehen beginnt.
Und er wußte nicht mehr, ob ihm der Anisschnaps die Gedanken verdrehte oder ob die Neuigkeit ihn durcheinanderbrachte. Und als er sich beim König verabschiedete, setzte er ganz vorsichtig einen Fuß vor den anderen, als hätte er Angst, jeden Augenblick zu stolpern und als sei er sich des Weges nicht mehr sicher. Tage und Wochen gingen dahin, und

der goldene Krebs lebte zusammen mit den Fischersleuten in dem Haus am Meer. Der Fischer und seine Frau hatten sich an ihn gewöhnt, gaben ihm zu essen und zu trinken und freuten sich, wenn der Krebs wieder ein Schüsselchen in Gold verwandelte.

Wochen und Monate und Jahre gingen dahin, dem König war eine Tochter geboren worden, und die Tochter war herangewachsen. Und der Fischer überlegte sich, ob es nun nicht wieder an der Zeit sei, eines der goldenen Schüsselchen beim Goldschmied in der Stadt zu Geld zu machen und der Frau dafür vielleicht schöne Kleider zu kaufen. Und er dachte auch daran, sich ein neues Boot anzuschaffen, und sah seinen jungen Reichtum wachsen und wachsen.

Aber eines Morgens, als der Krebs auf einem Kissen bequem auf dem Tisch saß, wurden alle Überlegungen des Fischers über den Haufen geworfen.

»Fischer«, sagte der Krebs plötzlich, »nun bin ich lange genug bei euch gewesen. Ich habe euch Glück gebracht und sehe dir an, daß du daran denkst, aus den goldenen Schüsseln wieder Geld zu machen. Ihr habt mich gut gehalten, gepflegt, und mir war's die ganze Zeit über wohl. So will ich jetzt euer Sohn sein.«

Da sah der Fischer erschrocken seine Frau an, und die Frau sah den Fischer an. Und wie aus einem Munde fragten sie:

»Du – unser Sohn?«

Der Krebs räkelte sich auf dem Kissen zurecht, stemmte die Beine in die weiche Unterlage und fragte selbstbewußt: »Habt ihr mich nicht wie einen Sohn aufgenommen? Habe ich euch Sorgen bereitet?«

»Das nicht«, meinte sorgenvoll der Fischer, »aber, aber . . .«

»Was heißt aber?« fragte der Krebs. »Wollt ihr mich nicht mehr haben?«

»Das schon«, sagte die Frau schnell und streichelte dem Krebs über den Rücken. »Du weißt doch, daß wir dich gern in unser Haus aufgenommen haben.«

»Also ist es so, wie ich es sage«, fuhr der Krebs fort.

»Nun«, meinte der Fischer und ging nachdenklich im Zimmer auf und ab, »wir . . . wir haben uns immer ein Kind gewünscht, und es ist keins gekommen, weder Sohn noch Tochter. Vielleicht sollten wir noch eine Weile warten.«

»Mann, wir haben so lange Jahre gewartet, ohne daß ein Kind geboren wurde. Ich habe die Hoffnung aufgegeben.«
»Siehst du, siehst du!« sagte der Krebs. »Und jetzt bin ich da.«
»Wenn du meinst . . .«, flüsterte die Frau, und sie konnte keinen anderen Gedanken mehr fassen.
Der Krebs zuckte mit einem seiner Beine und sagte: »Ich werde euch in Ehren halten, solange ihr lebt. Und nun, Fischer, geh zum König und sag ihm, daß ich seine Tochter heiraten will.«
Der Fischer schreckte auf und meinte, nicht recht gehört zu haben.
»Das kann ich nicht, das will ich nicht!« rief er ärgerlich. »Der König, Frau, der König . . . der König wird sich nicht an unsere Abmachung erinnern. Und überhaupt . . .«
»An welche Abmachung?« fragte die Frau.
»Ach, vor Jahren, als der Krebs in unser Haus kam . . . ach, nichts! Das hat nichts zu bedeuten«, wehrte der Fischer ab. »Ich kann nicht, ich will nicht zum König gehen. Ich würde ins Gefängnis geworfen, für verrückt erklärt. Ich habe zeit meines Lebens Fische ins Königshaus geliefert und bin dafür geachtet und geehrt worden. Und jetzt soll ich hingehen und sagen: Mein Krebs, unser Krebs will die Tochter des Königs . . . nein, das geht nicht, das kann ich nicht, das kann niemand von mir verlangen. Wenn wir einen richtigen Sohn hätten, würde ich, ja, könnte ich vielleicht den König an unsere Abmachung erinnern. Aber so, nein und noch einmal nein!«
»Ich will euer richtiger Sohn sein«, sagte der Krebs.
»Mann, du weißt, daß unser Krebssohn immer einen guten Rat gegeben hat. Also geh zum König!«
Der Fischer sah hilfesuchend den Krebs an, aber der wollte ja unbedingt sein Sohn werden, und seine Frau hatte ihn schon »Sohn« genannt.
»Gut«, sagte er schließlich, »ich werde morgen oder übermorgen zum König gehen, und wenn ich nicht zurückkomme, wißt ihr, was mit mir geschehen ist.«
Am Tag, als der Fischer sich schweren Herzens aufmachte, um dem König den Wunsch des Krebses vorzutragen, beriet sich der König mit der Königin. Sie saßen im südlichen Schloßzimmer, dessen Terrasse zum Meer hinausging. Hier spürte man auch an heißen Tagen meist einen frischen Wind vom Wasser her. Man sah vor sich die weite dunkel-

blaue Fläche des Meeres und die sich überstürzenden Wellenkämme und draußen am Horizont die dunklen Umrisse der Insel, auf der der Fischer zu Hause war.

»Lieber Mann«, sagte die Königin, »die Zeit ist so schnell vergangen. Die Jahre sind mir, seit unsere Tochter geboren wurde, einfach aus der Hand geglitten. Das Kind ist herangewachsen, und weil es so Sitte ist, eine Königstochter schon früh zu verheiraten, müssen wir nach einem Bräutigam Ausschau halten.«

»Auch mir ist die Zeit davongeflogen«, sagte der König. »Obgleich ... obgleich ich sagen möchte, daß ich mich noch nicht zu alt fühle, um unser Land zu regieren. Aber auch ich habe schon daran gedacht, daß unsere Tochter ... ach, Frau, müssen wir das denn heute besprechen?«

»Es ist die rechte Zeit«, sagte die Königin.

»Ich würde lieber hinausfahren aufs Meer«, meinte der König. »Sieh nur, wie unendlich es sich ausdehnt. Soll ich anordnen, daß man die Segel aufzieht? An einem solchen Tag sollten wir uns nicht mit ernsten Überlegungen quälen.«

Aber die Königin ließ nicht locker. Sie schenkte Kaffee in die kleine weiße Porzellantasse und sagte: »Du kannst auch morgen aufs Meer hinausfahren. Ich habe einfach das Gefühl, wir sollten heute zu einem Entschluß über unser Töchterchen kommen. Und du weißt, meine Gefühle trügen mich nicht.«

»Dann gut«, seufzte der König. »Ich könnte die Prinzen aus den Nachbarländern einladen. Unser Kind soll sich einen aussuchen. Dann könnten die Vorbereitungen für das Hochzeitsfest beginnen. Du wirst sehen, daß sich alles andere wie von selbst anschließt, wenn wir erst den Prinzen gefunden haben.«

Da wurde an die Tür geklopft, ein Diener trat ein und meldete, der Fischer sei gekommen und wolle mit dem König sprechen.

»Gut, laß den Fischer herein«, sagte der König. »Auch beim Fest, zu dem die Prinzen auf unser Schloß kommen sollen, werden wir gute Fische brauchen.«

Der Diener führte den Fischer in das Zimmer und schloß dann wieder die Tür hinter sich.

»Guten Tag, Herr König, guten Tag, Frau Königin«, sagte der Fischer und hielt seine Mütze ein wenig steif vor den Bauch.

»Du bringst heute keine Fische?« fragte der König.
Dem Fischer stieg vor Verlegenheit die Röte ins Gesicht, und am liebsten wäre er umgekehrt und aus dem Schloß gelaufen.
»Ich komme . . . ich soll . . . ich muß . . .«, setzte er mühsam an.
»Ja, warum bist du denn heute so verlegen?« fragte der König überrascht und ein wenig belustigt.
Der Fischer räusperte sich. Ihm war, als sei ihm eine dicke Gräte im Hals steckengeblieben.
»Ich komme, Herr König«, sagte er dann und machte eine lange Pause. »Ich komme, um Euch zu sagen, daß mein Sohn Eure Tochter heiraten möchte.«
»Was hast du gesagt?« rief der König. »Dein Sohn? Willst du spaßen? Du hast doch gar keinen Sohn!«
»Ich muß . . . ich, ich möchte . . .«, sagte der Fischer und trat drei Schritte zurück. »Ich möchte den Herrn König an sein Versprechen erinnern. Es war damals, Herr König . . . es war Euer Wunsch, Majestät, daß unsere Kinder ein Paar werden sollten.«
»Ja, ja, du bist reich geworden, Fischer, davon spricht man. Und ich habe damals, was habe ich . . . damals habe ich gesagt, wenn du einen Sohn hast, ja, wenn du einen Sohn hättest . . . Aber man weiß doch, daß deine Frau keine Kinder bekommen kann. Das hast du mir selbst einmal gesagt. Also mach keine Späße. Ich habe gerade mit der Königin besprochen, daß die Prinzessin einen Prinzen aus der Nachbarschaft heiraten soll.«
»Wir haben einen Sohn«, sagte der Fischer nun trotzig. »Seit langem ist uns der goldene Krebs wie ein lieber Sohn gewesen, und nun haben wir ihn zu unserem Sohn gemacht. Warum soll er deiner Tochter nicht ein lieber Mann sein?«
Da mischte sich die Königin in das Gespräch ein. Sie hatte entsetzt den Worten des Fischers zugehört und wütend ihr Kleid zurechtgezogen.
»Nein, das will ich nicht, das will ich nicht!« rief sie mit schriller Stimme, die sich am Ende überschlug, sprang auf und wollte das Zimmer verlassen.
Der König aber hielt sie am Arm fest und sagte: »Du mußt dableiben, mußt zuhören. Glaub nur nicht, ich würde so einfach die Prinzessin einem Krebs geben.«

»Was willst du tun?« rief die Königin. »Und sag mir doch zuerst, was es auf sich hat mit dem Versprechen, das du dem Fischer gegeben hast.«
»Ach«, meinte der König mit leichter Handbewegung, »ich habe Spaß gemacht. Damals wußte ich doch, daß der Fischer nie einen Sohn haben würde.«
»Was«, sagte da der Fischer, »Ihr habt Spaß gemacht? Mit einem solchen Versprechen ist kein Spaß zu machen. Ihr erinnert Euch genau. Auch ein König ist an das gebunden, was er versprochen hat.«
»Beruhige dich«, sagte der König. »Gewiß, dein Krebs ist kein gewöhnlicher Krebs. Er kann sprechen und essen wie ein Mensch. Aber ich muß mehr über ihn erfahren. Meine Tochter braucht einen starken Mann. Ich will wissen, ob dein Sohn . . . dein Krebs, meine ich, so stark ist wie ein Mensch. Nein, er soll, er muß stärker sein, wenn er meine Tochter haben will. Sag dem Krebs, er kann meine Tochter zur Frau haben, wenn er es fertigbringt, bis zum Morgen die hohe Felswand abzutragen, die sich neben dem Schloßgarten erhebt.«
»Das . . . das kann doch ein Krebs nicht!« rief der Fischer. »Der König, der König will mich um das Versprechen betrügen.«
»Was heißt hier Betrug? Ich habe dir gesagt, der Krebs soll die Prinzessin haben, aber eine Bedingung werde ich doch noch stellen dürfen.«
Der Fischer drehte sich um und verließ ohne einen Gruß das Zimmer. Die Königin aber lachte und freute sich, daß sie einen so klugen Mann hatte.
Traurig verließ der Fischer das Schloß, ging mit hängendem Kopf zum Strand und stieg in sein Boot.
Da habe ich mir was Schönes eingebrockt, dachte er. Ich weiß nicht, was weiter geschehen soll, und die Freundschaft des Königs habe ich auch verloren. Wahrscheinlich wird er mir sogar verbieten, weiter Fische ins Schloß zu liefern. Der Krebs hat mir doch kein Glück gebracht.
»Wann bekomme ich die Prinzessin zu sehen?« fragte ihn der Krebs, als er ins Haus trat.
»Die Prinzessin will dich nicht sehen«, antwortete müde der Fischer.
»Hast du mit ihr gesprochen?« fragte die Frau.
»Mein Sohn«, sagte der Fischer, »der König will uns betrügen. Er sagt: ›Du kannst die Prinzessin zur Frau haben . . .‹ «

»Dann ist ja alles in Ordnung«, unterbrach ihn der Krebs.
»Nichts ist in Ordnung«, sagte der Fischer. »Laß mich ausreden. Der König stellt eine Bedingung. Was er verlangt, kann nicht einmal der stärkste Mensch schaffen. Wie willst du die riesige Felswand neben dem Schloßgarten abtragen?«
»Das ist unmöglich!« rief die Frau. »Der König ist gemein. Der König führt uns an der Nase herum. Oh, ich möchte, daß alles, alles, was der Krebs anfaßt, zu Gold wird, damit wir uns Kanonen kaufen können, um das Schloß zu beschießen. Ich hasse den König.«
Der Fischer nahm seine Frau am Arm und beruhigte sie.
»Frau, was redest du da? Das darf man doch nicht einmal denken.«
Der Krebs kroch bis zum Rand des Tisches und sagte: »Mach dir keine Gedanken, Vater! Legt euch schlafen. Aber setzt mich zuvor aufs Fensterbrett. Ich werde morgen früh wieder da sein.«
Der Fischer tat, wie der Krebs gewünscht hatte, setzte ihn aufs Fensterbrett und sah zu, wie der Krebs sich hinabfallen ließ und über den felsigen Weg davonkrabbelte.
»Frau«, sagte der Fischer, »ich bin sicher, daß der Krebs einen Ausweg weiß. Unser Sohn wird uns nicht im Stich lassen.«
Und sie legten sich schlafen.
Am nächsten Morgen erwachte der König zur gleichen Zeit wie an jedem Tag und rieb sich erstaunt die Augen, als er im Schlafzimmer um sich blickte. Starkes Sonnenlicht drang durch das Fenster herein und füllte das Zimmer mit einer Helligkeit, wie sie der König noch an keinem anderen Tag erblickt hatte. Er setzte sich im Bett auf und wollte die Königin wecken. Die Königin aber war schon vor ihm aufgestanden und schaute aus dem Fenster.
»Es muß schon spät sein«, sagte der König. »Habe ich verschlafen? Die Sonne steht so hoch, daß mich das Licht blendet.«
»Du hast nicht verschlafen«, sagte die Königin. »In der Nacht ist die Felswand verschwunden, die die Sonne abhielt.«
Der König sprang mit einem Satz aus dem Bett, lief ans Fenster und blickte hinaus. Die Hände zitterten ihm vor Erregung. Er mußte sich an der Fensterbrüstung festhalten, so sehr überraschte ihn, was er sah.
»Du hast recht. Die Wand, die Wand ist weg, einfach weg!« rief er. »Der goldene Krebs hat also die Probe bestanden. Frau, da steckt etwas

dahinter. Wir müssen dem Krebs unsere Tochter zur Frau geben. Ich habe sie dem Sohn des Fischers versprochen.«
Die Königin fiel ihm heftig ins Wort. »Ich gebe unser Kind nicht einem häßlichen Krebs«, sagte sie und stampfte vor Zorn mit einem Fuß auf den Boden. »Sag dem Fischer, du hättest nur Spaß gemacht. Nein, nein, unsere Tochter wird keinen Krebs heiraten. Nie, nie stimme ich zu. Die Prinzen aus den Nachbarländern sollen kommen, und der Fischer soll mit seinem Krebssohn bleiben, wo er will. Hier hat er jedenfalls nichts zu suchen.«
Der König sah, wie seine Frau litt, und auch er hätte gerne sein Wort ungeschehen gemacht. Aber er sagte: »Ich werde mein Wort halten. So einfach kann ich mir's nicht machen, wie du's dir ausgedacht hast. Und immerhin ist der Krebs kein gewöhnlicher Krebs.«
»Ich will überhaupt keine Krebse sehen«, zeterte die Königin, »keine gewöhnlichen und keine ungewöhnlichen. Krebse gehören zu den Fischern. Meinetwegen soll der Fischer sich den Krebs zum Sohn nehmen, ich aber will ihn nicht zum Schwiegersohn.«
Aber der König ließ sich von seiner Frau nicht umstimmen. Er hatte die Bedingung gestellt, und sie war erfüllt worden. Also sollte der Krebs die Prinzessin haben.
So wurde die Hochzeit angeordnet. Der König nahm keine Rücksicht, auch nicht auf die Tränen der Prinzessin, deren Herz vor Schreck beinahe stehenblieb, als sie hörte, was ihr Vater dem Fischer versprochen hatte.
Die Hochzeit wurde im engsten Familienkreis hinter verschlossenen Türen gefeiert, denn wer wollte den Krebs öffentlich als Schwiegersohn des Königs vorstellen? So saßen der König, die Königin und die Prinzessin um die Hochzeitstafel und gaben sich alle Mühe, glücklich auszusehen. Der Krebs saß auf einem rotseidenen Kissen vor der Prinzessin und sah sie freundlich an. Auch der Fischer und seine Frau waren zur Hochzeit eingeladen worden, obgleich die Königin sich zuerst geweigert hatte, die einfachen Leute zuzulassen.
»Die Hochzeit ist zu Ende«, sagte der Fischer und hob sein Weinglas. »Ich will noch einmal auf das Glück unserer Kinder trinken.«
Mit Tränen in den Augen sagte der König: »Liebe Tochter, werde glücklich. Denk daran, daß dein Mann seinen Eltern Glück, Reichtum

und Zufriedenheit gebracht hat. Ich möchte wünschen, daß meiner Familie nicht ebensoviel Unglück zugemessen wird. Ich habe in den letzten Wochen darüber nachgedacht, daß ich zu vorschnell dem Fischer damals die Hand gereicht habe.«
Da drehte sich der Fischer zum König und sagte: »Ich hatte gehofft, daß niemand mehr an der Vergangenheit herumdeuteln würde. Auf das Wort eines Königs muß man sich verlassen können. Ich danke Euch jedenfalls, daß Ihr's eingehalten habt. So laßt uns jetzt an das Glück unserer Kinder denken und in die Zukunft blicken.«
»Dann also noch einmal, meine Tochter! Es ist, wie es ist, und werde glücklich«, sagte der König und drängte seine Sorgen beiseite.
Die Prinzessin sah den Krebs an und dann ihren Vater. Warum sträube ich mich nicht mehr gegen den Krebs? dachte sie. Oh, wie hatte sie sich gewehrt, wie hatte sie geweint! Und dann hatte sie der Krebs zum erstenmal angesehen. Aus diesen winzigen runden Augen. Der Krebs, der sprechen konnte. Nicht, daß er sprechen konnte, berührte sie am stärksten, sondern wie er sie angesehen hatte. Und auch jetzt sah er sie wieder so an. Die beiden runden Augen an seinem Kopf waren auf sie gerichtet, und es war ihr, als redeten die Augen des Krebses mit ihr. Als sagten ihr die Augen: ›Hab Vertrauen zu mir!‹ Und sie fühlte dieses Vertrauen von den Augen ausgehen. Es war ihr, als wollten die Augen sie umarmen. Sie hatte keine Angst mehr vor den Scheren des Krebses, vor den langen Beinen zu beiden Seiten des Körpers. Sie sah nur noch die Augen und war von ihrem warmen Leuchten wie verzaubert.
»Danke, Vater«, sagte die Prinzessin. »Und jetzt werden wir auf unser Zimmer gehen.«
»Ich werde euch begleiten«, sagte der König.
»Stell mir bitte eine Schale mit frischem Wasser in das Schlafzimmer«, sagte der Krebs.
»Du sollst haben, was du willst«, sagte die Prinzessin.
»Ich werde die Wasserschale selbst besorgen«, sagte der König und stand von der Tafel auf.
»Nimm mich in die Hand«, sagte der Krebs, »und trag mich in das Schlafzimmer.«
Und die Prinzessin hatte plötzlich gar keine Bedenken mehr, den Krebs anzufassen. Vorsichtig hob sie ihn auf und fühlte, wie er sich in ihrer lin-

ken Hand zurechtrückte und sich's wohl sein ließ auf ihrer zarten Haut. Sie ging mit dem Krebs über die Treppe hinauf in das Schlafzimmer. Als sie die Tür öffnete, sah sie, daß auf dem Tisch eine Wasserschale stand, bis zum Rand mit frischem Wasser gefüllt.

»Setz mich auf den Boden«, sagte der Krebs. »Und dann stell auch die Wasserschale auf den Boden.«

Die Prinzessin schloß die Tür und tat, worum sie der Krebs gebeten hatte. Der Krebs kroch auf die Schale zu und sagte: »Meine liebe Frau, ich werde jetzt in das Wasser eintauchen. Dreh dich für einen Augenblick um.«

Die Prinzessin hatte sich auf die Knie niedergelassen und sah ihren Krebsmann an.

»Was hast du vor?« fragte sie. »Ich habe Angst. Ich will mich nicht umdrehen.«

»Bitte steh auf«, sagte der Krebs, »und dreh dich um. Nur wenn du mir vertraust, wirst du die Kraft haben, deine Angst zu überwinden. Und ich sage dir, solange ich in deiner Nähe bin, wirst du die Kraft haben.«

»Ja, ich vertraue dir«, sagte die Prinzessin und spürte, wie von dem kleinen Wesen eine immer stärker werdende Kraft in sie überströmte. Sie fühlte sich mit dem Krebs verbunden und war nun gern bereit, alles zu tun, was er wollte.

Sie drehte sich zur Wand und wandte dem Krebs den Rücken zu. Sie hörte, wie er auf die Wasserschale zukrabbelte, wie es in der Wasserschale plätscherte, und mußte sich ganz fest seine vertrauenerweckenden Augen vorstellen, um sich nicht umzudrehen und nachzusehen, was hinter ihrem Rücken geschah.

Der Krebs aber tauchte in das Wasser ein, und in dem Augenblick, da ihn das Wasser ganz bedeckte, verwandelte er sich in einen schönen jungen Mann. Und die Prinzessin hörte seine Stimme.

»Bitte dreh dich um«, sagte die Stimme, die dem Krebs gehörte und die doch nicht mehr ganz die Stimme des Krebses war.

Die Prinzessin drehte sich um und konnte ihren Augen nicht trauen. »Wo ist der Krebs geblieben?« rief sie. »Du, wer bist du? Du bist schön, du siehst so aus, wie ich mir immer meinen Mann erträumt habe. Wie bist du in mein Zimmer gekommen? Du bist ein Mensch.«

»Liebe Frau«, sagte der junge Mann, »du darfst deinen Augen trauen.«
»Was hast du gesagt: liebe Frau? Ich habe den goldenen Krebs geheiratet. Du darfst nicht in meinem Zimmer sein. Ich darf dich nicht ansehen.«
Und die Prinzessin begann zu weinen. Sie fühlte sich plötzlich furchtbar alleingelassen.
»Ich bin der Krebs«, sagte der junge Mann.
»Ja, ja, deine Augen, sie sehen mich an wie die Augen des Krebses«, sagte die Prinzessin überrascht und glücklich. »Die Augen, ich sehe deine Augen!«
Wieder und wieder mußte sie sich vergewissern. Und sie trat auf den fremden jungen Mann zu, der ihr gar nicht fremd war, weil sie seine Augen erkannte, weil sie mit diesem Blick schon vertraut war. Eine Ewigkeit lang, dachte sie, und ich will nicht mehr von diesen Augen lassen, was auch geschehen mag.
»Ich war ein Mensch«, sagte der junge Mann. »Ich war aus Fleisch und Blut wie du. Aber ich bin von einem bösen Kraken verzaubert worden. Noch drei Jahre lang muß ich unter dem Zauber leiden. Tagsüber bin ich ein Krebs, nachts kann ich mich in meine menschliche Gestalt verwandeln, wenn ich die Gelegenheit habe, in frisches Wasser einzutauchen. In drei Jahren kann ich erlöst werden, wenn mich jemand von ganzem Herzen liebt.«
»Dann . . . dann bist du also wirklich ein Mensch«, sagte die Prinzessin und griff nach seinen Händen. Sie führte seine Hände an ihre Wangen und an die Lippen. Sie küßte seine Hände und spürte durch die Hände, wie lieb sie der junge Mann hatte. Sie wollte diese Hände immer auf ihrem Gesicht spüren.
»Liebe Prinzessin«, sagte der junge Mann, »du mußt das Geheimnis hüten, das ich dir jetzt anvertraut habe. Sprich mit niemandem darüber, sonst wirst du mich verlieren. Wenn du mich verrätst, werde ich zu einem Adler und muß wegfliegen.«
Die Prinzessin sah ihn überglücklich an. Nein, sie würde ihren lieben Mann nie verraten. Sie wollte mit ihm leben, jede Nacht. Jede Nacht sollte er in seiner ursprünglichen Gestalt bei ihr sein. Was machte es ihr aus, wenn er tagsüber und für die anderen sichtbar als Krebs leben

mußte? Sie wußte, daß er der Mann war, von dem sie immer geträumt hatte. Und auch am Tag konnten die Augen des Krebses mit ihr reden und sie auf die Nacht vertrösten.
»Mein Mund wird stumm sein«, sagte sie, »denn ich kann ja immer in der Nacht mit dir zusammen sein. Die drei Jahre werden schnell vergehen, und dann darfst du für immer deine menschliche Gestalt behalten. Ich bin so glücklich, alles was ich mir gewünscht habe, hat sich erfüllt. Deine Augen haben mich geführt. Ihnen habe ich vertraut. Nur ich habe in deine Augen gesehen, und nur ich weiß um dein Schicksal. Ich werde alles in meinem Innern verschließen. Und jeden Abend soll die Tür meines Zimmers doppelt verriegelt sein, damit niemand erfährt, wie glücklich wir sind.«
Da umarmte sie der junge Mann, und sie küßten sich und hatten sich lieb eine lange erste Nacht und alle die folgenden Nächte des ersten Jahres.
Und niemand wußte, warum die Prinzessin so glücklich war. Niemand konnte sich erklären, daß sie am Tag vor dem Krebs saß, mit ihm spielte und ihn mit verliebten Augen ansah. Auch der König und die Königin konnten sich keinen Reim auf das glückliche Verhalten ihrer Tochter machen und wunderten sich, daß sie sich nie darüber beklagte, mit einem Krebs verheiratet zu sein.
»Unser armes Kind«, sagte eines Tages die Königin zum König, »ist nun schon ein Jahr lang mit dem Krebs verheiratet.«
»Du vergißt, daß unsere Tochter sehr glücklich ist«, sagte der König.
»Das kommt dir nur so vor«, antwortete die Königin. »Wir sollten sie von dem Krebs trennen und mit einem richtigen Prinzen verheiraten.«
»Unsere Tochter liebt den Krebs, warum willst du die beiden trennen?«
»Ach«, seufzte die Königin, »der Kummer bricht mir noch das Herz. Wenn ich mein unglückliches Kind sehe, könnte ich weinen. Sie muß doch unglücklich sein. Mit einem Krebs kann man nicht glücklich werden. Und alles nur, weil du einem Fischer ein Versprechen gegeben hast.«
Die Königin schlug die Hände vors Gesicht und weinte. Und der König konnte sie nicht trösten. Die Königin grämte sich immer mehr. Ihr

Gram machte sie krank. Sie mußte das Bett hüten, und die Ärzte wußten nicht, an welcher Krankheit sie litt.
Eines Tages ging es ihr besonders schlecht, und man schickte einen Diener zur Prinzessin.
Der Diener klopfte an der Tür des Zimmers und wurde eingelassen. Er sah, daß der Krebs auf einem Stuhl saß und sich gerade mit der Prinzessin unterhalten hatte.
»Prinzessin, kommt schnell!« rief der Diener atemlos. »Eurer Mutter geht es gar nicht gut. Der Arzt weiß nicht mehr, welche Medizin er ihr verschreiben soll. Er hat alle Pillen und Tinkturen schon versucht. Ihr wißt, sie liegt im Bett und soll sich nicht aufregen. Aber schon wieder weint sie, und jetzt hat sie mich geschickt und gebeten, Ihr sollt zu ihr kommen.«
»Ich komme gleich«, sagte die Prinzessin und stand auf, streichelte mit zwei Fingern dem Krebs über den goldenen Panzer und eilte aus dem Zimmer.
Als sie das Zimmer der Königin betrat, hörte sie ihre Mutter jammern und fragte:
»Liebe Mutter, was fehlt dir? Du darfst nicht weinen.«
»Mein Kind«, sagte die Königin gepreßt und versuchte die Tränen zu unterdrücken, »ich ertrage es nicht mehr, dich als die Frau eines Krebses zu sehen.«
»Aber ich bin glücklich«, sagte die Prinzessin. »Ich liebe meinen Krebsmann.«
»Das kann nicht wahr sein«, meinte die Königin. »Was ist das für ein Leben? Du mußt deinen Mann vor den Leuten verstecken. Alle tuscheln über dich und deinen geheimnisvollen Mann. Nicht einmal ein Fest können wir veranstalten wie früher. Stell dir vor, die Prinzen und Edelleute kämen mit ihren Prinzessinnen, und du säßest da, einen Krebs an deiner Seite.«
»Sie sollen kommen, wenn sie wollen. Was geht es mich an, was sie von mir denken? Ich bin glücklich, Mutter, sieht man es mir nicht an? Warum willst du nicht sehen, daß ich glücklich bin?«
»Kind, das kann nicht sein. Du willst mich nur trösten. Du verbirgst deinen Kummer vor mir. Du verbirgst etwas vor mir.«
Die Königin richtete sich im Bett auf und streckte die Arme nach der Prinzessin aus.

»Bitte, wein nicht«, sagte die Prinzessin und umarmte die Mutter. »Ich will dir die Wahrheit erzählen, wenn du versprichst, niemandem ein Wort zu sagen.«

Die Königin nickte, und die Prinzessin fuhr fort: »Der Krebs ist ein verzauberter schöner Prinz. Nachts, Mutter, verwandelt er sich in einen Menschen, in zwei Jahren wird er von dem bösen Zauber erlöst sein. Ich kann ihn erlösen, wenn ich ihn lieb behalte. Nur ich, Mutter, nur ich kann ihn erlösen. Und ich will ihn erlösen.«

»Verzaubert? Verzaubert?« fragte die Königin.

»Und er hat mich auch verzaubert, Mutter, er hat mich angeschaut, wie mich noch nie jemand angeschaut hat. Vom ersten Augenblick an bin ich eingetaucht in seine Augen. Mutter, ich bin untergetaucht in seinem Anschauen. Das ist das Glück, und das ist das Vertrauen, das ich in seinen Augen gefunden habe, als ich den goldenen Krebs ansah und als er mich ansah. Es ist mein Glück, Mutter, und ich werde nie von diesem Glück lassen. Aber nun will ich zurück in mein Zimmer. Du aber sollst dich nicht mehr grämen, Mutter. Du weißt jetzt alles, behalt es für dich.«

»Kind«, sagte die Königin, »ganz kann ich dich immer noch nicht verstehen, aber nun ist mir gleich wohler ums Herz.«

Die Prinzessin verabschiedete sich von der Königin und eilte zurück in ihr Zimmer.

Als sie die Türe öffnete, sah sie einen Adler auf dem Fenstersims sitzen. Er öffnete die Flügel und stieß sich ab. Er flog davon, hinaus in die freie Luft. Die Prinzessin schrie auf, lief zum Fenster, sah aber den großen Vogel nur noch hoch oben in der Luft.

»Bleib, bleib, großer Vogel!« jammerte sie. »Mein Prinz, bleib bei mir! Lieber, lieber Krebs, das wollte ich nicht. Ich wollte doch das Geheimnis nicht verraten. Mutter, Mutter, er ist weggeflogen, und ich bin schuld daran, daß er nicht mehr erlöst werden kann.«

Sie warf sich aufs Bett und weinte. Alles Glück war plötzlich zerrissen, alles war leer geworden, tot, vergeblich. Die Prinzessin trauerte tagelang, wochenlang, sie wollte das Schloß nicht mehr verlassen und sprach mit niemandem. Ihr Gesicht wurde bleich und hohl, und es war, als zöge das Elend nun ein ins Schloß, seitdem der Krebs verschwunden war. Die Tage waren so dumpf wie die Nächte, und nicht beim König,

nicht bei der Königin und nicht bei der Dienerschaft wollte eine Spur Freude aufkommen. Die Trauer der Prinzessin hatte alle angesteckt. Eines Nachts lag die Prinzessin wieder halbwach auf ihrem Bett und dachte an die glücklichen Tage mit dem Krebs und die glücklichen Nächte mit ihrem jungen Gemahl zurück, als sie plötzlich eine weite gebirgige Landschaft vor sich sah. Und in der Ferne flog ein dunkler Adler immer weiter fort. Sie schrie auf, denn sie wußte: Der Adler war ihr Mann. Und sie fühlte, daß sein Flügelschlagen sie um Hilfe, um Erlösung rief. Und sie sah sich selbst über Wege und Hügel laufen, eiserne Schuhe an den Füßen, immer dem Raubvogel nach, ohne Aussicht, ihn je zu erreichen, aber von unendlicher Sehnsucht und der winzigen Hoffnung getrieben, am Ende der Welt, dort wo Berge und Himmel zusammenwachsen, den Adler zu finden und aufzuhalten, um ihn in die Arme zu nehmen und endgültig zu erlösen.
Und plötzlich war sie hellwach und wußte, daß sie hinausziehen mußte in die Welt, um ihn zu suchen und zu finden.
Am nächsten Morgen bat sie den König: »Drei Paar Schuhe mit eisernen Sohlen laß mir anfertigen. Vater, gib mir einen Beutel Gold, dann will ich mich auf die Wanderschaft machen, um meinen lieben Mann zu suchen. Um die ganze Erde will ich wandern, von Land zu Land, und nicht eher zurückkehren, bis ihn meine Liebe gefunden hat. Meine Liebe muß ihn noch einmal erlösen. Nur ich kann ihm helfen. Und gib mir Männerkleider; die will ich anziehen, damit mich niemand als die Prinzessin erkennt, damit niemand glaubt, ich hätte nicht den Mut, die Abenteuer zu bestehen, die sich mir in den Weg stellen.«
Der König war nicht erfreut, seine Tochter in die Welt hinausziehen zu lassen, aber er kannte ihren Gram und wußte, daß es nur ein Mittel gab, ihre Traurigkeit zu beseitigen. So ließ er Schuhe mit eisernen Sohlen anfertigen, gab ihr Männerkleider und verabschiedete die Prinzessin mit vielen Umarmungen.
Die Prinzessin wanderte von Dorf zu Dorf, die Hügel hinauf und die Hügel hinab, sie aß von den Früchten am Wegrand und kaufte sich Brot und Oliven. Sie überquerte Flüßchen und fuhr mit einem Fischer über eine Meeresbucht, sie lag in der Nacht unter einem Baum und hörte auf die Stimmen aus den Büschen und die Stimmen in der Luft. Sie wartete auf die Stimme des Adlers und seinen Flügelschlag. Ihre Augen suchten

am Tag den Himmel ab. Sie befragte die Menschen in den Dörfern und auf den Feldern, sie wurde müde vom vielen Gehen und wußte doch, daß sie nicht aufgeben durfte. Die Füße taten ihr weh, und schon zwei Paar der Schuhe hatte sie abgelaufen, als sie in der Hitze eines Vormittags Schutz im Schatten einiger Olivenbäume suchte.
Als sie sich gerade unter einem Baum ausstrecken wollte, sah sie, daß zwei Menschen über den Weg auf sie zukamen, ein Lahmer und ein Blinder. Sie wunderte sich, daß der Lahme den Blinden führte, und fragte sich, wie die beiden wohl durchs Leben kamen.
»Ich will hier ausruhen«, sagte der Lahme. »Und was sehe ich? Da sitzt ja schon einer und hatte den gleichen Gedanken wie ich.«
»Setzt euch her«, sagte die Prinzessin. »Ich bin froh, wenn ihr mir Gesellschaft leistet. Ihr seht erschöpft und gehetzt aus. Seid ihr verfolgt worden? Habt ihr etwas zu verbergen?«
»Junger Mann«, sagte der Lahme, »in dieser Gegend ist es nicht geheuer.«
»Ach was!« sagte die Prinzessin. »Ich habe keine Angst. Aber erzählt, was euch zugestoßen ist.«
Der Lahme half dem Blinden, sich auf den Boden zu setzen, und lehnte ihn an den Stamm eines Olivenbaumes. Er selbst setzte sich neben die Prinzessin, streckte sein lahmes Bein aus und zog sich das verschwitzte Hemd vom Leib.
»Hast du einen Schluck Wasser für mich?« fragte er.
Die Prinzessin hatte im Beutel eine Flasche mitgebracht und ließ den Lahmen trinken. Auch der Blinde nahm einen kräftigen Schluck.
»Das ist eine eigenartige Geschichte«, sagte der Lahme.
»Fang an!« ermunterte ihn die Prinzessin. »Laß dich nicht noch einmal bitten.«
Der Lahme räusperte sich, wischte sich über den Mund und erzählte:
»Ich saß mit dem Blinden an einem Bach und wollte ein Stück trockenes Brot im Wasser aufweichen, denn wir hatten sonst nichts mehr zu essen. Da fiel mir das Brot ins Wasser und schwamm weg. Als ich ins Wasser stieg und dem Brot nachhinkte, stand ich nach einer Weile neben einem Felsentor. Was mag das sein? dachte ich und drückte gegen das Tor. Das Tor öffnete sich. Ich sah vor mir eine Treppe aus Stein, die nach unten führte. Ich hatte Mühe, hinunterzuhumpeln. Alles war still, kein

Mensch zu sehen. Von den Felswänden rann unhörbar das Wasser. Es war sehr kühl. Mich fröstelte. Ich stieg Stufe um Stufe hinunter und kam vor eine Tür. Die Tür ließ sich leicht öffnen. Ich stand in einem aus dem Felsen gehauenen Raum. Da war ein Tisch. Auf dem Herd kochte Essen in einem Topf. Aus dem Backofen kam der Duft von frischem Brot, aber niemand war zu sehen. Ich hatte Hunger und wollte für meinen blinden Freund und mich von dem Essen nehmen. Als ich zum Herd trat, rief der Topf: ›Du mußt noch warten. Erst ißt der Herr, dann ißt du.‹

Du kannst dir denken, wie ich erschrak, denn noch nie hatte ich einen Topf sprechen gehört. Als ich zum Backofen ging, um ein Brot herauszuziehen, rief der Ofen: ›Laß das Brot drinnen. Erst ißt der Herr, dann ißt du.‹

In diesem Raum geht es nicht mit rechten Dingen zu, dachte ich, und langsam kroch mir die Angst über den Rücken. Aber da rief das Fenster: ›Er kommt, er kommt!‹ Und das Fenster öffnete sich von selbst, und ich spürte, wie ein kalter Luftzug von draußen in den Raum wehte. Ich sah, daß der Luftzug das Wasser in dem Wasserbecken, das auch in dem Raum war, kräuselte. Das Wasser war dunkel und schien von dem Becken aus in die Tiefe der Erde oder des Felsens zu führen.

Da rief die Tür: ›Versteck dich, versteck dich!‹ Ich blickte mich um, lief zum Tisch und duckte mich hinter einem Stuhl auf den Boden. Da hörte ich schon ein seltsames Rauschen, und als ich versuchte, zum Fenster zu blicken, denn von dort war das Rauschen gekommen, sah ich, wie ein großer dunkler Schatten im Fenster sichtbar wurde. Ich sah, daß ein mächtiger Vogel sich aufs Fensterbrett setzte und noch mehrmals mit den Flügeln schlug.«

Da konnte die Prinzessin nicht mehr an sich halten und schrie: »Ein Adler, ein Adler! Mein ... mein ...«

»Was hast du?« fragte der Lahme überrascht. »Willst du meine Geschichte nicht zu Ende hören?«

»Doch, doch«, sagte die Prinzessin mit zitternder Stimme.

»Erzähl, erzähl schnell! Sag, was geschah!«

»Der Adler«, fuhr der Lahme fort, »kam ins Zimmer. Er tauchte in das Wasserbecken ein, und plötzlich tauchte aus dem Wasser ein Mensch auf. Ein schöner junger Mann stand im Raum. Er ging zum Herd und holte sich das Essen, er nahm das Brot aus dem Ofen und holte einen Krug voll Wein, schenkte sich ein und begann zu sprechen.«

»Was ... was sagte er?« unterbrach ihn die Prinzessin.

»Der Adler«, fuhr der Lahme fort, »sagte folgende Worte: ›Auf das Wohl meiner lieben Frau, die ich verlor! Klagt, ihr Wände, ihr Türen und Fenster! Alles um mich soll weinen, weil die Prinzessin das Geheimnis nicht bewahren konnte.‹

Und da war im Raum ein unaufhörliches, geheimnisvolles Wehklagen und Trauern. Die Tür, das Fenster, der Ofen, das Wasserbecken, alle Gegenstände hatten eine Stimme bekommen, die einfiel in den Schmerz des Mannes, den ich nicht verstehen konnte, der mir aber so zu Herzen ging, daß ich nahe daran war, einzustimmen in die Klage. Aber ich mußte ja den Atem anhalten, um nicht entdeckt zu werden.

Der schöne Jüngling klagte noch lange über den Verlust seiner Liebsten. Dann tauchte er wieder ins Wasser, verwandelte sich in einen Adler und flog davon. Da traute ich mich wieder hervor, nahm mir von dem Essen und dem Brot und eilte, so schnell ich konnte, zum Blinden zurück.«

Die Prinzessin konnte vor Aufregung nicht mehr stillhalten. Sie sprang auf und rief: »Du mußt mir den Weg zu diesem Felsentor zeigen. Ich muß den Adler sehen. Eine eigenartige Geschichte hast du da erzählt. Der Geschichte muß ich auf den Grund gehen.«

»Mein Freund«, sagte der Lahme, »das überrascht mich. Ich meinte, ich hätte dir Angst eingejagt. Und jetzt willst du selbst in die Tiefe steigen.«

»Angst? Nein, Freunde! Ach, wenn du wüßtest, du würdest mich verstehen.«

»Was soll ich verstehen?« fragte der Lahme.

»Nun, laß sein! Ich will nur eines wissen«, sagte die Prinzessin, »kannst du mir den Weg zeigen?«

»Den Weg würde ich finden«, sagte der Lahme, »aber keine zwölf Ochsen bringen mich noch einmal in diese unheimliche Gegend. Einmal genügt.«

Die Prinzessin ging auf den Lahmen zu, kniete vor ihm nieder, ergriff seine Hände und bettelte:

»Bitte, führ mich hin! Du müßtest mir nur das Felsentor zeigen. Dann könntest du mich alleinlassen. Ich würde dich reichlich entlohnen.«

Sie nahm den kleinen ledernen Beutel vom Gürtel und schüttelte ihn.
»Schau dir diesen Beutel an«, sagte sie. »Darin sind lauter dicke Goldstücke. Alle sollen dir gehören, wenn du mich zu dem Felsentor führst.«
Da blitzten die Augen des Lahmen. Er wollte nach dem Beutel greifen, so wunderbar hatten die Goldstücke in seinen Ohren geklungen.
»Wenn das so ist«, sagte er, »dann will ich dich führen. Komm, junger Mann! Der Blinde soll hier warten.«
Er stand auf und führte die Prinzessin zu dem Felsentor. Als sie angekommen waren, gab ihm die Prinzessin den Beutel mit den Goldstükken und bedankte sich.
»Ich kann das alles nicht verstehen«, sagte der Lahme. »Ich führe dich die paar Schritte, und du gibst mir dafür einen Beutel voller Gold. Du weißt doch gar nicht, ob du den Adler zu sehen bekommst. Nein, so bin ich mein ganzes Leben lang nicht entlohnt worden.«
»Ich bin da, vor dem Tor«, sagte die Prinzessin, »jetzt muß ich meinen Adler finden.«
»Deinen Adler?« rief der Lahme. »Wieso deinen Adler? Du hast ihn doch noch gar nicht gesehen.«
»Laß mich allein!« sagte die Prinzessin. »Ich spüre, daß nun alles gut werden muß, und Angst habe ich überhaupt nicht. Weißt du, wenn man liebt, schwindet alle Angst.«
»Ist das ein seltsamer Tag«, sagte der Lahme. Er schüttelte den Kopf, bedankte sich und ließ die Prinzessin vor dem Felsentor stehen.
Die Prinzessin ging durch das Felsentor, stieg die Steinstufen hinab, öffnete die Tür zu dem geheimnisvollen Raum und trat ein. Alles war so, wie der Lahme es beschrieben hatte. Kaum hatte sie sich umgesehen, als der Topf auf dem Herd rief:
»Verstecke dich hinter mir! Er kommt.«
Und sie lief hinter den Herd, duckte sich auf den Boden und versuchte doch, einen Blick durchs Fenster zu werfen.
Sie sah, wie das Fenster sich von selbst öffnete, sie spürte den kalten Luftzug, der von draußen in den Raum wehte. Sie sah, wie ein großer dunkler Schatten im Fenster sichtbar wurde. Sie sah, daß sich ein mächtiger Vogel aufs Fensterbrett setzte und mehrmals mit den Flügeln schlug.

Der Adler kam in den Raum. Er tauchte in das Wasserbecken und verwandelte sich in einen Menschen. Ihr Mann stand im Zimmer, so wie sie ihn aus glücklichen Nächten kannte. Er ging zum Herd und holte das Essen, er nahm das Brot aus dem Ofen und nahm einen Krug voll Wein, schenkte sich ein und begann zu sprechen: »Auf das Wohl meiner lieben Frau, die ich verlor. Klagt, ihr Wände, ihr Türen und Fenster. Alles um mich soll weinen, weil die Prinzessin das Geheimnis nicht bewahren konnte. Ach, wollte sie doch bereuen, was ihrem übereiligen Mund entschlüpfte! Ach, wäre sie nur hier!«
Wie drang die Klage des jungen Mannes in das Herz der Prinzessin, wie fühlte sie, daß nichts als Liebe in ihr war, und wie bereute sie, daß sie das Geheimnis preisgegeben hatte. Tränen strömten ihr in die Augen und liefen ihr über das Gesicht. Sie war traurig und glücklich zugleich, und während sie noch weinte, begannen das Fenster, die Tür, der Topf, der Ofen und alles, was im Raum war, sich zu freuen. Es war plötzlich eine vielstimmige Musik der Freude im Raum. Das raunte und flüsterte fröhlich, das lachte und gluckste, das summte und zischte, daß der junge Mann aus seiner Traurigkeit aufsah. Und nun konnte auch die Prinzessin sich nicht mehr versteckt halten, sondern sprang auf und ging auf ihren Mann zu. Tränen der Freude standen ihr im Gesicht, und in den Augen war ein Glanz, als wäre alles Glück der Welt in sie zusammengeströmt.
»Mein lieber, lieber Mann!« sagte sie und umarmte ihn.
»Meine liebe Prinzessin!« sagte der junge Mann und streichelte ihr Gesicht. Und er küßte sie auf den Mund und wollte nicht mehr von ihr lassen.
»Endlich, endlich habe ich dich gefunden«, sagte die Prinzessin. »Ich bin durch die ganze Welt gelaufen, und mir war, als suchte ich ein Stück meines Herzens.«
»Und nun bin ich erlöst«, sagte der junge Mann. »Ich spüre, daß der Zauber aus mir weicht, daß ich nicht mehr gefesselt bin an die Gestalten des Krebses und des Adlers. Weil du nicht aufgehört hast, mich zu lieben, weil du die Kraft gehabt hast, mich zu suchen, darf ich jetzt meine menschliche Gestalt behalten.
Du hast deine Voreiligkeit bereut und dir die Füße wundgelaufen auf dem Weg zu mir. Du hast mich gefunden, weil mich dein Herz nie verloren hatte.«

»Oh, ich kann es noch gar nicht glauben«, sagte die Prinzessin, »daß du nun bei mir bleiben wirst. Wie werden sich meine Eltern freuen, wie werden sich der Fischer und seine Frau freuen. Ich war wie tot, und du hast mich wieder zum Leben gebracht. Nun soll uns nur noch das gemeinsame Glück umgeben.«
»Komm«, sagte der junge Mann, »laß uns hinaufsteigen in unser neues Leben.«
Er gab der Prinzessin die Hand und führte sie aus der Tiefe des Felsenraumes hinauf ins Licht. Und mit jeder Stufe, die sie höher stiegen, schlug ihr Herz höher. Hinter sich hörten sie noch einmal das Lachen und die Freude aller Gegenstände im Felsenraum, und man hätte glauben können, daß auch die Tür, das Fenster, der Ofen und der Topf, daß alles ringsum mit erlöst worden wäre.

Tränengesicht und dunkler Fluß

Nach einem brasilianischen Märchenmotiv

Wie jeden Abend, so sprang auch am Tag der großen goldgezackten Schlange die Dunkelheit mit einem Satz über die Erde und deckte im brasilianischen Urwald die Helligkeit und Hitze des Tages zu. Es war, als bliebe einem gerade noch Zeit, sich umzudrehen, so rasch zog die Nacht die verblühenden Farben vom Himmel und machte ihn schwarz.

Aber schon hatten die alten Indianerfrauen vor den Hütten und auf dem Dorfplatz die Feuer angezündet und die Süßkartoffeln zum Braten hergerichtet.

Die Nacht der großen goldgezackten Schlange begann vor den aus Palmblättern und festen Ästen gebauten Hütten, sie begann über den hohen Baumwipfeln, die man kaum noch gegen den dunklen Himmel sehen konnte, in dem bald wie ferne, glitzernde Botschaften die Sterne des Südens aufgehen würden, heller als anderswo auf der Erde.

Aus dem Urwald wehte ein leichter Wind auf das Dorf zu und brachte, stärker als am Tag, den Duft der dunkelgelben Blumen mit sich, die üppig zwischen den Büschen wucherten. Die Nacht begann im Reiben der Äste und Blätter, im Streifen des Windes und im Rascheln des Grases zu leben.

Nur die alten Frauen saßen an den Feuern oder vor den Hütten, zusammengekauert und dunkel eingehüllt in ihre Tücher. Die jüngeren Frauen und die Mädchen, so schrieb es der Brauch vor, aber saßen in den Hütten.

Durch das Dorf klangen die Schläge der hölzernen Trommel, und die Töne der Flöte waren anzuhören wie die Pfeifrufe der Vögel, die im Urwald hinter den Hütten laut geworden waren, kaum daß die Sonne untergegangen war. Man hätte die Musik bis tief in den Urwald hinein hören können, wenn ein Mensch sich zu dieser Zeit dort aufgehalten hätte. Aber die Männer und Frauen des Stammes waren alle im Dorf versammelt und wollten dabei sein, wenn in der Nacht der großen goldgezackten Schlange der Tanz der jungen Männer begann.

Bald war auf dem Dorfplatz ein Dutzend junger Männer versammelt. Sie setzten sich im Kreis auf den Boden, sie legten die Messer und die Speere neben sich und redeten nicht miteinander. Die Musiker spielten und spielten, und ihre Musik übertönte die Stimmen der Tiere aus dem Urwald. Die jungen Männer wiegten die Oberkörper im Takt der Musik. Es war, als warteten sie auf einen besonderen Einsatz, um den Tanz zu beginnen. Da trat der Medizinmann in ihre Mitte. Er trug ein Fell um die Hüften und hatte die langen grauen Haare auf dem Hinterkopf zu einem dünnen Schwanz zusammengeflochten, der wippte, wenn er sich mit hüpfenden Schritten bewegte. Der Medizinmann ging nicht wie die anderen Indianer, sondern trat oder hüpfte immer von einem Fuß auf den anderen, seitdem ihn vor einigen Jahren eine Schlange in die linke Ferse gebissen hatte.

Das Schlangengift hatte dem Medizinmann nichts anhaben können, aber mit dem Gift war der Geist der kleinen grünschillernden Schlange in ihn gefahren und hatte seinen Gang verändert. Und seit diesem Tag genoß der Medizinmann im Dorf ein noch höheres Ansehen als früher. Die Mütter kamen vor der Geburt eines Kindes zu ihm und fragten, ob das Kind gesund zur Welt kommen werde; und die erwachsenen Männer kamen, wenn sie Kummer mit ihren Frauen hatten. Aber auch die jungen Männer wußten, was das Wort des Medizinmannes galt, daß er Macht besaß, daß er mit den Geistern der Urwaldtiere ebenso redete wie mit den Geistern der Verstorbenen und daß er den Lebenden, wenn er wollte, ein Türchen zu den Geistern öffnen konnte.

Der Medizinmann also trat in den Kreis der jungen Männer. Er lehnte seinen geschnitzten und rot eingekerbten Speer an den heiligen Pfahl, der in der Mitte des Dorfplatzes in die Erde gesenkt worden war, damit jeder wußte: Diese Stelle ist für uns die Mitte der Welt, aus der alle Kraft für den Stamm kommt, die Mitte der Welt, auf die Sonne und Mond blicken und um die sich, wenn alle schlafen, die Geister der toten Ahnen versammeln.

Mit der geöffneten linken Hand gab der Medizinmann ein Zeichen, so

als wollte er die jungen Männer aufscheuchen, wegjagen. Aber sie wußten: Dies ist das Zeichen zum Tanz, dies ist das Zeichen zum Beginn der Nacht der großen goldgezackten Schlange, in der sich die jungen Männer ihre Braut wählen.
Alle jungen Männer erhoben sich und begannen zu tanzen, rund um den Medizinmann, der sich auf den Boden gehockt und die Arme um die an den Leib gezogenen Beine geschlungen hatte. Der Medizinmann beugte den Kopf zu den Knien, und es war, als rollte er sich zusammen und achtete nicht mehr auf den Tanz und die Musik. Er wurde zu einer dunklen Kugel der Stille mitten zwischen den aufstampfenden Füßen der Männer, zwischen den schnellen, wechselnden Bewegungen, die von der Musik begonnen, geändert oder beendet wurden.
Ein Indianer trat aus der Mitte der Tanzenden hervor, tanzte zu einer Hütte, tanzte vor der Hütte des Mädchens, das er sich zur Braut nehmen wollte. War das Mädchen mit dem werbenden Tanz einverstanden, kam es aus der Hütte, tanzte mit dem Bewerber einige Schritte und zog ihn dann in die Hütte hinein. Alle jungen Männer tanzten vor einer der Hütten, alle warben um eines der heiratsfähigen Mädchen des Stammes. Und sie wurden in die Hütten gezogen und tranken einen Schluck Kokosmilch, die ihnen die Mädchen anboten, wie es Brauch war.
Nur vor einer Hütte tanzte niemand, niemand warb um das Mädchen, das mit seiner Mutter in der Hütte wohnte.
In der Hütte saßen Nhinho und ihre Mutter und lauschten der Musik.
»Immer wieder tanzen sie«, sagte Nhinho traurig. »Vor jeder Hütte, in der ein Mädchen lebt, tanzt einer, der das Mädchen einmal heiraten will. So hast du mir's doch erklärt, Mutter. Hörst du die Musik? Sie tanzt mir in den Ohren.«
»Ja, Nhinho«, sagte die Mutter mit so leiser Stimme, daß Nhinho sie kaum hören konnte, »ich höre sie. Ich kenne die Musik. Es ist die Musik unseres Stammes. Ich höre in ihr das Rauschen des Flusses, den heftigen Regen, der auf die Bäume klatscht, und die Freude der Männer, die sich die Mädchen wählen. Die Musik ist so, wie die Männer sind. Ich kann in ihr den heftigen Atem der Männer spüren, und meine Mutter hat mich gelehrt, jeden Schlag dieser Musik zu unterscheiden, so wie ich dich lehrte und lehre, die Musik als die Stimme der Männer zu verstehen, die in dieser Nacht nicht reden.«

»Nur vor unserer Hütte tanzt keiner«, seufzte Nhinho. »Keiner will mich. Keiner wird mich zur Frau nehmen. Ich bin nicht so schön wie die anderen Frauen des Stammes. Keiner findet mich begehrenswert.«
»Was redest du da!« sagte die Mutter lauter und streckte den rechten Arm heftig vor. »Du bist tüchtig, du mußt Geduld haben.«
Nhinho richtete sich halb auf, hockte sich auf die Fersen und antwortete ihrer Mutter beinahe heftig:
»Geduld haben, Geduld! Warten, bis wieder die Nacht der großen goldgezackten Schlange kommt! Mutter, du weißt doch, daß alle Geduld nichts ausrichtet. Sie sehen mich nicht. Sie wollen mich nicht. Alle anderen sind schön für sie, alle anderen werden von ihnen angesehen. Hör, Mutter, hör doch! Alle tanzen an unserer Hütte vorbei.«
Die Mutter streichelte im Halbdunkel der Hütte, in die nur durch kleine Spalten der Feuerschein drang, über Nhinhos langes, schweres schwarzes Haar. Und ihre Stimme war weich und warm, als sie sagte: »Ja, das Fest geht zu Ende, die Musik hört auf. Bald wird es still sein im Dorf. Leg dich schlafen, Nhinho, schlaf und sei nicht traurig!«
Aber Nhinho schüttelte den Kopf.
»Ich will nicht in der Hütte bleiben. Die Nacht ist schön draußen. Ich will wieder hinaus.«
»Zum Wasserfall am Fluß?« fragte unsicher die Mutter. »Du warst schon so oft in der Nacht dort. Bleib doch in der Hütte wie die anderen Mädchen. Oh, weil du nicht bist wie die anderen Mädchen, sehen dich die Männer nicht an!«
Nhinho aber war schon mit ihren Gedanken draußen am Fluß.
»Ich höre so gern das Rauschen des Flusses«, sagte sie. »Hast du mir nicht, als ich noch klein war, die Stimme des Wassers erklärt? Dort draußen ist meine Stelle. Muß nicht jeder Mensch eine Stelle haben, wo er gern hingeht? Ich werde nicht zum heiligen Pfahl gehen. Meine Stelle ist draußen am Fluß. Ich spüre es, wenn meine Füße dort über den Boden gehen, es ist, als müßte ich in den Grund einwachsen.«
»Du hast nie Angst gehabt vor der Nacht«, sagte die Mutter. Nhinho stand auf und meinte beruhigend: »Ich höre das Tappen der Tiere, das Schleichen der weichen Pfoten, den Schrei der nächtlichen Vögel, das Schnappen der Fische im Fluß. Und heute wird mir wieder der Mond leuchten. Ich kann den Mond vom Fluß aus sehen und auch die Sterne. Mutter, die Sterne, ausgestreut am weiten Himmel . . .«

»Was bist du für ein seltsames Mädchen!« seufzte die Mutter und wußte, daß sie Nhinho nicht davon abbringen konnte, zum Fluß hinunterzugehen.
»Du liebst die Nacht und beklagst dich, daß die Männer einen Bogen um dich machen, wenn du draußen auf dem Stein am Wasser schläfst.«
Nhinho schwieg und verließ die Hütte. Still und mit gesenktem Kopf ging sie durchs Dorf. Niemand bemerkte sie oder wollte sie bemerken. Sie ging in der mondhellen Nacht zum Fluß. Ihre Schritte waren nicht nur ihre Schritte, sondern wurden, ohne daß sie darüber nachdenken mußte, ohne daß sie ihren Beinen einen Befehl geben mußte, von selbst zur immer gleichen Stelle hinbewegt. Wieder spürte sie aus dem Boden die Kraft durch die Füße in den ganzen Körper steigen; wieder traf sich in ihr die Kraft von unten mit der klaren Kraft des Mondlichts, das von oben kam.
Nhinho ging noch einige Schritte weiter und kam zu dem großen Stein, der rund und kahl neben dem Wasser lag, wie ein unförmiges Tier, das sich zur Ruhe niedergelegt hatte. Das Wasser rauschte neben dem Stein, und die kleinen Wellen des Flusses glitzerten wie silberne Rillen unter dem Mondlicht. Nhinho legte sich auf den Stein. Sie blickte hinauf zum Mond und den Sternen, die sich in unendlichen Tiefen als winzige Punkte verloren. Da waren die hellen Staubnebel von Tausenden von Sternen, da waren die nie erreichbaren Lichtstraßen und zwischen ihnen die dunklen Unendlichkeiten. Doch Nhinho fühlte sich geborgen unter dieser Unendlichkeit; die fernsten Sterne waren ihr nah und vertraut. Und als sie einschlief, war ihr, als sei es nur ein kleiner Schritt, als müßte sie nur einen Fuß hineinsetzen in das nächtlich über ihr schwebende Meer, um in ihm endlos fortgehen zu können.
Wie in dieser Mondnacht, so ging Nhinho auch in den folgenden Nächten hinunter zum Fluß, legte sich auf den Stein und schlief. In einer Nacht waren zwei alte Indianer mit dem Kanu auf den Fluß hinausgerudert. Sie wollten fischen und kamen, ohne daß Nhinho sie bemerkte, am großen Stein vorbei. Es war ganz still auf dem Wasser, und nur das weiche Eintauchen des Ruders klang wie ein sanftes Schmatzen über den Fluß. Das Mondlicht hatte Nhinho eingehüllt, das schwarze Haar war zur Seite gefallen. »Da liegt sie wieder«, sagte der eine Indianer flüsternd zum anderen.

»Nhinho, wer denn sonst?« meinte der andere. »Die anderen Mädchen schlafen im Dorf. Immer wenn sie traurig ist, sagt man, schläft sie draußen am Fluß.«
Der eine Indianer schüttelte den Kopf und zog nachdenklich das Ruder durchs Wasser.
»Bin ich froh«, sagte der andere, »daß sie nicht besonders anziehend ist. Stell dir vor, einer unserer Söhne wollte sie zur Frau haben. Möchtest du, daß deine Schwiegertochter sich nachts im Wald und am Fluß herumtreibt?«
»Sei still!« antwortete der eine Indianer. »Wir wollen sie nicht aufwekken. Wer weiß, welchen Geist wir gleichzeitig stören würden. Wenn ich den Mondschein auf ihrem Gesicht sehe, habe ich das Gefühl, sie sei mit dem Nachtgeist des Flusses oder dem Mondgeist im Bunde.«
»Vielleicht, vielleicht«, sagte der andere Indianer. »Was sonst treibt sie so häufig hinaus? Aber was geht es mich an? Komm, laß uns ins Dorf zurückkehren. Heute nacht werden wir keinen Fisch mehr fangen.«
Und die beiden alten Indianer wendeten das Kanu auf dem Fluß und ruderten langsam in das Dorf zurück, in dem sich noch nicht alle Bewohner schlafen gelegt hatten. Die Nacht war schön und das Licht des Mondes so verzaubert, daß viele einfach dasaßen und zum Himmel hinaufsahen.
Draußen am Fluß aber lag Nhinho noch immer im Schlaf. Und jetzt schien ihr der Mond voll ins Gesicht. Da fiel ihr vom Himmel plötzlich ein Tropfen auf die Wange. Sie zuckte zusammen, wachte auf und berührte mit der Hand das Gesicht. Nhinho sah sich um, blickte auf das Wasser des Flusses und hörte die Nachtgeräusche des Windes und der Tiere des Urwalds, das Glucksen der kleinen Wellen, die sich an einem Stein im Flußbett brachen oder über einen herabhängenden Ast strudelten. Alles schien wie immer zu sein, friedlich und vertraut.
Nhinho richtete sich ganz auf und fragte sich laut: »Habe ich geträumt? Da war doch der Mond, der Mond so freundlich über mir. Er schien mir direkt ins Gesicht. Und auf einmal fiel ein Tropfen vom Himmel auf mich herab, auf meine Wange. Eine Träne des Himmels. Was? Nein, ich habe nicht geträumt. Ich spüre den feuchten Tropfen auf der Wange. Was ist das? Das ... das hat etwas zu bedeuten. Und jetzt meine ich: Mein Gesicht schwimmt in den Tränen des Himmels. Mein ganzer Kör-

per ist benetzt. Etwas rinnt durch mich hindurch, verwandelt mich. Oh, ich muß schnell nach Hause laufen! Meine Mutter, vielleicht weiß meine Mutter, was mit mir geschehen ist.«

Verstört und doch glücklich lief Nhinho zum Dorf zurück. Es war ihr, als trüge sie ein Geschenk mit sich. Doch wer hatte sie beschenkt? Als sie zu den ersten Hütten des Dorfes kam, bemerkte sie, daß vor ihnen einige junge Männer beisammenstanden. Kaum erblickte der Indianer mit dem rotbemalten Gesicht Nhinho, sagte er überrascht und aufgeregt zu seinen Freunden:

»War das Nhinho, die ich nie sah, nie bemerkte?«

Da drehte sich der Indianer mit dem gelbbemalten Gesicht um und sagte: »Was hast du? Nhinho, wer denn sonst jetzt in der Nacht? Warum fragst du?«

»Sie ist verändert!« rief der Indianer mit dem rotbemalten Gesicht aus. »Ich spüre es, ich habe nie ein schöneres Mädchen gesehen.«

Der Indianer mit dem gelbbemalten Gesicht lachte und spottete: »Du hast heute abend zuviel Zuckerrohrschnaps getrunken. Da scheint dir auch die Unscheinbarste zauberhaft zu sein.«

Aber der junge Indianer mit dem rotbemalten Gesicht ließ sich nicht verspotten, sondern blieb bei seiner Meinung und sagte überzeugt: »Warte nur. Du hast sie nicht gesehen, aber ich habe sie gesehen.«

Da mischte sich der Indianer mit dem blaubemalten Gesicht ein. »Du hast recht«, sagte er zu seinem Freund. »Nhinho ist bezaubernd.«

Der Indianer mit dem gelbbemalten Gesicht wandte sich verächtlich an die anderen und sagte: »Sie hat euch behext. Sie hat sich die Schönheit gestohlen. Sie hat euch verzaubert.«

Aber die anderen Indianer wollten nicht auf ihn hören.

»Ich werde vor ihrer Hütte tanzen!« rief der eine.

»Nein, ich werde vor Nhinhos Hütte tanzen!« rief der andere.

Und der junge Indianer mit dem rotbemalten Gesicht stieß seinen Speer wütend in den Boden und schnaubte den Indianer mit dem gelbbemalten Gesicht an: »Mein Speer soll dich treffen, mein Pfeil soll dich durchbohren! Mich hat sie angesehen, nicht dich.«

Während die beiden stritten, war Nhinho zur Hütte ihrer Mutter gekommen und stieß schon unter dem Eingang atemlos hervor: »Mutter, Mutter! Ein Traum, nein, kein Traum – eine Träne vom Himmel! Ich sage dir, genau vom Himmel.«

Die Mutter trat auf Nhinho zu und legte ihr die Hände auf die Schultern.
»Du bist ganz außer Atem«, sagte sie beruhigend. »Haben dich die Flußgeister geängstigt? Setz dich, ruh dich aus.«
»Nein, nein, keine Angst!« rief Nhinho freudig. »Nur Freude, Freude wie ein Fluß durch meinen Körper! Eine Träne des Himmels netzte mir das Gesicht, gerade als der Mond mir ins Gesicht schien. Sie fiel vom Mond herab. Mutter, sag, was bedeutet das?«
Da begann das Gesicht der Mutter zu leuchten. Die Mutter konnte ihr freudiges Zittern kaum verbergen, als sie sagte: »Nhinho, Kind, du Glückliche. Nur der Mond ist so schön wie du. Es gibt eine alte Geschichte, die sagt: Wen der Mond mit seinen Tränen netzt, wird schön sein wie das aufgehende Gestirn über dem Urwald am Fluß. Und alle Wesen werden kommen, um seine Schönheit zu bewundern.«
Kaum hatte die Mutter ausgesprochen, als draußen vor der Hütte laute Stimmen zu vernehmen waren. Männer redeten miteinander. Nhinho und die Mutter erkannten darunter die Stimme des Medizinmannes.
»Warum stört ihr die Nacht?« rief Nhinho in das Dunkel hinaus. »Ich höre die Stimme des Medizinmannes vor unserer Hütte. Was will der Medizinmann?« fragte Nhinho ihre Mutter.
»Der Brauch sagt: Der Stimme des Medizinmannes mußt du folgen«, sagte die Mutter. »Geh hinaus und sieh nach, was er will.«
Nhinho war unwillig, sie wollte nicht gestört werden, schon gar nicht von den Männern, die sie nie beachtet hatten. Aber sie folgte doch der Aufforderung der Mutter, denn sie wußte, daß kein Mädchen des Stammes es wagen würde, in der Hütte zu bleiben, wenn der Medizinmann gerufen hatte. Sie bückte sich unter den niedrigen Eingang und trat vor der Hütte ins Freie. Da stand der Medizinmann und mit ihm einige junge Indianer.
»Du hast mich gerufen?« fragte Nhinho, als sie vor dem Medizinmann stand. »Was willst du?«
Das Gesicht des Medizinmannes war weiß und leuchtete stumpf im Mondlicht. Seine Lippen waren schmal und aufeinandergepreßt. Die Gesichtshaut spannte über den harten Wangenknochen, und er bewegte die Flügel der Nase, als wollte er wie ein Tier wittern. Er ist nicht alt und nicht jung, dachte Nhinho, und er hat genauso ausgesehen, als ich noch ganz klein war.

»Es ist also wahr, was mir die jungen Leute gesagt haben«, begann der Medizinmann. »Dein Gesicht leuchtet wie der Mond. Deine Augen strahlen wie der Morgen- und der Abendstern. Ein Zaubermittel muß dir zu solchem Aussehen verholfen haben.«

Nhinho sah das Gesicht des Medizinmannes vor sich und dachte: Er müßte doch wissen, was der Mond mit mir getan hat.

»Du kannst nur an Zauberei denken«, antwortete sie ruhig. »Aber was soll ich dir sagen? Ich bin da; also, tu das, was du zu tun hast.«

»Sie streiten, die jungen Männer«, sagte der Medizinmann. »Das siehst du doch. Das hörst du doch. Sie haben vor deiner Hütte gestritten. Sie streiten um dich. Jeder will dich haben. Du hast sie verwirrt, sie sehen nicht mehr richtig.«

Noch während der Medizinmann sprach, drängte sich der junge Indianer mit dem rotbemalten Gesicht vor und wandte sich an Nhinho.

»Nhinho, du hast den Pfeil abgeschossen und mein Herz getroffen. Ich will dir die schönste Hütte unseres Dorfes bauen, wenn du mit mir kommst.«

Da hatte auch der Indianer mit dem gelbbemalten Gesicht Nhinho erblickt. Und ihn traf ihre Schönheit ebenfalls, und wie außer sich rief er dazwischen: »Ja, jetzt sehe auch ich: Du bist die schöne Nhinho, das begehrenswerteste Mädchen vom Stamm der Tariana.«

Und auch er wurde unterbrochen, weil der junge Indianer mit dem blaubemalten Gesicht dazwischentrat, sich neben Nhinho stellte und heraussprudelte: »Sag, ich soll mit dem Kanu bis zum Ende des großen Flusses rudern! Sag, ich soll das Krokodil aus dem Fluß locken! Ich will tun, was du willst. Ich will mit dir den Hochzeitstanz tanzen.«

Nhinho blickte verwundert von einem zum anderen und sah dann fragend den Medizinmann an. Alles schien verändert zu sein in dieser Nacht. Die Mutter hatte von Glück gesprochen. Aber das war doch nicht das Glück, wenn jene, die sie vorher verachtet hatten, ihr jetzt schmeichelten.

»Was ist mit euch geschehen?« fragte sie. »Noch vor wenigen Tagen wolltet ihr mich nicht ansehen. Niemand hat vor meiner Hütte getanzt. Ich bin, wie ich immer gewesen bin. Laßt mich allein. Früher habt ihr mich nicht beachtet. Ihr habt um andere Frauen geworben. Ihnen habt ihr schöne Augen gemacht. Geht zu ihnen!«

»Das geht nicht mit rechten Dingen zu«, murmelte der Medizinmann. »Ich rieche schon den Zauber.«
Aber Nhinho wollte nichts mehr hören und wandte sich ab, um wieder in die Hütte zu gehen.
»Ich lege mich jetzt für den Rest der Nacht schlafen«, sagte sie. »In ein paar Stunden graut der Tag. Vielleicht wischt euch die Sonne die verrückten Gedanken aus dem Kopf.«
Nhinho ließ die jungen Männer und den Medizinmann stehen.
»Kommt mit hinüber in die Ecke!« sagte der Medizinmann. »Jetzt müssen die Männer miteinander reden. Legt noch ein paar Äste in die schwache Glut. Es ist kalt geworden.«
Die jungen Männer folgten dem Medizinmann und setzten sich mit ihm um die zusammengesunkene Glut eines Feuers.
»Sie muß einen Zaubertrunk genommen haben«, sagte der Indianer mit dem rotbemalten Gesicht.
»Sie macht uns alle verrückt«, meinte der Indianer mit dem gelbbemalten Gesicht.
»Sie hat sich Schlangenblut ins Gesicht gestrichen«, behauptete der Indianer mit dem blaubemalten Gesicht.
»Sie hat frische Papageieneier gegessen«, sagte der Indianer mit dem rotbemalten Gesicht. »Oder weißt du eine Erklärung, Medizinmann? Du kennst dich doch aus, über der Erde und unter der Erde. Wenn dir der Zauber untertan ist, wirst du auch ihren Zauber erklären können.«
Der Medizinmann ärgerte sich. Wollten die jungen Leute an seiner Macht zweifeln? Sie redeten dummes Zeug. Er stand auf, zog nachdenklich an seiner Pfeife, stieß seinen Speer zweimal hart auf den Boden und warf ihn weit über den Platz hinaus bis zum Dorfrand. Dort bohrte sich der Speer in den Boden und blieb zitternd stecken.
»Nicht jeder Zauber ist mir untertan«, sagte der Medizinmann und schloß dabei für einen Augenblick die Augen. »Aber den Zauber der Schönheit werde ich entdecken. Dort, wo der Speer steckt, werde ich ein Feuer entzünden, es mit heiligen Kräutern schüren und im Rauch, der zu den Geistern aufsteigt, entdecken, woher Nhinhos Schönheit kommt. Doch niemand, versteht ihr, niemand darf mir bei diesem Geschäft zusehen. Wenn ich das Feuer angezündet habe, müßt ihr euch in die Hütten verkriechen.«

Am übernächsten Tag bat Nhinho ihre Mutter, mit ihr zum Fluß hinunterzugehen.

»Warum bist du mit mir zum Fluß gegangen?« fragte die Mutter, nachdem sie das Dorf hinter sich gelassen hatten und über einen schmalen Pfad den Fluß erreicht hatten.

»Damit uns niemand sieht, damit uns niemand hört«, antwortete Nhinho.

»Du zitterst ja«, sagte die Mutter und nahm Nhinhos Hand.

»Hast du nicht gesehen«, fragte Nhinho, »daß der junge Fuhi mir überallhin zu folgen versucht? Und auch die anderen jungen Männer sehen mich wie verstört an, wenn sie mir begegnen.«

»Du siehst Gespenster«, sagte die Mutter rasch. »Solltest du dich nicht freuen, daß dir alle hinterherschauen? Vorher hast du dich beklagt, daß keiner vor unserer Hütte tanzt, und jetzt willst du die jungen Männer nicht sehen.«

»Ach, Mutter, sie sehen mich nicht an, wie sie die anderen Mädchen angesehen haben. Gespenster, ja! Haben sie nicht ganz irre Augen, wenn sie auf mich zukommen? Und der Medizinmann hat sich mit ihnen beraten. Der Medizinmann ist gegen mich. Ich habe Angst vor dem Medizinmann. Wir sollten nicht länger im Dorf bleiben.«

»Was sagst du da? Wir sollen fortziehen, weg aus dem Dorf, in dem du geboren bist, weg aus dem Urwald, der rings um das Dorf wächst und in dem die Geister deines Vaters und Großvaters leben? Ich will nicht weg. Und du darfst auch nicht weg. Wir gehören doch zu unserem Stamm.«

»Ich weiß, Mutter«, sagte Nhinho stockend. »Ich will dir nicht widersprechen. Aber ich weiß, daß wir gehen müssen. Zu einem anderen Stamm. Ich will keinen der Männer aus unserem Dorf heiraten. Sie wollten mich früher nicht haben, sie sollen mich jetzt nicht haben. Wer weiß, ob sich ihre Meinung nicht wieder ändert?«

»Wenn du willst«, meinte die Mutter zögernd. »Und . . . wir sollen alles zurücklassen?«

»Mutter, sei nicht traurig! Du hast doch gesagt, ich sei glücklich und schön geworden, seit die Tränen des Mondes auf mich gefallen sind. Wir werden beide glücklich sein, anderswo. Wir warten, bis es dunkel geworden ist, dann laden wir, was wir haben, ins Kanu und rudern den Fluß hinunter. Niemand wird wissen, wohin wir gefahren sind.«

Dann gingen Nhinho und ihre Mutter zurück ins Dorf und warteten, bis es Abend wurde. Sie blieben in ihrer Hütte und bemerkten nicht, daß der Medizinmann in der Dämmerung dort, wo sein Speer die Erde getroffen hatte, ein Feuer anzündete und auf die Glut heilige Kräuter legte. Als der Rauch aus der Glut und den verbrennenden Kräutern zum Himmel stieg, beugte sich der Medizinmann vor und hielt den Kopf in den Rauch. Der Rauch stieg ihm in die Nase, hüllte ihn ein und beizte ihm die Augen so stark, daß Tränen daraus hervorquollen. Dann aber sah er im Kräuterrauch Nhinhos Gesicht. Und er sah, wie der Mond eine Träne auf Nhinhos Gesicht fallen ließ und wie das Gesicht des Mädchens sich verwandelte und schön wie der Mond wurde.
Da lachte der Medizinmann leise in sich hinein, warf Erde auf die Glut und löschte sie. Er zog seinen Speer aus der Erde und ging mit erhobenem Kopf über den Dorfplatz. Niemand hatte ihm zugesehen, denn er hatte den jungen Männern ja gesagt, er müsse allein sein, wenn er die Geister befrage. Als er mit dem Speer auf den Boden klopfte, kamen die jungen Männer aus den Hütten und umringten ihn.
»Was hast du herausgefunden?« fragte der Indianer mit dem rotbemalten Gesicht.
»Ist sie eine Zauberin?« fragte der Indianer mit dem gelbbemalten Gesicht.
»Sie hat das ganze Dorf verzaubert«, sagte der Indianer mit dem blaubemalten Gesicht.
Der Medizinmann kniff die Augen zusammen und sagte ärgerlich: »Redet keinen Unsinn! Nur ich kann aus dem Rauch lesen. Der Gestank aber, der in euren Köpfen ist, macht euch dumm. Denkt euch nichts aus, sondern hört zu!«
Der Indianer mit dem rotbemalten Gesicht hüpfte vor Freude und Erwartung von einem Bein auf das andere und rief: »Er weiß etwas, er weiß etwas!«
Der Medizinmann schwieg. Es muß still sein, dachte er, es trat immer erst Stille ein, bevor ein Medizinmann etwas zu sagen hatte. So soll es auch heute sein. Und es wurde still in der Runde. Da vernahm man ein schnelles Rascheln in den Ästen des Baumes, unter dem sie standen, und eine armdicke Schlange ließ sich aus den Zweigen herab und schwang direkt vor dem Kopf des Medizinmannes hin und her. Erschrocken wi-

chen die jungen Indianer zurück. Sie hatten Angst, die Schlange könnte den Medizinmann oder einen von ihnen angreifen. Doch der Medizinmann blieb ganz ruhig und schlug der Schlange dann kurz und heftig mit der Kante der rechten Hand zwischen Kopf und Leib, und sogleich zog sie sich in den Baum zurück.

»Warum seid ihr zurückgewichen?« fragte er.

»Die Schlange hätte dich töten können«, sagte der Indianer mit dem blaubemalten Gesicht. »Warum hast du sie nicht getötet?«

»Du redest Unsinn«, herrschte ihn der Medizinmann an. »Weißt du nicht, daß euer dummes Geschwätz die Schlange im Schlaf gestört hat? Nicht sie hat uns gestört. Hast du nicht gesehen, daß ihr Leib dick, daß sie satt war? Was also hätte sie noch fressen sollen? Und du meinst, ich hätte den Geist der großen Schlange beleidigen sollen, indem ich eines seiner Kinder ohne Not tötete? Was seid ihr doch für Toren! Ich verneige mich vor dem Geist der großen Schlange und bitte um Entschuldigung, weil wir den Schlaf seines Kindes gestört haben. Euch aber sollte ich nichts mehr von Nhinhos Zauber sagen.«

»Sie besitzt also doch einen Zauber«, sagte der Indianer mit dem gelbbemalten Gesicht.

»Im Rauch erschien das Gesicht der schlafenden Nhinho«, sagte der Medizinmann. »Sie schlief am Fluß. Der Mond blickte ihr ins Gesicht. Er ließ ihr eine Träne aufs Gesicht fallen. Und Nhinho wurde schön wie der Mond.«

»Ja, sie ist schön!« rief begeistert der Indianer mit dem rotbemalten Gesicht. »Sie ist schöner als alle Mädchen im Dorf. Wir lieben sie. Aber sie will keinen von uns haben. Was sollen wir tun?«

Der Medizinmann blickte vor sich hin, als ginge ihn die Frage des jungen Indianers nichts an. Aber er zog den Lederbeutel von der Schulter und griff mit einer Hand hinein. Er zog einige blendendweiße Knochen heraus und hielt sie den jungen Männern hin.

»Ein einziges Mittel könnte helfen«, sagte der Medizinmann. »Seht ihr diese Zauberknochen? Nehmt sie und tanzt morgen nacht vor Nhinhos Hütte. Dann wird sie nicht mehr widerstehen können. Einem von euch – dem, der am besten tanzt – wird sie das Herz schenken.«

Mit diesen Worten warf er die Zauberknochen auf die Erde, und mit einem Satz stürzten sich die Indianer auf die Knochen. Jeder nahm einen an sich und steckte ihn in den Gürtel. Dann dankten sie dem Medizinmann, und jeder ging in seine Hütte, um zu schlafen, denn sie waren müde geworden.

In der Nacht aber, als der Mond schon den Scheitel seiner Bahn überschritten hatte und hinter den Wipfeln der hohen Bäume verschwand, machten sich Nhinho und ihre Mutter auf den Weg und verließen das Dorf.

Sie ruderten auf dem dunklen Fluß, sie ließen sich in der Dunkelheit flußabwärts treiben und hatten keine Angst vor den Stimmen der Nacht.

Am nächsten Morgen kamen sie zu einem breiteren Flußarm und ruderten weiter, einen ganzen Tag lang und die halbe Nacht, bevor sie das Kanu an den Strand einer kleinen, in der Flußmitte gelegenen Insel steuerten und an einer Baumwurzel festmachten. Sie legten sich im Kanu für einige Stunden zum Schlafen nieder und wurden am Morgen von der blitzenden Sonne und dem Lärmen der Affen in den Bäumen geweckt. Sie schöpften mit den Händen Wasser aus dem Fluß und wuschen sich den Schlaf aus den Augen. Und wieder ruderten und trieben sie weiter, bis sie um die Mittagszeit zu einem anderen Indianerdorf kamen und das Kanu an Land brachten.

Ein Indianer, der am Flußufer gerade sein Kanu ausbesserte, sah sie kommen, begrüßte sie und brachte sie zum Häuptling. Denn der Häuptling mußte entscheiden, ob die Fremden im Dorf bleiben konnten oder wieder in den Fluß zurückgewiesen wurden. Der Häuptling bestimmte darüber, wer Freund oder Feind war.

Als sie im Dorf ankamen und zur Hütte geführt wurden, vor der auf einem Baumstamm der Häuptling saß, sagte Nhinho zu dem Häuptling: »Unser Weg war weit, wir haben dein Dorf gesucht. Nichts Böses ist uns auf der Reise widerfahren. Wird der große Häuptling uns in sein Dorf aufnehmen? Wird er erlauben, uns im Dorf eine Hütte zu bauen?«

Der Häuptling schwieg und sah die Frauen an. Nhinho wußte, daß sie nicht weiterfragen durfte. Aber sie hatte Angst, daß der Häuptling sie wegschickte.

Der Häuptling sagte zum Indianer, der die Frauen von der Anlegestelle beim Fluß zum Dorf begleitet hatte: »Gib mir die Pfeife.«

Und der Indianer gab dem Häuptling die Pfeife, die neben ihm gelegen hatte. Er zündete sie an, und der Häuptling zog langsam und kräftig daran, bis sein Gesicht vom Rauch eingehüllt war und seine Falten sich mit dem Grau des Rauches zu füllen schienen.

Dann sagte er: »Wenn euch auf der Reise nichts Böses widerfahren ist, soll euch auch in diesem Dorf Friede gewährt sein. Bleibt, wenn ihr wollt. Ich sehe, ihr habt starke Arme und werdet den Frauen bei der Arbeit helfen können.«

Das Gesicht der Mutter wurde hell vor Freude, und sie sagte zum Häuptling: »Hab Dank für die Gastfreundschaft. Meine Tochter Nhinho und ich werden gern in deinem Dorf leben.«

Während die Mutter noch redete, kam ein junger Krieger auf die Hütte des Häuptlings zu und blieb erstaunt stehen, als er die beiden Frauen sah und Nhinho erblickte.

Nhinho hob den Kopf und sah den jungen Indianer lange an. Der konnte seinen Blick nicht mehr von ihr wenden und schien die Sprache verloren zu haben.

»Das ist mein Sohn«, sagte der Häuptling. Und er bat seinen Sohn, die beiden Frauen zu begrüßen, und erzählte ihm, daß er sie ins Dorf aufgenommen habe.

»Warum siehst du die Fremde so an?« fragte der Häuptling seinen Sohn. »Sie heißt Nhinho, das Mädchen vom Fluß.«

Und zu Nhinho sagte der Häuptling: »Dein Gesicht leuchtet, Mädchen vom Fluß. Ich verstehe, warum mein Sohn, kaum daß er dich gesehen hat, den Blick nicht mehr von dir wendet.«

So begann der erste Tag im Dorf am unteren Fluß. Und es folgten die anderen Tage, und Nhinho und ihre Mutter fühlten sich wohl in dem Dorf, und Nhinho hatte nichts dagegen, daß der Sohn des Häuptlings sie gerne ansah.

In dem Indianerdorf aber, das Nhinho und ihre Mutter verlassen hatten, tanzten am Abend die jungen Männer vor Nhinhos Hütte. Jeder hielt einen Zauberknochen in der Hand, wie es ihnen der Medizinmann geraten hatte. Aber niemand trat aus der Hütte, niemand kümmerte sich um ihren Tanz.

Da gingen die jungen Indianer wieder zum Medizinmann und baten

ihn um Rat. Der meinte, sie hätten vielleicht noch nicht lange genug getanzt, und schickte sie weiter. Er aber zündete heimlich wieder ein Feuer an und legte über die Glut die Zauberkräuter, so daß dichter, duftender Rauch aufstieg und er im Rauch lesen konnte. Der Medizinmann sah, wie die festlich geschmückte Nhinho als Braut dem Sohn des fremden Häuptlings in die Hütte folgte, wie Nhinhos Gesicht leuchtete und noch schöner geworden war.
Die jungen Männer versuchten ihr Glück noch einmal mit dem Tanz vor Nhinhos Hütte, wurden aber mit jedem Schritt ärgerlicher, weil der Erfolg des Tanzes ausblieb.
»Der Medizinmann hat uns betrogen«, begann der Indianer mit dem rotbemalten Gesicht und hörte auf zu tanzen. »Ich mag nicht mehr.«
»Seine Zaubermittel helfen nicht«, fügte der Indianer mit dem gelbbemalten Gesicht hinzu.
»Nhinho ist die stärkere Zauberin«, fuhr der Indianer mit dem blaubemalten Gesicht fort. »Vertreibt den Medizinmann aus dem Dorf! Er ist zu nichts nütze.«
Sie schrien durcheinander, schimpften auf den Medizinmann und berieten, was nun zu tun sei und wie sie das Dorf überzeugen könnten, den Medizinmann zu vertreiben.
Da aber trat der Medizinmann in ihre Mitte und fragte: »Warum schreit ihr so? Dummköpfe!«
Da sagte der junge Indianer mit dem blaubemalten Gesicht: »Du bist ein Dummkopf, Alter! Du hast uns unbrauchbare alte Knochen angedreht. Tanz doch selbst vor Nhinhos Hütte, vielleicht nimmt sie dich zum Mann.«
Der Medizinmann war beleidigt. War das die Ehrfurcht vor dem Alter, vor der Weisheit? Wer hatte die jungen Leute so schlecht erzogen?
Und er stieß hervor: »Halt deine Zunge fest, sonst wird dir heute nacht der Geist des Krokodils die Zunge abbeißen. Ihr seid Dummköpfe, sage ich. Wie soll Nhinho aus der Hütte kommen, wenn sie nicht in der Hütte ist? Im Rauch der heiligen Kräuter habe ich gesehen, daß sie mit ihrer Mutter geflohen ist und heute den Sohn des fremden Häuptlings im Dorf weit unten am Fluß heiratet.«
Da riefen die jungen Indianer wie aus einem Mund: »Das soll sie büßen! Der Sohn des Häuptlings muß sterben. Wir werden Nhinho mit Gewalt zurückholen.«

Und der Indianer mit dem gelbbemalten Gesicht sagte: »Verzeih, Medizinmann, wir konnten nicht wissen, daß die Sache so steht.«
»Aber eure Zunge ist eurem Denken davongelaufen«, antwortete der Medizinmann. »Wann werdet ihr lernen, erst zu denken und dann zu reden?«
Die ersten Tage, die Nhinho im Dorf des Häuptlings vom unteren Fluß mit ihrem Mann, dem Sohn des Häuptlings, erlebte, waren wie das Glück der Schönheit, das ihre Mutter gepriesen hatte, als sie das von den Mondtränen benetzte Gesicht der Tochter gesehen hatte. Die Sonne glänzte auf dem Fluß, als sei ihr Schein eigens deshalb zu den Wellen herabgestiegen, um Nhinho zu erfreuen. Der Wind strich durch die Blätter der Bananenstauden und rauschte in den Kronen der Palmen, als wollte er Nhinho ein Lied singen. Die Bäume warfen ihre Guaven- und Papayafrüchte vor Nhinho auf den Boden, wie um sie ihr anzubieten. Und die Papageien schaukelten an den Lianen, die von den Bäumen hingen, und schrien und plapperten, wenn Nhinho vorbeikam, als hätten sie eiligst gelernt, wie andere Vögel zu singen und zu pfeifen. Und wenn Nhinho im Kanu auf den Fluß hinausruderte, war es, als wollten die Fische von selbst in ihr Netz springen, und immer kam sie mit einem prächtigen Fang nach Hause zurück.
Aber eines Nachts konnte Nhinho nicht mehr schlafen, Träume ängstigten sie, und sie sagte zum Häuptlingssohn:
»Etwas Schlimmes wird geschehen. Ich habe im Traum die wirren Bilder auf mich zuwandern sehen, ich bin vor dem Schlimmen davongelaufen, das ich noch nicht kenne. Aber ich fürchte, das Schlimme wird mich einholen.«
Der Häuptlingssohn versuchte sie zu beruhigen und sagte: »Mach dir keine Sorgen. Ich bin stark, ich werde dich vor allen Gefahren schützen. Aber wenn du willst, soll der Medizinmann deine Träume deuten. Er weiß sicher ein Mittel, das dir den Schlaf wiederbringt. Geh gleich zu ihm!«
Nhinho war traurig und hatte Angst. Ich will, dachte sie, bevor ich zum Medizinmann gehe, mit dem Kanu zur Mitte des Flusses rudern und mich eine Weile treiben lassen. Vielleicht bringen mir die Stimmen des Flusses Ruhe und schwindende Freude zurück. Hat mich nicht der Geist des Flusses hergeführt; war er es nicht, der mich eine neue Heimat finden ließ?

Und sie ging langsam und mit gesenktem Kopf hinunter zum Fluß, stieg in das Kanu und steuerte es mit ein paar kräftigen Ruderschlägen vom Ufer weg. Sie zog das Ruder ein und ließ das Kanu über die undurchsichtige Wasserfläche gleiten, die wie ein Spiegel glänzte und ihr Bild aus der Tiefe des Wassers heraufschickte. Ich bin im Fluß, dachte Nhinho. Der Fluß ist um mich.
Wie weich ist sein Wasser!
Rechts und links am Ufer des breiten Flusses wuchsen Sträucher und Bäume bis ans Wasser heran; sie standen mit einem Teil ihrer Wurzeln im Fluß und ließen die Zweige in das Wasser hängen.
Auch die Bäume sind im Fluß, dachte Nhinho. Sie spüren den Fluß in ihren Wurzeln und Zweigen. Der Fluß lebt in ihnen.
Aus den Büschen waren unzählbare Laute zu vernehmen. Nhinho sah, wie Vögel aufflogen, wie Tiere durch die Zweige huschten. Überall waren Bäume, sie standen so dicht, daß nicht einmal die Sonne bis zum Boden durchscheinen konnte, und überall stieß der Blick auf Grün. Nur den Fluß entlang, den Fluß hinunter, konnte man weiter blicken. Nhinho liebte den Fluß und das Grün ringsum. Sie liebte die kreischenden Papageien, die immer dann, wenn man es nicht erwartete, aufflogen und wie flatternde bunte Pfeile in der Luft waren. Und das Grün war nicht ein einziges Grün; an tausend verschiedenen Pflanzen konnte der Blick tausend verschiedene Grüns ablesen, vom gefiedert hellen Grün eines hohen Farns bis zum Gelbgrün des Mooses, das einen gefallenen Baumstamm umschlang, bis zum ledernen dunklen Grün der Gummibäume. Nhinho sah zwischen dem Grün die feurig flammenden Lippenblüten der Orchideen und entdeckte in ihnen die Augen der Geister der Verstorbenen, die, wie sie glaubte, in den unendlichen Wäldern weiterlebten und die Lebenden begleiteten.
Die Strömung trug das Kanu flußabwärts, und Nhinho dachte daran, daß das Wasser des Flusses auch an dem Dorf vorbeigeflossen war, aus dem sie geflohen war, daß das Wasser alle miteinander verband. Nur auf dem Wasser konnte man über längere Strecken im Urwald vorankommen, nur das Wasser stellte die Verbindung zwischen den Menschen her, den guten und den bösen.
Trug es auch die dunklen Ahnungen herbei, die sie nicht schlafen ließen, die Angst ihrer Träume? Nhinho blickte ins Wasser und wünschte

sich zurück in die Zeit, als oben am Fluß das Mondlicht nachts auf sie geschienen hatte, als sie nachts am Fluß zwischen Träumen und Wachen allein war.
Aber das Mondlicht sollte mir doch Schönheit und Glück bringen! dachte Nhinho und ruderte zum Dorf zurück.
In dieser Nacht hatte sie wieder schwere Träume und ging am Morgen zum Medizinmann, um sie ihm zu erzählen.
Der Medizinmann saß am Rande des Dorfes unter einem mächtigen Baum, der seinen Wipfel so hoch oben trug, daß man meinen konnte, die Äste berührten den Himmel. Der Baum mußte hier schon gestanden haben, als der Großvater des Häuptlings, als der Urgroßvater des Großvaters das Dorf regierte; er mußte dagewesen sein vor dem Denken und der Erinnerung der Menschen, die Wurzeln tief in der Erde, stärker, mächtiger als andere Lebewesen, die sterben mußten. Hatte der Medizinmann ihn deshalb zum heiligen Platz gewählt? Ja, Bäume waren heilig, das hatte die Mutter Nhinho immer wieder gesagt. Und es gab einige Bäume, die mehr als andere zur Wohnung der Geister geworden waren, die alle anderen überragten und in denen die Weisheit und die Geschichten aller vergangenen Geschlechter aufbewahrt waren. Flüsterten nicht die Blätter eines solchen Baumes die Gedanken der Verstorbenen im Wind? Nhinho trat zu dem uralten Baum des Medizinmannes. Der Stamm war mit Amuletten und ausgestopften Tieren behängt. Nhinho sah an ledernen Stricken Häher, Papageien und Fische. Nhinho war, als hätte der Medizinmann sie erwartet.
Sie setzte sich neben ihn auf den Boden und sagte: »Ich träumte von Männern, vielen Männern auf dem Fluß. Sie rudern Kanus. Alle haben Waffen in den Händen. Die Männer haben die Gesichter der Männer des Dorfes, aus dem ich geflohen bin. Die Männer heben die Speere zum Himmel.«
Der Medizinmann sah Nhinho aus seinen braunen Augen lange an, ehe er antwortete.
»Die Männer wollen zu dir. Du hast richtig gesehen. Sie wollen mit Waffen kommen. Sie suchen nicht den Frieden, sondern den Krieg. Sie werden auf dem Fluß kommen und am Landungssteg aus dem Wasser steigen. Hab keine Angst! Ich werde den Steg mit dem Bann des schreienden Krokodils belegen. Jeden Mann des fremden Stammes, der den

Steg betritt, wird der Schlag des Unglücks treffen. Du aber halt dich fern vom Fluß und vom Steg, damit dich kein Unglück trifft.«
Dann schwieg der Medizinmann, und Nhinho ging zurück zum Sohn des Häuptlings und erzählte ihm, was der Medizinmann gesagt hatte.

In der nächsten Nacht stiegen die jungen Indianer in ihre Kanus. Sie trugen Waffen, Speere, Bogen und Pfeile, denn sie hatten geschworen, Nhinho mit Gewalt zurückzuholen.
Drei Kanus fuhren den Fluß hinunter, und als es Tag wurde, ruderten die Männer ans Ufer und legten sich schlafen. Als mit der kurzen Dämmerung die zweite Nacht begann, stiegen sie wieder in ihre Kanus und ließen sich von der Strömung treiben. Kein Ruderschlag sollte im Dorf am unteren Fluß ihr Kommen ankündigen. Still und unbemerkt wollten sie an Land gehen und Nhinho, wie sie sagten, aus der Hand und Gewalt des fremden Stammes befreien.
Auch im Dorf am unteren Fluß war es Nacht geworden, und eine seltsame Unruhe überfiel Nhinho. Wie damals zu Hause, vom Mond hinausgelockt zum Fluß, so mußte sie heute, gelockt von ihrer Angst, die Hütte verlassen und zum Wasser gehen. Nhinho ging, als trügen nicht ihre Füße sie, sondern ein fremder, tiefer Antrieb, eine Bewegung in ihr, die sie nicht mehr zurückdrängen konnte. Sie ging wie im Schlaf und murmelte ängstlich vor sich hin.
»Geh nicht, geh nicht!« murmelte ihre Stimme. »Aber sie kommen, sie kommen. Ich höre das Plätschern des Wassers am Ruder, ferne das Plätschern, und jetzt ist es ganz still im Wasser. Mein Stamm, die Männer meines Stammes, sie kommen. Der Mond, da ist der Mond. Licht, Licht auf meinem Gesicht, ein wunderbares Licht. Aber du, Mond, du verwirrst mich. Sie werden, sie werden mich töten. Ich muß, ich muß ihnen entgegengehen.«
Und Nhinho ging auf den Steg zu, Nhinho betrat den Steg, als die Kanus der jungen Indianer in die mondhelle Flußgegend vor dem Steg trieben.
Als Nhinho die Indianer sah, stolperte sie, wollte sich am Boden des Stegs festhalten und fiel in das Wasser. In diesem Augenblick wurde der Urwald ringsum wie von einem Blitz erhellt.
Die Indianer sahen Nhinho straucheln.

»Da, da, Nhinho! Sie ist's, schnell!« schrie der eine.
»An Land! Packt sie, holt sie!« schrie der andere.
»Ich bin geblendet!« rief der dritte. »Wo ist Nhinho?«
»Helft, helft mir! Ah, das Wasser, meine Füße, das Wasser, zu Hilfe!«
Die Kanus waren bis zum Steg herangetrieben. Als die Indianer aber versuchten, den Steg zu betreten, erhellten kurz nacheinander Blitze gespenstisch die Nacht. Der Urwald schien auflodern zu wollen. Die Bäume standen wie wilde Flammen im grellroten Licht, und das Wasser glühte, als sei es in tiefster Tiefe getroffen worden. Dann war die Stimme des schreienden Krokodils in der Luft, ohrenzerreißend, schneidend und strafend.
Der Urwald wurde stumm bei diesem Schrei, der sich schmerzhaft in die Herzen der waffentragenden jungen Männer bohrte. Und wieder fuhr ein Blitz nieder aus dem undurchdringlichen Schwarz der Nacht. Der Mond schien in einem Augenblick vom Himmel gefallen zu sein und hatte der Angst das Erdenrund überlassen. Der Blitz durchfuhr die jungen Indianer und verwandelte sie in schwarze Steine, die über den Steg rollten und dumpf im Wasser aufschlugen.
Dann wurde es totenstill am Fluß. Der Mond war wieder da und schien ruhig auf den Fluß und auf den Urwald
Und im Schein des Mondes kamen der Medizinmann und Nhinhos Mutter zur Anlegestelle am Fluß.
»Da, die leeren Kanus der Männer!« sagte der Medizinmann. »Der Zauber hat sie gepackt. Der Geist des schreienden Krokodils hat sie verwandelt.«
»Wo ist Nhinho?« rief verzweifelt die Mutter. »Was hast du mit Nhinho getan?«
Da beugte sich der Medizinmann vor und blickte ins Wasser des Flusses.
»Ich sehe ein Gesicht am Grund des Flusses leuchten«, sagte der Medizinmann ruhig zu Nhinhos Mutter. »Auch du wirst deine Tochter sehen können, wenn du bei Vollmond zum Fluß hinausgehst. Wenn der Vollmond in die dunklen Wellen des Flusses scheint, scheint er in das Gesicht deiner Tochter. Denn immer noch blickt sie auf zum Mond, zum Himmel, da ihr Gesicht schön ist wie das des Mondes. Nun ist sie bei der Mutter des Flusses. Du aber kannst sie sehen.«

Matandua und die Tränen der Mutter

Nach einem Märchenmotiv aus der Südsee

Eines Tages fuhr der König von Tonga auf einem seiner schönsten Schiffe von einer Südseeinsel zur anderen. Am Morgen war das Meer strahlendblau gewesen; schon früh hatte die Sonne herabgebrannt aus einem wolkenlosen Himmel. Nur ein schwacher Wind hatte das Wasser gekräuselt, die Palmen hin und her gewiegt.

Der König hatte ein breites gelbes Segel setzen lassen. In rascher Fahrt hatte das Schiff die Küste verlassen und war auf das Meer hinausgekommen. Auf dem Schiff waren auch Frauen und Diener. Eine kleine Musikgruppe spielte zum Vergnügen des Königs. Der Klang des Gamelanorchesters begleitete Stunde um Stunde die Fahrt. Die rhythmischen Glockenschläge waren weithin zu vernehmen. Der König saß auf einem Holzthron im hinteren Teil des Schiffes. Der Thron war farbig bemalt, auf den Stirnseiten hatte er zwei breite Beine, die ringsum mit kleinen Spiegeln in vielfarbigen Fassungen verziert waren. Der König von Tonga prunkte gern mit seinem Reichtum, er stellte seine Macht zur Schau. Er war großgewachsen und besaß starke Muskeln. Um die Oberarme trug er farbige Schmuckringe. Die Lippen waren dick, und wenn er lachte, glänzten die Zähne weiß aus dem dunklen Mund.

Der König von Tonga ließ sich bei seinen Vergnügungsfahrten von mehreren seiner Gemahlinnen begleiten. Auch auf dieser Fahrt begleiteten ihn drei Frauen.

Am Nachmittag kam stärkerer Wind auf. Der Wind drosch auf das Wasser ein, er peitschte es gegen das Schiff. Das Meer bekam eine dumpfe und drohende Stimme und übertönte die Musik.

Die Seeleute drehten das Segel und holten es halb ein. Manche blickten ängstlich auf die grauen Wolken, die ferne aufzogen und sich rasch näherten. Auch der König blickte auf die Wolken. Seine Stirn runzelte sich, er stemmte die Arme auf die Stuhllehnen.

»Musikanten, spielt weiter!« rief er. »Eure Musik wird die Windgötter freundlich stimmen. Spielt, damit die Wellen uns nicht an ein Riff treiben. Spielt lauter als der Wind, spielt, daß der Stimme des Windes der Atem vergeht, spielt den Wind nieder. Ihr seid die Musiker des Königs. Keiner soll lauter sein als die Musikanten des Königs.«
Ein Diener näherte sich dem Thron. Er wartete, bis der König ausgeredet hatte, und sagte dann mit gesenktem Kopf:
»Wir haben auch die nötigen Gebete verrichtet, um die Götter gnädig zu stimmen. Aber seht die schwarze Wolke im Osten. Sie stürzt wie aus der Tiefe geworfen auf uns zu. Sie bringt nichts Gutes. Ich meine . . .«
»Du meinst gar nichts«, unterbrach ihn der König. »Du hast nichts zu meinen. Ich sage dir, wann du etwas zu meinen hast.«
»Aber die schwarze Wolke«, sagte der Diener noch einmal. Unwillig schüttelte der König den Kopf.
»Betet weiter und spielt weiter!« schrie der König gegen den Wind an.
Aber so tapfer die Musiker auch spielten, so laut die ganze Dienerschaft betete, der Wind sprang in das Segel und schlug es wild gegen den Mast. Das Boot schaukelte und stieß auf den Wellen. Das Wasser schien unter ihm hart geworden zu sein und mit steinernen Fäusten gegen den Schiffsleib zu donnern. Die Seeleute stemmten sich mit den Beinen gegen die Bordwände und suchten Halt zu gewinnen, während sie die Taue, die vom Segel und vom Mast herabhingen, verbissen in den Händen hielten und vom Sturm bald in diese, bald in die andere Richtung gerissen wurden.
»Wir können die Taue nicht mehr halten!« schrie ein Seemann.
»Bringt den König in Sicherheit!« rief ein anderer Seemann.
Aber schon riß ein gewaltiger Windstoß das Segel los. Das schwere Segel polterte herab und begrub den König unter sich.
»Schnell, schnell, zieht das Segel weg!« rief einer der Seeleute und stürzte nach vorn, packte das Segel mit beiden Fäusten, zerrte daran, konnte es aber allein nicht bewegen.
»Der Zorn der Götter!« rief der Diener. »Wir haben die Götter erzürnt. Weh uns!«
Ein anderer Seemann kam zu Hilfe, und schon wäre der König befreit worden, hätte nicht ein fürchterlicher Blitz alle geblendet und eine

Sturmfaust noch einmal das nasse Segel gepackt und zurückgeschlagen.

»Ist der König verletzt?« rief der Diener.

»Pack mit an!« schrie einer der Seeleute.

»Zu Hilfe, zu Hilfe! Ich ersticke, ich ersticke!« schrie der König und war unter dem Segel kaum zu vernehmen. Überall schlugen Blitze ins Wasser, und der Donner erschütterte drohend die Luft.

Jetzt kamen auch die Frauen den Seeleuten zu Hilfe, und gemeinsam zogen sie das Segel weg. Endlich war der König befreit.

»Es sind drei . . . drei deiner Frauen auf dem Schiff«, sagte schüchtern der Diener. »Das Geschrei, die Unruhe, das Weinen . . . der Kinder, meine ich . . . könnte das den Zorn der Götter . . .?«

»Schweig!« rief der König. Dann zog er die Augenbrauen hoch und dachte nach.

»Ja«, fuhr er nach einer Pause fort, »wenn du meinst. Kein schlechter Gedanke! Also, irgend jemand auf dem Boot muß den Zorn der Götter erregt haben, das könnte sein. Die Götter sind empfindlich, das weißt du ja.«

»Soll ich fragen?« sagte der Diener.

»Dummkopf!« antwortete der König. »Ich sage, wer die Götter zornig gemacht hat. Habe ich mich nicht gestern mit Talingo, meiner jüngsten Frau, gestritten?«

»Ja, Herr«, sagte der Diener, »und ihr Kind hat die ganze Zeit über geschrien.«

»Sie hat mir widersprochen«, sagte der König. »Sie hat es gewagt, mir, mir . . . Und warum wollte sie nicht mit auf die Seereise gehen?«

»Herr, das Kind hat auch in der vergangenen Nacht geweint.«

»Der Wind hat sich gelegt!« rief einer der Seeleute dazwischen. »Wir können das Segel wieder hochziehen.«

»Anpacken, alle mit anpacken!«

Das nasse Segel war schwer, und wer nur konnte, mußte mit zugreifen, um es hochzuziehen.

»Talingo soll zum König kommen«, sagte der Diener laut.

Talingo, die im hinteren Teil des Schiffes am Boden kauerte und ihr kleines Kind eng an sich gedrückt hielt, wußte, daß sie dem Befehl des Königs folgen mußte. Sie stand auf und ging langsam zum König vor.

»Du hast mit mir gestritten«, sagte der König. »Das hat die Götter erzürnt.«
»Nein, du hast mit mir gestritten«, sagte Talingo mit fester Stimme.
»Weil mir dein Essen nicht schmeckte«, antwortete der König.
»Das hast du dir nur eingebildet«, sagte Talingo und sah den König an, ohne den Kopf zu senken. »Du suchtest den Streit. Du warst schlecht gelaunt. Ich hatte dir gutes Essen gekocht.«
»Herr, sie widerspricht, das ist unerhört«, sagte der Diener.
»Ich sage, was wahr ist«, entgegnete Talingo. »Ich habe recht gehandelt. Du hast mich angeschrien. Du hast deine Laune an mir ausgelassen. Du hast Freude daran, mir wehzutun. Aber da, sieh dir dein Kind an! Wenn du mir wehtust, tust du auch deinem Kind weh. Und dein Kind wird ein Leben lang den Schmerz spüren, den ihm sein Vater angetan hat.«
Da wich das Blut aus dem Gesicht des Königs. Er hatte den Schrecken vergessen, der während des Gewitters über die Bootsmannschaft gekommen war, er hatte seinen eigenen Schrecken vergessen und sah nur noch die eine seiner Frauen vor sich, die es wagte, ihm zu widersprechen. Er sah, wie im hinteren Teil des Schiffes die anderen Frauen auf die Knie gefallen waren, um ihm zu zeigen, daß sie sich seiner Meinung unterwarfen. Aber hier stand Talingo mit erhobenem Kopf und redete mit ihm, als sei sie ein Mann und nicht eine Frau, die ihrem Herrn zu gehorchen hatte, so wie jeder Diener seinem Herrn gehorcht. Das war immer so gewesen und mußte immer so bleiben, solange er als König von Tonga herrschte.
»Die Götter müssen versöhnt werden«, sagte der König. »Du hast die Götter und den König aufgebracht. Das kann nicht ungestraft bleiben. Der Himmel hat im Donner gebrüllt und das Feuerzeichen der Blitze aufgesetzt, die Götter wollen die Strafe. Und ich, der König, bin es, in dem die Götter beleidigt worden sind. Ich werde dich bestrafen. Packt sie, Diener, Seeleute, packt sie und peitscht sie aus. Dein Stolz, dein Widerspruch sollen dir ausgetrieben werden. Nur wenn du den Schmerz am ganzen Körper spürst, wirst du wissen, was du falsch gemacht hast. Darum hast du eine Haut, die Schläge empfinden kann, darum hast du einen Rücken, der gekrümmt werden kann.«
Der Diener und zwei Seeleute sprangen vor, sie stürzten sich auf Talingo, die sich zu Boden duckte. Die Männer schlugen mit den Fäusten auf

sie ein und gaben ihr Fußtritte. Talingo schützte mit ihrem Körper das Kind und versuchte alle Schläge abzufangen. Die Männer schienen ein Vergnügen daran zu haben, ihr wehzutun und dem König zu gefallen.
Der König hatte sich wieder auf den Holzthron gesetzt und zeigte kein Mitleid mit Talingo. Sein Gesicht war hart. Er preßte die Lippen aufeinander. Er zeigte seinen Leuten, daß in seinem ganzen Reich niemand außer ihm bestimmte, was Recht und was Unrecht war und was die Untertanen von den Göttern zu halten hatten.
»Nein, nein! Nicht, nicht schlagen! Ich . . . ich . . . wir . . . lieber ertrinke ich!« schrie Talingo plötzlich und sprang auf. »Lieber ertrinke ich«, rief sie, »als noch länger deine Grausamkeit erdulden zu müssen!«
Talingo lief mit ein paar Sätzen zum Bootsrand, und bevor die verblüfften Männer und der König etwas unternehmen konnten, sprang sie mit dem Kind im Arm ins Meer, hinein in das dunkle Wasser, über dem schon die Nacht hing und das sie vor den Blicken derjenigen schützte, die ihr übelwollten.
»Sie ist, Herr, sie ist weg!« rief der Diener und wußte nicht, was er tun sollte.
»Glaubst du, ich könnte nicht selbst sehen?« fragte der König. »Sucht, sucht, ich will sie wiederhaben. Was steht ihr herum? Warum habt ihr die Mäuler aufgerissen? Ihr habt sie nicht festgehalten, ihr habt sie meiner Rache entlaufen lassen. Weg, weg, einfach weg ins Meer, das kann doch nicht sein! Niemand soll sich meiner Strafe entziehen. Schnell, tut etwas, bewegt euch!«
»Herr«, sagte einer der Seeleute, »Ihr seht doch, daß wir nichts sehen können. Das Meer ist ein riesiges schwarzes Loch. Sie ist ertrunken. Wahrscheinlich haben sie die Haie schon aufgefressen.«
»Ihr habt sie fortschwimmen lassen, ihr habt nicht aufgepaßt«, sagte der König noch einmal. »Vielleicht ist einer unter euch, der wie Talingo denkt, der an Widerspruch denkt. Vielleicht wolltet ihr gemeinsame Sache mit Talingo machen.«
»Herr«, sagte der Diener, »das darf der König nicht glauben. Habe ich nicht gesagt, Talingo habe den Zorn der Götter erzeugt? Wir alle auf dem Schiff, Herr König, sind treu, treuergeben dem König von Tonga.«

»Laß das!« sagte der König verächtlich. »Ich kann dein Gerede nicht mehr hören. Dreht das Segel, wir fahren zurück. Soll die Nacht sie verschlucken, das Meer sie verschlingen, das alles auffrißt, was man ihm ins Maul wirft. Die Zähne der wilden Fische sollen sie packen. Ich, ich will nicht mehr an sie denken. Weg aus meinem Kopf, weg aus meinem Blick! Ich will wieder Musik hören. Jetzt ist der Wind schwächer geworden, Musikanten, jetzt will ich euch wieder hören, und Talingo sei auf immer dem gefräßigen Meer überlassen. Spielt, daß das Herz vor Vergnügen hüpft, ich will die Glockenschläge spüren, als schlüge sie mir einer auf den Bauch.«
Und dabei klatschte sich der König mit beiden Händen auf den feisten Bauch. Das Segel wurde gedreht, und das Boot fuhr zurück, ohne daß jemand Talingo noch einmal sah.
Talingo aber war im Schatten des Schiffes und in der Dunkelheit mit ihrem Kind langsam in die Nacht hineingetrieben. In einem Arm hielt sie das Kind und achtete darauf, daß sein Kopf nicht unter Wasser geriet, mit dem anderen Arm ruderte sie. Sie wußte, daß ihre Kräfte nicht lange anhielten, daß die nächste Insel noch ferne war. Als sie aber verzweifelt in dem dünnen Licht der Sterne um sich blickte, die durch die ziehenden Wolken schienen, sah sie etwas Dunkles auf dem Wasser treiben. Die Wellen schaukelten einen Gegenstand auf sie zu, und als er ganz nahe herangekommen war, erkannte Talingo eine Holzplanke, die wohl der Sturm von einem Boot abgerissen hatte.
Die Freude darüber empfand sie wie einen Stich, der ihr durch den ganzen Körper fuhr. Sie fühlte wieder Kraft und zog sich und das Kind auf das Holzbrett.
Nun kann ich mich nur noch dem überlassen, dachte sie, was die Götter über mich beschlossen haben.
Die Wellen sollen mich dorthin treiben, wo mich die Rache des Königs von Tonga nicht erreicht. Haben sie mir nicht das Brett geschickt, um mich und das Kind zu retten? Sie werden wissen, daß ich sie nicht erzürnt habe, daß der König die Unwahrheit gesagt hat, daß er Böses redet, wenn er den Mund auftut.
Und Talingo überließ ihr Schicksal dem Meer, den Strömungen und Bewegungen des Wassers. Um sie herum war die Welt ohne Ende. Talingo fühlte, wie klein sie war, aber sie fühlte auch im Anfluten und Ab-

fluten der Wellen ein Vertrauen. Die Wellen, die sich nicht mehr auftürmten und sich nicht mehr wild überstürzten, beruhigten sie. Und bevor sie vor Erschöpfung und Müdigkeit in einen Halbschlaf sank, hörte sie noch einmal das leise Atmen und Schmatzen des Kindes.
Die Sonne ging am nächsten Morgen am Strand von Ono auf. Der Fischer Tausere und seine Frau schoben ein Boot über den Strand zum Wasser hinunter. Ein frischer Wind hatte den Himmel klar gemacht. Die Luft roch nach Tang, und die Wellen hatten schmale weiße Kämme, die sich schäumend überschlugen und im Licht glänzten. Die Frau zog vorn, der Mann schob hinten. Die Frau war jünger als der Mann, und ihre nackten Füße gruben sich fest in den Sand. Es war schwer, das Boot die lange Strecke hinunter zum Wasser zu bringen. Die Frau drehte den Kopf nach hinten und rief:
»Mann, du mußt hinten mehr schieben, sonst kommen wir nie zum Wasser.«
Tausere stöhnte und schnaufte. Sein Rücken war gebeugt, und so gut er konnte, drückte er mit dem ganzen Körper gegen das Boot.
»Du meinst wohl, ich hätte dich gerade erst zur Frau genommen! Wenn einem das Alter wie mir in den Knochen sitzt, hat man nicht mehr die Kraft der Jungen. Doch wenn du meinst, dann stemme, dann stemme ich.«
»Halt, halt!« rief die Frau, als sie vor sich, unten am Wasser, etwas liegen sah.
»Halt, schieb, halt, schieb – willst du mich zum Narren halten?« fragte der Fischer. »Ich werde das Boot schieben, daß du dich wunderst. Wenn du mich zum Narren halten willst, dann werde ich dir zeigen, daß ich noch nicht so alt bin . . .«
»So halte doch! Du sollst nicht mehr schieben. Komm schnell, schnell, eine Frau, eine Frau, da, da!« rief die Frau des Fischers.
Tausere aber wollte sich nicht länger kommandieren lassen und stapfte um das Boot herum nach vorn. Dabei murmelte er:
»Eine Frau, ja, du bist eine Frau . . .«
Und dann blickte auch er nach vorn und sah eine Frau im Sand liegen, und noch etwas lag neben der Frau.
»Was, was ist denn das?« rief er verwundert. »Schnell, komm schnell, Frau! Ich will sehen, was das Meer in dieser Nacht an den Strand geworfen hat.«

Er packte seine Frau an der Hand und zog sie nach. Jetzt war er es, der drängte. Nach wenigen Schritten standen sie neben der Frau, die mit abgewandtem Gesicht im Sand lag.
Der Fischer spürte, wie die Hand seiner Frau zu zittern begann. »Da, da, schau, auch ein Kind! Neben der Frau ein Kind!« rief sie.
Sie kniete nieder. Sie strich mit der Hand über das nasse Tuch, in das das Kind gewickelt war, sie sah ihren Mann an und deutete auf die Frau.
»Die Frau«, sagte der Fischer, der sich auch auf den Boden gesetzt hatte, »siehst du, sie ist tot.«
»Eine aus Tonga«, sagte die Frau, »ich seh's an der Art, wie sie die Haare trägt, und an den Kleidern.«
»Sie müssen Schiffbruch erlitten haben«, sagte der Mann.
»Aber das Kind, das Kind, schau doch!« sagte die Frau. »Das Kind lebt, und jetzt . . . jetzt öffnet es die Augen und lächelt mich an.«
»Frau«, sagte Tausere, »du zitterst, du bist ja ganz außer dir.«
Die Frau hob das Kind auf, nahm es in die Arme und wiegte es. »Wie soll ich nicht zittern«, sagte sie, »wenn die Götter uns einen Sohn geschickt haben! Meinen Sohn. Habe ich nicht jahrelang um Kinder gebetet, habe ich nicht nächtelang geweint, weil wir keine Kinder bekamen? Ich habe mit den Göttern und mir selbst gestritten. Ich wollte nicht glauben, daß ich die einzige im Dorf sein soll, die ohne Kinder alt wird. Aber jetzt, jetzt ist die Freude in mich gefahren, jetzt spüre ich das Glück in mir wachsen und wachsen.«
»Ein Sohn, ein wirklicher Sohn«, sagte der Fischer nachdenklich, »ich kann das nicht glauben.«
Er sah seine Frau an und sah auf das Kind, und auch in ihm war die Freude wie das Licht eines Sommertags, das noch einmal am Nachmittag nach einem Regen über das Meer und das Land kommt und sich in unzähligen Wassertropfen und Wasserinseln widerspiegelt.
»Er lebt und lacht«, sagte die Frau. »Jetzt sind alle meine Gebete in Erfüllung gegangen. Daß ich in diesem Alter noch . . . Er ist der Sohn des Himmels, der Geschenkte, oh, mein Sohn, mein Sohn, wie ich dich liebhabe!«
Und sie beugte sich über das Kind und küßte es zum ersten Mal. Und sie freute sich, daß das Kind keine Angst vor ihr hatte, daß ihr Kind sie anlächelte.

»Wir wollen ihn ins Dorf mitnehmen und allen zurufen: ›Der Himmel hat uns einen Sohn geschenkt.‹ Er will, er soll sich mit uns freuen und in unsere Hütte kommen. Für jeden wird etwas zum Essen da sein, und jedem will ich unseren Sohn zeigen.«

»Der fremden Frau aus Tonga wollen wir ein Grab schaufeln«, sagte die Frau des Fischers, »direkt am Meer, wo wir sie gefunden haben.«

Und sie holten aus dem Boot Werkzeug und gruben ein Grab für Talingo, für die Fremde, die sie am Strand gefunden hatten und deren Kind ihr Kind geworden war. Dann gingen sie nach Hause in die Fischerhütte, und sie zeigten das Kind den Leuten im Dorf, die sich wunderten und sich nicht erklären konnten, woher die Fischersleute das Kind hatten, weil doch allen bekannt war, daß die Frau des Fischers keine Kinder bekommen konnte. Aber gern ließen sie sich einladen und aßen und tranken auf das Wohl des Kindes.

Die Fischersleute nannten das Kind Matandua und zogen es mit aller Liebe auf. Matandua gehörte nun zu ihnen, und nie zuvor war ihr Leben glücklicher und erfüllter gewesen. Matandua schlief auf einer Matte in der Hütte, während der Fischer und seine Frau beim Essen waren und sich nur leise unterhielten, um Matandua nicht zu wecken.

»Da, nimm noch ein Stück!« sagte die Frau zu ihrem Mann und reichte ihm ein Stück gebratenen Fisch.

»Seit Matandua bei uns lebt«, sagte Tausere, »ist mir, als sei meine Jugend zurückgekehrt. Ich empfinde Freude und habe Appetit auf die guten Fische, die du zubereitest.«

»Jetzt erst ist unsere Hütte wirklich unsere Wohnung geworden«, sagte die Frau, »weil ein Sohn da ist, unser Sohn. Schau, wie ruhig . . .«

Aber da blieben ihr die Worte im Mund stecken, denn plötzlich war in der Hütte deutlich die klagende Stimme einer Frau zu vernehmen. Wie ein leises Singen war die Stimme, wie ein Schluchzen und Weinen. Und die Stimme schien zu schweben, schien sich in der Hütte hin- und herzubewegen.

»Da ist die Stimme wieder«, sagte der Fischer.

»Ach, Mann, ich bin zwar auch erschrocken«, meinte die Frau, »aber es gibt so viele Stimmen. Mann, vielleicht täuschen wir uns. Stimmen, Stimmen, was bedeuten schon Stimmen? Hören wir einfach weg.«

»Nein, Frau«, sagte der Fischer. »Du hörst die Stimme doch auch. Wir täuschen uns nicht. Die Stimme kommt vom Strand. Wie schon in vielen Nächten. Ich habe gesehen, wie dir das Wort im Mund steckenblieb. Die Stimme ist da. Hör ihr zu, sie drängt in unsere Hütte. Sie schiebt uns zur Seite, und mir ist, als müßten wir schweigen, damit allein diese Stimme zu vernehmen ist.«

»Ja«, sagte die Frau langsam, »du hast recht. Es ist die gleiche Stimme wie in den anderen Nächten. Der Wind trägt sie zu uns herauf. Die Stimme ist im Wind. Oh, es könnte sein, daß der Wind eine solche Stimme ist. Der Wind, der durch die Reihen unseres Daches streicht, der sich durch die Wände zwingt. Vielleicht hören wir nur den Wind.«

»Nein, es klingt wie die Stimme einer Frau«, sagte der Fischer. »Die Stimme einer Frau! Ja, es ist die Stimme einer Frau, die weint«, antwortete die Frau des Fischers.

»Du meinst . . .« fragte der Mann.

»Ich habe nichts gesagt«, antwortete die Frau.

Da bewegte sich Matandua plötzlich im Schlaf, er schluchzte und stöhnte ein wenig.

»Frau, Frau! Matandua weint wieder, er weint im Schlaf«, sagte der Fischer.

»Ja, wieder weint er im Schlaf, und die Tränen laufen ihm über die Wangen«, sagte die Frau, und in ihrer Stimme schwangen Angst und Trauer mit.

»Er weint«, sagte der Mann, »wenn die Stimme vom Meer heraufkommt.«

»Ich will ihn wecken«, sagte die Frau.

»Nein, nein, laß ihn schlafen!«

Aber schon war die Frau aufgestanden und rüttelte Matandua an der Schulter.

»Vielleicht, vielleicht . . .«, murmelte die Frau.

»Was meinst du?« fragte Tausere.

»Warte!« sagte die Frau.

Matandua richtete sich auf, blickte sich schlaftrunken um und versuchte sich zurechtzufinden.

»Wo ist, wo ist die Frau? Die Frau . . .?« fragte er.

»Welche Frau meinst du?« fragte die Frau des Fischers und stützte Matandua.

»Mutter! Habe ich denn nur . . . nur geträumt?« fragte Matandua und schien noch immer nicht recht zu wissen, ob er sich noch im Traum befand oder schon aufgewacht war.
»Aber ich habe sie doch gesehen . . . ganz deutlich. Sie weinte, sie rief mich. Und ihre Tränen, Mutter, ihre Tränen rannen über mich hin wie der Regen auf mein Gesicht. Schau, schau! Ich bin, ich bin ja ganz naß. Es war also kein . . . kein Traum.«
»Du hast geweint, Matandua. Es sind deine eigenen Tränen«, beruhigte ihn der Fischer.
»Du hast im Traum geschrien, deshalb habe ich dich aufgeweckt.«
»Sie war so . . . so groß«, erzählte Matandua. »Und schön. Die Haare, nicht kurz und braun wie dein Haar . . . Sie hatte ganz glatte schwarze Haare. Aber ihr Gesicht war heller als das von Mutter. Heller, sehr hell. Und sie war ganz naß, so als sei sie gerade aus dem Meer gekommen. Und sie weinte, wollte mich anfassen. Mutter, ich . . . ich weiß nicht, wer die Frau war. Aber die Frau macht mich traurig. Mutter, warum macht mich die Frau traurig?«
»Schlaf, Kind, schlaf wieder ein!« sagte die Frau des Fischers. Sie drückte Matandua sanft auf die Matte zurück und wischte ihm die Tränen vom Gesicht.
»Ich weiß es auch nicht«, fuhr sie fort, »aber du sollst keine Angst haben, sollst nicht traurig sein, es war ein Traum, nichts als ein Traum. Schlaf jetzt, und wenn du wieder aufwachst, wird alles wie weggewischt sein. Denk daran, daß wir, deine Eltern, in der Hütte neben dir sind und alles Schlimme von dir fernhalten.«
Matandua ließ sich beruhigen, legte sich wieder hin und schlief nach kurzer Zeit ein.
»Siehst du«, sagte die Frau nach einer Weile, »er schläft wieder. Die Stimme ist verschwunden. Alles ist, wie es war.«
»Frau, Frau, komm zu dir!« drängte der Fischer. »Du weißt: Es war seine Mutter. Sie hat ihn gerufen, sein Herz hat die Stimme gehört, er hat sie erkannt. Wir müssen ihm alles sagen.«
»Nein, nein, ich bin jetzt seine Mutter!« wehrte sich die Frau des Fischers. »Ich habe für ihn gesorgt, ich war immer bei ihm. Die Götter haben mir einen Sohn gebracht. Er gehört mir. Er wird mein Sohn bleiben.«

Der Fischer drehte ungläubig den Kopf hin und her. Er strich sich die Haare zurück und sagte bestimmt:
»Und ich sage dir, er wird immer wieder die Stimme der toten Frau hören, die Stimme seiner Mutter. Mir ist, als weinte sie in ihrem Grab am Strand. Und der Wind hört ihr Weinen, jede Nacht muß Matandua ihre Stimme hören. Sie sucht ihn, sie ist um ihn. Und du hast gesehen, daß sein Herz antwortet, auch wenn er nicht weiß, daß die fremde Frau, die er im Traum gesehen hat, seine Mutter ist.«
Aber die Frau ließ sich nicht umstimmen. Und so erfuhr Matandua nicht am nächsten Tag und nicht am übernächsten Tag, was der Traum bedeutete, und er erfuhr es auch nicht in den nächsten Jahren, obgleich er immer wieder aus dem Schlaf aufwachte, wenn die Stimme, vom Wind getragen, nachts vom Strand heraufkam und ihn ängstigte, wenn ihm die Tränen übers Gesicht gelaufen waren.
Und Matandua wuchs heran und spielte mit den anderen jungen Leuten des Dorfes. Er bemühte sich, ihre Freundschaft zu gewinnen, aber immer wieder bekam er zu spüren, daß er von einem Geheimnis umgeben war. Er merkte, daß man über ihn tuschelte, daß er, der von den Göttern Geschenkte, nicht so zu ihnen paßte, wie all jene zueinanderpaßten, die in den Hütten des Fischerdorfes geboren waren und die alle dunklere Gesichter hatten als er.
Der Platz in der Mitte des Dorfes war der Ort, wo man sich traf, wenn es nichts zu tun gab. An manchen Nachmittagen, wenn die Luft träg und schwül war, saßen die Männer nebeneinander auf einem alten Holzbalken und starrten vor sich hin. Sie redeten wenig miteinander. Nur von Zeit zu Zeit fiel ein Wort. Ein Satz wurde gesprochen, aber niemand wartete darauf, auf eine Frage eine Antwort zu erhalten. Der eine oder andere spielte mit einem der glatten Steine, die überall umherlagen, mancher kritzelte mit einem Holzstäbchen im Staub.
Aber auch die jungen Leute trafen sich hier. Sie hielten sich abseits von den älteren Männern, saßen am Boden oder spielten mit Steinkugeln ein Wettspiel. Wessen Kugel am weitesten rollte, hatte gewonnen.
An einem Nachmittag, als die Sonne schon tief auf den Horizont hinuntergesunken war und das Meer in orangefarbenes Licht tauchte, hockten drei junge Leute am Boden beisammen.
»Mein Vater hat immer schon gesagt«, meinte der jüngste von ihnen, »daß Matandua nicht ins Dorf gehört.«

Der andere Junge, der ein rotes Tuch um den Kopf geschlungen hatte, sagte: »Und meine Mutter sagte: Sah er nicht, als er noch klein war, anders aus als unsere Kinder?«
»Seine Haut ist auch jetzt noch heller als unsere Haut«, sagte der Jüngste.
»Und er ist nur stärker, weil böse Geister über ihn wachen«, meinte der dritte Junge.
»Da kommt sein alter Vater«, sagte der Jüngste, der gesehen hatte, daß der Fischer Tausere vom Balken der Männer aufgestanden war und über den Dorfplatz schlurfte. Alle drei blickten den Fischer an.
»He, alter Tausere!« rief der Junge mit dem roten Tuch. »Kommst du gerade von den bösen Geistern?« Und er lachte den alten Mann herausfordernd an.
»Geister, Geister?« sagte der Fischer. »Ich sehe keine Geister.«
»Bist du blind oder taub geworden?« fragte der dritte Junge.
»Meine Mutter meint«, sagte der mit dem roten Tuch, »du hast Matandua von den bösen Geistern geholt.«
»Matandua gehört nicht ins Dorf«, sagte der Jüngste.
Das aber war dem alten Tausere zuviel. Sein Sohn gehörte nicht ins Dorf? Sein Sohn, den die Götter ins Dorf gebracht hatten, die dieses Dorf für ihn ausgewählt hatten? Das ließ er sich nicht sagen. Das mußte er sich nicht sagen lassen. Und er ballte die Fäuste, so daß die harten, kantigen Knochen hervortraten, und er ging auf den Jungen los, der am nächsten stand. Wütend stieß er hervor:
»Meinen Sohn hast du beleidigt. Du hast auch die Götter beleidigt. Was hast du gegen meinen Sohn zu sagen? Ich werde dir's zeigen! Da, da . . .« Und er versuchte mit den Fäusten auf den Jungen einzuschlagen.
»Nichts wirst du«, lachte der Junge mit dem roten Kopftuch, »nichts, gar nichts! Du kannst nicht einmal mehr treffen.«
Und er tänzelte um den Alten herum, wich ihm aus und lachte ihm ins Gesicht.
Der Jüngste aber bückte sich, hob ein Holzstück auf und schlug damit dem Fischer von hinten auf den Kopf.
»Da, da«, rief er, »damit dir die Geister vergehen! Ich könnte dir die Geister einzeln aus dem Leib prügeln. Aber vielleicht reicht dir schon der eine Schlag. Na, Alter, jetzt ist dir die Sprache stehengeblieben, und das Hirn auch!«

Tausere zuckte zusammen, als ihn der Schlag traf, ein furchtbarer Schmerz fuhr ihm durch den Kopf. Er schwankte, und einen Augenblick lang sah es aus, als würde er umfallen. Aber er nahm alle Kraft zusammen, er wollte nicht schwach werden, durfte nicht schwach werden, jetzt nicht, vielleicht später, wenn er es schaffte, in die Hütte zu kommen. Er schloß kurz die Augen, preßte die Lippen aufeinander. Nicht schreien, nicht schreien, jetzt nicht! dachte er und spürte noch, wie der Schmerz ihn schüttelte, wie der Schmerz in ihn hineinbiß.

»Du . . . du hast einen alten Mann geschlagen«, sagte er mühsam.

»Schnell weg, schnell!« rief der dritte Junge. »Da kommt Matandua.«

Matandua war auf den Dorfplatz geschlendert, hatte gesehen, wie sein Vater geschlagen worden war, und lief nun hastig auf die Gruppe zu. Er packte einen der Jungen. Er holte mit der Faust aus und hieb ihn in den Bauch, so daß der Junge vor Schmerz zu brüllen begann. Auch die beiden anderen hatten nicht mehr fliehen können und blickten Matandua nun ängstlich an.

»Du hast meinen Vater geschlagen!« rief Matandua. »Da, da, und noch einmal! Ich werde dich prügeln, bis du zu Boden gehst und um Hilfe winselst. Und nun soll es jeder hören, auch der Herrscher von Ono: Er hat meinen alten Vater geschlagen. Er hatte keinen Grund. Er hat die größte Schuld, die es gibt, auf sich geladen. Ein Junger, der einen Alten schlägt, soll aus dem Dorf ausgeschlossen werden. Wißt ihr nicht, daß graue Haare Ehrfurcht verlangen? Hat er nicht lange vor euch gelebt? Hat er nicht mehr erlebt als ihr? Tausendmal ist er aufs Meer hinausgefahren, bevor ihr auch nur einen Schritt weit kriechen konntet. Wie wagt ihr es dann, ihn anzugreifen? Wie könnt ihr es wagen, einen alten Mann anzugreifen, der schwach geworden ist, weil sich das Alter auf seine Schultern gesetzt hat? Ihr seid Feiglinge. Und ich sage euch, ich werde jeden von euch niederschlagen, so daß er drei Tage lang nicht mehr aufsteht, jeden, der sich heranwagt. Wer will der nächste sein?«

Der Herrscher von Ono aber hatte die laute Rede gehört, und er kam aus seiner Hütte und ging auf den Dorfplatz. Alle Männer standen auf, und die Frauen drängten sich zusammen oder standen in den Türen ihrer Hütten. Der Herrscher von Ono kam auf die Streitenden zu. Sein Gesicht war von Zorn rot angelaufen. Er haßte Streit.

»Halt, halt ein, Matandua!« befahl er mit kräftiger Stimme. »Ich habe deine Anklage gehört. Du hast recht getan. Ich verstehe dich, auch wenn ich wütend darüber bin, daß ihr streitet. Ich will nicht, daß bei uns geschlagen wird. Und ihr, die ihr dasteht und gafft, wollt ihr, daß Matandua auch euch zu Boden schlägt? Er ist kräftiger als ihr, das seht ihr doch. Ihr habt ihn und seinen Vater beleidigt. Ihr habt das Alter beleidigt und damit gegen eines unserer ältesten Gesetze verstoßen. Ich nehme Matandua in meinen Schutz. Wer ihn noch einmal beleidigt, beleidigt mich. Das sage ich, der Herrscher von Ono.«

Die drei Jungen zogen die Köpfe ein und schlichen davon. Sie waren froh, daß sie nicht bestraft worden waren. Aber die Schande, in aller Öffentlichkeit vom Herrscher von Ono gescholten worden zu sein, war beinahe schmerzlicher als eine Strafe.

»Das werden wir ihm nie vergessen«, zischte der Junge beim Weggehen.

»Dich kriegen wir schon«, fügte der Junge mit dem roten Tuch hinzu.

Ein paar Tage vergingen, und die jungen Leute arbeiteten in einem Palmenwald in der Nähe vom Strand. Viele Bäume waren gefällt worden und sollten nun zu der Stelle gebracht werden, wo der Herrscher von Ono einen neuen Tempel bauen wollte.

»Versuch du es doch!« sagte der Jüngste. »Ich kann den Stamm nicht heben.«

Der Junge mit dem roten Tuch versuchte es ebenfalls, vergeblich.

»Oh, ist der schwer!« stöhnte er. »Den schaffen keine drei Männer.«

»Aber als der König den alten Fischer Tausere aufforderte, Holz für eine Seite des neuen Tempels heranzuschaffen, bewältigten Matandua und der Alte die Arbeit in einer Nacht. Sie brachten alle Stämme zum Bauplatz.«

»Und das glaubst du?« fragte der dritte Junge.

»Ich habe die Stämme auch gesehen«, sagte der Junge mit dem roten Kopftuch.

»Und die dicken Taue!« sagte der Jüngste. »Sie haben die Stämme mit dicken Tauen aus Kokosfasern gezogen, wie ich sie noch nie sah.«

»Und wir können zu dritt nicht einen Stamm bewegen«, meinte der Junge mit dem roten Kopftuch.

»Das geht nicht mit rechten Dingen zu«, sagte der dritte Junge. »Das ist die Kraft der Geister. Matandua und der alte Tausere stehen mit bösen Geistern im Bund. Jetzt ist es ganz klar.«

»Matandua, Matandua!« rief der Jüngste. »Ich kann seinen Namen nicht mehr hören. Die Wut über ihn zieht mir den Magen zusammen. Mir wird schlecht, wenn ich ihn nur sehe. In seinen Reusen sind die größten Fische, auf seinem Feld reifen die schönsten Früchte. Ich könnte ihn verfluchen.«
»Wir müssen ihn aus dem Weg schaffen«, warf der Junge mit dem roten Kopftuch ein und verzog den Mund. »Er wird uns eines Tages auch noch die Mädchen wegnehmen und alles, was wir haben.«
»Er muß sterben«, sagte der dritte Junge. »Er hat sich durch seine Stärke beim Herrscher eingeschmeichelt.«
»Vielleicht will er sogar den Herrscher stürzen«, sagte der Jüngste.
»Ich habe einen Plan«, sagte der Junge mit dem roten Tuch.
»Einen guten?« fragte der Jüngste.
»Matandua wird uns nicht entkommen«, sagte der Junge mit dem roten Tuch. »Wir sollten im Palmenwald eine Grube graben und sie mit Zweigen und Gras zudecken.«
»Und da soll er hineinfallen?« fragte der dritte Junge ungläubig.
»Wir müssen Matandua und seinen Vater nur in den Wald locken«, sagte der Junge mit dem roten Tuch.
»Du willst auch den Alten fangen?« fragte der Jüngste.
»Der ist doch an allem schuld«, sagte der Junge mit dem roten Tuch.
»Ein guter Plan«, sagte der Jüngste fröhlich. »Ein Plänchen, wie es sich nicht alle Tage in den Kopf schleicht. Das muß ein guter Geist sein, der uns diesen Plan eingegeben hat.«
Und er begann vor Begeisterung zu tanzen.
»Sei still und denk daran: Noch stecken die beiden nicht in der Grube«, meinte der Junge mit dem roten Tuch.
»Also, morgen nacht«, sagte der dritte Junge.
»Und wir graben spitze Pfähle in den Boden der Grube«, schlug der Junge mit dem roten Tuch vor. »Auf die sollen sie drauffallen.«
»Morgen nacht, morgen nacht«, sang der Jüngste vor sich hin. »Jetzt ist Schluß mit deiner Kraft, Matandua. Jetzt ist Schluß mit deinem Ansehen, deinem Stolz. Du sollst, du mußt untergehen. Verschwinde aus dem Dorf! Geh hin zu deinen Geistern! Uns sollst du nicht mehr stören. Glaubst du denn, wir ließen uns so einfach wegdrängen, abdrängen? Morgen nacht, morgen nacht, eh du dich recht bedacht, wird Schluß

gemacht, dein Schluß gemacht. Ja, ja, so ist's recht, so wird alles wieder recht.«
Wieder einmal saßen in der Hütte der Fischer Tausere und seine Frau beisammen und redeten über Matandua. Eine Zeitlang war des Nachts die Stimme der weinenden Frau nicht mehr zu hören gewesen. Aber seit mehreren Nächten hatte sie sich wieder gemeldet und hatte Matanduas Eltern aufgeschreckt.
»Jede Nacht die gleiche Stimme vom Strand. In unserer Hütte, in unseren Ohren und Gedanken. Und auch bei der Arbeit am Tag ist mir, als weinte die Stimme in mir fort. Ich halte das nicht mehr aus. Mann, ich kann nicht mehr schlafen. Jeden Abend, wenn wir uns niederlegen, erfüllt mich Furcht. Nicht die Stimme macht mir angst. Aber diese Traurigkeit schnürt mir den Hals zu.«
»Ja, Frau«, sagte der Fischer, »es ist die Stimme von Matanduas Mutter, die in ihrem Grab keine Ruhe findet. Aber du mußt bedenken, daß wir Glück haben, seit ihre Stimme da ist.«
»Du hast recht«, sagte die Frau. »Ich glaube, sie hilft uns. Sie steht Matandua bei. Hättet ihr sonst die schweren Stämme für den Tempelbau tragen können? Hat sie euch nicht geholfen, die Taue zu drehen? Ja, sie hilft ihrem Sohn . . . sie hilft ihrem Sohn. Ich weiß, ich sollte keine Angst haben. Aber Mann, ich möchte der traurigen Stimme helfen.«
»Matandua hört ihre Stimme«, sagte Tausere. »Jede Nacht ist die Stimme für ihn da, und jede Nacht sieht er die Frau, hat er mir erzählt. Sie stärkt ihn, sie rät ihm.«
»Jetzt weiß auch ich«, sagte die Frau leise, »daß sie zu seinem Herzen spricht. Wie könnte er weinen, wenn nicht im Schlaf ihre Tränen auf ihn fielen? Er muß in ihrer Stimme noch etwas anderes hören als wir. Mann, es tut weh, zu wissen, daß sie mit ihm ist.«
»Hoffentlich hilft sie uns weiter«, sagte Tausere. »Ich sehe jeden Morgen die bösen Blicke der Nachbarn. Sie neiden Matandua die Stärke. Sie neiden uns unseren Sohn.«
So redeten der Fischer Tausere und seine Frau über ihren Sohn Matandua, der nicht wußte, daß er Talingos Sohn war. Aber der Fischer und seine Frau drehten sich in ihren Gesprächen und Gedanken im Kreis. Sie spürten, wie durch die Stimme der Frau in Matandua nicht nur Stärke und Selbstbewußtsein wuchsen, sondern auch die Traurigkeit zu-

nahm, die von der Stimme ausging. Und an manchen Tagen bemerkten sie, daß Matandua vor sich hinstarrte, als sähe er auch am Tag die Frau, die jede Nacht in seine Träume kam.

Unterdessen hatten die jungen Männer ihren Plan ausgeführt und die Grube im Wald gegraben. Am Abend, nachdem sie ihre Arbeit beendet hatten, hockten sie unter einer Palme zusammen und unterhielten sich.

»Das hat gut geklappt«, sagte der Junge mit dem roten Tuch.

»Ich dachte schon«, meinte der Jüngste, »wir würden nicht mehr fertig mit der Grube.«

»Und die spitzen Pfähle sitzen gut«, sagte der dritte und grinste.

»Sollen wir Matandua und seinen Vater gleich heute nacht hinauslokken?« fragte der Jüngste.

»Wir könnten es versuchen«, meinte der dritte.

»Gut, gehen wir zurück ins Dorf«, sagte der Junge mit dem roten Tuch.

Vor lauter Reden hatten sie nicht bemerkt, wie rasch es dämmrig geworden war. Doch als der Jüngste jetzt aufstehen wollte und sich umsah, rief er erschrocken:

»Da, da, zwischen den Stämmen! Habt ihr die Frau gesehen – die Frau?«

»Wo? Eine Frau? Siehst du Gespenster?« fragte der Junge mit dem roten Tuch.

»Ich sehe sie auch«, flüsterte der dritte.

»Wer bist du?« rief der Jüngste und legte dabei die Hände an den Mund.

»Sie läuft davon«, sagte der Junge mit dem roten Tuch.

»Hat sie uns beobachtet?« fragte der dritte.

»Sie kann uns verraten«, meinte der Jüngste.

»Halt, halt, bleib stehen!« rief der Junge mit dem roten Tuch.

»Ihr nach, schnell, lauft! Wir holen sie ein, wir müssen sie fragen!« rief der dritte. »Sie darf uns nicht entwischen. Sie hat uns belauscht. Sie wird alles ausplaudern.«

Alle drei stürzten der Frau nach, die zwischen den Bäumen über dem Boden zu schweben schien. Die Frau lockte sie in den Wald, führte sie

hin und her, kreuz und quer. Aber immer war sie schneller als die jungen Leute. Zuletzt schwebte sie über der getarnten Grube, und weil die Jungen in der Dunkelheit nicht mehr auf den Weg achteten, liefen ihr zwei nach, trampelten über die Grube und stürzten hinein. Der dritte sah sie verschwinden, hörte die gräßlichen Schreie seiner Freunde, die von den spitzen Pfählen aufgespießt wurden. In diesem Augenblick verschwand die Frau. Von Entsetzen geschüttelt und schreiend lief der dritte aus dem Wald und so schnell wie möglich ins Dorf zurück.
Im Dorf erzählte er, daß seine Freunde in eine Grube gefallen seien und sich wohl in der Falle zu Tode gestürzt hätten. Aber er erzählte nicht, daß er und seine Freunde selbst die Grube gegraben hatten.
Weil die Dorfleute sahen, wie sein Gesicht vor Schrecken zitterte, wie seine Augen flackerten und er immer wieder vor Entsetzen die Hände vor die Augen schlug, glaubten sie ihm sofort und zogen mit brennenden Fackeln in den Wald, um die Verunglückten zu suchen und sie vielleicht noch zu retten. Bald standen sie vor der Grube. Aber kein Schreien war mehr zu vernehmen, eine gräßliche Stille herrschte in dem dunklen Loch. Und als zwei der Leute vorsichtig hinunterstiegen und die anderen ihnen mit Fackeln leuchteten, fanden sie die Toten, den Jüngsten und den Jungen mit dem roten Tuch. Sie bargen die Toten, trugen sie auf den Schultern schweigend ins Dorf zurück und legten die Toten in die Hütten ihrer Familien.
Am nächsten Morgen saß die Frau des Fischers vor der Hütte und flickte Netze. Da kam ihr Mann angelaufen.
»Frau, Frau!« rief der Fischer Tausere. »Ich habe das Lied des Todes gehört. Sie singen es im ganzen Dorf. Ich kenne das Lied.«
»Du bist alt geworden, Mann«, sagte ruhig die Frau, »du solltest nicht auf Lieder hören.«
»Zwei sind tot«, sagte der Fischer. »Frau, hörst du? In einer Grube, ich hab's gehört. Frau, der Watui hat mir's gesagt. Und . . . und sie sagen, Matandua hätte es getan.«
Die Frau erschrak, das Blut wich ihr aus dem Gesicht. Sie wußte, was es bedeutete, wenn das Dorf diesen Verdacht hatte.
»Nein, nein!« rief sie. »Das ist nicht wahr. Du hast dir ein Märchen erzählen lassen.«
Dabei spürte sie und sah ihm an, daß er die Wahrheit gesagt hatte.

»Sie werden kommen«, sagte Tausere, »um uns alte Leute und Matandua zu töten. Frau, ich habe Angst.«
In dieser Nacht schliefen der Fischer und seine Frau sehr spät ein, Matandua aber hatte sich früh niedergelegt. Er schlief nun in dem kleinen Raum neben dem Schlafraum der Eltern, in dem man sich auch tagsüber aufhielt. Um Mitternacht erhob sich wieder die Stimme der Frau vom Strand in der Hütte. Wieder waren das leise Weinen da und die Melodie der Traurigkeit zu hören. Auch in dieser Nacht erschien die Frau vom Strand Matandua im Traum. Aber diesmal setzte er sich schlaftrunken auf und begann mit der Frau zu sprechen.
»Wer bist du?« fragte Matandua. »Warum weinst du? Ich kenne deine Stimme.«
»Matandua, mein Sohn. Matandua haben sie dich genannt«, sagte Talingo so leise, daß Matandua sie kaum verstehen konnte.
»Du bist es, Mutter?« fragte Matandua verwundert. »Aber du siehst anders aus.«
»Ja«, sagte Talingo, »ich bin deine richtige Mutter.«
»Träume ich?« fragte Matandua. »Was sagst du da?«
»Ja, träum weiter«, fuhr Talingo mit sanfter singender Stimme fort, aus der alle Traurigkeit gewichen war. »Träum weiter und hör, was ich dir sage. Die beiden Alten sind nicht deine Eltern. Ich bin deine Mutter. Ich bin die Stimme einer fremden Toten, die am Strand begraben wurde. Ich bin mit dir aus Tonga gekommen. Mein Herz hat jede Nacht nach dir geweint und dich beschützt. Und jetzt sage ich dir, die Leute des Dorfes wollen euch töten, dich und deine Pflegeeltern. Ihr müßt fliehen, noch heute nacht. Nehmt das Boot und fahrt nach Tonga. Ich werde bei euch sein. Steh auf und weck den Fischer und seine Frau. Und dies ist mein Name: Talingo. Vergiß meinen Namen nicht.«
»Mutter, Mutter!« rief Matandua. »Wer bist du?«
Aber er sah Talingo nicht mehr. So plötzlich, wie sie gekommen war, so plötzlich war sie verschwunden. Neben ihm stand die Frau des Fischers und hielt ihn liebevoll am Arm.
»Matandua«, sagte sie, »du hast mich im Schlaf gerufen? Ich bin doch da.«
»Ich habe die schöne Frau wiedergesehen«, antwortete Matandua. »Mutter, wir müssen fliehen, noch in dieser Nacht.«

»Was redest du da?« sagte die Frau des Fischers. »Schlaf wieder ein.«
»Nein, die Frau . . . meine Mutter Talingo . . . sie heißt Talingo. Sie hat zu mir gesprochen in dieser Nacht, sie hat mir alles erzählt. Talingo, die Frau, die am Strand begraben wurde, Mutter, das mußt du doch wissen. Sie ist meine Mutter, die, die mich geboren hat.«
»Dann weißt du alles«, sagte die Frau des Fischers. »Du weißt es. Und sagst doch Mutter zu mir.«
»Ja, weil ich dich und Vater liebe«, sagte Matandua. »Aber nun, Mutter, da du weißt, daß die Frau da war, daß sie mit mir redete, mit ihrer Stimme, der Stimme, die du ja kennst, mußt du auch glauben, daß sie uns gewarnt hat. Wir müssen mit dem Boot aufs Meer hinaus. Wir haben nicht lange Zeit. Bitte, laß uns fliehen, so schnell wir können!«
»Ja, Matandua«, sagte die Frau des Fischers, »ich will tun, was du für richtig hältst.«
Und so weckten sie beide den Fischer und packten ein paar Sachen zusammen. Noch in der Nacht verließen sie die Hütte und das Dorf und stiegen ins Boot. Niemand bemerkte ihre Flucht, und Matandua war froh, als sie auf dem Meer waren.
Der alte Fischer fand sich auch nachts auf dem Meer zurecht, er wußte, wohin die Strömungen zogen, und gab Matandua Anweisung, mit dem Ruder so zu steuern, daß sie möglichst rasch wegkamen vom Land der Ono.
Am nächsten Morgen konnten sie bei frischem Wind auch ein kleines Segel setzen, um schneller voranzukommen.
»Frau, Matandua!« rief der Fischer. »Schaut dort, der Vogel! Fliegt er nicht schon stundenlang vor uns her? Ich sehe ihn so schlecht mit meinen alten Augen.«
»Ich habe ihn schon lange gesehen«, sagte Matandua. »Ich habe das Boot so gesteuert, wie er flog. Er zeigt uns den Weg, Vater.«
»Sie hat ihn geschickt . . . niemand sonst«, sagte die Frau des Fischers.
»Die schöne Frau aus dem Traum«, sagte Matandua. »Du hast recht, und ich weiß, sie wird uns sicher nach Tonga führen. Sie hat uns den Vogel geschickt.«
»Du hältst ja kaum das Ruder«, sagte der Fischer Tausere zu Matandua.
»Steuert es nicht von selbst?« fragte Matandua. »Bläst der Wind nicht in

die gleiche Richtung? Vater, hab Vertrauen! Mein Herz sagt mir, meine Mutter sagt mir, daß wir sicher in Tonga landen werden.«

Im Königsdorf in Tonga aber lag der König vor der größten Hütte auf einem prachtvollen Bett aus geschnitztem und verziertem Holz. Der König war krank, sterbenskrank. Viele Leute standen um ihn. Eine Gruppe von Musikern spielte dumpfe Trauermusik. Der König richtete sich in seinem Bett auf und fragte mit schwacher Stimme:

»Ihr habt ... habt es den Musikern schon gesagt ...? Ich höre die Trommeln ... oh, ich werde nicht mehr lange leben. Warum? Warum?«

»Herr, so ist es Sitte«, sagte der Diener, der neben dem Bett stand. »Wenn ein Herrscher im Sterben liegt, sollen am Tag seines Todes und drei Tage lang die Trauerinstrumente spielen.«

Während der Diener noch redete, zerriß der langgezogene Schrei eines Vogels die Luft. Entsetzt versuchte der König aufzustehen. Er griff mit den Händen in die Luft über sich. Er blickte sich um. Schweiß stand ihm auf der Stirn. Seine Augen brannten. »Hört ihr den Schrei des Vogels?« fragte er mit veränderter, hohl klappernder Stimme.

»Das ist Talingo. Sie schickt den Vogel. Oh, sie hat mich seit Jahren im Traum verfolgt, weil ich sie in den Tod schickte. Jetzt ... jetzt muß ich sterben.«

Und wieder schrie der Vogel, lange und durchdringend.

»Nehmt ... nehmt die Pfeile!« befahl der König. »Schießt auf den Vogel. Ich will ... ich ... seinen Schrei ...«

»Diesen Vogel, Herr«, sagte einer der Dorfbewohner, »können wir nicht treffen.«

Und wieder schrie der Vogel, laut und durchdringend.

Da führten zwei Seeleute Matandua und seine Eltern herbei.

»Herr König«, sagte einer der Seeleute, »diese drei sind übers Meer gekommen, sie wollten bei uns an Land gehen. Sie sagten ...«

»Ein Vogel«, fuhr der zweite Seemann fort, »ein Vogel hat sie geführt. Er ist ihrem Boot vorausgeflogen.«

Der König blickte sich um, seine Augen aber waren trüb, und schweratmend fragte er:

»Wo ... wo kommt ihr her? Der Vogel ... ihr sagt. Nein, sagt nichts! Der Vogel, er hat Talingo, Talingo geschrien. Er hat Talingos Namen gerufen.«

Das Reden erschöpfte den König. Er sank zurück auf sein Lager. Zwei Diener mußten ihn stützen, sonst hätte er nicht gesehen, wie Matandua zu ihm trat.
»König von Tonga«, sagte Matandua. »Dieser Name, den Ihr gerade nanntet, dieser Name einer Frau klingt wie das Weinen meiner Mutter, die mir erzählte, daß ich aus Tonga stamme. Talingo ... sie sagte, daß sie Talingo heiße. Ich bin zurückgekehrt, weil meine Mutter ...«
»Du ... du, wer bist du? Talingos Sohn? Du bist zurückgekehrt! Aber ist Talingo nicht tot? Sie ist ertrunken. Wischt Talingo weg! Ins Wasser, ins Meer ist sie gesprungen. Sie ist tot. Du kannst nicht der Sohn der Talingo sein. Du mußt auch tot sein.«
Nur mühsam brachte der König die Worte heraus. Aber er konnte den Blick nicht von Matandua wenden.
»Meine Mutter ist tot«, sagte Matandua langsam und beugte sich über den König. »Aber ich lebe.«
»Und was ist mit dem alten Mann und der alten Frau?«
»Sie pflegten mich, als sie mich am Strand neben der toten Frau fanden. Ich liebe sie.«
»Bist du gekommen, um mich zu töten«, fragte der König, »weil ich deine Mutter tötete?«
»Ich bin gekommen«, antwortete Matandua, »weil meine Mutter mir im Traum riet: Nimm das Boot und kehr zurück nach Tonga. Ich will dich nicht töten.«
Da schrie der Vogel wieder, und alle blickten erschrocken zu der Stelle, woher der Schrei des Vogels gekommen war. Aber niemand konnte den Vogel sehen.
»Da, der Vogel schreit, er schreit zum letzten Mal! Talingo, ich ... ich verstehe den Schrei. Ich werde, ich muß sterben, mein Sohn. Ich habe euch Schlimmes angetan. Und jetzt weiß ich: Alles kehrt zurück, zurück in die letzte Stunde meines Lebens. Der Schrei des Vogels offenbart mein Unrecht. Nichts, nichts geht einfach so vorbei, Sohn, alles erwacht von neuem. Alles Widerwärtige kriecht mir den Hals herauf, würgt mich. Und ich weiß, ich werde es büßen müssen. Du aber bist zur rechten Zeit gekommen. Du sollst von jetzt an das Land regieren. Ich ... ich kann ... Leute, ihr alle, hört, ich ... er ist, soll euer neuer König sein.«

Mit diesen Worten starb der König. Matandua aber sagte:
»Vater, ich habe dir verziehen. Und ihr alle, die ihr hier seid, sollt mit mir in Frieden leben. Musiker, ihr werdet noch bis zum Begräbnis die Trauermusik spielen. Jetzt aber spielt für eine Weile, was euch die Freude eingibt. Der König ist tot, aber ich habe ihm verziehen. Und jetzt wird auch Talingo in ihrem Grab Ruhe finden.«
Die Musiker, die leise die Trauermusik weitergespielt hatten, wechselten den Rhythmus, spielten schneller und fröhlicher. Die Leute begannen um den neuen König zu tanzen.
»Matandua«, sagte einer der Bauern, »dies ist dein Dorf, das Königsdorf, und ringsum ist dein Land. Dort sind die Felder, und dort liegen die anderen Dörfer.«
»Matandua«, sagte einer der Fischer, »das sind deine Fischgründe. Hier werden die Netze voller als anderswo, hier muß niemand hungern, wenn er nur seine Hände rührt.«
Und der neue König freute sich, weil alle ihm zeigten, daß hier seine Heimat war, und er wollte gern in Tonga mit seinen alten Pflegeeltern leben und das Volk gut regieren.

Wie Langbein, Großmaul und Kugelmann mithalfen, daß der Wagnergeselle König wurde

Nach einem Märchenmotiv aus Mähren

An einem schönen Vormittag, die Sonne stand gerade so hoch, daß sie durch die Baumwipfel ihr Licht bis auf den Boden des Waldes schickte, kam ein Wagnergeselle an eine helle Stelle, wo junge Fichten zwischen Himbeersträuchern wuchsen. Er befand sich auf Wanderschaft. Er hatte Hunger, und weil ihn der warme Sonnenschein zum Rasten einlud, pflückte er sich von den frischen roten Beeren und setzte sich vergnügt ins Gras. Er hörte den Vögeln zu, die sich wie er an dem schönen Tag erfreuten und ringsum zwitscherten, tschilpten und sangen, daß es ein richtiges Stimmenkonzert wurde.
Da mochte auch der Wagnersgeselle nicht abseits sitzen, und er begann in den glänzenden Tag hineinzusingen.

»Das Wandern ist des Wagners Lust,
das Wandern.
Das müßt ein schlechter Wagner sein,
dem niemals fiel das Wandern ein,
das Wandern.«

Doch kaum war er bei der letzten Zeile seines Liedes angekommen, da störte ihn ein lautes Quietschen. Es kam vom Waldweg her, den auch er gegangen war. Er hielt mit Singen inne und blickte verärgert in die Richtung, aus der die unangenehmen Töne kamen. Der schöne Tag war wie mitten entzweigerissen, die hohen und spitzen Quietschtöne kratzten die fröhlichen Gedanken aus dem Kopf, und böse Ärgerfalten entstanden auf der Stirn des Wagnergesellen. Da sah er eine alte Frau mit einem Leiterwagen über den Weg kommen. Die Frau hatte sich die Deichsel des Wagens unter den rechten Arm geklemmt und trottete mü-

de einher. Sie achtete nicht auf das prächtige Wetter und nicht auf den luftig lichten Wald, sondern hatte den Rücken gebeugt und blickte zu Boden. Der Karren war aus rohen Brettern zusammengefügt, und die schweren Holzräder drehten sich so mühsam in den Achsen, daß das Quietschen gar nicht aufhören konnte.
Wenn der Wagnergeselle die Alte nicht angesprochen hätte, wäre sie wohl vorbeigezogen, ohne ihn zu bemerken.
»Schönen guten Morgen, liebe Frau!« rief der Wagnergeselle, ohne aufzustehen und so laut er nur konnte. »Stört Euch denn nicht das Quietschen Eures Karren?«
Verwundert, erschrocken stockte die Alte und hob den Kopf. Um das faltige Gesicht hingen dichte lange Haare. Dünn und weiß wie ein Strahlenschein standen sie ihr im hellen Licht um den Kopf. Zwei tiefsitzende dunkle Augen blickten umher und starrten dann die im Gras sitzende Gestalt an.
»Was hast du gesagt?« fragte die Frau, ließ ihren Karren stehen und trat einen Schritt aus dem Weg. Der Wagnergeselle sah, daß sie ein weites schwarzes Gewand aus schwerem, grobem Stoff trug, das in der Mitte durch einen braunen Strick zusammengehalten wurde. Die Füße waren nackt und steckten in braunen Sandalen aus festem Leder.
»Mein Lied habt Ihr wohl nicht gehört?« fuhr der Wagnergeselle fort, stand auf und ging auf die Alte zu. »Bei dem Gequietsche ist's ja auch unmöglich. Da will ich doch mal nachsehen.«
»Wohin willst du sehen?« fragte die Frau und drehte den Kopf von einer Seite zur anderen.
Der Wagnergeselle ging zum Karren, klopfte auf das Holz der Seitenwände und ruckte an den Rädern.
»Da wundert's mich nicht, daß Euer Karren singt, bis den Vögeln im Wald vor Schreck der Schnabel offenbleibt und den Hasen auf dem Feld die Ohren herabklappen«, meinte er, als er gesehen hatte, daß die Räder des Leiterwagens ganz trocken auf den Achsen liefen und wohl seit Jahren keine Schmiere oder kein Öl mehr gesehen hatten.
Die Frau hielt sich eine Hand ans Ohr und fragte: »Was knappen die Vögel den Hasen?«
»Eure Vögel schrecken den Karren, hab ich gesagt. Oh, Frau! Laßt ... ach, jetzt bin auch ich blöde geworden. Daran ist nur Euer Quietschen

schuld. Verzeiht, natürlich, Ihr könnt ja gar nicht quietschen. Also, Ihr müßt wissen, daß ich das Wagnerhandwerk erlernt habe, und so bin ich sozusagen ein Fachmann für Euch, für Euren Karren, wollt ich sagen. Und ich will Euch also helfen. So kann's ja nicht weitergehen, nicht weiterziehen, nicht weiterquietschen, das müßt auch Ihr einsehen, selbst wenn Ihr den Unterschied vielleicht nicht hört. Halbtaub scheint Ihr ja zu sein. Aber wenn ich offen sein darf, so will ich mir und den Vögeln Euren Karren ersparen. Ihr könntet uns alle verrückt machen mit dem Gequietsche. Nein, da kann ein Wagner nicht stillhalten, wenn jemand so gegen alle Regeln der Wagnerkunst durch die Welt zieht und den anderen die Luft verquietscht.«

Die Frau schaute ihn verwundert an und schien gar nicht begreifen zu können oder begreifen zu wollen, was dieser Fremde da alles an Worten herunterhaspelte.

Der Wagnergeselle bückte sich nach seinem Ranzen, holte ein Ölkännchen heraus und trat wieder an den Karren, um ihn zu schmieren.

»Ein Tröpfchen da, ein Tröpfchen dort«, murmelte er vor sich hin, »wirkt ein Wunder gleich an jedem Ort. Geschmiert hab ich des Rades Speiche, damit das Quietschen mich nicht mehr erreiche. So ist's gut, liebe Räder, da müßt ihr mir ja ewig dankbar sein. Ihr werdet staunen, s wie's jetzt rund geht. Einfach geschmiert, sag ich, mühelos, Frau, sag ich, quietschlos, das wird ein Vergnügen sein. Räder müssen sich drehen, nicht krächzen und quietschen. Auf also, und rund gedreht, im weichen, leichten Bett. Das wäre geschafft, und man muß nur wissen, wo man zugreifen soll, dann geht's ganz einfach weiter, dann geht's rund, liebe Frau, rund und geschmiert.«

»Woher, wohin?« fragte die Frau.

»Ja, wenn Ihr mein Lied nicht gehört habt«, antwortete der Wagnergeselle, »dann muß ich's Euch wohl sagen. Ein wandernder Wagnergeselle bin ich und suche mein Glück in der Welt, nachdem mein Vater gestorben ist und es bei uns zu Hause nichts mehr zu beißen gibt. Jedenfalls nicht soviel, daß es für alle reicht, die essen wollen. Und wenn man noch Brüder und Schwestern hat wie ich, dann sind genug Mäuler im Haus, die aufgerissen werden. Da ist's nur recht, wenn einer wie ich nicht hinterm Ofen sitzen bleibt und auch nicht in der Werkstatt den anderen die Arbeit wegnimmt, sondern sich aufmacht und schaut,

ob's nicht anderswo besser geht. Daß ich was kann, habt Ihr ja gesehen – vielmehr werdet Ihr es gleich hören. Also sollte ich mein Glück schaffen, meint Ihr nicht auch? Aber jetzt gehabt Euch wohl, sonst geht die Sonne unter über Eurem und über meinem Weg. Und wenn ich noch lange hier stehenbleibe, erzähle ich Euch nur das, was Ihr vielleicht gar nicht hören wollt. Sollt nicht sagen: Da hab ich einen im Wald getroffen, dem stand immer das Maul offen, daß ihm die Wörter nur so herausrannen. Ich sehe, daß Euer Weg nicht schwer werden wird, denn schaut, auf ihm geht es sogar ein wenig bergab, und so werden Euch die Räder eher schieben, als daß Ihr sie mühsam ziehen müßt. Ich werde nach rechts gehen, dorthin, wo Ihr die große Buche seht. Ich glaube riechen zu können, daß in dieser Richtung mein Glück liegt. Oder vielleicht sitzt es auf dem Boden, und ich muß es nur anstoßen und aufwekken, damit es mir die Hand gibt und mit mir weiterzieht.«
Die alte Frau wartete gar nicht mehr ab, bis der Wagnergeselle ausgeredet hatte, sondern grüßte ihn leicht mit der linken Hand, nickte mit dem Kopf und ergriff wieder die Deichsel des Karrens. Sie lächelte zufrieden vor sich hin, als sich der Wagen beinahe geräuschlos ziehen ließ. Der Wagnergeselle nahm ihr Lächeln und ihr Kopfnicken als Dankeschön, schnürte seinen Ranzen und machte sich auf den Weg, da er vor dem Abend noch ein gutes Stück vorankommen wollte.
Nachdem er ein paar Stunden gegangen war, den Vögeln zugehört hatte und mit sich recht zufrieden war, kam er am frühen Nachmittag an einen Holzplatz. Da lagen dicke Baumstämme, und die Holzknechte hatten Bretter und Rundhölzer zurechtgesägt, schienen sich aber schon lange nicht mehr hier aufgehalten zu haben, so verlassen kam dem Wagnergesellen der Platz vor.
Er pfiff durch die Zähne, rief: »Hallo, ist da wer?«
Doch niemand gab Antwort. Und als er schließlich mitten auf dem Platz stand, sah er, daß der Regen die geschälten Stämme und Bretter schon grau gemacht hatte, daß also lange Zeit vergangen war, seit im Wald gearbeitet worden war.
Macht nichts, dachte er erfreut, das ist der rechte Platz für mich. Wie soll es einem Wagnergesellen nicht warm ums Herz werden, wenn er soviel geschnittenes Holz vor sich sieht? Man müßte sich eine Werkstatt einrichten, sagte er sich, schüttelte aber gleich darauf den Kopf, denn so weit draußen im Wald würde er kaum Kundschaft finden.

Aber er klopfte das Holz ab, prüfte die Bretter, schnallte seinen Ranzen ab, und da war's ihm, als riefe ihm das Werkzeug im Ranzen zu: »Nimm uns und fang an mit der Arbeit!«

Es war, als juckte es ihn heftig in den Händen, mit dem Holz Bekanntschaft zu machen, und schon hatte er Beil und Säge ausgepackt und den Hammer neben sich gelegt.

Sollen doch die Müller wandern, sagte er zu sich, ein Wagner fährt, das versteht sich eigentlich von selbst. Ich habe das Wagenbauen lange genug beim Vater gelernt. Zu Fuß weitergehen, nein, das mag ich nicht. Und mein Wagen soll so gut gebaut sein, daß er von selbst fährt.

Dann spuckte er in die Hände und begann zu sägen und abzuspalten, zu hämmern und zu klopfen, daß ihm der Schweiß auf der Stirn stand. Er sah den Wagen, den er baute, schon fertig vor sich und stellte sich vor, wie er bequem und schnell durch die Gegend fahren würde, um vielleicht in einer Stadt oder in einem Dorf seine Handwerkskünste anzubieten.

So gingen die Stunden hin, und das Tageslicht schickte sich schon an, hinter den Bäumen zu verschwinden, deren längere Schatten über den Weg und den Platz wuchsen und sich auch über den fleißigen Wagnergesellen legten.

Der Wagnergeselle hielt mitten in einem Beilschlag inne, als er plötzlich hinter sich eine laute, tiefe Stimme hörte.

»Gottes Segen, junger Mann!« sagte die Stimme.

Als der Wagnergeselle sich umdrehte, sah er hinter sich einen weiten schwarzen Umhang stehen. Aus dem Umhang schaute ihn das faltige weiße Gesicht eines alten Mannes an, der einen langen grauen Bart trug. Schnell erholte sich der Wagnergeselle von seinem Schrecken und war froh, daß ihn der Mann so freundlich angesprochen hatte.

Der Wald scheint eine Überraschung nach der anderen für mich bereitzuhalten, dachte er. Zuerst die alte Frau mit dem Karren, dann der verlassene Holzplatz und jetzt der alte Mann. Eine alte Frau, ein verkommener Holzplatz und ein alter Mann. Überraschungen sind es, aber ich bin doch neugierig, ob ich auch noch einem jüngeren Wesen begegnen werde.

»Gott vergelt's Euch, Alter«, antwortete er. »Seid mir herzlich gegrüßt.«

Der alte Mann setzte bedächtig einen Fuß vor den anderen und blickte auf das Holz und die Bretter, die der Wagnergeselle zusammengestellt hatte. Er griff nach einem Brett und prüfte es wie ein erfahrener Zimmermann, indem er es gerade ausgerichtet vors Auge hob.

»Was machst du da?« fragte er. »Du bist fleißig. Scheint mir gute Arbeit zu sein, was du hier getan hast.«

»Ihr versteht etwas davon?« fragte der Wagnergeselle freudig überrascht. »Schaut, ich baue einen Wagen zusammen, der von selbst fahren wird. Ich habe alle Teile aus dem Holz gearbeitet.«

»Seh ich, seh ich«, sagte der Alte. »Du hast recht getan. Aber dein Wagen wird nicht fahren.«

Der Wagnergeselle blickte den Alten fest und forschend an. Die Stimme des Alten war so bestimmt, daß man nichts gegen sie vorbringen konnte. Aber sie klang auch so vertrauenerweckend, daß der Wagnergeselle gern das Gespräch mit ihm fortsetzte.

»Dann müßt Ihr mir helfen«, meinte er. »Vielleicht fährt dann der Wagen von selbst. Was meint Ihr? Ich gebe Euch gern die Hälfte meines Essens, das ich im Ranzen habe. Ihr helft mir, und dann essen wir zusammen.«

Der alte Mann nickte, sagte nichts weiter und machte sich an die Arbeit. Er griff sich ein Brett, er fügte einen Balken zum anderen, er nahm die Achse und steckte ein Rad darauf. Der Wagnergeselle starrte ihn mit offenem Mund an und wollte seinen Augen nicht trauen. Die Holzteile schienen unter den Händen des Alten von selbst zusammenzuwachsen. Keine Kraft, keine Anstrengung waren nötig, um die Verbindungen herzustellen, und bevor er weiter nachdenken konnte, war schon zu sehen, daß aus den Brettern und Balken ein Wagen entstand.

»Stamm zu Stamm und Holz zum Bolzen, rund das Rad und blank der Rand«, murmelte der Alte und ging leichtfüßig um den halbfertigen Wagen herum.

»Was murmelt Ihr da?« fragte ihn der Wagnergeselle.

Der Alte hob den Kopf und richtete die hellen grauen Augen auf den Wagnergesellen.

»Ich freue mich«, sagte der alte Mann, »daß du so freigebig bist, dein Essen mit mir teilen willst und daß du so freundlich und fröhlich gewesen bist. So einem begegnet man nicht alle Tage.«

Dann schwieg er wieder und fuhr mit der Arbeit fort.
»Stamm zu Stamm und Holz zu Holz«, hörte ihn der Wagnergeselle murmeln.
Und plötzlich stand vor ihm der fertige Wagen, so schön gebaut, wie ihn nicht einmal der Vater des Wagnergesellen zustande gebracht hätte. Und der war ein hochgeachteter Meister seines Fachs gewesen.
»Alter, he«, stieß er hervor. »Sehe ich recht? Ja, was ist denn das? Wie, was geschieht denn jetzt? Bei meiner Seel, da glaube ich auch, daß der Wagen von selbst fahren kann.«
Der Alte richtete sich auf, er schien mit seinen alten Beinen ein wenig tanzen zu wollen und bewegte sich beinahe hüpfend um den schönen neuen Wagen, als er sagte:
»Der kann's! Hast recht, Gesell, und schnell nun auf den Bock, sonst geht übern Stock und Stein die Fahrt allein, und du bleibst da.«
Das ließ sich der Wagnergeselle nicht zweimal sagen. Rasch packte er seine Sachen zusammen, holte Brot und Käse aus dem Ranzen, sprang auf den Wagen und rief:
»Danke, Alter, danke! Und da, nehmt das Essen, laßt es Euch schmekken! Sagte ich nicht, ein Wagnergeselle, der geht nicht zu Fuß, der fährt?«
Und er wollte dem Alten das Essen reichen und meinte, nun könne die Fahrt über Stock und Stein beginnen, und es gebe kein Halten mehr für solch ein Zaubergefährt, das so geheimnisvoll entstanden war. Aber der alte Mann hielt ihn zurück und sagte, als er das Essen entgegennahm:
»Warte, nimm die Gerte! Wenn du sie langsam schwingst, fährt der Wagen langsam, schwingst du sie schnell, fährt er schnell. Doch nur dann, wenn du mir versprichst, alle im Wagen mitzunehmen, denen du im Wald begegnest.«
Wo hat er denn plötzlich die Gerte her? dachte der Wagnergeselle. Aber da er heute schon gelernt hatte, sich nicht zu wundern, nahm er alles, wie's kam, ohne weiter zu fragen, und sagte sich, daß es besser ja nicht gehen oder fahren könne, wenn er obendrein ein Instrument in die Hand bekäme, das ihn schneller oder langsamer vorankommen lasse, gerade so, wie's ihm genehm sei.
»Gern, Alter, gern«, sagte er und griff nach der Gerte.

»Herzlichen Dank. Ich werde es Euch nicht vergessen. Einen schönen Tag noch!«
Und er schwang die Gerte so kräftig, daß der Wagen sich mit einem Ruck in Bewegung setzte und ihn fortführte, weg vom Holzplatz, auf dem der alte Mann zurückblieb und ihm nachsah. Er winkte mit dem linken Arm, er sah sich noch einmal um, und da war nichts mehr von dem Alten zu sehen. Die aufziehenden Schatten, das Zwielicht des beginnenden Abends schienen ihn aufgeschluckt zu haben. Und so blickte er nach vorn und ermunterte durch fröhliches Schwingen der Gerte seinen Wagen zu schneller Fahrt.
Lange wird's nicht mehr gehen, dachte er. Bei Dunkelheit bleibe ich am besten stehen und lege eine Pause ein. Nur noch bis zur nächsten Lichtung, dann, mein Wägelchen, wird Ruhe sein. Ich werde mir's auf dir bequem machen bis zum nächsten Morgen und alle viere von mir strekken. Verdient habe ich die Ruhe. Wer hätte heute morgen gedacht, daß in ein paar Stunden so viel passieren kann?
Um nicht bei dem Gedanken an die baldige Ruhe und den geruhsamen Schlaf einzunicken, meinte er, es sei an der Zeit, dem Wald und dem Abend ein Ständchen zu bringen. So erhob er die Stimme und ließ sie laut und kräftig vernehmen.

»Das Fahren ist des Wagners Lust,
Das Fahren.
Es müßt ein schlechter Wagner sein,
dem niemals fiel das Fahren ein,
Das Fahren.
Vom Alten habe ich's gelernt,
Vom Alten.
Hab Dank bei Tag,
hab Dank bei Nacht,
du hast mich wunderbar bedacht,
du Alter.«

So sang er fröhlich und dankbar vor sich hin und mußte seine Gerte schwingen, um den Wagen zu bremsen, als plötzlich ein dünner Langer in den Weg stolperte und vor das Gefährt trat.

»Hoppla, das hätte aber schiefgehen können!« rief er. »Ich fahre dir die langen Beine um, und was dann?«
Da sah er, daß der dürre Lange mit dem Arm winkte und mitgenommen werden wollte. Und gleich erinnerte er sich an die Worte des alten Mannes vom Holzplatz.
»Ach so«, sagte er, »mitgenommen werden willst du. Dann bist du der erste, der mir begegnet. Aufgesprungen, also! Und du, mein Gertlein, sollst wieder frisch geschwungen sein.«
Der dürre Lange legte ein Bein auf den Wagen, stützte sich auf, zog das andere Bein nach, und schon saß er oben.
Die Fahrt ging noch kurze Zeit weiter, und der Wagnergeselle hätte eigentlich gern mit dem dürren Langen ein Gespräch begonnen. Aber der schien mit Stummheit geschlagen zu sein und verlor nicht ein Wort. Auch dann nicht, als der Wagnergeselle den Wagen anhielt und vorschlug, sich für die Nacht einzurichten. Er nahm zwar gern ein Stück Brot und Käse entgegen, hockte sich auf den Boden und blickte vor sich hin, aber nicht ein Wörtchen war ihm zu entlocken.
Auch gut, dachte der Wagnergeselle, legte sich, ohne sich weiter um den Langen zu kümmern, auf den Wagen und sah zu, daß er einschlief. Es war ein voller Tag gewesen, das spürte er in allen Gliedern. Und im Kopf ging's wie mit schweren Mühlrädern auf und ab, wenn er nur vorbeiziehen ließ, was er heute alles erlebt hatte.
Auch am nächsten Morgen war Langbein nicht bereit, den Mund aufzumachen, aber wieder war er mit einem Satz auf dem Wagen, als der Wagnergeselle die Gerte schwang und zum Abfahren ermunterte. Sie waren erst kurze Zeit gemächlich durch den Wald gerollt, als sich jemand in den Weg stellte. Unter einer hohen Tanne stand ein Mann. Er hatte das rechte Bein weit ausgestellt und schwang an einer Schnur zwei goldene Kugeln im Kreis herum. Der Wagnergeselle mußte anhalten, wollte er nicht von den sausenden Kugeln getroffen werden.
»Was hat denn das nur wieder zu bedeuten?« fragte er. »Aber ich hab's ja versprochen. Aufsitzen, mein Freund! Wo ein Langbeiniger sitzt, hat auch ein Goldkugelmann Platz. Und da ich dich nicht ziehen muß und nur mein Gertlein zu schwingen habe, soll's mir recht sein.«
Da hielt der Goldkugelmann mit dem Schwung der Kugeln inne, hängte sie sich über den Rücken und stieg auf den Wagen.

»Hast du auch die Stimme verloren?« fragte der Wagnergeselle, als der Goldkugelmann nur freundlich lächelte, aber nichts sagte. »Da klaube ich mir ja eine stumme Gesellschaft zusammen«, meinte er. »Wenn euch der Alte schickt, hat er vergessen, daß mir eine lustige Unterhaltung doch sehr willkommen wäre.«
Aber es war nichts zu machen. Und so begnügte sich der Wagnergeselle damit, wieder sein Liedchen anzustimmen und zu hoffen, daß die beiden nur stumm und nicht auch taub waren.
Wieder ging's angenehm schnell voran, die Luft war frisch, und der Morgenwind wehte den Geruch der grünen Nadeln und der feuchten Blätter heran, so daß es für den singenden Wagnergesellen ein rechtes Vergnügen war.
Bald lichtete sich der Wald, und schon war abzusehen, daß sie bald ins Ackerland hinauskämen.
»Ja, was steht denn da?« rief der Wagnergeselle, als sie die Wegbiegung erreichten, die geradewegs ins freie Land führte. Da stand, die Beine weit gespreizt, ein schwerer, breiter Mann in der Fahrspur und hatte den Mund wie ein Scheunentor aufgerissen.
»Wenn du deinen Mund noch weiter aufreißt, fahre ich dir die ganze Fuhre in den Magen«, sagte lachend der Wagnergeselle und brachte mit seiner Gerte den Wagen zum Stehen.
»Trotzdem einen schönen guten Tag. Und da ich's mir denken kann, daß du der dritte bist: Pack dich zu den anderen! Nur eins sage ich dir: Halt dein Maul im Zaum. Es ist kein gutes Gefühl, wenn hinten so einer wie du sitzt. Es ist beinah, als müßte man jeden Augenblick fürchten, hinuntergeschluckt zu werden. Und jetzt, meine Herren, wollen wir zusehen, daß wir ein Wirtshaus finden.«
So fuhren der Wagnergeselle, Langbein, Kugelmann und Großmaul, bis sie in ein Dorf kamen und den Wagen auf dem Marktplatz abstellten, gerade vor dem Wirtshaus und gegenüber der Kirche. Der Wagnergeselle stieg ab, ging ins Wirtshaus und fragte nach, ob's ein Quartier für die Nacht gäbe, das seinen Geldbeutel nicht allzusehr schmerze. Er hatte Glück, quartierte die drei stummen Begleiter in ein Zimmer ein und nahm sich eine Kammer daneben.
Möglicherweise hatte ihm der Wirt das Quartier besonders billig gegeben, weil er durchs Fenster die Begleitung des Wagnergesellen gesehen

hatte. Großmaul hatte gerade furchtbar gähnen müssen, und sein Mund hatte so weit offengestanden, daß dem Wirt angst und bange geworden war. Und er hatte sich gesagt: Mit denen mußt du dich gut stellen, sonst schluckt dir der Kerl das ganze Wirtshaus mitsamt der Küche hinunter.

Aber er bat den Wagnergesellen, die drei nicht zum Essen in die Wirtsstube mitzubringen, denn die Gäste würden schnell die Flucht ergreifen, wenn sie eine so seltsame Gesellschaft erblickten. Also ließ der Wirt Brot und Wein und einen Teller voll mit Würsten auf das Zimmer der drei bringen. Die machten sich stumm, aber mit großem Appetit ans Essen und legten sich dann schlafen. Langbein freilich mußte auf dem Boden liegen, denn für ihn war jedes Bett zu klein geraten. Und auch der große Mund von Großmaul war nur schwer unterzubringen.

Der Wagnergeselle setzte sich noch eine halbe Stunde in die Wirtsstube und sah den Augen des Wirtes an, daß dieser ihn gern über die drei Kerle ausgefragt hätte. Aber da er selbst nicht mehr über sie wußte, als daß sie sich ihm in den Weg gestellt hatten, schwieg er lieber und trank sein Bier in kleinen Schlucken.

Wieder ein Tag, dachte er, der mir mehr brachte, als ich erwartet hatte. Wenn das so weitergeht, werde ich diese Wanderschaft nicht bereuen. Was hätte ich denn zu Hause erlebt? Und nur um die Not zu teilen, möchte keiner bleiben, wo er ist.

So ging er zufrieden zu Bett und schlief gleich ein, so müde war er.

Früh am nächsten Morgen waren schon einige Leute unterwegs, die zur Arbeit oder zur Messe in die Kirche gingen. Langsam erwachte das Dorf. Überall wurden die Läden zurückgeschlagen, aber manch einer blinzelte noch verschlafen in die Sonne, deren erste Strahlen auf dem Dach des Kirchturms glänzten. Vor dem Wirtshaus stand der Wagen, und hinten hingen die goldenen Kugeln herab.

Da kam eine Magd aus dem Wirtshaus. Sie sah sich um und lief zum Wagen. Sie wollte nicht gesehen werden und machte ein Gesicht, als ob sie etwas vorhätte, das verborgen bleiben sollte. Als sie vor den goldenen Kugeln stand, sprach sie zu sich: »Oh, haben die geleuchtet heute morgen, als ich zum erstenmal aus dem Fenster schaute! Jetzt ist's zuviel, jetzt sind sie mein. Zwei goldene Kugeln passen gerade in meine Schürze. Was hängen die sich denn auch so einfach vor meine Nase, als wollten sie sagen: Nimm uns mit, nimm uns mit! So läutet mir's jedenfalls in den Ohren.«

Die Kugeln schienen sie anzuziehen, die Kugeln ließen sie alles vergessen. Die Hände zuckten ihr, das Gesicht glänzte vor Anstrengung. Sie hob mit der einen Hand die Schürze hoch und griff mit der anderen nach der Kugel. Sie ließ die Schürze wieder fallen und streckte beide Hände aus. Doch kaum hatte sie die Kugeln mit den Händen berührt, da schrie sie auf:

»Ach, meine Hände! Fest, fest! Ich komm nicht mehr los, nicht mehr los von den Kugeln! Zu Hilfe! Nein, nicht, nicht! Mein Gott, wenn mich jemand hört und sieht, daß ich die Kugeln stehlen wollte!«

Aber schon war sie gehört worden. Eine Bäuerin kam vorbei. Sie trug eine Mistgabel auf der Schulter und hatte den Hilferuf der Magd gehört. Neugierig trat sie an den Wagen heran.

Und sie rief erstaunt: »Was sehe ich? Da macht sich doch jemand an einem fremden Wagen zu schaffen. Willst wohl stehlen, freches, junges Ding? Warte, dir geb ich eins mit der Mistgabel auf den Hintern. Da wird dir der Appetit gleich vergehen. Wär ja noch schöner, in unserem ehrlichen Dorf!«

Und sie wollte der Magd mit der Mistgabel einen Streich versetzen, doch kaum hatte sie die Magd berührt, so blieb auch sie kleben und mußte einsehen, daß sie so schnell nicht aufs Feld, aber auch nicht zurück auf den Bauernhof kommen konnte.

»Was ... was ... ich ... ich komme nicht mehr los!« jammerte sie. »Kann strampeln, wie ich will. Frau, du und ich, jetzt hängen wir zwei am funkelnden Gold. Wär ja schon recht, eine Kugel für mich und eine für dich, aber da muß erst einer kommen und uns abknüpfen.«

Während sie noch zeterte und überlegte, kam ein Müller daher. Er trug einen Sack Mehl auf dem Rücken und blieb verwundert stehen, als er die beiden Frauen hinter dem Wagen zappeln sah. Er warf den Sack zu Boden und trat näher heran. Das wollte er doch genau sehen, was da sich mit Geschrei und Gestrampel abspielte.

»Da schau her«, sagte er, »da sind ja zwei schon am frühen Morgen damit beschäftigt, etwas abzustauben. Da möchte ich mit von der Partie sein, wenn man goldene Kugeln so einfach abknüpfen kann. Soll ich denn meinen Mehlsack noch länger schleppen, wenn mich eine goldene

Kugel zum reichen Mann macht? Also, meine Damen, eine Kugel für euch und eine für mich. Wenn ihr nicht teilen wollt, nehme ich beide.«
Gierig streckte er die Hände aus und griff zu. Und schon klebte auch er am Gold fest und schrie:
»Wollt ihr mich wohl loslassen? Verflixt noch mal, loslassen, sage ich!«
Aber je mehr er zeterte und zappelte, um so enger hing er mit den Frauen und den beiden Goldkugeln zusammen.
»Dummkopf, Mehlkopf!« sagte die Bäuerin. »Siehst du nicht, daß auch wir an den vermaledeiten Kugeln kleben? Fest, fest, fest. Das hast du dir zu schön ausgedacht, uns die Kugeln streitig zu machen. Nein, mein Lieber: mitgegriffen, mitgehangen. Willkommen in unserer Gesellschaft!«
»Das hält und klebt wie angewachsen«, sagte die Magd verzweifelt.
»Dann ist's das beste«, meinte der Müller, »nicht zu schreien. Abwarten, sag ich! Duckt euch, damit euch niemand sieht. Kommt Zeit, kommt Rat.«
Das war freilich leichter gesagt als getan. Und die drei hatten rechte Mühe, sich so hinter dem Wagen zusammenzukauern, daß niemand sie sah, wenn er aus dem Wirtshaus kam.
Und schon ging die Tür auf, und pfeifend kam der Wagnergeselle heraus, und mit ihm Langbein, Kugelmann und Großmaul. Die frische Unternehmungslust stand ihm ins Gesicht geschrieben, und *hopp,* mit einem Satz saß er vorn auf und wartete kaum ab, bis seine Begleiter hinten Platz genommen hatten. Die Gerte strich durch die Luft, lustig ging's voran, und er merkte nicht, daß sein Wägelchen wieder Zuwachs erhalten hatte. Denn hinten stolperten und torkelten die Magd, die Bäuerin und der Müller, so gut oder so schlecht es eben ging. Sie kamen ganz außer Atem und hüpften sich die Füße wund und verrenkten sich die Glieder, um nicht umgerissen und am Boden mitgeschleift zu werden. Für die, die auf dem Wagen fuhren, war's eine lustige und luftige Fahrt. Für die, die hinten hingen, war's ein böses Spiel, das ihnen ihre Goldgier aus den Augen trieb. Der Wagnergeselle aber sang mit lauter Stimme vor sich hin:

»Oh, Fahren, Fahren, meine Lust,
Oh, Fahren!
Komm, Langbein du und Kugelmann,
komm, Großmaul, fangt zu fahren an,
zu fahren.«

So fuhren sie vergnügt, bis sie am frühen Nachmittag in die Stadt kamen. Die Leute, die auf den Straßen gingen, starrten das seltsame Gefährt an, das vorn mit drei Kerlen bepackt war, wie man sie noch nie gesehen hatte, und das hinten drei Leutchen mit sich zog, die einen dauern konnten, wenn man sah, wie sie gerüttelt und geschüttelt wurden.
Als der Wagen in die Hauptstraße einbog, sah der Wagnergeselle vor sich einen großen Platz und jenseits des Platzes ein Schloß mit vielen Türmchen und Fenstern.
»Da schaut, meine Freunde!« rief er, um sich verständlich zu machen, denn die Räder des Wagens holperten laut über das Kopfsteinpflaster der Straße. »Schaut, da steht ein Schloß. Wir wollen schnurstracks hineinfahren. Vielleicht sucht der König einen Wagnergesellen.«
Und schon bogen sie in den Platz ein. Der Wagnergeselle wunderte sich, daß so viele Leute stehenblieben, lachten und mit den Händen deuteten. Er dachte aber, das liege daran, daß sie sich die Hälse nach Großmaul verrenkten, der zwischen Langbein und Goldkugelmann saß.
Mitten auf dem Platz und gerade vor dem Schloß ließ der Wagnergeselle den Wagen anhalten, als ein lautes und durchdringendes Lachen ihn von den Gedanken über Großmaul abbrachte.
Im ersten Stockwerk des Schlosses stand ein Fenster weit offen, und aus dem Fenster schaute ein Mädchen, das lachte und lachte und brachte den Mund vor lauter Lachen nicht mehr zu. Es hielt sich die Backen und dann die Seiten und wurde vom Lachen geschüttelt. Ihr Lachen war auf dem ganzen Platz zu hören, ihr Lachen schwirrte in der Luft und drang in die Köpfe der Leute, ihr Lachen steckte an und machte alles fröhlich. Die Häuser schienen auf einmal zu glänzen, die Blätter der Bäume schienen sich zu schütteln, die Tauben gurrten und scharrten auf dem Boden, flogen auf und stoben über den Platz und ließen sich auf dem Türmchen über dem Fenster nieder, aus dem das Lachen gekom-

men war. Das Lachen wollte nicht aufhören, das Mädchen im Fenster klatschte vor Freude in die Hände, das Lachen kullerte ihr aus dem Mund, und aus der Nähe hätte man gesehen, daß ihr vor lauter Lachen die Tränen kamen, so glücklich mußte sie sein.
Ein Gemüsehändler stieß einen Bauern an und sagte: »Unsere Prinzessin hat gelacht. Hast du's gehört? Sie lacht.«
»Mußt du nicht auch lachen«, meinte der Bauer darauf, »wenn du dir ansiehst, was da vorbeirumpelt? Freilich, jetzt hat mich die Prinzessin mit ihrem Lachen angesteckt. Und es ist eine Freude, daß ... doch schau den Wagen an ...«
»Schon, schon«, schnappte der Gemüsehändler ganz aufgeregt. »Aber die Prinzessin! Bäuerlein, weißt du nicht, daß sie seit ihrer Geburt nicht gelacht hat? Nie, verstehst du? Und sie wird den heiraten, der sie zum erstenmal zum Lachen bringt. Ja, so lautet die Prophezeiung.«
»Das ist freilich zum Lachen«, schluchzte der Bauer, »die Prin... Prinzessin, den ... den ... oh, ich ...«
Der Gemüsehändler bekam einen ganz roten Kopf vor lauter Freude und rief: »Das, das gibt ein Fest, kein ... doch, ein Hochzeitslachfest. Stell dir vor, der König läßt ein großes Hochzeitsfest richten. Und wir kommen alle auf den Schloßplatz und lachen und lachen, bis unsere Bäuche wackeln, weil wir so froh sind, daß die Prinzessin nicht mehr mit dem traurigen Gesicht umherläuft, sondern lachen kann wie wir.«
»Ich muß nach Hause«, sagte der Bauer und schnappte nach Luft. »Wenn das so ist, muß ich's gleich meiner Frau sagen, damit sie mitlacht. Ich sag dir, die kann lachen, die hat immer was zu lachen. Aber wenn sie nun hört, daß unsere Prinzessin lacht, wird meine Frau lachen, wie sie nie gelacht hat, das weiß ich. Sind das ... sind das Zeiten! Alle lachen. Und immer noch lacht die Prinzessin. Ich kann's gar nicht glauben.«
Und der Bauer klopfte dem Gemüsehändler auf die Schulter und drängte sich zwischen den Leuten durch, die alle zum Schloßfenster hinaufschauten. Er hatte es sehr eilig, die Neuigkeit seiner Frau nach Hause zu bringen.
Da wurde das Lachen der Prinzessin stiller, und der Wagnergeselle sprang vom Wagen, stellte sich neben den Wagen, zog den Hut und rief zum Fenster hinauf:

»Gottes Segen und einen schönen guten Tag, liebes Fräulein! So herzlich hörte ich noch niemanden lachen. Ihr müßt ein recht glückliches Kind sein. Und wenn es wahr sein sollte, daß Ihr gelacht habt, weil ich und meine Kerle gekommen sind, dann freut es mich doppelt. Es ist nicht immer leicht, jemanden zum Lachen zu bringen, und manchmal war's auch mir eher zum Weinen. Aber seit ich Euer Lachen hörte, ist mir, als könnte die Freude im Herzen gar nicht mehr aufhören. Langbein, Kugelmann, Großmaul, hier bleiben wir! Wenn wir mit soviel Lachen und Freundlichkeit empfangen werden, gibt's nicht mehr viel zu überlegen. Ich habe so ein Gefühl in mir, daß wir nicht schlecht gelandet sind in dieser Stadt.«

Langbein, Kugelmann und Großmaul stiegen bedächtig vom Wagen. Und nun hatten die Leute erst recht etwas zum Staunen. Denn drei solche Gestalten, wer hatte die schon einmal gesehen? Man hätte sich vor ihnen eigentlich fürchten müssen, aber wie sie so unbeweglich dastanden und vor sich hinblickten, nichts sagten und warteten, was der Wagnergeselle vorhatte, waren sie eher zum Lachen als zum Fürchten.

Der Wagnergeselle fragte nach Quartier und hatte es nicht schwer, eine gute Herberge zu finden. Die Wirte rissen sich darum, ihn und die drei aufzunehmen, denn er war es ja gewesen, der die Prinzessin zum Lachen gebracht hatte. Und wenn der, der die Prinzessin zum Lachen gebracht hatte, die Prinzessin heiraten sollte, war's richtig, sich gut mit ihm zu stellen.

Während der Wagnergeselle mit den Wirten sprach, ging Kugelmann um den Wagen herum, zog die Kugeln an sich und befreite damit die Magd, die Bäuerin und den Müller. Ängstlich und aneinandergedrängt hatten sie sich geduckt, um nur ja nicht aufzufallen. Und nun hatten sie Angst, bestraft zu werden, weil es sich doch nicht verbergen ließ, daß sie hatten stehlen wollen. Aber Kugelmann tat ihnen nichts zuleide, sondern gab ihnen einen Schubs und machte mit dem Kopf ein Zeichen, daß sie weglaufen sollten. Mit dem Laufen war's freilich nicht besonders gut bestellt, denn die Füße taten ihnen weh, und die Aussicht, den weiten Weg zu Fuß zurückgehen zu müssen, machte sie nicht munterer. Aber sie waren froh, die Kugeln endlich los zu sein, und verschwanden in einer Seitengasse.

Auch im Schloß hatte sich die Nachricht vom Lachen der Prinzessin

schnell verbreitet. Alle waren aufgeregt, und auch der König und die Königin waren froh und glücklich gewesen, als sie das Lachen der Prinzessin gehört hatten. Dann aber war die Prinzessin in das Zimmer ihrer Eltern geeilt und hatte erzählt, wer sie zum Lachen gebracht hatte.
»Ich will ihn nicht, ich will ihn nicht!« rief sie immer wieder und schüttelte den Kopf. Die ganze Freude war aus ihrem Gesicht verflogen, und nur noch Ablehnung und Ärger blitzten jetzt aus ihren Augen.
»Du hast laut und herzlich gelacht«, sagte bedächtig der König. »So laut, daß es das ganze Königreich hören konnte.«
Die Königin trat zur Prinzessin, legte einen Arm um sie und sagte: »Weißt du, ein wenig leiser wäre besser gewesen. Niemand hätte zugehört, und wir hätten die ganze Geschichte vertuschen können.«
»Oh, ihr habt den Wagen nicht gesehen«, schluchzte die Prinzessin. »Oben der Fuhrmann, einer mit einem riesigen Maul, einer mit spinnenlangen Beinen und ein Dicker. Und hinten am Wagen baumelten drei weitere, wie aneinandergeklebt. Da mußte ich einfach lachen. Und wenn ich nur daran denke, hüpft mir gleich wieder der Bauch. Aber ... aber ich kann nicht, ich will nicht, das müßt ihr doch einsehen!«
Der König schien nachzudenken, legte die Stirn in Falten und zog mit einer Hand nervös an den Fingern der anderen Hand. Das tat er immer, wenn er nicht weiter wußte.
»Ach, Kind«, sagte der König, »wir sind so froh, daß du gelacht hast. Seit Jahren haben wir darauf gewartet.«
»Aber einen Fuhrmann zum Schwiegersohn, puh!« sagte die Königin.
»Fahrendes Gesindel ist's«, brummte der König. »Ich könnte sie verhaften lassen, aber ...«
»Nein, lieber nicht!« unterbrach ihn die Königin. »Dann käme sicher Unglück auf uns herab.«
Die Prinzessin begann zu weinen. Sie zog an ihrem Kleid, suchte nach einem Taschentuch, konnte aber keines finden.
»Ich will, ich will keinen Fuhrknecht zum Mann! Ich, nein, nein, ich will nicht, ich will nicht!«
»Dann laß uns überlegen, was wir tun können«, meinte der König begütigend. »Ich sollte den jungen Mann auf die Probe stellen. Wenn ich ihm zwei schwere Aufgaben stelle, die er nicht lösen kann, dann werden wir ihn vielleicht ganz einfach los.«

»Papa, ja, Papa!« rief die Prinzessin. »Dir wird schon etwas einfallen. Aber den Fuhrknecht, den muß ich nicht heiraten.«
Da wurde die Tür aufgerissen, und polternd stürzte der Hofmarschall herein. Beinahe wäre er der Prinzessin vor die Füße gefallen.
»Hofmarschall, du störst!« herrschte ihn der König an.
Aber der Hofmarschall zitterte am ganzen Leib, man sah ihm an, daß er eine Neuigkeit loswerden mußte, wollte er nicht zerplatzen.
»Majestät, Majestät! Ein Unglück, ein Unglück!« stotterte er. »Die Leute ... die Leute auf dem Marktplatz haben dem Fremden erzählt ... gesagt ... die Leute ...«
»Ja, was haben sie denn gesagt?« fragte der König ungeduldig.
»Die Leute kennen doch alle die Prophezeiung«, sagte der Hofmarschall. »Und sie haben den seltsamen Fremden beglückwünscht und gelacht.«
»Sie haben ... sie haben gelacht?« rief die Prinzessin. »Sie haben mich ausgelacht! Oh, das ist schrecklich, das kann ich nicht ertragen! Oh, hätte ich doch nicht gelacht!«
»Kind, versündige dich nicht«, sagte die Königin. »Haben wir nicht seit deinen Kindertagen gewartet, geweint und gewartet? Aber so, so hätte es nicht kommen dürfen.«
»Und jetzt steht der Fuhrmann vor der Tür«, sagte der Hofmarschall. »Er will sich als Schwiegersohn vorstellen. Soll ich ihn verhaften lassen?«
»Nein«, sagte der König entschlossen, »er soll hereinkommen.«
»Wenn Ihr meint. Aber ... aber ich hätte ...«, versuchte der Hofmarschall hinzuzufügen.
»Herein, sage ich, herein mit dem Anführer des Gesindels!« befahl der König.
So ging der Hofmarschall zur Tür und ließ den Wagnergesellen herein. Der schaute sich unerschrocken um, ging auf den König zu und wollte ihm die Hand schütteln. Der König aber gab ihm die Hand nicht, sondern stand mit verschlossenem Gesicht da und wartete ab.
»Gottes Segen, Herr König«, sagte der Wagnergeselle. »Und einen schönen guten Abend. Ich bin gekommen, weil die Leute mir sagten ...«
»Sie sagten ... was sagten sie denn?« stieß der König kaum hörbar hervor.

»Drei Bisse, und weg das Brot.«

»Gut gemacht, Großmaul!« sagte zufrieden der Wagnergeselle und schickte sich an, ihm die weiteren Brote in den Mund zu schieben. Drei Laibe Brot, die hätten genügt, um die Aufgabe zu erfüllen. Aber aus Vergnügen und um dem König zu zeigen, daß er sich nicht in Verlegenheit bringen ließ, schob der Wagnergeselle noch einen vierten Laib nach. Auch diesen schluckte Großmaul wie nichts, griff sich dann den Bierkübel und soff ihn in einem Zug aus, wie um das Brot hinunterzuspülen. Dann ging er zufrieden ein paar Schritte zur Seite.

»Die erste Aufgabe hast du gelöst«, sagte der König. »Was aber ist mit meinem Quellwasser?«

»Paßt nur auf«, antwortete der Wagnergeselle und griff nach dem Wasserkrug, den der Hofmarschall bereitgestellt hatte. »Da, Langbein, nimm den Krug. Und jetzt lauf!«

Und erschrocken wich er zurück, als Langbein plötzlich fragte: »Wie lang soll's dauern?«

»Du kannst also doch reden«, sagte der Wagnergeselle. »Gestern abend, als ich euch fragte, ob ihr mitmachen wollt bei diesem Spiel, habt ihr nur mit den Köpfen genickt. Aber laß gut sein. Du hast eine halbe Stunde Zeit.«

»Majestät«, sagte der Langbeinige mit hohler, hoher Stimme, daß den Leuten und dem König ganz unwohl wurde, »in fünf Minuten wird serviert.«

»Das glaube ich nicht«, sagte der König. Aber seine Stimme zitterte.

Langbein machte einen gewaltigen Satz und verschwand. War er über die Leute hinweggesprungen? Manche hatten sich geduckt, als er zum Sprung angesetzt hatte. Aber ehe sie sich's versahen, war der Lange weg, und sie konnten sich nur mit offenem Mund umblicken.

Der Wagnergeselle aber ging auf Goldkugelmann zu und fragte ihn leise: »Spielt er den Angeber? Verspricht er, was er nicht halten kann?«

»Mach dir keine Sorgen«, antwortete Goldkugelmann mit kratzender Stimme. »Ich werfe ihm eine meiner Kugeln nach. Die soll in der Luft über ihm zischen und ihn anspornen, ihm vorauseilen. Dann schafft er's leicht.«

Und er stellte sich breitbeinig hin und wirbelte eine der Kugeln an dem langen Seil herum. Erschrocken zog der König den Kopf ein, und auch

alle anderen duckten sich, als sie über sich das Sausen der Kugel hörten.
Goldkugelmann ließ das Seil los, und die Kugel flog in die Richtung, in der Langbein verschwunden war.
»Du hast seltsame Begleiter auf deinem Wagen mitgebracht«, sagte der König zum Wagnergesellen, als er sich von seinem Schrecken erholt hatte.
»Auf was man eben so stößt, wenn man durch Euer Königreich reist«, meinte der Wagnergeselle belustigt. »Aber eines müßt Ihr zugeben: Großmaul hat gut geschluckt.«
Kaum hatte Großmaul seinen Namen gehört, als er sich herandrängte und drohend sagte: »Ich könnte auch den König schlucken.«
»Mach keine dummen Späße!« rief der König entsetzt.
»Wenn es sein soll, auch die Königin dazu«, knurrte Großmaul.
»Der ... der ist ja zum Fürchten«, sagte die Königin.
»Keine Angst, Frau Königin«, beruhigte sie der Wagnergeselle, »der schluckt nur, wenn ich es will.«
Da hörte man aus der Menge rufen: »Der Lange, der Lange! Da, da, seht, er hat das Wasser! Der Lange kommt!«
Die Leute traten zur Seite, bildeten eine Gasse und ließen Langbein durch, der sich mit großen Schritten dem Schloßplatz näherte und den vollen Wasserkrug abstellte, als er beim König angelangt war.
Der König sah ihn ungläubig an, konnte aber der Versuchung nicht widerstehen, das Wasser zu kosten, und nahm einen großen Schluck aus dem Krug.
»Ah, schönes, frisches Wasser, aus der Quelle! Ich schmecke es. Das hast du gut gemacht. Aber aller guten Dinge sind drei, Wagnergeselle, und so habe ich beschlossen, daß du noch eine dritte Aufgabe lösen mußt. Du sollst meine Hasenherde bis morgen abend auf dem Feld hüten und darfst keinen verlieren.«
Der Wagnergeselle ärgerte sich. Das war doch nicht ausgemacht! Gestern hatte der König von zwei Aufgaben gesprochen, heute wollte er drei gelöst haben. Auch ein König sollte zu seinem Wort stehen, dachte er.
»Herr König, eine Hasenherde auf dem Feld zu hüten ...«, sagte er zögernd. »Wollt Ihr mich übers Ohr hauen? Aber was soll ich machen, ich werde mir die Hasen holen.«

Damit gab's auf dem Schloßplatz nichts mehr zu sehen. Der Hofmarschall klatschte in die Hände und sagte den Leuten, sie sollten nach Hause gehen. Der König kehrte mit der Königin und der Prinzessin ins Schloß zurück, und der Wagnergeselle wollte sich ein paar Stunden aufs Ohr legen, ehe er mit den Hasen auf die Weide ziehen sollte.
Während der ganzen Zeit hatte der König nachgedacht, und als er in seinem Arbeitszimmer angekommen war, hatte er sich einen Plan ausgedacht, der dem Wagnergesellen endgültig den Geschmack auf die Prinzessin verderben sollte.
Er sagte zur Prinzessin: »Wir müssen vorsorgen und sichergehen. Morgen verkleidest du dich als Lumpensammlerin und versuchst dem Wagnergesellen einen Hasen abzukaufen. Er hat ein gutes Herz, und wenn du ihn sehr bittest, wird er nicht nein sagen können.«
»Dir fällt doch immer etwas ein«, lächelte die Prinzessin. »Ich weiß zwar nicht, ob ich mich als Lumpensammlerin eigne, aber versuchen will ich's.«
Dann führte der Wagnergeselle die Hasen auf die Weide, die ihm der Hofmarschall anvertraut hatte. Aber nun bekam er selbst ein Hasenherz. Wie sollte er die Hasen zusammenhalten, die einmal dahin, einmal dorthin sprangen? Wie sie wieder einfangen auf einer Wiese, die kein Zaun umgab und auf der jeder Hause hinlaufen konnte, wohin er wollte?
So klatschte er in die Hände und versuchte, die Hasen zusammenzuscheuchen, sie nahe an einem Baum zu halten, unter den er sich erst einmal gesetzt hatte, um nachzudenken. Aber alles Denken hatte ihm diesmal nichts geholfen. Beinahe verzweifelt blickte er den Hasen nach, als plötzlich der alte Mann aus dem Wald neben ihm stand, der für ihn den Wagen gebaut hatte.
»Ihr kommt gerade recht, Alter«, sagte er erfreut. »Jetzt hat mich der König am Wickel, und die Prinzessin kriege ich nie. Wie soll ich die Hasen bis zum Abend zusammenhalten?«
Da zog der Alte ein Pfeifchen aus seinem Umhang und sagte: »Da weiß ich Rat. Nimm dieses Pfeifchen, blas darauf ein Lied, und du wirst sehen: Alle Hasen, so weit sie auch gelaufen sein mögen, werden zurückkehren.«
Ehe der Wagnergeselle sich noch fassen konnte, war der Alte wie vom Erdboden verschluckt.

»Wo seid Ihr?« rief der Wagnergeselle. »Ich wollte Euch doch noch Dankeschön sagen. Aber am besten probiere ich das Pfeifchen gleich aus.«
Er setzte das Pfeifchen an den Mund, und schon war ein langgezogener hoher Ton zu hören, der die Hasen geheimnisvoll anlockte, sie zurückrief, ob sie in den Wald gelaufen waren oder sich in einem Feld herumtrieben. Brav kamen sie angehoppelt, versammelten sich um den Wagnergesellen und tanzten um ihn, wenn er weiter auf dem Pfeifchen blies.
»Ein famoses Geschenk!« sprach der Wagnergeselle zu sich. »Die Rettung im letzten Augenblick. Und hätte ich das Pfeifchen nicht blasen können, hätte ich wohl aus dem letzten Loch gepfiffen. Ich weiß gar nicht, wie ich Euch danken soll, guter Alter aus dem Wald.«
Wie er noch so mit sich selber sprach, kam eine Lumpensammlerin des Weges und auf ihn zu. Sie trug einen Käfig in der Hand und hatte eng ums Gesicht und tief über die Stirn ein Kopftuch gezogen.
»Ja, wer besucht mich denn jetzt schon wieder in meiner Wildnis?« fragte belustigt der Wagnergeselle. »Eine Lumpensammlerin, wo kommt denn die her?«
Die als Lumpensammlerin verkleidete Prinzessin kam mit gebeugtem Rücken, so als fiele ihr jeder Schritt schwer, auf den Wagnergesellen zu und sprach mit verstellter Stimme:
»So viele Hasen! Da kannst du mir leicht einen verkaufen. Die Hasen auf dem Markt in der Stadt sind mir zu teuer. Ich bin arm und habe hungrige Kinder daheim. Ich gebe dir meine letzten Groschen dafür.«
»Diese Augen, diese Augen«, murmelte der Wagnergeselle leise, »die kenne ich doch, die kenne ich doch . . .«
»Was murmelst du da?« fragte die Lumpensammlerin.
»Ach nichts . . .«, sagte der Wagnergeselle rasch. »Verkaufen kann ich dir keinen Hasen. Aber wenn du nach meiner Pfeife tanzt, werde ich dir einen schenken.«
»Tanzen? Tanzen? Warum soll ich tanzen? Hier auf der Wiese? Na gut, da mich ja niemand sieht. Für einen Hasen werde ich tanzen.«
Der Wagnergeselle begann auf dem Pfeifchen zu spielen, daß die Töne nur so tanzten. Er pfiff hoch, er pfiff tief, er pfiff die Töne wild und

schnell hintereinander, so daß die Lumpensammlerin Mühe hatte, im Takt zu bleiben, und ihre schweren geflickten Kleider hochhob, damit sie es leichter hatte, die Füße zu bewegen. Der Wagnergeselle hatte seinen Spaß an den Sprüngen und Verrenkungen der Lumpensammlerin und gab ihr zum Dank für das Vergnügen einen Hasen. Sie war ganz außer Atem gekommen, schien jedoch Eile zu haben, steckte den Hasen in den Käfig, zog das Kopftuch zurecht und machte sich auf den Weg.

Sie lief durch den Wald und über die Wiesen in die Stadt hinein, und als sie sich ein wenig verschnaufen wollte und sich am Ende des Waldes auf einen Baumstamm setzte, hörte sie plötzlich den Ton den Pfeifchens, und bevor sie sich recht besann, sprang das Türchen des Käfigs auf, und der Hase hoppelte heraus. Sie sah nur noch das weiße Schwänzchen, dann war der Hase im Wald verschwunden und lief zurück zum Wagnergesellen.

Die Prinzessin aber riß sich das Kopftuch herunter und ging verzweifelt zum Schloß zurück und erzählte alles, was geschehen war, dem König und der Königin.

Ein paar Stunden später bekam der Wagnergeselle auf der Weide wieder Besuch. Eine alte Bettlerin bat ihn um einen Hasen.

»So, einen Hasen soll ich dir schenken?« fragte er. »Du kommst zu mir auf die Weide, um zu betteln. Das habe ich noch nie erlebt – eine Bettlerin, die zu einem Hirten herauskommt, um zu betteln. Bei einem Kuhhirten würdest du wohl um eine Kuh bitten.«

Die Königin, die sich als Bettlerin verkleidet hatte, streckte die Hände aus und sagte mit verstellter Stimme:

»Bitte, gib mir einen Hasen, einen einzigen, du hast doch so viele.«

»Wenn du wüßtest, wenn du wüßtest, daß . . . Diese Augen, diese Augen, habe ich sie nicht . . .«, murmelte der Wagnergeselle.

»Was murmelst du da?« fragte die Bettlerin.

»Ach, nichts«, antwortete der Wagnergeselle, »ich habe nur nachgedacht, und es scheint, als müßte ich viel nachdenken in diesem Königreich. Doch schenken kann ich dir den Hasen nicht.«

»Welche Bezahlung erwartest du von einer Bettlerin?«

»Du sollst ein wenig tanzen.«

»Ich soll tanzen?«

»Warte, erst wenn ich auf meinem Pfeifchen spiele, darfst du beginnen.«
Und er nahm das Pfeifchen zur Hand, spitzte vor Erwartung den Mund und begann zu pfeifen. Wie die Töne des Pfeifchens den Hasen in die Glieder gefahren waren, wie sie die Lumpensammlerin zum Hüpfen gebracht hatten, so mußte nun auch die Bettlerin die Beine heben, ob sie wollte oder nicht. Die Töne fuhren in sie hinein, rissen ihr die Hände hoch, wirbelten sie im Kreise herum, ließen sie Sprünge vollführen. Das drehte und hob, das zerrte und schob, das nahm sie einfach mit. Sie wurde getanzt, sie wurde bewegt, ohne sich wehren zu können. Aus ihren Augen schaute die Furcht auf den Wagnergesellen, der fröhlich pfeifend vor ihr stand und nicht aufhören wollte mit seiner entsetzlichen Musik.
»Aufhören, aufhören!« bat sie mit zitternder Stimme.
»Für einen ganzen Hasen muß man schon ein Weilchen tanzen«, meinte der Wagnergeselle und setzte das Pfeifchen ab. Augenblicklich war die Bettlerin von dem Zwang zu tanzen befreit und konnte wieder Luft schöpfen.
»Gut, gut getanzt . . . Frau, Frau, ach, da hätte ich mich ja beinahe versprochen!« sagte der Wagnergeselle. »Und jetzt sollst du deinen Hasen haben. Wenn du einen zweiten brauchst, kannst du gern wiederkommen. Aber eins sage ich dir: Für den zweiten Hasen mußt du länger tanzen und höhere Sprünge machen.«
»Danke, Hasenhirt!« sagte die als Bettlerin verkleidete Königin. »Ein Hase genügt mir.«
Und sie steckte den Hasen in die Tasche, die sie mitgebracht hatte, und humpelte zurück. Aber kaum war auch sie aus dem Wald herausgekommen, der die Weide von der Stadt trennte, ertönte hinter ihr das Pfeifchen. Und kaum besann sie sich recht, sprang der Hause auch schon aus der Tasche und lief, so schnell er konnte, auf die Weide zurück.
»Was brauche ich noch Bettlerkleider?« rief die Königin verzweifelt und warf ihren Umhang zu Boden. »Aber wenn mich jemand so sieht? Nein, ich muß mich wieder unkenntlich machen. So kann ich nicht durch die Stadt gehen.«
Sie hob den Umhang auf, wickelte sich bis zum Hals in das alte Tuch und sah zu, daß sie zum Schloß kam.

Wieder vergingen ein paar Stunden. Der Wagnergeselle saß vergnügt auf der Weide, blies sein Pfeifchen, während die Hasen um ihn herumtanzten, oder legte sich ins Gras, blickte in den Himmel und stellte sich vor, daß ihn die Prinzessin nicht böse, sondern freundlich ansah.
Eine tiefe Stimme riß ihn aus seinen Gedanken.
»Guter Hasenhirte«, sagte die Stimme, »du mußt mir helfen.«
Der Wagnergeselle setzte sich auf und sah einen Bettler vor sich.
»Ja, auf dich habe ich gerade noch gewartet«, sagte er barsch. »Lauter Lumpengesindel läuft hier herum. Lumpensammler und Bettler. Das will ja kein Ende nehmen. Willst auch du einen Hasen? Gibt's denn keine Schweine und Kühe mehr in der Gegend? Oder ißt man hier nur Hasenfleisch? Seltsam, seltsam.«
»Nur einen Hasen, gib mir nur einen!« bettelte mit verstellter Stimme der verkleidete König.
»Und was bekomme ich von dir?« fragte der Wagnergeselle.
»Was du willst.«
»Das solltest du nicht ein zweites Mal sagen. Paß auf, daß ich dich nicht beim Wort nehme!«
»Was kann ein Bettler schon geben?«
»Ja, ja, die Bettler. Gut, kannst du springen?«
»Was soll ich? Springen?«
Und er versuchte von einem Bein auf das andere zu hüpfen und sah dabei wie ein Storch aus, dem man ein Bein festgebunden hat.
»So, so, mhm, ja, was . . . was soll ich nun mit dir anstellen?« überlegte der Wagnergeselle. »Schlag so viele Purzelbäume, wie du kannst. Schlag so lange Purzelbäume, wie ich auf dem Pfeifchen blase.«
»Ich soll purzeln . . . Bäume purzeln?« stotterte der Bettler.
»Du willst doch einen Hasen haben, oder nicht?« fragte der Wagnergeselle listig.
»Ja, ja, ich will's . . . will's versuchen.«
»Warte, erst muß ich pfeifen.«
Der Bettlerkönig konnte sehen, welch ein Vergnügen es dem Wagnergesellen machte, zum Purzelbaumtanz aufzuspielen. Er hatte das Gefühl, daß ihn die Augen nur so anblitzten. Aber was sollte er tun? Er mußte den Hasen haben, er durfte ohne den Hasen nicht zum Schloß zurückkehren. Und der Wagnergeselle blies, daß die Töne nur so pur-

zelten, daß die Hasen alle heranhüpften und den König umtanzten. Und dann begann der verkleidete König selbst zu purzeln. Er beugte sich, er drehte sich, es zog ihn zusammen, daß die alten Knochen knackten, er rollte über den Boden, ob er wollte oder nicht. Die Töne packten und zwackten ihn, schoben ihn weiter und stellten ihn völlig auf den Kopf. Jetzt konnte er sich die Erde von unten besehen und rollte vor einem Hasenhirten auf dem Boden herum. War das eine Schande für den König! Aber immer neu stachelten ihn die Töne an, noch einmal und noch einmal ein Purzelbaum wurde aus ihm herausgedreht. Wie war der König froh, als der Wagnergeselle das Pfeifchen absetzte. Er konnte kein Wort mehr sprechen, alles tat ihm weh, der Bauch und der Rücken, die Arme und die Beine. Wortlos nahm er einen Hasen entgegen, steckte ihn in eine Tasche und kroch davon, ohne sich noch einmal umzusehen. Der Wagnergeselle ließ ihn eine Zeitlang glauben, seine List habe Erfolg gehabt. Erst als der König vor dem Schloßtor angekommen war, ertönte das Pfeifchen, und mit einem Satz befreite sich der Hase und rannte zurück auf die Weide.
Der König raufte sich vor Verzweiflung die Haare, stampfte mit den Füßen auf den Boden und rief: »Mein Hase, mein Hase! Ach, meine Tochter!« Er wollte schier verzweifeln.
Der Tag ging zur Neige, der Wagnergeselle hatte alle Hasen zusammenhalten können und zog mit ihnen, fröhlich das Pfeifchen blasend, in die Stadt zurück. Er meldete dem Hofmarschall, daß er die vom König gestellte Aufgabe erledigt habe, und wollte beim König vorgelassen werden.
Der Hofmarschall mußte tun, was der Wagnergeselle verlangte. Er gab den Auftrag, die Hasen in den Stall zu sperren, versäumte es aber nicht, sie vorher genau zu zählen. Nicht ein Hase fehlte.
»Bitte! Wenn's denn sein muß, dann komm«, sagte er zu dem Wagnergesellen und führte ihn in das Schloßzimmer, in dem der König, die Königin und die Prinzessin ratlos und mit verschlossenen Gesichtern saßen.
»Hofmarschall«, fragte der König, »hat der Wagnergeselle die Aufgaben gelöst?«
»Ja, Majestät, er hat alle Hasen zurückgebracht. Und gestern wart Ihr ja selbst Zeuge, als dieses Großmaul . . .«

»Schon gut, schon gut! Aber wart mal! Bursche, wie viele Beine hat ein Pferd?« fragte der König den Wagnergesellen.
»Vier, natürlich.«
»Und eine Kuh und ein Hase?« fragte der König weiter.
»Vier und vier«, antwortete der Wagnergeselle rasch. »Aber was wollt Ihr? Wir sollten zur Sache kommen, meint Ihr nicht auch?«
»Was heißt hier zur Sache?« stieß der König rasch hervor. »Ich habe zu bestimmen, über welche Sachen hier geredet wird. Und ich habe dich gefragt.«
»Der Herr König hat gefragt, und habe ich etwa nicht die richtige Antwort gegeben?«
»Hast du, hast du«, sagte der König. »Und weil du die richtige Antwort gegeben hast, sage ich dir jetzt: Es fehlt ein Bein, ein Bein fehlt, das ist doch klar.«
»Was soll fehlen?« fragte der Wagnergeselle verwundert und ärgerlich.
»Läuft ein Hase, läuft ein Pferd auf drei Beinen?«
»Natürlich nicht. Dann also auf vier Beinen. Das habe ich doch schon gesagt.«
»Also mußt du auch noch eine vierte Aufgabe lösen, ehe ich dir meine Tochter zur Frau geben kann. Du mußt drei Maß Wahrheit messen.«
»Gut, drei, nicht ein Maß mehr und keines weniger. König, so wie du es verlangst, soll es sein«, sagte der Wagnergeselle und betonte jedes Wort genau. »Und alle sollen zuschauen, wie ich die Wahrheit messe. Hofmarschall, laßt ausrufen, daß ich in einer Stunde auf dem Marktplatz drei Maß Wahrheit messen werde. Die Bürger sollen zusehen, ebenso der König, die Königin und Ihr, liebe Prinzessin. Herr König, Ihr müßt die Augen weit aufmachen, damit Ihr die Wahrheit seht.«
Da ließ der Hofmarschall in allen Straßen ausrufen, daß die Leute zum Platz vor dem Schloß kommen sollten. Der König lade sie ein, zuzusehen, wie die Wahrheit gemessen werde.
Und der Hofmarschall fügte hinzu: »Ihr werdet alle sehen, daß es nun aus ist mit dem Hochmut des nichtsnutzigen Wagnergesellen. Denn«, und dabei kicherte der Hofmarschall, »wer hat denn je die Wahrheit gemessen und noch dazu in drei Maß aufgeteilt? Was muß das für ein Tor sein, der sich darauf einläßt.«

Inzwischen waren Stühle aus dem Schloß gebracht worden, für den König, die Königin und die Prinzessin und auch für die Minister und die Hofdamen, denn alle sollten dabeisein, wenn die Wahrheit gemessen wurde. Eine Stunde verging, die Leute versammelten sich auf dem Platz. Die königliche Familie und der Hofstaat setzten sich auf die Stühle.

Da kam auch der Wagnergeselle herbei. Er trug drei Säcke und einen hölzernen Scheffel, mit dem man das Getreide zu messen pflegte und der genau drei Maß faßte. Mit ihm kamen Langbein, Großmaul und der Goldkugelmann. Die drei waren in Lumpen gehüllt und stellten sich neben dem Wagnergesellen auf.

Der Wagnergeselle nahm einen Sack und tat, als schüttete er etwas aus dem Sack in den Scheffel. Dabei sagte er:

»Ich hütete die Hasen des Königs. Da kam eine Lumpensammlerin und wollte mir einen Hasen abkaufen. Ich sagte: ›Einen Hasen schenke ich dir, wenn du nach meiner Pfeife tanzt.‹ Und sie tanzte so, wie ihr es gleich sehen werdet.«

Da zog der Wagnergeselle das Pfeifchen hervor, blickte den Langbeinigen an und begann zu blasen, gerade so, wie er auf der Weide geblasen hatte. Und der Langbeinige trat vor und tanzte zur Pfeife des Wagnergesellen. Er warf die spindeldürren langen Beine in die Luft, schlenkerte mit den Armen und tanzte ein paar Schritte auf die Prinzessin zu und wieder von der Prinzessin weg. Die Leute konnten sich vor Lachen kaum halten. Die Prinzessin aber verbarg das Gesicht hinter den vorgehaltenen Händen.

»Das, Leute«, sagte der Wagnergeselle, als er das Pfeifchen abgesetzt hatte, »war das erste Maß Wahrheit. Jetzt messe ich das zweite.«

Und er nahm den zweiten Sack und tat so, als schüttete er etwas aus dem Sack in den Scheffel, gerade soviel, daß der zweite Maßstrich im Scheffel erreicht wurde, das zweite Maß Wahrheit also darin enthalten war.

»Ich hütete die Hasen des Königs«, sagte der Wagnergeselle fröhlich und blickte dabei die Königin an. »Da kam eine Bettlerin und bat um einen Hasen. Ich sagte: ›Einen Hasen schenke ich dir, wenn du auf einem Bein nach meiner Pfeife tanzt.‹ Und sie tanzte so, wie ihr es gleich sehen werdet.«

Da zog der Wagnergeselle das Pfeifchen hervor, blickte Kugelmann an und begann zu blasen, gerade so, wie er auf der Weide geblasen hatte. Und Kugelmann trat vor und tanzte zur Pfeife des Wagnergesellen. Er stampfte mit den dicken Beinen auf, er bewegte sich schwerfällig, stieß die Arme von sich und hüpfte ungelenk hin und her. Er kugelte den Bauch, verdrehte den schweren Kopf und tanzte ein paar Schritte auf die Königin zu und wieder von der Königin weg.

Die Leute hielten sich vor Lachen die Bäuche und machten Kugelmann nach. Sie stampften auf den Boden und hüpften schwerfällig von einem Bein auf das andere. Die Königin aber verbarg das Gesicht hinter den vorgehaltenen Händen.

»Das, Leute, war das zweite Maß Wahrheit«, sagte der Wagnergeselle. »Jetzt messe ich das dritte.«

Und er nahm den dritten Sack und tat so, als schüttete er etwas aus dem Sack in den Scheffel, gerade soviel, daß der Scheffel ganz voll wurde, das dritte Maß Wahrheit also darin enthalten war.

»Ich hütete die Hasen des Königs«, sagte der Wagnergeselle und schaute dabei den König an. »Da kam ein Bettler und bat um einen Hasen. Ich sagte: ›Einen schenke ich dir, wenn du nach meiner Pfeife Purzelbäume schlägst.‹ Und er schlug die Purzelbäume so, wie ihr gleich sehen werdet.«

Da zog der Wagnergeselle das Pfeifchen hervor, blickte Großmaul an und begann zu blasen, gerade so, wie er auf der Weide geblasen hatte. Und Großmaul trat vor und tanzte zur Pfeife des Wagnergesellen. Er stellte sich breitbeinig hin, kippte nach vorn, und während er einen Purzelbaum schlug, klappte sein großes Maul auf und zu. Er machte drei Purzelbäume vorwärts auf den König zu und drei Purzelbäume rückwärts. Die Leute lachten und hielten sich die Seiten, weil die Großmaulpurzelbäume so komisch aussahen. Aber der König verbarg das Gesicht hinter den vorgehaltenen Händen.

»Das, Leute, war das dritte Maß Wahrheit«, sagte der Wagnergeselle, und er schaute den König an. »Und jetzt will ich die drei Maß noch glattstreichen und euch sagen, wer die drei Lumpen waren.«

Bei diesen Worten des Wagnergesellen sprang der König auf und rief: »Nein, nein, halt ein, du wirst die Wahrheit nicht noch glattstreichen. Ich stellte dir bloß die Aufgabe, drei Maß Wahrheit zu messen, mehr nicht. Und hier in meinem Königreich befehle ich.«

»Wenn Ihr zufrieden seid, will ich's auch sein«, sagte verschmitzt der Wagnergeselle, »und die glattgestrichene Wahrheit für mich behalten.«
Der König atmete auf und sagte: »Du bist klug, mein Sohn. Du hast die Prinzessin zum Lachen gebracht, du hast die Wahrheit herausgefunden. Die Prophezeiung soll in Erfüllung gehen. Einen besseren Schwiegersohn könnte ich nicht finden.«
Da freute sich der Wagnergeselle so recht von Herzen, ging auf den König zu und sagte: »Gottes Segen und herzlichen Dank, Herr König. Und wenn ich recht gesehen habe, blinzelte mir die Prinzessin gerade freundlich zu. Dann wird's auch da nicht fehlen. Und wenn ihr alle wollt: Tanzt miteinander zum Spiel meines Pfeifchens. Ist doch aus dem Wagnergesellen wirklich ein Spielmann geworden und zu guter Letzt des Königs Schwiegersohn. Und eines verspreche ich euch allen: Wenn ich einmal König sein werde, sollt ihr viel zu lachen haben.«
Da klatschten die Leute vor Freude in die Hände. Der Wagnergeselle aber setzte sein Pfeifchen an den Mund, und ihm war, als spiele, als blase das Pfeifchen nun von selbst, als sei seine Freude die Melodie des Pfeifchens geworden, die alle ansteckte, die alle in den Rhythmus mit hineinzog, so daß jung und alt auf dem Platz vor dem Schloß fröhlich zu tanzen begannen und der König sogar die Königin zum Tanz holte. Und das hatte er doch schon seit zehn Jahren nicht mehr getan.
Alle freuten sich, und auch die Prinzessin freute sich. Sie ging auf den Wagnergesellen zu, umschlang ihn mit beiden Armen, nahm ihm das Pfeifchen aus dem Mund und gab ihm einen Kuß, der gar nicht mehr aufhören wollte. Und der Wagnergeselle wunderte sich, daß der Tanz auch ohne sein Pfeifchen weiterging und daß die Freude ihn so beflügelte, daß er die Prinzessin in die Arme nahm und mit ihr von einem Ende des Platzes zum anderen tanzte.

Schlag nach

Das bewährte Standardwerk in völlig neuer Bearbeitung.
656 Seiten, 6.700 Stichwörter und 600 meist farbige Abbildungen.

Ein didaktisch hervorragend aufgebauter Leitfaden durch die modernen Naturwissenschaften. 480 Seiten, 62 graphische Darstellungen.
Band I: Kosmos, Erde, Materie, Technik

Ein völlig neu konzipiertes Nachschlagewerk mit über 300 Opernbeschreibungen, zahlreichen Illustrationen und Notenbeispielen, 672 Seiten mit 400 Abbildungen.

Das aktuelle Nachschlagewerk für jeden Theaterbesucher und Literaturfreund.
Mit mehr als 1.000 Einzeldarstellungen der wichtigsten Autoren und Werke.
792 Seiten mit 300 Abbildungen.